Fascisme, nazisme, autoritarisme

Ouvrages de Philippe Burrin

AUX MÊMES ÉDITIONS

La Dérive fasciste
Doriot, Déat, Bergery
« L'Univers historique », 1986

Hitler et les Juifs
Genèse d'un génocide
« XXe siècle », 1989
« Points Histoire », 1995

La France à l'heure allemande
1940-1944
« L'Univers historique », 1995
« Points Histoire », 1997

Philippe Burrin

Fascisme, nazisme, autoritarisme

Éditions du Seuil

ISBN 2-02-041482-1

Présentation

Le XXe siècle européen s'éloigne implacablement, mais, loin d'aplatir, la distance semble rehausser ses reliefs les plus monstrueux. Le communisme soviétique, évidemment, dans sa forme staliniste surtout, mais aussi le fascisme, devenu à la fois moins proche – où est passée la séduction des valeurs martiales ? – et plus actuel avec la résurgence de la xénophobie et du racisme. Quelles qu'aient été les violences du communisme, le fascisme, et tout particulièrement le nazisme, peut être vu comme le principal responsable du suicide de l'Europe pour avoir ajouté aux massacres militaires de la Première Guerre mondiale les exterminations de civils de la Seconde.

Les essais qui forment ce recueil proposent une série d'éclairages sur la période historique du fascisme. Trois préoccupations y laissent une empreinte visible de bout en bout. La première se marque dans l'effort de situer le fascisme en le rapprochant, de manière superficielle, hélas, du communisme, son pendant dans la famille des totalitarismes, et en le reliant, trop rapidement, à l'autoritarisme où il puisa l'essentiel de ses forces. Historiquement, en effet, ce qui importe, c'est moins l'arrivée au pouvoir de partis fascistes, dans laquelle la conjoncture eut un rôle déterminant, que la réceptivité qu'ils trouvèrent et qui permit leur stabilisation. La présence d'une culture autoritaire enracinée a fait le lit du fascisme, et elle a permis l'épanouissement d'autres formes de pouvoir, tel le franquisme, avec lesquels il avait une parenté indéniable, mais dont il importe de le distinguer.

La deuxième préoccupation porte précisément sur la définition du fascisme, sur ce qui le constitue en famille politique distincte, qu'il s'agisse de son imaginaire politique ou du type de régime qu'il a construit. Sur cette base, il devient possible de faire ressortir la physionomie propre de chaque membre de cette famille, ici celle du fascisme italien, du nazisme et du fascisme français. On comprendra que le nazisme reçoive pourtant une attention particulière. Les débats qui ont opposé les historiens à propos du fonctionnement du régime national-socialiste, du rôle de l'homme qui le dominait et des ressorts de sa violence exceptionnelle, ces débats ont une portée plus générale pour l'analyse des dictatures modernes.

La troisième préoccupation concerne la dimension transnationale du fascisme. C'est bien parce qu'il avait une personnalité et qu'il proposait une réponse qui débordait les limites d'une société ou d'une histoire nationales que le fascisme fut une tentation pour l'Europe entière et que, dès l'arrivée au pouvoir de Mussolini puis de Hitler, ses formes d'action, son style et ses idées enjambèrent les frontières, de la même façon que le communisme l'avait fait. Et cette circulation transnationale des formes politiques, qui marqua les années 1930, inclut une brochette de modèles autoritaires qui prétendaient offrir une troisième voie entre le fascisme et le communisme.

Dans une Europe où la démocratie libérale en crise se recroquevillait sur la frange occidentale du continent, la France se trouva singulièrement exposée à ce tourbillon de modèles étrangers. La présence d'un Parti communiste prenant du poids à la faveur du Front populaire, la prolifération de mouvements reprenant en partie au moins l'attirail fasciste, et surtout l'activation de tendances autoritaires autochtones encouragées par les vents environnants, tout cela contribua à déstabiliser, sinon le régime qui demeura ferme, du moins beaucoup d'esprits, et à jeter les bases du pétainisme et du vichysme. Dans le face-à-face de la Révolution nationale et du vainqueur nazi, la France connut alors une épreuve dont la mémoire reste à vif.

Comparaisons

1

Les régimes fasciste et nazi

L'historiographie des régimes fasciste et nazi montre combien l'histoire comparée demeure une recommandation d'école. Rares sont les études qui abordent dans une perspective comparative l'histoire de ces régimes ou explorent l'un ou l'autre de leurs aspects, à l'exemple du remarquable travail que Jürgen Kocka consacra aux cols blancs allemands et américains[1]. Emprise du cadre national sur les études historiques, sans doute, mais aussi réticence des historiens envers une démarche longtemps accaparée par des politologues à qui seul importait de fixer la formule d'un fascisme générique. Attaché au respect des spécificités, l'historien ne peut que voir dans des interprétations faisant des régimes allemand et italien l'expression politique d'un stade du capitalisme ou d'une étape de la modernisation des généralités peu éclairantes, grevées au surplus d'omissions ou de méconnaissances considérables[2]. Ainsi à

1. Jürgen Kocka, *Angestellte zwischen Faschismus und Demokratie. Zur politischen Sozialgeschichte der Angestellten USA 1890-1940 im internationalen Vergleich*, Göttingen, Vandenhoeck & Ruprecht, 1977. En dehors de rares synthèses (Alexander De Grand, *Fascist Italy and Nazi Germany : The « Fascist » Style*, New York, Routledge, 1995), la comparaison a essentiellement pris la forme de communications juxtaposées (Karl Dietrich Bracher et Leo Valiani (éd.), *Fascismo e nazionalsocialismo*, Bologne, Il Mulino, 1986 ; Richard Bessel (éd.), *Fascist Italy and Nazi Germany : Comparisons and Contrasts*, Cambridge University Press, 1996 ; Christoph Dipper, Rainer Hudemann et Jens Petersen (éd.), *Faschismus und Faschismen im Vergleich*, Cologne, SH-Verlag, 1998.

2. Pour un survol des principales interprétations, cf. Walter Laqueur (éd.), *Fascism. A Reader's Guide. Analyses, Interpretations, Biblio-*

propos de l'extermination des juifs, un événement où culminent et se condensent les différences de tous ordres que l'on peut constater entre ces régimes et que le carcan d'un modèle explicatif conduit à ignorer ou à aplatir [3]. Même si leur gravité a été longtemps méconnue, les actes de barbarie commis par l'Italie fasciste en Éthiopie sont bien éloignés d'une entreprise de génocide dont la particularité fut d'avoir été idéologiquement motivée, administrativement planifiée et industriellement accomplie.

A l'évidence, les régimes fasciste et nazi n'étaient pas identiques. Mais la question pertinente est celle de leur parenté, et non de leur identité. En tant que phénomène historique, chaque régime est singulier. Encore faut-il apprécier cette singularité, son caractère et son étendue. D'où l'appel à la comparaison qui doit permettre de cerner une parenté selon les ressemblances qui la fondent et les différences qui la limitent. Dans les pages qui suivent, la démarche comparative est appliquée aux structures politiques qui charpentèrent ces deux régimes, leur permirent d'être et de durer, leur donnèrent physionomie et direction. Par-delà le jeu politique au sens étroit dont l'importance ne doit pas être sous-estimée, nous intéressent ici les convergences stratégiques qui offrirent une assise au pouvoir, les conceptions idéologiques qui orientèrent son action, les dispositifs institutionnels qu'il mit en place, enfin la réceptivité de la société qu'il régissait. A travers cette exploration, qui nous fera aller d'aspects connus à d'autres moins travaillés, on aimerait reconnaître le territoire d'une histoire politique en friche [4].

---

graphy, Londres, Wildwood House, 1976 ; Stanley Payne, *Fascism. Comparison and Definition*, The University of Wisconsin Press, 1980 ; Wolfgang Wippermann, *Europäischer Faschismus im Vergleich, 1922-1982*, Francfort-sur-le-Main, Suhrkamp, 1983.

3. Cf. Saul Friedländer, « De l'antisémitisme à l'extermination. Esquisse historiographique et essai d'interprétation », dans François Furet (éd.), *L'Allemagne nazie et le Génocide juif*, Paris, Gallimard-Seuil, 1985, p. 14-20.

4. Quelques instruments de travail : Philip Rees, *Fascism and Pre-Fascism in Europe, 1890-1945. A Bibliography of the Extreme*

Dans cette recherche en parenté, il est un premier niveau, celui de l'idéologie, qui nous laisse à la surface du problème et qu'on n'évoquera que dans la mesure où notre propos s'en trouve éclairé. Vus dans la perspective de l'histoire des idées, le fascisme et le nazisme sont d'une parenté évidente. Tous deux s'inscrivaient dans un même courant d'irrationalisme politique et d'ethno-nationalisme impérialiste, tous deux proclamaient les mêmes valeurs fondamentales de foi, de force et de combat. Le racisme n'en occupait pas moins au cœur du nazisme une place singulière. Mussolini, il est vrai, l'adopta en 1938 et le plaça au fronton de son régime, ce qui n'est tout de même pas sans signification. Mais l'intensité des convictions comme le milieu de réceptivité étaient bien différents, et la pratique resta très en deçà de la politique d'extermination nazie. Cette différence cruciale prise en compte, on accordera que les deux régimes partageaient un projet politique semblable qui visait la formation d'une communauté nationale unitaire et conquérante, aveuglément mobilisée derrière un chef absolu. Un projet qui, par sa nature et par les moyens mis en œuvre pour le réaliser, fonde à les qualifier de régimes totalitaires plutôt qu'autoritaires.

Pour reprendre la définition qu'en a donnée Juan Linz, les régimes totalitaires sont caractérisés par la présence simultanée d'un pouvoir qui affirme son monopole, d'une idéologie qui prétend à l'exclusivité et d'une entreprise de mobilisation totale de la population à travers un parti unique et les organisations sous sa dépendance. Les régimes autoritaires s'en distinguent par l'existence d'un pluralisme limité, le pouvoir reconnaissant la légitimité de corps privilégiés comme l'Église, par une idéologie mal articulée et faiblement diffusée, enfin par l'absence ou un degré limité

Right, Sussex, The Harvester Press, 1984 ; Renzo De Felice (éd.), *Bibliografia orientativa del fascismo*, Rome, Bonacci, 1991 ; Michael Ruck, *Bibliographie zum Nationalsozialismus*, Cologne, Bund-Verlag, 1995. Pour un bilan historiographique en français sur le fascisme et le nazisme, cf. le dossier des *Annales ESC* de mai-juin 1988.

de mobilisation de la population, le parti unique, quand il en existe un, n'ayant qu'une place réduite au sein du régime et qu'une prise superficielle sur la société [5].

Dans la réalité historique, la combinaison de ces deux types est fréquente. Le régime de Franco, par exemple, était à dominante autoritaire, mais il inclut dans les premières années une composante totalitaire de type fasciste, en l'espèce la Phalange, tôt domestiquée par un pouvoir qui lui tint la bride serrée. En sens inverse, les régimes de type fasciste eurent, au départ, une forte composante autoritaire dans la mesure où ils reposaient sur un compromis avec les forces conservatrices. Mais cette composante autoritaire fut soumise à une incessante pression totalitaire de la part du pouvoir, les régimes allemand et italien se distinguant l'un de l'autre par la mesure dans laquelle ils réussirent à la faire reculer, sans parvenir plus l'un que l'autre à l'éliminer. Le critère décisif n'est donc pas un accomplissement totalitaire dont il n'y a encore jamais eu d'exemple, mais la traduction en actes d'une volonté de mobilisation totale de la société selon les lignes d'une idéologie exclusive [6].

Le partage d'une visée de contrôle absolu ne doit pas, toutefois, rendre indistincte la famille totalitaire, dans laquelle il faut placer le régime soviétique. Car il existait entre celui-ci et les régimes fasciste et nazi des différences profondes, sans qu'il faille méconnaître la similitude de certains instruments de pouvoir, dont le parti unique, et de pratiques comme la violence de masse. Au-delà même de l'écart dans les sources idéologiques, c'est l'ensemble de la structuration politique qui différait, telle qu'elle résultait

---

5. Cf. Juan J. Linz, « Totalitarian and Authoritarian Regimes », dans Fred I. Greenstein et Nelson W. Polysby (éd.), *Handbook of Political Science*, vol. 3, *Macropolitical Theory*, Reading (Mass.), Addison-Wesley, 1975, p. 175-412, notamment p. 191-192 et 264.

6. Pour l'application à l'Italie fasciste du concept de totalitarisme, cf. Meir Michaelis, « Anmerkungen zum italienischen Totalitarismusbegriff. Zur Kritik der Thesen Hannah Arendts und Renzo De Felices », dans *Quellen und Forschungen aus italienischen Archiven und Bibliotheken*, vol. 62, 1982, p. 270-302.

de l'interaction des orientations idéologiques, des dispositifs institutionnels et des conditions de réceptivité de la société. Voilà le niveau de parenté que l'on voudrait mettre en relief en examinant les quatre éléments structurels qui constituent les régimes fasciste et nazi en une famille politique distincte : l'alliance avec les forces conservatrices, le duel du parti et de l'État, le soutien populaire, le mythe du chef.

Le compromis autoritaire.

Les régimes fasciste et nazi durent leur naissance à la conclusion d'une alliance informelle avec les forces conservatrices. Le contraste avec le pouvoir communiste ne pouvait être, à cet égard, plus frappant. En Russie bolchevique, le pouvoir récupéra bureaucrates et techniciens, mais il s'agissait de l'intégration d'individus au service d'un régime qui avait liquidé les anciennes élites – l'Église, la noblesse, la bourgeoisie. Les circonstances le contraignirent à pratiquer une politique de concessions envers telle ou telle couche de la population, mais l'exclusivité d'une autorité révolutionnairement conquise n'en fut pas entamée. Dans le cas des régimes allemand et italien, l'appui des forces conservatrices ouvrit l'accès au pouvoir, permit la consolidation de la dictature et laissa sur leur évolution une hypothèque durable.

La formation de ce compromis autoritaire, les dirigeants du fascisme et du nazisme le durent à leur parti. C'est le succès obtenu dans le développement d'un mouvement de masse qui conduisit les forces conservatrices à dispenser un appui qui se révéla décisif. Comme il est bien connu, la marche vers le pouvoir se fit dans le respect des apparences de la légalité et grâce à la mise en œuvre d'une double tactique. D'une part, les dirigeants fascistes et nazis utilisèrent la pression d'un parti nombreux et violent pour appuyer leur prétention au pouvoir. D'autre part, ils courtisèrent les élites en soulignant la dimension restauratrice et conservatrice de leur action, accréditant ainsi la perspective de leur insertion dans un régime autoritaire qui mettrait fin à un système démocratique en crise.

La convergence ne fut pas immédiate, elle resta toujours partielle. Défiance et réserve caractérisèrent la première étape, l'alliance tacite n'étant établie qu'au terme d'un processus d'accommodement mutuel. Dans l'arrivée au pouvoir, les hommes placés au sommet des institutions jouèrent un rôle crucial, qu'il s'agisse du roi en Italie ou du président Hindenburg en Allemagne. L'un et l'autre appellèrent le dirigeant du mouvement de masse à la tête d'un gouvernement de coalition dans lequel il se trouvait en minorité. Dans un second temps, la contribution de l'ensemble des forces politiques de droite fut tout aussi cruciale puisque c'est avec leur assentiment que s'accomplirent, en même temps que l'anéantissement des libertés publiques et des forces d'opposition, la concentration des pouvoirs entre les mains du chef du gouvernement et l'établissement de la dictature. Aussi bien en Italie qu'en Allemagne, l'Église catholique accepta, dans l'espoir de conclure un accord avantageux avec le régime, la disparition du parti catholique, la seule force populaire à droite qui avait résisté à la séduction des nouveaux mouvements et dont la destruction par la force aurait obéré les chances de stabilisation des régimes.

Au-delà des forces politiques conservatrices, l'ensemble des élites sociales apportèrent leur appui. Sans doute, dans les deux pays, les dictatures bénéficièrent-elles pour leur consolidation d'autres atouts : la démoralisation des oppositions qui se révélèrent incapables d'une résistance concertée et la passivité d'une population pour partie intimidée par la répression, pour partie disposée à donner sa chance au nouveau pouvoir. Le rôle des élites n'en demeura pas moins essentiel dans la mesure où elles mirent à disposition une influence et des compétences précieuses. Cadres de l'État (haute administration, justice, Université), groupements d'intérêts de l'industrie et de la propriété foncière, armée, monarchie (dans le cas de l'Italie), Églises, ces forces diverses par le poids et par la capacité d'autonomie se retrouvèrent pour épauler le pouvoir. La différence de situation en Allemagne explique d'ailleurs, pour une bonne part, le rythme plus rapide de consolidation et la puissance de déchaînement de la dictature nazie. L'absence de monarchie, la mort de Hindenburg en 1934 qui permit à Hitler de cumuler les postes de chancelier et de président du Reich, une armée au poids réduit par le traité de Versailles, la division confessionnelle et la situation minoritaire de l'Église catholique, tout cela, combiné au grand désarroi créé par la crise économique et à la fièvre nationaliste née de la défaite, favorisa le radicalisme nazi.

Dans les deux pays, les forces conservatrices s'accordèrent avec les régimes sur un certain nombre d'orientations fondamentales : mise au pas de la contestation populaire et élimination du pluralisme démocratique, réaffirmation des principes de hiérarchie, d'ordre et d'autorité, quête de grandeur nationale. Les élites de l'État souhaitaient la restauration d'une autorité qui leur paraissait avoir été minée par l'interférence des partis. Le monde économique aspirait à l'élimination de la « politique » et au rétablissement de la discipline dans les entreprises. L'armée voyait dans la remise à l'honneur des armes et des valeurs martiales la perspective d'un enrégimentement sans entraves du peuple tout entier. Quant aux Églises, elles souhaitaient arrêter le mouvement de laïcisation de la société et entreprendre sa rechristianisation.

Conclu sur la base d'un large recoupement d'intérêts et de valeurs, le compromis autoritaire apporta une contribution majeure à la stabilisation des régimes et à leur durée. Il fut pourtant soumis de la part du pouvoir à un constant et insidieux processus de révision auquel les forces conservatrices répondirent par un mélange d'adaptation et de défense de leurs positions. Le pouvoir déclarait sa volonté de contrôle total, mais l'unité de surface recouvrait une substantielle diversité d'identités, d'intérêts et de visées, qui persistèrent d'autant plus aisément que l'adaptation avait été plus volontaire et plus rapide : le régime rencontrait l'obstacle de ceux qui prétendaient le soutenir.

On peut le voir dans les relations entre la Confindustria et le régime fasciste. En échange de l'appui public qu'elle lui apportait, la première obtint les moyens d'encadrer l'ensemble du patronat italien, ce qui renforçait son poids en tant qu'interlocuteur du pouvoir. Elle bénéficia, en outre, d'une tendance également visible en Allemagne, à savoir l'association des représentants des industriels à l'élaboration et à l'exécution de la politique économique du gouvernement. Ce brouillage des lignes entre le public et le privé, qui profita aux grands groupements industriels, était un signe parmi d'autres des avantages que le monde économique tirait de son appui au régime. Mais il ne faut pas en ignorer les contreparties. Si le syndicalisme indépendant avait été supprimé, le souhait du rétablissement d'une autorité sans partage dans l'entreprise ne se réalisa pas. Les contraintes se multiplièrent bien plutôt, des contrats collectifs aux ingérences du syndicalisme officiel, de la soumission aux directives de l'économie autarcique au développement de la législation sociale [7].

Le monde économique disposa, somme toute, d'un poids relativement limité au sein des régimes. La grande diversité des intérêts qui le composaient, l'étroitesse d'un champ de vision centré sur la recherche du profit individuel et la

7. Cf. notamment Roland Sarti, *Fascism and the Industrial Leadership in Italy, 1919-1940. A Study in the Expansion of Private Power under Fascism*, Berkeley, University of California Press, 1971 ; Piero Melograni, *Gli industriali e Mussolini. Rapporti tra Confindustria e fascismo dal 1919 al 1929*, Milan, Longanesi, 1972 ; Valerio Castronovo, « Il potere economico e il fascismo », dans Guido Quazza (éd.), *Fascismo e società italiana*, Turin, Einaudi, 1973, p. 45-88 ; Arthur Schweitzer, *Big Business in the Third Reich*, Bloomington, Indiana University Press, 1964 ; Dieter Petzina, *Autarkiepolitik im Dritten Reich : Der nationalsozialistische Vierjahresplan*, Stuttgart, Deutsche Verlags-Anstalt, 1968 ; Lothar Gall (éd.), *Unternehmen im Nationalsozialismus*, Munich, Beck, 1998.

faiblesse de son identité historique en faisaient un partenaire dont le soutien fut acheté facilement. L'armée constituait, en revanche, un interlocuteur plus redoutable, en même temps qu'un allié plus nécessaire, en raison des moyens qu'elle contrôlait, mais aussi en raison de la relative homogénéité sociale de son encadrement et de la force d'un esprit de corps nourri de traditions et de valeurs partagées. Son attitude face aux nouveaux pouvoirs dissipa rapidement les inquiétudes qu'ils pouvaient avoir puisqu'elle effectua le même mouvement d'adaptation intéressée que les autres forces conservatrices. La Reichswehr fit bientôt profession de foi nationale-socialiste. Soucieuse de garantir son autonomie en face de la SA et désireuse d'être associée à la prise de décision, elle se montra prête à beaucoup concéder pour gagner la confiance de Hitler. De la même façon, l'armée italienne chercha à obtenir de Mussolini, en échange de la reconnaissance de sa direction politique, une large autonomie d'organisation et de gestion. Dans l'un et l'autre pays, les militaires cédèrent progressivement du terrain sous la pression du régime qui fit passer sous la coupe du parti la formation prémilitaire et, surtout, lui accorda la constitution d'unités combattantes, le noyau d'une future armée fasciste ou nazie (bataillons Camicie nere de la Milice et Waffen-SS)[8]. L'existence de la monarchie concernait le seul régime fasciste. Force avant tout symbolique, mais qui jouissait de l'attachement de l'armée, de l'aristo-

---

8. Manfred Messerschmidt, *Die Wehrmacht im NS-Staat. Zeit der Indoktrination*, Hambourg, Decker's Verlag, 1969 ; Klaus-Jürgen Müller, *Das Heer und Hitler. Armee und nationalsozialistisches Regime, 1933-1940*, Stuttgart, Deutsche Verlags-Anstalt, 1969 ; Giorgio Rochat, « L'esercito e il fascismo », dans *Fascismo e società italiana*, *op. cit.*, p. 89-124 ; Piero Pieri et Giorgio Rochat, *Pietro Badoglio*, Turin, Utet, 1974. Sur les Waffen-SS, cf. Bernd Wegner, *Hitlers Politische Soldaten : Die Waffen-SS, 1933-1945. Studien zur Leitbild, Struktur und Funktion einer nationalsozialistischen Elite*, Paderborn, Schöningh, 1982. Sur la Milice fasciste, cf. Elvira Valleri, « Dal partito armato al regime totalitario : la Milizia », *Italia contemporanea*, 141, oct.-décembre 1980, p. 31-60.

cratie et de la haute administration, le roi se claquemura dans le silence, se bornant à recevoir la reconnaissance toute formelle d'un chef de gouvernement qui s'employait à grignoter ses prérogatives constitutionnelles. Mais Mussolini, malgré le désir qu'il exprima de plus en plus fortement dans la seconde moitié des années 1930, fut bien incapable d'éliminer une institution dont la seule existence soulignait les limites de son pouvoir et qui fut à même d'intervenir décisivement lorsque l'heure des revers eut provoqué la division au sommet du régime [9].

Les Églises, enfin, étaient des institutions qui disposaient d'une identité puissante et d'une influence considérable grâce à leur appareil ecclésiastique et à leur réseau associatif. Leur existence constituait à terme un obstacle majeur à une emprise totalitaire sur les esprits. Dans l'immédiat, seul importait un soutien qu'elles ne ménagèrent pas. Renonçant à toute action politique, elles firent l'éloge du chef, appuyèrent ses entreprises et célébrèrent ses succès, sans réussir à prévenir ses empiètements. Leur influence sur la jeunesse, en particulier, représenta un sûr terrain de dispute avec des hommes qui entendaient se l'approprier tout entière. Bien plus que les autres forces conservatrices, les Églises, et tout particulièrement l'Église catholique, entretinrent avec les régimes un rapport tendu, qui jamais pourtant ne déboucha sur une épreuve de force publique et globale [10]. Même en Allemagne où l'idéologie nazie contredisait bruyamment

---

9. En l'absence d'une biographie sérieuse du roi, cf. la monumentale biographie de Mussolini par Renzo De Felice, *Mussolini*, Turin, Einaudi, 1965-1990, 5 vol.

10. Cf., pour l'Italie, Giovanni Miccoli, « La Chiesa e il fascismo », dans *Fascismo e società italiana, op. cit.*, p. 183-208 ; Pietro Scoppola, *La Chiesa e il fascismo. Documenti e interpretazioni*, Bari, Laterza, 1973 ; John F. Pollard, *The Vatican and Italian Fascism, 1929-1932. A Study in Conflict*, Cambridge University Press, 1985 ; Günter Lewy, *The Catholic Church and Nazi Germany*, Londres, Weidenfeld and Nicolson, 1964 ; John S. Conway, *The Nazi Persecution of the Churches, 1933-1945*, Londres, Weidenfeld and Nicholson, 1968 ; Kurt Scholder, *Die Kirchen und das Dritte Reich*, Francfort-sur-le-Main, Propyläen, 1977-1985, 2 vol.

les principes du christianisme et où certaines mesures, comme l'extermination des malades mentaux, provoquèrent une opposition ponctuelle, l'alliance tint bon.

En Italie, où l'Église catholique pesait d'un autre poids, l'attitude du régime créa également de sérieuses tensions. Les accords de Latran de 1929 furent conclus entre deux parties qui cherchaient chacune à en faire la base de départ pour la conquête ou la reconquête de la société italienne. Si l'Église offrit au pouvoir, notamment à l'occasion de ses grandes campagnes (propagande nataliste et ruraliste, conquête de l'Éthiopie), le bénéfice d'un appui chaleureux, elle en retira des avantages substantiels puisqu'elle réussit à conserver ses positions dans le système scolaire et à développer sa presse et son réseau associatif. Ainsi, en 1935, les associations et les institutions catholiques contrôlaient 1 600 salles de projection cinématographique, à côté de 2 175 salles commerciales, de 600 salles liées au Dopolavoro et de 860 dépendant d'autres organisations du parti [11]. L'Église réussit à préserver, en outre, son influence sur une partie de la jeunesse universitaire à travers une association (la FUCI) qui constitua un milieu de réflexion sur l'identité catholique et d'où sortit la future classe dirigeante italienne [12]. Dans les deux pays, des bases solides furent maintenues, qui permirent après la guerre, non sans une révision de leur attitude par les Églises, la longue hégémonie de la démocratie chrétienne.

Au total, le souhait qu'avaient eu les forces conservatrices de restaurer leur influence dans la société et sur l'État fut partiellement déçu. Le pouvoir les paya de discours sur l'autorité, les élites et la Providence, mais il fixa et mena sa politique avec une indépendance croissante, utilisant avec

---

11. Stefano Pivato, « L'organizzazione cattolica della cultura di massa durante il fascismo », *Italia contemporanea*, XXX, 132, juill.-septembre 1978, p. 17. Sur l'école, cf. Michel Ostenc, *L'Éducation en Italie pendant le fascisme*, Paris, Publications de la Sorbonne, 1980.

12. Renato Moro, *La formazione della classe dirigente cattolica (1929-1937)*, Bologne, Il Mulino, 1979.

succès, pour amollir ses partenaires et éroder leurs positions, les moyens de pression que lui offraient le parti et ses filiales : le syndicalisme contre le patronat, l'organisation paramilitaire contre l'armée, le parti contre l'Église et contre l'État. L'appui des conservateurs n'en demeura pas moins acquis pratiquement jusqu'au bout, une partie d'entre eux, comme l'armée en Allemagne, se laissant gravement compromettre dans la politique criminelle du régime[13]. Seule la tournure catastrophique prise par la guerre poussa à tenter en Allemagne et à réussir en Italie l'élimination du dictateur. Ce maintien de l'alliance s'explique, en partie, par le souci de bloquer ou, du moins, de freiner des tendances jugées défavorables de la part du régime, et aussi, à partir de l'éclatement de la guerre, par la crainte d'une crise révolutionnaire succédant à l'effondrement du pouvoir. Plus profondément, il renvoie à l'incapacité des forces conservatrices de dépasser une culture autoritaire ancrée depuis des décennies et mise au défi par la crise politique et sociale ouverte par la fin de la Grande Guerre.

Le duel du parti et de l'État.

L'existence et l'action du parti de masse formaient une dimension essentielle du compromis autoritaire, le parti étant le moyen de le faire advenir, d'en assurer le maintien et de le remettre en cause. Le passage de l'opposition au pouvoir soulevait d'ailleurs des problèmes dont la réponse n'allait pas de soi : il s'agissait de définir la place du parti dans les institutions, de le doter de nouvelles fonctions, de transformer un mouvement militant en une organisation

---

13. Helmut Krausnick et Hans-Heinrich Wilhelm, *Die Truppe des Weltanschauungskrieges. Die Einsatzgruppen der Sicherheitspolizei und des SD 1938-1942*, Stuttgart, Deutsche Verlags-Anstalt, 1981, p. 231 *sq.* ; Christian Streit, *Keine Kameraden. Die Wehrmacht und die sowjetischen Kriegsgefangenen, 1941-1945*, Stuttgart, Deutsche Verlags-Anstalt, 1978.

ayant des tâches de mobilisation et d'endoctrinement. Dans le cas de l'Italie comme dans celui de l'Union soviétique[14], ce passage ne se fit pas sans quelques incertitudes et, au bout du compte, sans des modifications profondes dans sa figure et sa structure. Les nazis, et en particulier Gregor Strasser, le responsable de l'organisation du NSDAP à la fin des années 1920, bénéficièrent de l'exemple de leurs prédécesseurs et cherchèrent à construire leur parti en fonction des tâches qu'il aurait à remplir après l'arrivée au pouvoir[15]. Par-delà cette différence, les partis uniques des régimes totalitaires partageaient quelques caractéristiques fondamentales qu'il faut cerner pour mieux mesurer les différences.

Partout, d'abord, la fusion du parti et de l'État fut repoussée en faveur du maintien d'un appareil indépendant, doté d'une structure de commandement et d'une identité propres. Pour éviter l'enlisement dans la gestion de l'État, le cumul des charges fut interdit ou, du moins, sévèrement limité, un principe proclamé en Italie dès 1924[16]. Dans le cas du nazisme, la chose peut apparaître moins évidente. Ainsi Goebbels, Darré, Himmler eurent une charge à la fois dans le gouvernement et dans l'appareil du parti, et les responsables régionaux nazis, les Gauleiter, furent nommés en 1933 Reichsstatthalter (en Prusse Oberpräsidenten). Ce phénomène des unions personnelles resta néanmoins d'une importance restreinte, surtout si l'on considère que les pouvoirs étatiques des Gauleiter étaient de supervision générale et que la gestion quotidienne des affaires demeurait l'apanage d'une administration qui restait subordonnée à la bureaucratie ministérielle. Au surplus, la loi sur les

---

14. T.H. Rigby, *Lenin's Government : Sovrarkom, 1917-1922*, Cambridge University Press, 1979.
15. Dietrich Orlow, *The History of the Nazi Party*, University of Pittsburgh Press, 1969-1973, 2 vol., et Udo Kissenkoeter, *Gregor Strasser und die NSDAP*, Stuttgart, Deutsche Verlags-Anstalt, 1978.
16. Paolo Pombeni, *Demagogia e tirannide. Uno studio sulla forma-partito del fascismo*, Bologne, Il Mulino, 1984, p. 69.

municipalités de 1935 interdit le cumul des fonctions de maire et de chef du parti au niveau local. Et, en 1937, il fut mis fin aux cumuls qui existaient, de façon minoritaire, aux échelons intermédiaires. Dans l'ensemble, même si une tendance en sens inverse se dessina pendant la guerre, en particulier dans les territoires occupés, la séparation du parti et de l'État prévalut ici également[17].

Partout, ensuite, le parti se préoccupa de conserver sa capacité d'action et son identité. La clôture des inscriptions fut pratiquée aussi bien en Allemagne qu'en Italie pour endiguer le flot des adhésions d'opportunité, la croissance des effectifs devant être assurée par les volées en provenance de l'organisation de jeunesse. Si un gonflement massif se produisit malgré tout, le parti ne perdit pas entièrement le caractère d'une organisation d'élite, du moins au regard des effectifs énormes que finirent par grouper ses différentes filiales. Bien que les inscrits d'avant l'arrivée au pouvoir y fussent devenus minoritaires, la vieille garde continua d'occuper les postes de commande et se préoccupa de propager une identité fondée sur la mythologie des origines et la geste de la rédemption de la patrie. Partout, enfin, le parti remplit les mêmes fonctions : milice du régime et instrument de sa légitimité, il avait pour tâches le contrôle, l'encadrement, l'endoctrinement et la mobilisation de la population, ainsi que la formation de la future classe dirigeante.

Une fois le parti institutionnalisé, se posa dans tous les régimes totalitaires le problème de ses rapports avec l'État. Deux appareils se faisaient face, dont les rôles et les compétences étaient en principe distincts, le parti n'étant pas censé se substituer à l'administration étatique. Dans la pra-

---

17. Cf. notamment Peter Diehl-Thiele, *Partei und Staat im Dritten Reich. Untersuchungen zum Verhältnis von NSDAP und allgemeiner innerer Staatsverwaltung, 1933-1945*, Munich, Beck, 1969 ; Dieter Rebentisch et Karl Teppe (éd.), *Verwaltung contra Menschenführung im Staat Hitlers. Studien zum politisch-administrativen System*, Göttingen, Vandenhoeck & Ruprecht, 1986.

tique, les zones de friction ne manquèrent pas, et d'autant plus qu'il s'agissait de bureaucraties dotées chacune d'une identité propre. Dans le régime communiste, ce phénomène eut des bornes étroites en raison de l'affirmation sans équivoque de la primauté du parti, au point que ses dirigeants ne se soucièrent pas de figurer parmi les responsables d'un État réduit au statut d'organe d'exécution. Au monopole de la planification, le Parti communiste joignait celui de la sélection et de la promotion du personnel étatique. Et, sur la marche de l'administration, ses responsables avaient, dès le niveau le plus bas, un droit de contrôle, qui, plus haut, devenait droit de direction [18].

Dans les régimes fasciste et nazi, le parti était loin de jouir de tels pouvoirs. Le chef y assuma la direction du gouvernement et confia la direction du parti à l'un de ses lieutenants, marquant une distance qui joua à son avantage. Le parti, lui, ne bénéficiait d'aucun droit de contrôle et de direction à l'égard de l'administration. Tout au plus reçut-il un droit de participation à la nomination des hauts fonctionnaires et à l'élaboration de la législation. Au vu du caractère limité de ces pouvoirs, on est amené à placer dans sa juste perspective la question d'ordinaire superficiellement traitée de la primauté du parti ou de l'État, le premier étant censé avoir le pas sur le second dans l'Allemagne nazie, tandis que l'inverse aurait été vrai dans l'Italie fasciste. A l'examen, ce sont des affirmations qui, même si elles furent accréditées à l'époque, ne correspondent pas à une réalité à la fois plus complexe et plus voisine d'un régime à l'autre.

Dans le cas du nazisme, le malentendu est aisé à dissiper.

---

18. Klaus Westen, « KPdSU », dans *Sowjetsystem und demokratische Gesellschaft. Eine vergleichende Enzyklopädie*, Fribourg-en-Brisgau, Herder, 1969, vol. III ; Jerry F. Hough, « The Soviet Concept of the Relationship between the Lower Party Organs and the State Administration », *Slavic Review*, XXIV, 1965/2, p. 215-240 ; Merle Fainsod, *Smolensk under Soviet Rule*, Cambridge (Mass.), Harvard University Press, 1958.

« Le parti commande à l'État », ce slogan qui courait dans les milieux nazis en 1934 était la libre interprétation d'une phrase de Hitler au congrès de Nuremberg de cette année (« C'est nous qui commandons à l'État »). Dans le cas du régime italien, Mussolini proclama avec insistance la subordination du parti à l'État. Et, de fait, la glorification de l'État, absente chez Hitler, tenait dans son discours une place considérable. De quelque façon qu'on l'explique – influence du philosophe Giovanni Gentile ou souci de ménager les forces conservatrices –, l'important est que, par État, Mussolini entendait un mythe plus qu'une institution[19]. Ajoutons qu'il fit également grand usage d'un terme à la portée plus large, celui de « régime » dans lequel il englobait manifestement l'État au même titre que les autres composantes de son pouvoir personnel. C'est ce que suggère cette déclaration de septembre 1929 : « Il ne faut pas confondre le Parti National Fasciste, qui est la force primordiale du régime, avec le régime, qui canalise, embrasse et harmonise cette force politique et toutes les autres[20]. » Hitler disait en substance la même chose, en évitant également de nommer son pouvoir personnel, lorsqu'il affirmait que l'État et le parti servaient tous deux à l'accomplissement de la mission du peuple allemand[21].

Le point décisif est que le parti et l'État étaient l'un et l'autre des instruments au service d'un chef qui, tout en favorisant l'affirmation progressive du premier, les utilisait alternativement ou simultanément selon l'objectif visé, la conjoncture existante et l'état des relations avec les forces conservatrices (ainsi, lors de sa création en 1926, l'organisation de jeunesse du régime fasciste, l'ONB, fut placée par Mussolini sous la tutelle de l'État, avant qu'il ne la

---

19. Pombeni, *op. cit.*, p. 99, 149-150. Emilio Gentile a montré l'importance du parti fasciste (*Storia del partito fascista*, Rome, Laterza, 1989).
20. Cité par Alberto Aquarone, *L'organizzazione dello Stato totalitano*, Turin, Einaudi, 1965, p. 164.
21. Diehl-Thiele, *op. cit.*, p. 159.

confie au parti quelques années plus tard[22]). Entre les deux bureaucraties se développa, en conséquence, une relation compétitive et conflictuelle qui ne connut ni trêve, ni compromis durable. Pourtant, leurs activités ne se superposaient pas en tout, les vouant à une inévitable hostilité. Le parti étendit son emprise sur des terrains traditionnellement hors du champ d'action de l'État, comme l'encadrement des associations professionnelles ou l'organisation des loisirs. Il fut même conduit à coopérer avec l'administration et à s'en faire l'auxiliaire, par exemple pour la surveillance et la répression des opposants ou, en Italie, pour le contrôle des prix.

Mais cela ne saurait faire illusion sur l'insatiable volonté d'hégémonie qui était au principe de son activité. Non content de s'instituer l'administrateur politique de l'espace social laissé vacant par l'État, il s'efforça de soumettre ce dernier à son contrôle par le biais même de la coopération qu'il lui offrait. Davantage, et ici le conflit vint au grand jour, il s'employa avec ténacité à le dépouiller de ses prérogatives, à lui arracher les compétences qui le définissaient historiquement en tant qu'État, qu'il s'agisse des forces armées, de l'assistance sociale ou de l'instruction publique (en Italie, le parti fit passer sous sa coupe des pans entiers du système éducatif, notamment les écoles rurales et les centres d'instruction des professeurs d'éducation physique[23]).

Face à l'action cancéreuse d'un parti qui cherchait à l'envelopper et à la supplanter, l'administration étatique se trouva placée dans une défensive de plus en plus incon-

---

22. Niccolà Zapponi, « Il partito della gioventù. Le organizzazioni giovanili del fascismo, 1926-1943 », *Storia contemporanea*, XIII, 4/5, octobre 1982, p. 569-624 (ici p. 591 *sq.*). Cf. aussi Tracy H. Koon, *Believe, Obey, Fight. Political Socialization of Youth in Fascist Italy, 1922-1943*, Chapel Hill-Londres, The University of North Carolina Press, 1985. Pour l'Allemagne, cf. Arno Klönne, *Jugend im Dritten Reich. Die Hitler-Jugend und ihre Gegner*, Cologne, Diederichs, 1984.

23. Zapponi, art. cité.

fortable. Les hauts fonctionnaires conservateurs qui la dirigaient, tout membres du parti qu'ils étaient, associaient la préservation de leur pouvoir à l'idéal d'un État autoritaire hiérarchisé, doté d'un personnel compétent et discipliné, et travaillant, bien entendu, à l'abri de toute ingérence extérieure[24]. Les dirigeants de l'appareil du parti estimaient, quant à eux, que leur mission était de s'intéresser à toute la vie du pays et de juger des incidences de chaque action administrative. Expression d'une mentalité formée dans les temps de lutte et qui formait une culture d'opposition à l'État au sein même du régime, leur attitude, faite de méfiance et de mépris, leur faisait dénoncer comme le refuge de toutes les routines une administration qui représentait le principal obstacle à l'expansion de leur organisation.

Les historiens italiens parlent volontiers de la dévitalisation du parti fasciste après 1925-1926, sous-estimant ainsi l'importance de cette institution et méconnaissant son rôle dans la structuration du régime[25]. Certes, le secrétaire du parti ne collaborait pas, sinon à titre consultatif, à une prise de décision qui demeurait le domaine réservé du chef. Mais, privé d'un droit de parole dans la direction suprême du régime, le responsable du parti n'en poursuivit qu'avec plus de zèle l'agrandissement de son pouvoir aux dépens de l'État et de la société. Plusieurs secrétaires se succédèrent à la tête du parti fasciste, des hommes choisis par Mussolini en raison de leur entière dévotion à sa personne. A chaque fois, le nouveau secrétaire s'identifia à son appareil et s'en fit le porte-parole auprès du chef. Le parti fasciste réalisa ainsi, au fil des ans, une expansion notable, acquérant de nouvelles compétences, agrandissant son appareil, occupant au sein du régime un espace croissant. Mussolini avait beau

24. Pour l'Allemagne, cf. Jane Caplan, *Governement without Administration : State and Civil Service in Weimar and Nazi Germany*, New York, Oxford University Press, 1988.

25. Cf. par exemple Aquarone, *op. cit.*, p. 165-166 ; Emilio Gentile, « La natura e la storia del PNF nelle interpretazioni dei contemporanei e degli storici », *Storia contemporanea*, XVII, 1985/3, p. 521-607.

garder la haute main sur lui, l'existence institutionnelle du parti transformait celui-ci en un facteur de pouvoir qui faisait pression sur le chef et développait une dynamique propre, actualisant la tendance totalitaire présente dans l'idéologie du mouvement.

La spécificité des rapports du parti et de l'État dans l'Allemagne nazie et l'Italie fasciste tenait, en somme, à l'existence d'un dualisme mal délimité qui résultait lui-même du compromis autoritaire : les forces conservatrices souhaitant la limitation des pouvoirs du parti, sinon sa disparition, le chef ne pouvant et ne voulant se priver de cette base de pouvoir, les responsables du parti, enfin, cherchant à affirmer et à accroître leur autonomie. Stimulé par le caractère global de sa mission, inspiré par une idéologie à base de darwinisme social qui exaltait le combat et le mouvement, orienté par une identité de corps qui s'exprimait dans l'hostilité à l'État, l'appareil du parti effectuait un travail d'enveloppement et de sape qui produisait tendanciellement, outre une prolifération bureaucratique et des duplications dispendieuses, une désagrégation de l'État classique dont il ne se voit pas l'équivalent dans le régime soviétique.

Cette action subversive du parti envers l'État qu'ont soulignée les historiens dans le cas du régime nazi[26] me paraît être également une caractéristique du régime fasciste dont il faudrait approfondir l'étude, la différence étant une affaire de degré, attribuable à quelques facteurs. Mussolini avait une conception napoléonienne du pouvoir. Jaloux de son autorité, il procédait à de fréquents changements de personnel, dans le gouvernement comme dans le parti. En revanche, Hitler respectait la vieille garde et tolérait l'existence de fiefs qui eurent le temps, contrairement à ce qui se produisit dans le cas des *ras* du fascisme, de s'affermir

---

26. Martin Broszat, *Der Staat Hitlers. Grundlegung und Entwicklung seiner inneren Verfassung*, Munich, DTV, 1969 (trad. fr. *L'État hitlérien*, Paris, Fayard, 1985).

durant la longue période qui précéda l'accession au pouvoir. Et surtout, il n'hésitait pas à faire de larges délégations de pouvoir au bénéfice de ses fidèles, court-circuitant une administration pour laquelle il éprouvait la plus grande défiance et créant ainsi des enchevêtrements inextricables de compétences.

Cette pratique néoféodale[27], qui était avec le radicalisme de l'idéologie et des objectifs hitlériens l'un des traits marquants du système nazi, redoublait les effets découlant du dualisme en encourageant des tendances centrifuges au sein même du parti et en poussant les plus ambitieuses de ses composantes à développer leur propre politique d'expansion. L'amalgame de la SS et de la police que réussit à opérer Himmler entre 1934 et 1936, tout comme l'autonomie croissante qu'il acquit aussi bien vis-à-vis du parti que de l'État furent, avec sa fidélité envers Hitler, les conditions préalables à la mise en œuvre de la « Solution finale ». De ce point de vue, le régime fasciste apparaît bien plus modéré, à la fois pour ce qui est de la dynamique de ses rivalités internes et de leurs effets sur l'État et le parti. Il reste que dans les deux régimes l'action envahissante et subversive du parti multiplia les zones de friction et, en conséquence, le recours au chef appelé à trancher incessamment entre le parti et les forces conservatrices, entre le parti et les responsables de l'État, enfin entre les responsables du parti eux-mêmes.

La base populaire.

La popularité était un objectif central des régimes de type fasciste. La conquête des masses, des ouvriers notamment, conditionnait la réalisation de leur idéal, la formation d'une

---

27. Robert L. Koehl, « Feudal Aspects of National Socialism », *The American Political Science Review*, LIV, 4, décembre 1960, p. 921-933 ; du même, *The Black Corps. The Structure and Power Struggles of the Nazi SS*, The University of Wisconsin Press, 1983.

communauté nationale ordonnée, enthousiaste et conquérante. A cet égard, l'action des régimes italien et allemand ne fut pas sans succès. Régimes policiers, ils jouirent d'une popularité que la répression ne pouvait créer. Le problème est de cerner l'étendue de ce soutien, d'en saisir les ressorts et les motifs, d'apprécier son adéquation aux attentes et aux objectifs du pouvoir. La réponse n'est pas aisée, car les attitudes et les opinions de la population, comme leur différenciation selon les régions et les catégories sociales, demeurent un terrain largement inexploré, en particulier en Italie[28].

D'une façon générale, il faut constater l'influence quasi nulle des régimes sur les grandes tendances de l'évolution économique et sociale. Rien de plus frappant que l'écart entre leurs objectifs, principalement la renaissance du monde agricole, et une réalité marquée par le développement de la grande industrie, la concentration du capital, la mobilité de la population et la croissance des villes. En matière démographique, le jugement doit probablement être nuancé, l'Allemagne nazie paraissant rencontrer un moindre insuccès que l'Italie fasciste. Mais la complexité des facteurs en jeu rend difficile d'évaluer ce qui doit être attribué aux mesures prises par le régime. De même, la politique concernant les femmes ne semble pas avoir substantiellement modifié les grands courants d'évolution[29].

---

28. Pour l'Allemagne nazie, cf. Marlis G. Steinert, *Hitlers Krieg und die Deutschen. Stimmung und Haltung der deutschen Bevölkerung im Zweiten Weltkrieg*, Düsseldorf, Econ Verlag, 1970, et Ian Kershaw, *Popular Opinion and Political Dissent in the Third Reich. Bavaria, 1933-1945*, Oxford, Clarendon Press, 1983 (trad. fr. *L'Opinion allemande sous le nazisme. Bavière, 1933-1945*, Paris, Éd. du CNRS, 1995). Pour l'Italie, outre les éléments donnés par De Felice dans sa biographie de Mussolini, cf. Loris Rizzi, *Lo sguardo del potere. La censura militare in Italia nella seconda guerra mondiale, 1940-1945*, Milan, Rizzoli, 1984.

29. Pour l'Italie, cf. le bilan de Maria Fraddosio, « Le donne e il fascismo. Ricerche e problemi di interpretazione », *Storia contemporanea*, XVII, 1986/1, p. 95-138. Pour l'Allemagne, cf. Jill Stephenson, *Women in Nazi Society*, Londres, Croom Helm, 1975 ; Dorte Winkler,

Quelles qu'en soient les raisons, manque de temps ou inconsistance des moyens et des fins – l'expansion supposant une base économique forte –, on observe la progression ininterrompue d'une société industrielle caractérisée, comme ailleurs, par la technicisation du travail, l'accroissement de la bureaucratie et l'expansion des cols blancs.

Socialement, la continuité prévalut : continuité des élites traditionnelles, notamment grâce à un système d'enseignement qui demeurait sélectif, continuité des clivages de tous ordres, confessionnels, régionaux, sociaux. Le bilan matériel demeura modeste pour la majorité de la population : situation peu ou pas améliorée pour les ouvriers et les paysans (probablement empirée en Italie pour les journaliers agricoles), poursuite des difficultés pour les classes moyennes[30]. Il est vrai que ce bilan est implicitement étalonné sur la prospérité du second après-guerre. Les contemporains jugeaient sur l'expérience des crises qu'ils venaient de connaître et en fonction d'attentes plus limitées. Dans tous les cas, il paraît peu justifié de parler de révolution sociale ou de modernisation. Entre la réalité objective et la réalité perçue, des différences notables ont pu exister, certes, et il est probable que, comme l'a écrit David Schoenbaum, leur société soit apparue à des Allemands ou à des Italiens

---

Frauenarbeit im Dritten Reich, Hambourg, Hoffmann und Campe, 1977 ; Dorothee Klinksiek, *Die Frau im NS-Staat*, Stuttgart, Deutsche Verlags-Anstalt, 1982 ; Claudia Koonz, *Les Mères-patrie du III*e *Reich. Les femmes et le nazisme*, Paris, Lieu commun, 1989 ; Lisa Pine, *Nazi Family Policy, 1933-1945*, New York, Oxford University Press, 1997.

30. Cf. notamment Tim Mason, *Sozialpolitik im Dritten Reich. Arbeiterklasse und Volksgemeinschaft*, Opladen, Westdeutscher Verlag, 1977 ; Adelheid von Saldern, *Mittelstand im Dritten Reich : Handwerker, Einzelhändler, Bauern*, Francfort-sur-le-Main, Campus Verlag, 1979 ; Michael Prinz, *Vom neuen Mittelstand zum Volksgenossen. Die Entwicklung des sozialen Status der Angestellten von der Weimarer Republik bis zum Ende der NS-Zeit*, Munich, Oldenbourg, 1986 ; *La classe operaia durante il fascismo*, vol. XX des *Annali della Fondazione Feltrinelli, 1979-1980*, Milan, Feltrinelli, 1981 ; Jens Petersen et Wolfgang Schieder (éd.), *Faschismus und Gesellschaft in Italien*, Cologne, SH-Verlag, 1998.

comme une société plus ouverte et plus égale[31]. Mais il est douteux que cela ait été le sentiment d'autre chose que d'une minorité, avant tout d'une fraction de la jeunesse et de ceux qui, placés à l'un des innombrables postes de commandement du parti et de ses filiales, jouirent d'un pouvoir qu'ils n'auraient pas possédé en d'autres circonstances.

Dans l'ensemble, la « communauté nationale » demeura un thème de propagande qui ne modifia pas substantiellement la manière dont était vécue la réalité sociale. L'enquête de Ian Kershaw sur la Bavière montre exemplairement que le désenchantement et le mécontentement dominaient dans presque tous les secteurs de la population[32]. La politique religieuse du régime, particulièrement mal acceptée dans une région à l'identité façonnée par l'Église catholique, y entra pour beaucoup, mais les conditions matérielles n'étaient pas moins influentes. A travers les récriminations incessantes de la population, il apparaît que les inégalités sociales continuaient d'être perçues avec acuité. Pourtant, ce mécontentement ne se tourna pas contre le régime, neutralisé qu'il était par l'approbation que trouvait la politique nationale incarnée par Hitler. D'où la nécessité pour l'historien de prendre en compte la complexité des attitudes envers le pouvoir. Le terme de « consensus », même enrichi de la distinction entre consensus actif et passif, dont fait usage l'historiographie italienne à la suite de Renzo De Felice, simplifie à l'excès un ensemble d'attitudes qu'il vaudrait mieux situer sur une échelle entre les deux notions de l'acceptation et de la distance : la première comprenant la résignation, le soutien et l'adhésion ; la seconde, la déviance, la dissidence et l'opposition. Dans la réalité, le plus fréquent était le mélange de plusieurs de ces types d'attitude chez le même individu.

---

31. David Schoenbaum, *Hitlers Social Revolution. Class and Status in Nazi Germany, 1933-1939*, Londres, Weidenfeld and Nicolson, 1967 (trad. fr. *La Révolution brune. La société allemande sous le IIIe Reich*, Paris, Robert Laffont, 1979).

32. Kershaw, *op. cit.*

Ajoutons qu'on s'expose à méconnaître la nature des attitudes populaires en les interprétant en termes exclusivement politiques, en imputant des motifs politiques à tout comportement où se marquait une distance envers le régime. Prenons l'exemple des groupes de jeunes qui jetèrent l'alarme chez les autorités dans les grandes villes allemandes à partir de la fin des années 1930 et pendant la guerre. Composés de dizaines de personnes affichant la même allure vestimentaire, ces groupes étaient la forme la plus visible de la réaction que provoquait dans une partie de la jeunesse l'enrégimentement dans la Hitlerjugend. Certains, tels les *swings*, se réunissaient en privé pour danser sur de la musique anglo-saxonne. D'autres, d'une origine sociale plus modeste, comme les Edelweisspiraten de la Ruhr, se retrouvaient au coin des rues ou dans les terrains vagues, fréquentaient, malgré les interdictions, les travailleurs étrangers et s'en prenaient, à l'occasion, aux membres du service d'ordre de la Jeunesse hitlérienne[33]. Pour toutes les incidences politiques qu'ils pouvaient avoir aux yeux d'un pouvoir totalitaire, ces comportements, qui ont leur place dans l'histoire de l'émergence d'une culture des jeunes, relevaient, en l'absence d'une opposition motivée au régime dans son ensemble, de la déviance plus que de la résistance.

L'historienne Luisa Passerini a bien situé le problème en écrivant que, pas plus que l'on ne peut déduire le consensus de l'absence d'opposition, il ne faut inférer un désaccord politique de l'existence de formes d'opposition culturelle[34]. La pertinence et la fécondité de ce point de vue ont été vérifiées dans des enquêtes d'histoire orale auprès d'ouvriers, c'est-à-dire de membres de la catégorie sociale qui s'est

---

33. Arno Klönne, « Jugendprotest und Jugendopposition. Von der HJ-Erziehung zum Cliquenwesen der Kriegszeit », dans Martin Broszat (éd.), *Bayern in der NS-Zeit*, Munich, Oldenbourg, 1981, vol. IV, p. 527-620.

34. Luisa Passerini, *Torino operaia e fascismo. Una storia orale*, Rome, Laterza, 1984, p. 5.

révélée la moins facilement pénétrable pour les régimes fasciste et nazi. Il en ressort la marginalité du politique au regard des fatigues du quotidien, le rôle non négligeable des médiations à travers lesquelles l'individu entrait en contact avec le régime, enfin et surtout la prégnance d'une culture sociale qui jouait de façon ambivalente. D'un côté, une identité fondée sur un fort sentiment de différence et d'injustice opposait à la propagande du pouvoir une barrière mentale qui trouvait expression dans le recours à des formes traditionnelles de défense symbolique comme le rire, la plaisanterie, la chanson. D'un autre côté, cette même identité exposait à une emprise partielle parce qu'elle incorporait des valeurs – la dignité du travail, le respect de l'ordre, le culte de la virilité et de la puissance physique – que le régime mettait lui-même à l'honneur[35].

La base populaire semble ainsi avoir été due à de multiples facteurs qui conditionnaient un soutien réel, mais fragile, dans toute la mesure où il était fondé sur une inadéquation marquée entre les motivations de la population et les objectifs du pouvoir. Certains de ces facteurs étaient d'une nature générale : contribution des Églises qui prêchaient l'obéissance au régime ; discipline sociale du monde de l'entreprise ; pression de la famille et des nécessités matérielles les plus vitales. D'autres étaient spécifiques, à commencer par l'effet des instruments du régime qui, à côté de leur travail de pénétration du tissu social, de fragmentation des solidarités et de répression des oppositions, tiraient profit de formes plus subtiles de contrôle. A travers l'emploi du salut fasciste, par exemple, une intériorisation du conformisme extérieur se trouvait encouragée.

Ensuite, il y avait les effets d'une politique sociale dont les avantages objectifs étaient loin d'être négligeables, qu'il

35. Passerini, *ibid.* ; cf. également Lutz Niethammer (éd.), *Die Jahre weiss man nicht, wo man die heute hinsetzen soll. Faschismus-Erfahrungen im Ruhrgebiet. Lebensgeschichte und Sozialkultur im Ruhrgebiet 1930 bis 1960*, Berlin-Bonn, Dietz, vol. 1, 1983.

s'agisse des assurances, de l'assistance ou des loisirs[36]. La popularité en fut indéniable, comme l'indique l'écho recueilli par les enquêtes d'histoire orale. La promesse d'un mieux-être s'attachait à l'amorce de consommation de masse que les régimes promouvaient et dont ils savaient exploiter les séductions, non sans périls pour eux. Moyen efficace d'atténuer les écarts de la société de classes, la société de consommation portait le risque de démobiliser la population et de faire obstacle à la formation d'un peuple de guerriers prêts au combat.

Enfin, les régimes prenaient appui sur un nationalisme populaire qu'ils exploitaient et développaient à travers des médiations diverses. Le sport, qui reçut une impulsion considérable[37], mais aussi les voyages et la propagande touristique qui faisaient découvrir le pays à une population encore largement immobile renforçaient un sentiment national diffusé depuis plusieurs décennies par l'école et le service militaire. Mais ce furent leurs succès diplomatiques et militaires qui valurent un maximum de popularité à des pouvoirs dont l'agressivité et le chauvinisme allaient à la rencontre de dispositions enracinées. Il faut souligner, d'un autre côté, que ces succès furent d'autant plus volontiers fêtés par la population qu'ils étaient acquis au moindre prix, notamment sans provoquer de guerre européenne, et qu'ils satisfaisaient des revendications territoriales traditionnelles sans commune mesure avec les objectifs ultimes des hommes au pouvoir.

Dans l'ensemble, si les régimes réussirent à accréditer une certaine image de progrès social et à mobiliser à leur profit le sentiment national, le soutien populaire valait

---

36. Victoria De Grazia, *Consenso e cultura di massa nell'Italia fascista. L'organizzazione del Dopolavoro*, Rome-Bari, Laterza, 1981 ; Marie-Luise Recker, *Nationalsozialistische Sozialpolitik im Zweiten Weltkrieg*, Munich, Oldenbourg, 1985.

37. Felice Fabrizio, *Sport e fascismo. La politica sportiva del regime, 1924-1936*, Florence-Rimini, Guaraldi, 1976 ; Hajo Bernett, *Sportpolitik im Dritten Reich*, Stuttgart, Karl Hofmann, 1971.

moins pour les objectifs spécifiques du pouvoir, généralement mal perçus ou sous-estimés, que pour les aspects de son action qui répondaient à des revendications matérielles et à des valeurs traditionnelles. A cette constatation il faut en ajouter une autre : le soutien qui résultait de ces motifs hétérogènes bénéficiait au chef plus qu'au régime dans son ensemble. Les ministres et le parti étaient tenus en piètre estime et concentraient sur eux des critiques et des mécontentements dont le chef était exonéré. Comme l'a bien montré Kershaw, la popularité de Hitler se nourrit, au-delà de ce qui apparaissait comme ses succès personnels, de l'impopularité du parti. Ainsi l'image positive du Führer s'accentua dans la population au lendemain de la Nuit des Longs Couteaux. La répression qui frappait la SA satisfaisait les ressentiments accumulés contre les nouveaux « bonzes[38] ». Situé au-dessus du parti et loin du quotidien, le chef représentait un facteur essentiel d'intégration et de stabilisation parce qu'il concentrait sur une figure qui devenait proprement mythique les éléments de crédit que la population était disposée à accorder au régime.

Le mythe du chef.

Le chef était, dans les régimes de type fasciste et à la différence des régimes de type bolchevique[39], une institution clé dans la mesure où il occupait une place doublement spécifique : son absolutisme était doctrinalement fondé et son pouvoir effectif dérivait de la position stratégique que lui aménageait une structure politique à plusieurs compo-

38. Ian Kershaw, *Der Hitler-Mythos. Volksmeinung und Propaganda im Dritten Reich*, Stuttgart, Deutsche Verlags-Anstalt, 1980, p. 74 *sq*.

39. Cf. Nina Tumarkin, *Lenin Lives ! The Lenin Cult in Soviet Russia*, Cambridge (Mass.), Harvard University Press, 1983 ; Robert C. Tucker, « The Rise of Stalin's Personality Cult », *The American Historical Review*, 84/2, avril 1979, p. 347-366.

santes. Graphiquement représenté, le régime de type fasciste a la forme d'un quinconce : au centre le chef, aux quatre côtés, le parti, l'État, les élites, le peuple. Grâce à l'alliance avec les élites, à l'instrumentalisation du parti et de l'État, à l'existence d'une base populaire, le chef acquérait une autonomie croissante par rapport à chacun de ses appuis, exerçant vis-à-vis d'eux, grâce à une légitimité formellement reconnue par tous, un rôle de médiateur, d'intégrateur et de décideur. Son autonomie avait des limites, toutefois, dans la mesure même où il devait veiller au maintien de ces appuis et où il lui fallait répondre, au moins partiellement, aux demandes et aux pressions qui émanaient des composantes du système. En Italie comme en Allemagne, le chef stimula ou entérina, selon les moments, le déplacement de l'équilibre des forces en faveur du parti. Mais ce mouvement ne rendit que plus sensible la difficulté à laquelle il se trouvait confronté. En attendant le jour lointain où l'endoctrinement aurait modelé les nouvelles générations et où il pourrait se dispenser des anciennes élites, pouvait-il favoriser indéfiniment le parti sans perdre l'un ou l'autre des soutiens qui lui assuraient un pouvoir de décision autonome ?

Dans l'immédiat, il jouissait d'une position extraordinaire puisqu'il se voyait reconnaître une autorité sans partage et que sa personne se trouvait transformée en mythe. Ce résultat, la propagande ne pouvait le produire à elle seule. Il fallut d'abord que le rôle, au sens sociologique du mot, de Duce ou de Führer ait été endossé par Hitler et par Mussolini et puis que la prétention à l'autorité suprême qui y était attachée ait été reconnue à l'extérieur, dans le parti, parmi les élites, dans la population. Le fascisme des débuts connaissait si peu le principe du chef que ce n'est qu'en 1926 que le mode électif fut formellement supprimé au sein du parti fasciste. Hitler lui-même ne l'éleva en élément cardinal de sa conception politique qu'au terme d'un processus qui s'étendit de 1919 à 1924[40]. Dans l'un et l'autre parti,

---

40. Albrecht Tyrell, *Vom « Trommler » zum « Führer ». Der Wandel*

le triomphe du nouveau principe ne se fit pas sans contestations internes.

Après l'accession au pouvoir, les responsables du parti contribuèrent à leur tour à une élévation du chef qui n'était pas sans avantage pour eux. Cela est particulièrement visible dans le cas du parti fasciste où le principe du chef ne s'imposa pas avant l'arrivée au pouvoir. Turati, devenu secrétaire du parti en 1926, se fit l'architecte d'un culte de Mussolini où il voyait manifestement le moyen de suppléer à la faiblesse de sa propre autorité[41]. Hess mit en œuvre la même stratégie qui visait à favoriser l'expansion du parti en le faisant apparaître comme l'instrument le plus sûr du chef. Quant aux élites, elles ne furent pas en reste et apportèrent une contribution où transparaissait également un calcul : il s'agissait d'emprisonner le chef dans le filet de l'allégeance qui lui était donnée et de bloquer une évolution contraire à leurs vues. Enfin, la population y allait de sa reconnaissance, qui avait, elle aussi, une dimension fonctionnelle, l'éloge du chef s'accompagnant de critiques adressées au reste du régime.

Dans ces attitudes qui aboutissaient à légitimer un pouvoir sans partage, on voit opérer un mécanisme complexe hors du contrôle d'un individu et hors de portée d'un appareil de propagande, où cumulaient leurs effets la volonté d'expansion d'un parti à visée totalitaire, l'affirmation défensive de leurs positions par les autres groupes dirigeants, enfin et surtout des dispositions mentales ancrées dans la société. Car il est évident que, par-delà les calculs conscients et inconscients qui concouraient à produire la montée en gloire du chef, c'était avant tout un état des mentalités qui se faisait ici sentir. Cette mystification soulève, à

---

von Hitlers Selbstverständnis zwischen 1919 und 1924 und die Entwicklung der NSDAP, Munich, Fink, 1975 ; Wolfgang Horn, *Führerideologie und Parteiorganisation in der NSDAP, 1919-1933*, Düsseldorf, Droste, 1972.

41. Philip Morgan, « Augusto Turati », dans Ferdinando Cordova (éd.), *Uomini e volti del fascismo*, Rome, Bulzoni, 1980, p. 473-520.

son tour, des questions qui débordent la simple description du phénomène et auxquelles on pourrait tenter de répondre à travers une analyse des représentations du chef.

Curieusement, ce domaine est resté largement inexploré, aucune étude d'ensemble n'ayant mis à contribution le matériau qu'offrent d'innombrables biographies, photographies et images cinématographiques [42]. Le déchiffrement de cet univers symbolique permettrait de cerner les éléments de sens qui ont pu séduire et retenir la population. En général, et sous réserve d'un nécessaire approfondissement, ce qui frappe dans l'imagerie du chef, c'est la superposition de figures empruntées à divers systèmes de références qui furent exploités pour leur capacité à donner l'auréole de l'extraordinaire. Le résultat en était une combinaison des registres de la modernité et de la tradition.

Dans le monde de la tradition, l'emprunt dominant était fait à la culture chrétienne. Le chef était présenté pêle-mêle comme l'homme de la Providence, le sauveur, le fondateur d'une nouvelle religion, et même comme un dieu fait homme dont les fidèles réunis dans l'Église du parti formaient le corps mystique. Dans les biographies de Hitler et de Mussolini se trouvaient entremêlés les motifs de la légende, de l'hagiographie et du messianisme : l'enfance modeste, les signes de l'élection, le chemin des épreuves, l'illumination, l'apostolat solitaire, le triomphe du sauveur. Il est difficile d'estimer l'efficacité de ces représentations, mais il est certain qu'elles pouvaient prendre appui sur une base

42. Quelques travaux abordent l'un ou l'autre aspect du sujet : A.B. Hasler, « Das Duce-Bild in der faschistischen Literatur », dans *Quellen und Forschungen aus italienischen Archiven und Bibliotheken*, vol. 60, 1980, p. 420-506 ; Jens Petersen, « Mussolini. Wirklichkeit und Mythos eines Diktators », dans K.H. Bohrer (éd.), *Mythos und Moderne. Begriff und Bild einer Rekonstruktion*, Francfort-sur-le-Main, Suhrkamp, 1983 ; Piero Melograni, « The Cult of the Duce in Mussolini's Italy », *Journal of Contemporary History*, 1976/4, p. 221-237 ; Luisa Passerini, *Mussolini immaginario : storia di una biografia 1915-1939*, Rome, Laterza, 1991 ; J.P. Stern, *Hitler, the Führer and the People*, Berkeley, University of California Press, 1975 ; Dominique Pélassy, *Le Signe nazi. L'univers symbolique d'une dictature*, Paris, Fayard, 1983.

culturelle extrêmement large. Le notable est qu'elles cherchaient à capter une religiosité diffuse en la dissociant du message proprement chrétien et à l'utiliser pour lier émotionnellement la population au chef et à son régime.

De la tradition encore, mais d'une tradition culturelle plutôt que religieuse, relevaient d'autres éléments : emprunts aux mythologies, grecque, latine, germanique, et surtout emprunts aux grands courants du XIXe siècle. De la tradition romantique dérivaient la figure du grand homme, développée ensuite par l'historisme et propagée par le système scolaire, tout comme celle du génie universel, le chef à la fois penseur, orateur, artiste. Quelques éléments (mais ceci vaut surtout pour l'Italie) étaient même empruntés à la tradition de gauche, notamment au nationalisme mazzinien : figure du chef en éducateur du peuple, en homme nouveau. Enfin, d'autres éléments dérivaient de la culture irrationaliste fin-de-siècle : le chef magnétiseur ou hypnotiseur qui plongeait la foule dans une hallucination ou une extase collective.

Le registre du moderne faisait du chef l'incarnation de son époque et de sa société. Ses apparitions en dirigeant du régime – chef de gouvernement en frac ou chef de parti en uniforme – peuplaient les actualités. Plus intéressante était sa présentation sous l'angle social : l'homme aux origines modestes ; le héros obscur de la Grande Guerre ; le producteur ou le travailleur manuel – Mussolini maçon, mineur, moissonneur, Hitler avec la pelle sur une autoroute ou semant ; et aussi l'homme simple et familier, l'ami des enfants (une représentation saturée par la référence christique). Enfin, le chef apparaissait comme le maître d'une technique fascinante qui avait l'éclat de la voiture ou de l'avion. Les nouveaux médias utilisés par le pouvoir, comme la radio et le cinéma, y ajoutaient la magie de leur jeu sur la présence-absence.

Des hommes qui, eux-mêmes, n'avaient pas d'identité sociale définie, offraient une image-caméléon qui pouvait concentrer les attentes et éveiller les résonances les plus diverses. A travers ce kaléidoscope se donnait en représentation un pouvoir qui, à la fois, se costumait simple et affichait son exceptionnalité, qui alliait la démocratisation de son apparence à la divinisation de son essence. Une double dimension que l'on retrouvait au cœur des grands rassemblements pratiqués par les régimes : le chef tenait un meeting qui avait la solennité des rites ecclésiastiques et qui transformait la politique en culte de la communauté nationale. A l'offre d'une image identificatrice s'ajoutait ainsi celle d'un rapport de communication émotionnelle, d'un lien de communauté affective entre le chef et ses fidèles.

La célébration et la prédication remettaient à l'honneur une culture de la voix et du regard, une culture de la présence physique d'un pouvoir sacralisé. C'était une « parole magique » qui sortait de la bouche de Mussolini, c'était la voix de Hitler qui « rend croyant [43] ». La recréation d'un pouvoir sensible et magique était elle-même inscrite au cœur d'une entreprise plus vaste qui se marquait dans un effort soutenu pour revivifier rituels et symboles, et ranimer folklore et fêtes populaires. Plus que de restaurer la tradition, il s'agissait de façonner une identité à nouveau émotionnellement vécue, une identité sans faille où se recréerait la plénitude de l'appartenance tribale. Par là, les régimes fasciste et nazi représentent la tentative la plus radicale qui ait existé de refouler le « désenchantement du monde » dont parlait Max Weber, de réenchanter l'univers froid et anonyme de la modernité.

Le mythe du chef est, à cet égard, le seul élément de réussite dont ils auraient pu se prévaloir. Il répondait à une forte attente populaire envers un pouvoir personnel en qui l'individu pouvait avoir foi et qui exercerait une autorité aimée ; au désir d'un souverain qui aurait visage et voix, qui permettrait identification et adoration. Voilà ce qui rend compte, probablement, de la profonde intériorisation du

---

43. Citations tirées de Hasler, art. cité, p. 446 ; Hans-Jochen Gamm, *Der braune Kult. Das Dritte Reich und seine Ersatzreligion. Ein Beitrag zur politischen Bildung*, Hambourg, Rütten und Loenin Verlag, 1962, p. 26.

mythe, de sa sacralisation même, comme le montre la manière dont il se délita. Pendant la guerre, le détachement de la population envers le chef s'exprima à travers des rumeurs sur l'état de santé de Mussolini et de Hitler. La population interrogeait la voix et le visage du dictateur. Il était question de paralysie progressive et d'attentat à propos du premier, de blessure, de maladie mentale, de dépression nerveuse, de cécité à propos du second. A partir de 1942, les Italiens commencèrent à parler de Mussolini comme d'un « vieux », d'« un homme fini » : usure d'un mythe qui avait pris les traits de l'éternelle jeunesse[44].

En somme, la population se déprenait du mythe sans sortir de la mentalité qui en avait permis l'épanouissement. Le dictateur n'était plus surhumain, il rentrait dans la condition commune. Mais on espérait sa mort pour ne pas la vouloir, on souhaitait une fin de soulagement. En Allemagne, l'attentat contre Hitler en juillet 1944 secoua une population qui ne se battait plus pour assurer la victoire du régime, mais pour éviter un écrasement national, une population qui s'était largement détachée du Führer, mais n'osait encore penser à son élimination physique[45]. C'est que la rupture du mythe constituait une véritable transgression. Peut-être parce que, pour l'individu, elle signifiait combattre une partie de soi, la partie fasciste, ou du moins la partie responsable de l'acceptation du fascisme[46]. Mais, davantage qu'à un mécanisme de justification ou de cohérence psychologique, la difficulté de la rupture renvoyait à l'emprise d'une mentalité traditionnelle, sinon archaïque, qui avait permis la survie et la renaissance de mythes comme celui du bon souverain mal entouré et de comportements plus

---

44. Nicola Gallerano, « Gli Italiani in guerra, 1940-1943. Appunti per una ricerca », *Italia contemporanea*, 160, septembre 1985, p. 89 ; Angelo M. Imbriani, *Gli Italiani e il Duce : il mito e l'imagine di Mussolini negli ultimi anni del fascismo (1938-1943)*, Naples, Liguori, 1992 ; Kershaw, *Der Hitler-Mythos, op. cit.*, p. 165-166, 170.
45. Kershaw, *ibid.*, p. 191.
46. Gallerano, art. cité, p. 89.

caractéristiques de l'époque des rois thaumaturges que des sociétés industrielles du XXe siècle.

Au terme de cette exploration est-il nécessaire de souligner que la parenté constatée dans la structuration des pouvoirs fasciste et nazi ne peut avoir résulté d'un acte de volonté ou d'une imitation (bien qu'il y ait eu des influences réciproques[47]) ? En tant qu'elle fut le produit d'un travail où la société eut sa part autant que les acteurs du pouvoir, cette parenté invite à approfondir des dimensions telles que les imaginaires politiques et les symboliques du pouvoir. Si diverses qu'elles aient pu être, et sans négliger leurs arrière-plans économiques et sociaux, ces dimensions du politique, à la fois conditionnées historiquement et ouvertes à l'innovation, formèrent l'outillage à partir duquel le régime fasciste et le régime nazi furent construits. Envisagé dans cette perspective, le problème de leur parenté conduit à rechercher comment entrèrent en composition des formes politiques et des conditions de réceptivité voisines.

Dans le fascisme et le nazisme, on peut discerner quelques formes politiques fondamentales qui dérivaient d'un passé plus ou moins proche et qui furent inégalement retravaillées, mais dont l'assemblage produisit une authentique innovation. La figure du chef, dérivée du modèle monarchique et qui, à la fois démocratisée et mythifiée, donna naissance à un césarisme plébiscitaire. La forme d'action collective que constituait le parti, produit type de la culture libérale, mais que les fascistes et les nazis reprirent en le concevant, non plus comme une association entre individus égaux, mais comme un ordre chevaleresque ou un

---

47. Cf. par exemple Klaus-Peter Hoepke, *Die deutsche Rechte und der italienische Faschismus. Ein Beitrag zum Selbstverständnis und zur Politik von Gruppen und Verbänden der deutschen Rechten*, Düsseldorf, Droste, 1968, et Philip V. Cannistraro, « Burocrazia e politica culturale nello stato fascista : il Ministero della Cultura Popolare », *Storia contemporanea*, 1/2, 1970, p. 273-298.

ordre religieux investi d'une mission de rédemption nationale (une autoreprésentation à laquelle s'accrochèrent des partis devenus machines bureaucratiques, engendrant l'action subversive que l'on a vue). La « nationalisation des masses[48] », entreprise par des régimes libéraux dans des pays à l'unification tardive et que le développement du socialisme, puis du communisme fit apparaître bien insuffisante aux yeux d'un nationalisme échauffé par sa situation de tard-venu dans le partage impérialiste du monde. Enfin, et en rapport étroit avec le dernier élément, un imaginaire politique tiré de l'expérience de la Grande Guerre qui fusionna les représentations exaltées de la communauté virile des tranchées et de l'entrée en guerre d'août 1914 et de mai 1915, moment de grâce où la nation aurait trouvé une unité mystique au service de la grandeur et de l'héroïsme.

Si les régimes furent loin de réaliser cet imaginaire politique, le soutien populaire et la collaboration des élites qu'ils obtinrent n'en signalaient pas moins l'existence de conditions de réceptivité favorables, des conditions qui permirent, non pas leur instauration, qui fut avant tout le produit de la conjoncture, mais leur stabilisation. Il faudrait alors explorer plus à fond la résilience d'influences romantiques, religieuses et monarchiques qui nourrirent une culture autoritaire charpentée historiquement par des expériences voisines. L'Allemagne et l'Italie connurent une unification nationale tardive qui se réalisa dans des conditions voisines. Ici et là, une révolution par en haut favorisa la persistance de traditions préindustrielles et prédémocratiques qui bloquèrent le développement d'une culture du contrat social. Ici et là encore, un libéralisme faible se satisfit d'une garantie constitutionnelle octroyée par un État qui revendiquait d'être le fondement de la société. Les forces de démo-

48. George L. Mosse, *The Nationalization of the Masses. Political Symbolism and Mass Movements in Germany from the Napoleonic Wars through the Third Reich*, New York, Fertig, 1975.

cratisation elles-mêmes témoignèrent à leur manière de cette déficience du libéralisme. La tendance de la social-démocratie à s'organiser en contre-société, tout comme la force du socialisme anarchiste en Italie étaient une expression, par réaction ou par reproduction inversée, de la culture autoritaire dominante.

Au-delà, il resterait à développer la recherche sur l'univers politique, envisagé dans la longue durée, des différentes catégories sociales, en particulier des élites et des classes moyennes. Dans l'attitude des premières face aux nouveaux régimes pesèrent l'expérience historique de proximité au pouvoir depuis l'unification et la prétention jamais abandonnée à diriger le peuple. Sur celle des secondes – artisans, commerçants, employés, fonctionnaires – influèrent des identités sociales constituées à la fin du XIXe siècle dans le cadre d'associations professionnelles qui cherchèrent auprès de l'État la fixation d'un statut inspiré par des nostalgies corporatistes et des valeurs autoritaires [49]. Il resterait, enfin, à approfondir l'étude des représentations politiques diffuses de l'avant-1914 : les réactions provoquées par l'industrialisation et l'urbanisation, le dégoût du parlementarisme et de la démocratie, l'attente du grand homme [50].

Dans tous les cas, il semble bien que le terrain le plus favorable à un régime de type fasciste ait été celui qu'offrait une tradition autoritaire contestée et en voie de dislocation, mais suffisamment forte encore pour nourrir l'aspiration à une illusoire restauration [51]. Les régimes allemand

---

49. Cf. Shulamit Volkov, *The Rise of Popular Antimodernism in Germany : the Urban Master Artisans, 1873-1896*, Princeton University Press, 1978.

50. Cf. notamment Richard Drake, *Byzantium for Rome. The Politics of Nostalgia in Umbertian Italy, 1878-1900*, Chapel Hill, University of North Carolina Press, 1980; Carlo Salinari, *Miti e conscienza del decadentismo italiano*, Milan, Feltrinelli, 1986; Abraham J. Peck, *Radicals and Reactionaries. The Crisis of Conservatism in Wilhelmine Germany*, Washington DC, University Press of America, 1978.

51. Heinrich-August Winkler, « German Society, Hitler and the Illusion of Restoration », *Journal of Contemporary History*, 11/4,1976, p. 1-16.

et italien prirent appui sur cette base, mais ils furent hors d'état d'y enraciner un projet radical qui se situait au-delà de l'horizon de la population. Inadéquation entre des attentes qui trouvèrent néanmoins dans le mythe du chef une large surface de rencontre. Les craintes et les désarrois de la guerre et de l'après-guerre, mais aussi, ce qui ne saurait être négligé, les anxiétés générées par l'expérience de la vie dans les régimes totalitaires eux-mêmes revivifièrent ainsi des dispositions de longue durée, tout en les actualisant. Dans le néomonarque adopté par une large partie de la population se trouvait abolie la distance sociale qui existait avec le roi ou l'empereur, en même temps qu'était assurée la présence d'un pouvoir personnel révéré qui offrait la sécurité de la tradition. Un homme à qui l'on pouvait s'identifier et que l'on pouvait mythifier : continuité et transfiguration d'une culture autoritaire en voie de désagrégation et où se faisait jour une aspiration démocratisante qui ne s'assumait pas.

2

L'imaginaire politique du fascisme

La parenté du fascisme et du nazisme est apparente dans la structuration des régimes. Mais elle se marque tout autant dans leur imaginaire politique, ou pour le dire autrement dans leur vision de la société désirable. A cette vision, qui contenait une représentation des changements à opérer autant que des moyens à employer, le thème de la révolution offre une voie d'accès, inhabituelle peut-être, mais éclairante.

Il est courant, en effet, de tenir le fascisme pour un phénomène révolutionnaire. Si l'on définit la révolution comme un changement de régime entraînant des modifications profondes dans l'ordre des choses et des esprits, le fascisme – ici dans le sens générique du teme qui englobe les régimes de Mussolini et de Hitler – peut ainsi être qualifié. Mais il ne faut pas ignorer que, ce faisant, on prend au mot une prétention des intéressés eux-mêmes qui parlèrent de révolution pour désigner leur entreprise. Même s'ils précisèrent qu'il s'agissait d'une révolution nationale, d'une révolution nationale-socialiste ou encore d'une révolution fasciste, même s'ils firent un usage inégal du terme – Mussolini l'employant avec une constante emphase, Hitler avec beaucoup plus de retenue, en particulier après 1934 –, il reste qu'est avérée une appropriation qui avait, dans le contexte de l'époque, une résonance et une valeur de scandale que nous ne percevons plus que confusément.

Le terme de révolution avait pour paradigme la Révolution française, libérale et démocratique, et il appartenait aux mouvements dont le projet était une transformation de la société dans le prolongement du grand modèle. En 1917, la révolution bolchevique vint donner une nouvelle forme à ce projet, et ce fut dans son sillage, pour désigner leur farouche lutte anticommuniste, que des groupes et des hommes d'extrême droite, en Allemagne en premier lieu, semble-t-il, se mirent à parler de révolution. Officialisé et popularisé par les régimes fascistes, l'emploi du terme se répandit à travers l'Europe, débordant les milieux qui leur étaient acquis pour atteindre, par-delà l'extrême droite (la « révolution conservatrice »), les cercles des non-conformistes (ainsi en France le groupe Esprit parlait-il de révolution personnaliste). Comme le montre l'exemple du régime de Vichy plaçant son traditionalisme à l'enseigne de la « révolution nationale », le terme prit une extension qui signalait une certaine démonétisation à force d'usage, tout en gardant une valeur qui en faisait priser l'emploi.

Il est inutile de faire la démonstration de l'opposition fondamentale existant entre les principes du fascisme et ceux de la révolution démocratique, y compris de celle qui s'en déclara la continuatrice, la révolution bolchevique. Par son refus des idéaux de liberté, de démocratie, de raison et de paix, le premier constituait, selon les termes de Mussolini, « l'antithèse nette, catégorique, définitive [...] de tout le monde des immortels principes de 1789[1] ». N'y a-t-il pas, alors, un paradoxe, à tout le moins un motif d'interrogation, dans cette reprise par le fascisme d'un terme qui était l'apanage de ses ennemis, au risque de semer la confusion, le doute, l'inquiétude parmi ceux qui étaient, dans l'immédiat, ses soutiens privilégiés, la droite conservatrice et les élites traditionnelles ?

Cette appropriation s'inscrivait, il est vrai, dans une entreprise de récupération d'éléments symboliques de provenances variées à des fins de propagande et de mobilisation des masses. Hitler emprunta aux partis ouvriers, avec la cou-

---

1. Benito Mussolini, *Œuvres et Discours*, Paris, Flammarion, 1936, t. VI, p. 254 (discours du 7 avril 1926).

leur rouge de leur drapeau, certains de leurs procédés d'agitation, et Mussolini l'avait précédé sur cette voie. L'un et l'autre proclamèrent que leurs régimes étaient des démocraties pour la raison qu'en avaient été écartés les intermédiaires « parasites » entre le peuple et les gouvernants et que ces derniers y bénéficiaient d'une popularité que les dirigeants des soi-disant démocraties étaient en peine d'égaler. La même opération se fit également et surtout en direction de la droite traditionnelle, comme en témoigne l'invocation de Dieu par des hommes incroyants et hostiles au pouvoir des Églises en ce qu'il faisait obstacle à leur volonté d'emprise totalitaire. Hitler plaçait son entreprise sous la protection de Dieu et de la Providence, mais il invoquait un Dieu allemand, le « Dieu qui éprouve les hommes [2] », non le Dieu d'amour et de miséricorde. Mussolini affirmait que le fascisme respectait Dieu, mais il précisait : « le Dieu des ascètes, des saints, des héros et aussi le Dieu tel qu'il est vu et imploré dans le cœur primitif et ingénu du peuple [3] ».

Cette récupération ne saurait être expliquée par les seuls besoins de la propagande. Il faut bien que d'une certaine manière, aussi confusément qu'on voudra, le fascisme se soit conçu comme une révolution pour juger acceptable, sinon nécessaire, de s'en faire un titre. Il est vrai qu'aux yeux de certains contemporains cette prétention faisait tout simplement justice à la nature de ce phénomène. Ainsi la droite réactionnaire, la droite restauratrice proprement dite, reprochait-elle au fascisme de prolonger, quoi qu'il en eût, le sillon détesté de 1789. La mobilisation des masses et les élites plébéiennes au lieu de la hiérarchie des autorités naturelles ; la pratique plébiscitaire au lieu du principe monarchique ; la prétention de former un « homme nouveau » au lieu de la reconnaissance de l'homme s'enracinant dans la continuité nationale et se conformant à l'ordre

2. Adolf Hitler, *Principes d'action*, Paris, Grasset, 1936, p. 111 (discours au congrès nazi de Nuremberg en septembre 1935).

3. *Dizionario Mussoliniano. Mille affermazione e definizioni del Duce*, Bruno Biancini (éd.), Milan, U. Hoepli, 1939, p. 49 (« Dio »).

éternel qui seul légitime la société ; le culte civique au lieu de la religion : par tout cela le fascisme apparaissait, aux maurrassiens par exemple, comme l'ultime incarnation du principe démocratique, même s'ils admettaient qu'il en contredisait les valeurs essentielles [4].

Le fascisme ballotté entre les démocrates qui le plaçaient dans le camp de la réaction et les réactionnaires qui le rejetaient dans le camp de la démocratie, voilà qui fait retrouver l'ambiguïté qui apparaît dans sa revendication révolutionnaire. Comment concilier l'opposition des principes et la reprise des mots, l'antagonisme des valeurs et l'ambition novatrice ? Le fascisme prétendait, en somme, opposer un nouveau type de révolution à la révolution passée. Qu'y avait-il dans sa conception du monde qui pût se prêter à l'accaparement du concept de révolution, au sens d'une rupture avec le passé, d'un projet pour l'avenir, d'une institution de la société par ses propres membres ? Il n'est pas dans mon propos de reconstruire la réception que trouva auprès des Italiens et des Allemands cette prétention révolutionnaire, ni d'évaluer le facteur d'attraction qu'elle put constituer, encore moins de la confronter aux réalisations des régimes fascistes. Il importe plutôt, en dessinant les traits de cette révolution telle que la concevaient les dirigeants fascistes, d'éclairer les sources d'une rencontre singulière.

Au point de départ, disons que le fascisme avait un projet de transformation. Manipulateur, il n'était pas nihiliste, dépourvu de valeurs. S'il voulait le pouvoir, c'était dans une visée et avec une vision du monde déterminées. A l'époque, les hommes de gauche soulignèrent l'écart béant qui existait entre les proclamations révolutionnaires et anticapitalistes des fascismes et la modestie de leurs réalisations. Mais la réforme économique et sociale importait-elle aux fascistes ? Leur projet était bien plutôt un projet de

4. Charles Maurras, *Dictionnaire critique*, Paris, Cité des Livres, t. IV, p. 139-142 (« Rousseau ») ; Thierry Maulnier, « Le “fascisme” et son avenir en France », *La Revue universelle*, 1er janvier 1936, p. 13-26.

révolution culturelle, au sens anthropologique du terme culture qui désigne l'ensemble des représentations et des symboles d'une société. Le foyer de ce projet était la vision d'un peuple débarrassé de toutes les sources et de tous les agents de division (la lutte des classes), de décentrement (les doctrines internationalistes, le cosmopolitisme) et d'hétérogénéité (le juif qui combinait toutes ces caractéristiques négatives), la vision d'un peuple soudé derrière une élite conduite par un Chef suprême incarnant le destin de la nation ou de la race. Le fascisme ambitionnait de créer une conscience communautaire, et, à cet effet, il lui fallait contenter dans la mesure du possible les aspirations matérielles des couches populaires, tout en fixant le soutien des couches détenant le capital et le savoir. Mais son objectif était de socialiser les esprits. Rauschning met dans la bouche de Hitler des propos qui expriment à merveille cette ambition : « Qu'avons-nous besoin de socialiser les banques et les fabriques ? Nous socialisons les hommes… A la place de la masse, il y a maintenant la communauté du peuple dont nous faisons l'éducation, la nation organique et consciente : notre parti [5]. » Lorsque, en 1933, quelques mois après son accession au pouvoir, le dirigeant nazi déclara que la révolution n'était pas un état de choses permanent, il se référait au domaine économique et social. Il affirma à plusieurs reprises que l'important était l'éducation des hommes et que la victoire d'un parti ne constituait qu'un changement de régime, tandis que la victoire d'une *Weltanschauung* définissait une révolution [6].

Tout comme la révolution démocratique, la révolution fasciste entendait former un homme nouveau. Mais la première le concevait citoyen de droit dans une société d'égaux ayant valeur universelle, la seconde sujet conforme

5. Hermann Rauschning, *Hitler m'a dit*, Paris, Coopération, 1939, p. 219, 225-226.

6. *Hitler. Reden und Proklamationen 1932-1945*, éd. par Max Domarus, Munich, Süddeutscher Verlag, 1965, t. I/1, p. 286 (discours du 6 juillet 1933) ; p. 371 (discours du 19 mars 1934).

dans un ordre inégalitaire au sein d'une collectivité particulière. C'est en conséquence de leur volonté de faire advenir un homme nouveau allemand ou italien que Hitler et Mussolini portèrent un intérêt profond aux structures d'encadrement de leur peuple. Dès l'âge le plus tendre, nul ne devait échapper au réseau des instances de contrôle et de conformisation. On pourrait s'étonner de trouver chez Hitler le thème d'un homme allemand nouveau [7]. Le racisme qui était à la base de ses conceptions ne postule-t-il pas une nature constante ? On oppose volontiers fascisme et nazisme sur ce point, prolongeant en cela des lignes d'argumentation développées par les intéressés dans les années 1933-1936, à l'époque où leurs relations étaient tendues, notamment en raison de la question autrichienne. D'un côté, le fascisme soulignant le rôle essentiel de l'État, ainsi que le fit Mussolini dans son fameux article de l'*Encyclopédie italienne*. De l'autre, le nazisme mettant au centre de sa conception la race en tant que fait de nature [8].

Pourtant, s'il existait une évidente différence entre le déterminisme raciste de Hitler et la conception volontariste de Mussolini, il ne faut pas en méconnaître les limites au point d'ignorer la parenté des conceptions sous-jacentes. La race ne dictait pas tout, elle ne contenait et ne déterminait que virtuellement les lignes du développement historique : il fallait bien expliquer la décadence allemande à laquelle les nazis prétendaient porter remède. Le nazisme était destiné à éveiller – d'où l'importance du mot éveil dans son vocabulaire – et à faire fructifier les potentialités de la race. Si les Allemands constituaient depuis longtemps, selon Hitler, « une grande famille par le sang », « par leur façon de voir

7. Ainsi, le 5 juillet 1936, Hitler évoqua la « Révolution de 1933 » créatrice d'un « nouvel homme allemand » *(Hitler. Reden, op. cit.*, I/2, p. 629).

8. Comme l'a noté Martin Jänicke, Mussolini était loin de voir dans l'État la plus haute valeur ; il le tenait en réalité pour l'un des instruments de réalisation de son projet, l'autre étant le parti (Martin Jänicke, *Untersuchungen zum Begriff totalitärer Herrschaft*, Berlin, Freie Universität, 1969, p. 19).

et de sentir », ils n'avaient jamais formé un peuple. En 1933, ils n'étaient encore qu'un ensemble de « tribus [9] ». La vocation du nazisme était d'unifier la « façon de voir et de sentir » des Allemands. Ce que Goebbels exprimait en affirmant que le sens de la révolution nazie était dans la *« Volkswerdung der deutschen Nation »* (dans la « formation de la nation allemande en peuple »), une tâche qui aurait abouti le jour où il n'y aurait plus besoin de parler de national-socialisme, car celui-ci serait devenu l'air que le peuple allemand respirerait [10]. Mussolini affirmait, quant à lui, que c'était l'État – et donc le Chef dans sa conception – qui créait la nation. Car le fascisme « s'incarne dans le peuple comme conscience et volonté d'un petit nombre ou même d'un seul, tel un idéal qui tend à se réaliser dans la conscience et la volonté de tous [11] ».

Ce n'est pas sans raison que les dirigeants fascistes et nazis usèrent en abondance de l'image de l'artiste modelant les masses et leur donnant une identité [12]. Comme le disait Goebbels en 1932, « l'homme d'État forme, à partir de la manière brute de la masse, un peuple, lui donne un squelette et une structure ferme et lui insuffle ce souffle créateur qui fait s'élever le peuple au niveau d'une nation [13] ». Les chefs fascistes ne se plaçaient pas pour autant dans l'isolement supérieur du Créateur. Ils concevaient leur action comme un rapport de coopération, assurément dissymétrique, entre la masse et eux. Hitler affirmait l'indisso-

---

9. *Principes d'action, op. cit.*, p. 112.
10. *Goebbels-Reden*, éd. par Helmut Heiber, Düsseldorf, Droste, 1971, t. I, p. 133 (discours du 15 novembre 1933) ; p. 227 (discours du 17 juin 1935).
11. Benito Mussolini, *Le Fascisme*, Paris, Denoël et Steele, 1933, p. 22.
12. Sur les rituels fascistes, cf. Peter Reichel, *Der schöne Schein des Dritten Reiches : Faszination und Gewalt des Faschismus*, Munich, Hanser, 1991 (trad. fr. *La Fascination du nazisme*, Paris, Odile Jacob, 1993) ; Emilio Gentile, *Il culto del Littorio : la sacralizzazione della politica fascista*, Rome, Laterza, 1993 ; Simonetta Falasca-Zamponi, *Fascist Spectacle : The Aesthetics of Power in Mussolini's Italy*, Berkeley, University of California Press, 1997.
13. *Goebbels-Reden, op. cit.*, p. 52 (discours du 18 juillet 1932).

ciabilité du Chef et du parti dans des termes qui indiquaient l'ordre de préséance : « De même que je ne suis qu'un membre de ce Parti, de même celui-ci n'est qu'un élément de moi-même [14]. » Et Mussolini : « Lorsque je sens la masse dans mes mains, lorsque je sens combien elle croit, ou lorsque je me mêle à elle et qu'elle m'écrase presque, alors je me sens un morceau de cette masse. Et cependant il reste de l'aversion, telle que le poète la conçoit contre la matière qu'il travaille [15]. »

Les chefs fascistes s'adjugeaient le rôle de formateurs de la collectivité et d'instituteurs de sa volonté. Mais cette prétention de façonnement totalitaire, qu'ils valorisaient et affichaient, à la différence des communistes, ils ne l'assumaient pas officiellement au nom de leur volonté individuelle. Peut-être sentaient-ils que l'admission du droit à l'institution de la société pour l'un de ses membres n'interposait devant la revendication de ce droit pour tous que la fragile barrière d'une différence de degré, et non de principe. En tout cas, ils se présentaient comme des hommes providentiels, comme les délégués des forces impersonnelles de la nation et de la race. Tout comme leurs cousins de la droite réactionnaire, ils rattachaient leur action à un principe de légitimité qui se trouvait hors de la société et au-dessus d'eux-mêmes. Au centre de leur conception du monde, ils plaçaient, eux aussi, une entité collective – et peu importe à cet égard que ce fût l'État ou la Race – qui insérait l'individu, le chef y compris, dans une structure omnipotente qui lui assignait sa place aussi bien que le sens de sa vie, sa « mission » pour reprendre l'un des termes clés de leur vocabulaire. Mais, à la différence des réactionnaires qui, comme l'exprimait un de leurs représentants italiens, voulaient « restaurer un ordre, qui n'est ni vieux ni nouveau, mais éternel [16] », et à qui suffi-

14. *Principes d'action, op. cit.*, p. 132-133.
15. Emil Ludwig, *Mussolinis Gespräche*, Berlin, P. Zsolnay Verlag, 1932, p. 129.
16. Emilio Gentile, *Le origini dell'ideologia fascista (1918-1925)*, Rome, Laterza, 1975, p. 388.

sait son acceptation passive par le peuple, les fascistes ambitionnaient de créer un ordre nouveau reposant sur l'acquiescement et la participation des masses populaires.

Une ambition de transformation marquée, mais qui ne se donnait pas pour la volonté d'un acteur historique, voilà ce qui facilita une appropriation de la notion de révolution. Mais une appropriation embarrassée et déformée, comme le montre la manière dont les fascistes envisageaient le passé et l'avenir. L'idée de la formation d'un homme nouveau, d'un peuple nouveau, indique qu'ils tenaient l'avenir pour ouvert : ne s'agissait-il pas de fonder une Quatrième Italie, un Troisième Reich ? Mussolini soulignait à outrance la nécessité pour le fascisme de se projeter vers le futur, et Hitler mesurait son entreprise en siècles et en millénaires. Les fascistes italiens introduisirent un calendrier à dater de la Marche sur Rome, et, si les nazis ne les suivirent pas sur ce point, ils instituèrent un ensemble de fêtes qui rythmaient l'année et marquaient la coupure avec le passé. Les années 1922 et 1933 devinrent les dates inaugurales de la révolution nationale et les bornes d'une nouvelle ère [17].

La rupture avec le passé n'était vraie, toutefois, que dans une mesure limitée. Entière pour ce qui concernait l'époque de la décadence démocratique, elle valait de manière moins catégoriquement affirmée pour la période moderne. Hitler et Mussolini partageaient la même répulsion envers les élites traditionnelles, les aristocrates comme les bourgeois. Le seul mérite que Hitler reconnut jamais à la social-démocratie allemande, aux « traîtres de 1918 », fut d'avoir débarrassé le pays de la dynastie des Hohenzollern. Il répéta à de multiples reprises son souhait de voir Mussolini se délivrer de la monarchie italienne [18]. Tous deux reprochaient aux

---

17. Sur la vision de l'histoire des nazis, cf. Frank Lothar Kroll, *Utopie als Ideologie : Geschichtsdenken und Handeln im Dritten Reich*, Paderborn, Schöningh, 1998.

18. Adolf Hitler, *Libres Propos sur la guerre et la paix*, Paris, Flammarion, 1952-1954, t. I, p. 36 (21 septembre 1941) ; p. 303 (17 février 1942).

bourgeois leur matérialisme, aux aristocrates leur dégénérescence. Mais, par-delà la Renaissance, c'était toute l'ère chrétienne – avec ici et là des fragments dignes d'admiration, les Italiens du Moyen Age pour Mussolini, le Saint Empire romain germanique, les chevaliers Teutoniques et Frédéric le Grand pour Hitler – qu'ils rejetaient.

En revanche, le passé lointain était l'objet d'une fascination dévorante. La Rome impériale captivait l'esprit de Mussolini, tout comme celui de Hitler qui admirait, en outre, Sparte, les Grecs en général et, surtout, les empires de l'Antiquité. « Berlin, comme capitale mondiale, déclara-t-il en mars 1942, ne pourra faire penser qu'à l'Égypte ancienne, ne pourra être comparée qu'à Babylone ou à Rome[19]. » L'un et l'autre prenaient dans le passé ce qui correspondait à l'image qu'ils avaient de leur entreprise. Ils y distinguaient les grands hommes, les fondateurs d'empire, les guerriers, ils y puisaient l'aliment de leurs rêves d'écrasante monumentalité. Leurs modèles historiques indiquaient la palette de leurs valeurs, dévoilaient ce que leur ambition avait de démesuré, trahissaient leur détachement d'avec leur propre société. Les élites qui l'encadraient, le peuple même, dans l'épaisseur de son histoire, n'y avaient pas de place. Le passé, pour les fascistes, n'était pas une mémoire, mais un légendaire avec lequel l'avenir serait bâti à neuf. Il n'était pas un âge d'or avec lequel il s'agissait de renouer, mais la préfiguration d'un futur qui s'inspirerait, pour les surpasser, des grandeurs qui avaient été. A l'entrée de l'exposition tenue à Rome en 1937 pour commémorer le bimillénaire de la naissance d'Auguste, une phrase de Mussolini gravée dans le marbre exhortait les Italiens à garantir que les gloires du passé seraient dépassées par celles du futur[20].

Les fascistes avaient une recette pour donner de la continuité à une histoire qu'ils éventraient et recousaient à leur

---

19. *Ibid.*, p. 350 (11-12 mars 1942).
20. Philip V. Cannistraro, *La fabbrica del consenso. Fascismo e mass media*, Rome, Laterza, 1975, p. 144.

guise. L'histoire de la nation venait culminer dans la figure du Chef providentiel et dans l'accomplissement de sa mission. Parlant de la tâche de formation du peuple allemand entreprise par le nazisme, Goebbels déclarait qu'elle avait été « au cours de deux mille ans l'aspiration de tous les bons Allemands[21] ». Les textes scolaires destinés à la jeunesse italienne présentaient Mussolini comme le « produit fatal d'une renaissance tenacement voulue et ardemment souhaitée par les meilleurs Italiens depuis des millénaires[22] ». Dans cette manière de s'affirmer comme les héritiers de l'histoire de leurs peuples, les dirigeants fascistes exprimaient leur volonté de décider exclusivement leur avenir.

Mais s'ils voyaient dans leur révolution à la fois l'accomplissement du passé national et le point de départ d'une histoire créatrice, ils n'associaient pas à cette vision partiellement « progressiste » la croyance en l'irréversibilité du cours historique, ni la foi en un terme final. La révolution n'était pas, dans leur conception, un changement brusquement accompli, mais un processus. Elle ne résidait pas dans un événement fondateur, elle était une entreprise de longue haleine, une entreprise proprement sans fin parce que indéfiniment exposée aux forces de dissociation et de décadence. A la différence du calendrier de la Révolution française, celui du fascisme italien ouvrait le temps d'une révolution qui se ferait autant qu'elle durerait. Comme le répétait Mussolini, la révolution fasciste était une révolution permanente. Et si le mot n'avait pas cours chez Hitler, l'idée lui était familière : « La révolution n'est pas achevée, elle ne peut jamais être achevée. Nous sommes le mouvement, nous sommes la révolution perpétuelle[23]. » La Révo-

21. *Goebbels-Reden, op. cit.*, p. 133 (discours du 15 novembre 1933).

22. Michel Ostenc, *L'Éducation en Italie pendant le fascisme*, Paris, Publications de la Sorbonne, 1980, p. 248.

23. Rauschning, *op. cit.*, p. 201 ; Goering employait l'expression de révolution ininterrompue (Hermann Goering, *Aufbau einer Nation*, Berlin, Mittler und Sohn, 1934, p. 45-46).

lution française alla puiser dans l'Antiquité des modèles et des préceptes, tout comme plus tard elle servit d'inspiration à la Révolution russe. Tendue vers la création d'une société neuve, la révolution émancipatrice ne pouvait se dispenser de recourir à l'exemple du passé pour conjurer les incertitudes de l'avenir. La révolution fasciste chercha, elle, dans le passé une inspiration et un stimulant pour l'action, elle projeta, comme un but à dépasser, dans un avenir qu'elle savait miné, l'image d'un passé mythifié.

Cette révolution qui se disait portée par les forces profondes de la nation et de la race, et à l'horizon de laquelle se brouillaient le passé et l'avenir, devait être réalisée par des militants à sa mesure. Au départ de tout, un acte de foi était exigé. Les fascistes devaient être des croyants et des croisés, formant un corps en permanence mobilisé et politisé selon les lignes de l'idéologie du régime. L'idéal de l'homme nazi ressort des textes élaborés pour l'éducation des jeunes Allemands. Il s'agissait de produire un type et non des individualités, des « soldats politiques », selon la terminologie nazie, non des bourgeois. Le jeune Allemand devait être discipliné, sportif, rompu aux exercices militaires, il devait incarner les vertus d'audace, d'héroïsme, de dévouement jusqu'au sacrifice de sa personne. La répudiation de l'intellect, de la libre pensée, de l'esprit critique était intégrale[24]. La devise forgée à son intention par Goebbels était : « Combat, Foi, Travail, Sacrifice ! » Celle de Mussolini : « Croire, obéir, combattre. » Le vocabulaire de la fidélité et de la foi, de la force et de l'héroïsme, du dévouement et du sacrifice campait le militant fasciste en guerrier joyeux. L'objectif était de produire un militarisme enthousiaste qui devait devenir le comportement spontané du peuple entier. Hitler parlait d'obtenir de chaque Allemand non seulement le respect, mais encore l'amour de l'État, il ambitionnait de créer chez ses compatriotes une

---

24. Cf. Hans-Jochen Gamm, *Führung und Verführung. Pädagogik des Nationalsozialismus*, Munich, List Verlag, 1964.

attitude réflexe d'« obéissance joyeuse » à l'autorité[25]. En Italie, les militants du parti fasciste avaient pour devoir la discipline (jusqu'à la mort, car « la mort est la preuve sublime de la discipline ; qui n'est pas prêt à mourir pour sa foi n'est pas digne de la professer[26] »), mais aussi le zèle, qui va bien au-delà de la simple discipline et qui requérait de mettre en tout l'élan de la conquête.

On trouve dans les textes de la Russie stalinienne à partir du milieu des années trente, un portrait du jeune communiste assez semblable à celui que traçaient à l'intention de leur jeunesse les dirigeants fascistes. N'y manquaient pas l'exaltation des vertus militaires et l'appel au sacrifice pour la patrie soviétique. Mais deux éléments, sur le plan de l'idéologie, maintiennent une distinction capitale. Le patriotisme soviétique n'écrasait pas l'idéal internationaliste et la visée universaliste de la Révolution russe[27]. Et le militant communiste était représenté comme le créateur d'un monde nouveau à la construction duquel son effort individuel apportait une contribution propre. A cet égard, le militant fasciste se trouvait doublement dépossédé. Il n'importait pas qu'il eût la vision du but de son effort, et sa contribution, quelle qu'elle fût, ne lui était pas reconnue en titre. Quand Goebbels faisait l'éloge de la SA, c'était à la formation dans son ensemble qu'il l'adressait. Voulait-il tracer le portrait du SA modèle qu'il parlait du « SA inconnu », comme l'on parle du « soldat inconnu ». Incarnation de l'esprit de combat, le SA accomplissait son devoir en héros discipliné et « muet », « obéissant à une loi que parfois il ne connaît même pas et qu'il n'épouse que par le sentiment du cœur[28] ». La commu-

25. *Hitler. Reden, op. cit.*, I/1, p. 411-412 (discours du 13 juillet 1934).
26. Antonio Canepa, *L'organizzazione del P. N. F.*, Palerme, F. Cinni, 1939, p. 154.
27. Ralph Talcott Fisher Jr, *Pattern for Soviet Youth. A Study of the Congresses of the Komsomol, 1918-1954*, New York, Columbia University Press, 1959, p. 180 *sq.*
28. Joseph Goebbels, *Kampf um Berlin*, Munich, Franz Eher Verlag, 1936, p. 105.

nion avec le parti et son Chef formait l'horizon du militant fasciste.

A travers le culte qu'ils rendaient à leurs morts, les partis fascistes disaient cette inexistence du militant. Leur héros positif était le fasciste mort pour la vie et la victoire du mouvement. Écoutons Mussolini : « Le fascisme est une doctrine de vie, car il a suscité une foi ; et cette foi a conquis les âmes, car le fascisme a ses morts et ses martyrs [29]. » Étonnante transitivité de la « doctrine de la vie » aux « morts » et aux « martyrs » ! La mort du militant devenait la justification de son existence et le critère de vérité du mouvement historique auquel il appartenait. Le nazisme a particulièrement développé cette thématique, comme en témoigne le culte du jeune Horst Wessel élevé par Goebbels en modèle du militant mort pour que vive la nation allemande. Dans le poème que lui consacra Baldur von Schirach, le dirigeant de la Hitlerjugend, le héros, tué traîtreusement à la nuit tombée, renaît le lendemain à l'aube, son visage porté à présent par 300 000 hommes qui se dressent comme un tribunal [30]. Le détournement du récit de la résurrection du Christ servait à nourrir la haine pour les adversaires politiques et à fortifier la foi dans la force d'un mouvement qui vengeait les siens. L'encouragement à répondre aux sommations de l'instinct, qui est au cœur de ce texte, était démultiplié par l'impersonnalité attribuée aux militants nazis. La mort guerrière érigée en dignité suprême, en même temps que la personnalité et la responsabilité dissoutes, pouvait-on imaginer que le pire n'était pas sûr ?

Les fascistes se plaçaient au-dessus des lois, de la moralité et de l'humanité. « Ceux à qui le Dieu de la Patrie a

---

29. *Le Fascisme, op. cit.*, p. 61.

30. Poème cité par Jay W. Baird, « Goebbels, Horst Wessel, and the Myth of Resurrection and Return », *Journal of Contemporary History*, 17/4 (octobre 1982), p. 647 ; du même, cf. *To Die for Germany : Heroes in the Nazi Pantheon*, Bloomington, Indiana University Press, 1990, ainsi que Sabine Behrenbeck, *Der Kult um die toten Helden : Nationalsozialistischen Mythen, Riten und Symbole, 1923 bis 1945*, Cologne, SH-Verlag, 1996.

confié le soin d'en régir la destinée pour la libérer et la purifier doivent macérer leur esprit de jour en jour en se sacrifiant et en obéissant, en opérant en silence et en humilité, même s'ils sont incompris, même s'ils sont méconnus, même si leur effort est interprété comme une offense à ce qu'il y a de plus sacré au monde [31]. » Se réclamant par avance de la morale qui s'imposerait dans la société nouvelle, les fascistes n'étaient pas comptables de leurs actes à la morale existante. Aussi bien pouvaient-ils êtres « méconnus » dans le présent. Himmler n'employait pas d'autre argument lorsqu'il justifiait la « Solution finale » devant les Gauleiter en octobre 1943 [32].

Tendu vers l'avenir, menant une action politique visant à transformer la société, le militant fasciste pouvait se sentir un révolutionnaire et se donner pour tel. Mais c'était un révolutionnaire nié par la conception du monde à laquelle il donnait son allégeance. Hitler et Mussolini parlaient de la révolution, jamais des révolutionnaires. La révolution était une force impersonnelle qui trouvait en des individus de fugaces et insignifiants porteurs. La consolation du militant fasciste était de connaître dans le présent la société à venir. Elle était non pas seulement préfigurée, mais vécue dans les rassemblements du parti : des hommes confondus sous l'uniforme, avec pour seule hiérarchie le mérite dans le service du parti, rassemblés dans l'ordre pour consommer à travers l'acclamation du Chef la communion mystique de la nation avec elle-même. Au lieu d'être destiné, comme dans le communisme, à disparaître une fois l'utopie atteinte, à se dissoudre dans la société, le parti dans le fascisme devait grandir jusqu'à englober et absorber en lui la société entière [33].

---

31. *Il Popolo d'Italia* cité par Raoul de Nova, « Le mysticisme et l'esprit révolutionnaire du fascisme », *Mercure de France*, 1er novembre 1924, p. 656.

32. Heinrich Himmler, *Discours secrets*, Paris, Gallimard, 1978, p. 168-169.

33. La Révolution soviétique mimait, elle aussi, dans ses rassemblements la société à venir, mais elle ne pouvait prétendre en faire un

Mobilisatrice, mais pour des fins infinies, indéfinies, irreprésentables en un mot, comme il convenait à un mouvement qui rejetait les Lumières, la révolution fasciste avait pour fondement une philosophie de la force et du combat. Elle était dans la logique de ses principes une énergétique : il lui fallait continûment élever la tension populaire pour façonner toujours davantage le peuple en tant que peuple fasciste, pour l'empêcher de retomber dans la dissociation et l'impuissance. Toute sa tâche portait sur les moyens de développer cette énergie, de la raidir dans un arc de tension. D'où l'importance attribuée par Hitler et Mussolini aux monuments, qu'ils concevaient, à la différence de leurs modèles, les bâtisseurs de l'Antiquité, comme les anticipations créatrices des grandeurs à venir. « Qui veut inculquer au peuple la fierté, déclarait Hitler, doit lui en donner l'occasion visible. » Il fallait que la « nouvelle Allemagne » eût l'ambition de laisser, comme les empires du passé, des « valeurs d'éternité ». C'était dans le présent le moyen de donner au peuple allemand la « conscience d'être appelé à de plus hautes destinées [34] ».

D'où la figure également essentielle de l'ennemi qui était destinée à exciter la combativité du peuple. La guerre morale que menait l'étranger contre le fascisme, Mussolini la jugeait au plus haut point bienvenue : « Il est logique et providentiel que nous soyons obligés de reconquérir la victoire jour par jour. S'il en était autrement, le Fascisme serait aujourd'hui dépassé [35]. » Hitler tenait pour capital le ressort de la lutte : « Le mouvement doit dresser ses membres à ne

microcosme anticipé, car elle se réclamait d'une doctrine dont l'accomplissement était conditionné par des réalisations matérielles telles que l'abondance et le bien-être et par une réorganisation sociale globale. Tandis que le fascisme visait l'inculcation de valeurs politiques auxquelles les valeurs sociales étaient subordonnées et dont le rassemblement des premiers fidèles pouvait offrir une incarnation parfaite.

34. *Principes d'action, op. cit.*, p. 87 ; p. 102. Cf. aussi Jost Düllfer, Jochen Thies, Josef Henke, *Hitlers Städte. Baupolitik im Dritten Reich. Eine Dokumentation*, Cologne-Vienne, Böhlau Verlag, 1978, p. 296-297.

35. *Œuvres et Discours, op. cit.*, t. VIII, p. 192 (message du 27 octobre 1930).

pas voir, dans la lutte, un élément secondaire et négligeable, mais le but lui-même. Dès lors, ils ne craindront plus l'hostilité de leurs adversaires ; au contraire, ils sentiront en celle-ci la condition première de leur raison d'être [36]. » Le vocabulaire de fanatisme et de haine qui sature *Mein Kampf* traduisait cette volonté de fixer contre un adversaire le potentiel de ressentiment des masses. Dans un esprit identique, Mussolini évoquant son œuvre de dépassement de la décadence italienne donnait pour devise aux Italiens : « Travailler, haïr, se taire [37]. »

D'où, enfin, l'importance fondamentale de la guerre. La croyance en la paix, Mussolini la condamnait, non seulement parce qu'il la jugeait utopique, mais encore parce qu'il la tenait pour « déprimante » en ce qu'elle était la « négation des vertus fondamentales de l'homme qui se révèlent seulement à la pleine lumière du soleil, dans l'effort sanglant d'une guerre ». « La Révolution, dans notre idée, déclara-t-il en 1934, est une création qui fait alterner le morne travail de chaque jour et les fulgurantes minutes de sacrifice et de gloire [38]. » La guerre était l'épreuve de vérité par excellence pour des hommes qui partageaient une vision sociale-darwiniste où la croissance démographique reflétait la vitalité des peuples et fondait leur droit à la survie et à la domination. L'encouragement nataliste devenait le moyen et la justification de l'expansion, d'une expansion qui était à elle-même son but et sa légitimation. Il faut regarder vers l'avenir, exhortait Mussolini : « Ce que nous devons conquérir nous intéresse beaucoup plus que ce que nous avons conquis. La vie et la gloire des Nations résident dans cet esprit de l'avenir, dans cette volonté de se projeter au-delà du présent : cette attitude est le signe héroïque de la foi fasciste [39]. »

---

36. Adolf Hitler, *Mon combat*, Paris, Sorlot, 1934, p. 350.
37. *Œuvres et Discours, op. cit.*, t. VIII, p. 196 (message du 27 octobre 1930).
38. *Ibid.*, t. X, p. 91 (26 mai 1934) ; p. 41 (18 mars 1934).
39. *Ibid.*, t. VIII, p. 190 (27 octobre 1930).

Dès le départ, le fascisme établissait un lien indissociable entre révolution intérieure et guerre extérieure. Ce n'était qu'en formant, « en face de l'étranger, le bloc de granit d'une unique volonté nationale » que la conquête de l'Empire pourrait être entreprise [40]. Comme on l'a déjà suggéré, la politique extérieure fasciste était proprement sans limites. « L'État fasciste est une volonté de puissance et de domination », disait Mussolini [41], autrement dit une valeur absolue, au-delà de tout objectif déterminé. L'Empire à conquérir n'avait pas de bornes fixes, quand bien même les premières étapes étaient définies. Hitler avait arrêté un programme de longue date qui consistait en la conquête d'un « espace vital » à l'est de l'Europe, mais il entretenait des projets plus vastes en direction de la domination mondiale [42]. Évoquant en 1934 les buts historiques de l'Italie, Mussolini désignait l'Asie et l'Afrique riveraines de la Méditerranée. En 1938, après la conquête de l'Éthiopie, il envisageait de faire sauter les verrous de la Méditerranée et d'aller vers les océans. Parlant de la quatrième période de l'histoire italienne qui s'ouvrait, celle que les historiens du futur appelleraient l'époque des chemises noires, il annonçait qu'elle verrait « les fascistes complets, nés, élevés, ayant vécu entièrement dans notre atmosphère morale et doués de ces vertus qui confèrent aux peuples le privilège de la suprématie dans l'univers [43] ».

Proprement illimitée dans son ambition, la politique extérieure du fascisme devait rétroagir sur l'entreprise de transformation intérieure. Car la guerre, si elle permettrait de réaliser l'Empire et de mesurer la vitalité du peuple régénéré par le fascisme, devait aussi accélérer la fascisation de

---

40. *Ibid.*, t. VI, p. 104 (22 juin 1925).
41. *Le Fascisme, op. cit.*, p. 59-60.
42. Cf. Jochen Thies, *Architekt der Weltherrschaft. Die « Endziele » Hitlers*, Düsseldorf, Athenäum-Droste, 1980.
43. *Œuvres et Discours, op. cit.*, t. X, p. 39-41 (18 mars 1934) ; cf. Pierre Milza, « Le fascisme italien et la vision du futur », *Vingtième Siècle. Revue d'histoire*, n° 1, janvier 1984, p. 47-56.

la communauté nationale. Dans l'état d'inachèvement où se trouvaient les révolutions allemande et italienne, elle devait offrir l'occasion et les moyens de pousser plus avant la destruction des obstacles intérieurs – Églises, vieilles élites, juifs – qui empêchaient la totalitarisation du peuple. C'est pourquoi, comme l'a souligné MacGregor Knox, la politique extérieure des fascismes ne peut être ramenée à la notion de social-impérialisme. Il ne s'agissait pas de préserver par la guerre le *statu quo* intérieur, mais de trouver à travers elle, jusque dans ses risques, les bases nécessaires à la transformation de la société nationale [44]. Ce qui ne ferait pas perdre à la guerre ses vertus éternelles de dynamisation : « Pour le bien du peuple allemand, disait Hitler en août 1941, il faut lui souhaiter une guerre tous les quinze ou vingt ans. » « Une paix qui dure plus de vingt-cinq ans, répétait-il un an plus tard, fait du tort à un peuple. » « Les peuples, comme les individus, éprouvent le besoin de se régénérer par une perte de sang [45]. »

Fécondé par la guerre, le fascisme avait la guerre pour horizon. Si les éléments de son idéologie existaient dans le monde européen avant 1914, ce fut l'épreuve de la Grande Guerre qui en permit la synthèse en fixant les vocations, les « missions », de ses chefs et en offrant par les ébranlements directs et indirects qu'elle produisit les conditions de leur succès. C'est d'entre des hommes placés hors de la vie sociale pendant quatre années que sortit une nouvelle droite, une droite qui avait perdu le sentiment de son insertion et qui tira d'un orgueil nationaliste enflammé la volonté d'un nouvel ordre, de sorte qu'elle put qualifier de révolutionnaire une lutte en vérité contre-révolutionnaire,

---

44. MacGregor Knox, *Mussolini Unleashed 1939-1941. Politics and Strategy in Fascist Italy's Last War*, Cambridge University Press, 1982, p. 289-290, *id.*, « Conquest, Foreign and Domestic, in Fascist Italy and Nazi Germany », *Journal of Modern History*, 56/1, mars 1984, p. 1-57.

45. *Libres Propos*, *op. cit.*, t. I, p. 29 (19-20 août 1941) ; t. II, p. 291 (26 août 1942).

mais qui n'était plus liée à un ordre social à protéger ou à restaurer. Rien d'étonnant à ce que le fascisme ait trouvé ses principales figures en Hitler, sujet austro-hongrois engagé dans l'armée allemande par conviction pangermaniste. Et en Mussolini, socialiste dissident, libéré de ses attaches sans en avoir formé de nouvelles dans la société italienne, et cherchant confusément à travers son expérience de guerre à donner une direction et un contenu à son action politique. L'un et l'autre partagèrent pendant la guerre la même volonté farouche de vaincre et le même ressentiment à constater l'infériorité de leurs nations à leur désir. L'un et l'autre conçurent alors l'ambition de former des peuples à l'image de leur vision, des peuples sans distinction de front et d'arrière, des peuples désormais soudés pour une épreuve à laquelle les préparerait toute leur existence.

Rien d'étonnant non plus, dès lors, à ce que le fascisme ait reflété dans son discours fiévreux sa nature irrationnelle, la vision irréfragable qui le possédait – en pleine ère des machines, de l'organisation et de la science – d'une société guerrière mobilisée et tendue vers d'infinies conquêtes. Rien d'étonnant, enfin. à ce qu'il ait manifesté dans son idéologie comme dans son comportement cette crise des représentations du passé et de l'avenir qui le caractérisaient. Aspirant à l'éternité et tenaillé par la conscience de sa précarité, ne trouvant pour figurer l'avenir que l'exemple de civilisations ruinées, portant au cœur de sa volonté de puissance la fascination de la mort, il manifestait l'intense désarroi de ses origines et se révélait le produit monstrueux de la double crise de la démocratie et de la contre-révolution. Car il constituait bien, pour reprendre un terme qu'il affectionnait, un « dépassement » de ces deux courants selon une formule inédite.

Retenant de la contre-révolution les principes d'autorité et de hiérarchie, il les détachait de la conception du monde traditionaliste à laquelle ils appartenaient et les associait à une vision dynamique et amorale, dérivée d'un social-darwinisme qui faisait voir dans la société un phénomène évolutif et dans l'emploi politique des masses une nécessité de l'âge démocratique. Par là, il approchait, selon des modalités propres, les lignes maîtresses de la révolution démocratique : la rupture, dans son cas partielle et sélective, avec le passé, l'ouverture vers l'avenir et, par-dessus tout, la conception, non assumée, de la société comme objet d'une production sociale, conçue par lui sous la forme d'un modelage totalitaire. Il pouvait ainsi trouver une base et un encouragement à une prétention révolutionnaire qui était intellectuellement une usurpation, mais n'en avait pas moins une certaine réalité pratique dans la mesure où elle se référait à l'utilisation de moyens adéquats à l'objectif visé.

En effet, dans la société néotribale que le fascisme aspirait à former, l'individu devait être intégré absolument. Il devait en épouser les mœurs et les croyances au point de ne plus même concevoir la question de la légitimité de l'ordre social, pour quoi il faut distance réflexive et conscience du conflit. Pour y atteindre à partir d'une société libérale déchirée par des visions du monde rivales, il incombait au fascisme de façonner une nouvelle conscience collective en soumettant le peuple à l'apprentissage d'émotions et de sentiments unitaires. C'est ce qui l'amenait à opérer une intersection à angle droit avec l'axe de la révolution démocratique, et cette intersection se produisait, de manière conséquente, sur le plan des fêtes et des rituels sociaux qu'avait explorés la Révolution française. En ce plan, le fascisme et la démocratie jacobine, et sa descendante la démocratie bolchevique, se rencontraient dans une commune intention de formation de la conscience collective, bien entendu au nom de principes opposés. Les fêtes de la révolution démocratique célébraient la foi en l'unité de la raison, en l'élévation de la conscience vers la vérité, elles se voulaient méthodes d'une pédagogie de la liberté et de l'égalité. Quand bien même un culte civique devait apporter un liant sentimental, l'harmonie des cœurs devait résulter de la communication transparente entre des esprits égaux[46]. Tout à l'inverse, les fêtes fascistes organisaient une communion collective où devaient fusionner sentimentalement les sujets d'un ordre hiérarchique et inégalitaire. Les premières poursuivaient l'épanouissement de l'homme total, individu porteur de toutes les dimensions et compétences d'une société dont il était de droit un membre fondateur et dont il incarnait la promesse de liberté et d'égalité. Les secondes visaient l'absorption de l'individu dans un ordre total auquel les liens de la foi et de la croyance le feraient appartenir dans une opacité entière.

La formation de la nouvelle conscience collective était aux yeux des chefs fascistes une corvée dont ils pressentaient peut-être la difficulté. Nul doute qu'ils eussent préféré disposer d'une voie alternative, comme on le voit par ces propos tenus par Mussolini lors du congrès du parti fasciste en 1925 : « Nous créerons, à travers une œuvre de sélection obstinée et tenace, les nouvelles générations, et dans ces nouvelles générations chacun aura un devoir défini. Parfois, l'idée me sourit de générations créées par des laboratoires : de créer, par exemple, la classe des guerriers, toujours prête à mourir ; la classe des inventeurs, qui poursuivent le secret du mystère ; la classe des juges, la classe des grands chefs d'industrie, des grands explorateurs et celle des grands gouverneurs. Et c'est grâce à cette sélection méthodique que se créent les grandes classes, qui à leur tour créeront l'Empire[47]. » Illustration exemplaire, s'il en est, de l'instrumentalité d'une modernité refusée dans ses principes comme dans ses valeurs (les inventeurs poursuivant le « secret du mystère ») et mise au service d'une vision et de buts mythico-archaïsants (notons la prééminence du guerrier, l'importance accordée aux administra-

---

46. Dans la mesure où les fêtes de la Révolution française devaient être organisées se profilait la figure d'un Grand Ordonnateur. Comme l'écrit Bronislaw Baczko : « Le rêve de la transparence plonge dans la pénombre où s'affermit un pouvoir manipulateur, instituteur et garant de l'Ordre » (*Lumières de l'utopie*, Paris, Payot, 1978, p. 381).

47. *Œuvres et Discours*, *op. cit.*, t. VI, p. 103 (22 juin 1925).

teurs de la puissance nationale, l'absence du monde du travail). La même tendance est avérée chez un Hitler fasciné par la technique, notamment la technique militaire, en même temps que par l'« élevage » des hommes. La rêverie de Mussolini à la fois désignait clairement l'objectif et exprimait un souhait révélateur. La science n'étant pas en mesure d'offrir un raccourci, il restait à parcourir la voie pénible – et gageons-le, impossible, quand bien même le fascisme n'aurait pas provoqué sa propre destruction – du façonnement mental des masses. Ainsi s'éclaire le paradoxe : populaire et plébiscitaire, le fascisme s'installait sur le terrain de son ennemi démocratique pour mettre en scène un peuple renonçant solennellement à son pouvoir d'institution parce que tel était le seul moyen de créer une société qui anéantirait la démocratie en rendant l'idée même d'une altérité sociale proprement impensable.

3

Hitler et Staline

Hitler et Staline ont ensanglanté leur époque comme peu d'hommes l'ont fait dans l'histoire. Maîtres de régimes dont leurs noms sont devenus inséparables, ils ont infligé d'immenses souffrances à leur peuple et à d'autres peuples, tout en mobilisant des passions et en suscitant des espérances considérables dans leur pays et à travers le monde. En leur personne s'incarnaient des idéologies antagonistes dont chacune formait pour l'autre une cible privilégiée, au point de produire un phénomène d'occultation réciproque chez leurs partisans : l'anticommunisme cachant aux uns la face monstrueuse du nazisme, l'antifascisme masquant aux autres celle du Goulag.

Certains contemporains refusèrent pourtant de choisir entre la peste et le choléra. Dans ces régimes, auxquels ils adjoignaient volontiers le fascisme italien, ils préféraient voir les membres d'une seule et même famille totalitaire[1]. Ce point de vue qui était celui de libéraux, de chrétiens, de conservateurs, trouva de l'écho quand survint le pacte germano-soviétique en août 1939. Le partage de la Pologne inclinait à interpréter la complicité de Hitler et de Staline comme la révélation d'une parenté profonde. Après la destruction du nazisme et dans le sillage de la guerre froide, cette identification s'imposa à l'Ouest. Elle permettait d'en-

---

1. Cf. Abbott Gleason, *Totalitarianism : The Inner History of the Cold War*, New York, Oxford University Press, 1995 ; Simon Tormey, *Making Sense of Tyranny. Interpretations of Totalitarianism*, Manchester University Press, 1995.

velopper le monde communiste dans l'infamie qui s'attachait à l'ancien ennemi commun. Cela ne désarma pas les objections de ceux qui refusaient tout apparentement et, à plus forte raison, toute identité entre nazisme et communisme. Pour les uns, il existait entre eux une différence de nature, la ligne de fracture séparant le capitalisme et le socialisme. Pour d'autres, la comparaison apparaissait obsolète au vu de l'évolution du régime soviétique après la mort de Staline, la collégialité parvenant à régler les problèmes de succession, la terreur s'estompant et l'idéologie s'ossifiant[2].

La réflexion sur les régimes totalitaires revient aujourd'hui en force[3]. La disparition de l'URSS, la réunification de l'Allemagne où se multiplient les travaux sur la double expérience nazie et communiste du pays[4] et, plus généralement, l'effacement du marxisme y ont grandement contribué. Avec l'ouverture des archives soviétiques, la recherche en parenté peut être entreprise sur de nouveaux frais. Que des intentions politiques animent parfois une telle recherche, assurément, mais cela ne suffit pas à invalider une démarche qui prend la peine de cerner différences comme similitudes.

Le nazisme et le stalinisme, des régimes parents ? Assurément de l'avis de beaucoup d'auteurs, même s'ils divergent sur la nature et l'ampleur de cette parenté, l'approche des historiens contrastant avec celle des philosophes et des politologues. Les premiers estiment volontiers qu'une telle

---

2. Cf. Pierre Hassner (éd.), *Totalitarismes*, Paris, Economica, 1984 ; Eckhard Jesse (éd.), *Totalitarismus im 20. Jahrhundert. Eine Bilanz der internationalen Forschung*, Bonn, Bundeszentrale für politische Bildung, 1996.

3. Cf. notamment Hans Maier (éd.), *« Totalitarismus » und « Politische Religionen ». Konzepte des Diktaturvergleichs*, Paderborn, Schöningh, 1996-1997, 2 vol.

4. Ludger Kuhnhardt (éd.), *Die doppelte deutsche Diktaturerfahrung : Drittes Reich und DDR : ein historisch-politikwissenschaftlicher Vergleich*, Francfort-sur-le-Main, Peter Lang, 1996 ; Gunther Heydemann et Eckhard Jesse (éd.), *Diktaturvergleich als Herausforderung : Theorie und Praxis*, Berlin, Duncker & Humblot, 1998.

recherche en parenté, sans être inutile, est d'un intérêt restreint. Ainsi, pour l'historien britannique Ian Kershaw, une comparaison de ces régimes n'est féconde que pour certains aspects et certaines périodes dans leur trajectoire. Les seconds font valoir que le concept de totalitarisme ne saurait être récusé en tirant argument d'une diversité historique qui est, par définition, inépuisable. Sa pertinence tient à ce qu'il saisit les traits saillants d'une physionomie qui n'est qu'à eux : l'ambition de domination totale, la volonté fanatique d'homogénéité, la capacité de déployer une violence sans précédent [5].

Légitime et utile, une recherche en parenté ne doit pas se laisser arrêter d'emblée par l'existence de différences patentes comme l'opposition des idéologies et la divergence des politiques. A l'évidence, le stalinisme était une révolution sociale effectuée au nom d'une idéologie rationaliste, matérialiste et universaliste, et le nazisme une révolution politique prenant appui sur les élites conservatrices et fondée sur l'exaltation de la race et de l'instinct. Il n'en demeure pas moins possible de déceler entre ces deux régimes de nettes similitudes [6].

Premièrement, ils furent tous deux dominés par des chefs suprêmes qui, en dépit de toutes les contraintes qui pesaient sur leur liberté de manœuvre, disposaient d'un pouvoir immense. Fait d'autant plus remarquable que ce pouvoir incombait à des hommes sortis du peuple, sans aucun de ces atouts de la naissance, de la notabilité ou de la richesse qui décidaient des positions de commandement dans leur société. Ces hommes surent exploiter des crises dramatiques pour parvenir au pouvoir et s'y installer, avant de se faire rendre un culte quasi pharaonique. Détail frappant, ces

---

5. Cf. les articles de Ian Kershaw et de Pierre Bouretz dans le dossier d'*Esprit* sur le totalitarisme (janv.-février 1996).

6. Cf. Ian Kershaw et Moshe Lewin (éd.), *Stalinism and Nazism : Dictatorships in Comparison*, New York, Cambridge University Press, 1997 ; Henry Rousso (éd.), *Stalinisme et Nazisme. Histoire et mémoire comparées*, Bruxelles, Complexe, 1999.

chefs plébéiens provenaient de la périphérie : le Géorgien Staline et l'Autrichien Hitler, nés sur les marches, présidèrent à la création d'empires plus étendus et autrement plus féroces que ceux qui les avaient précédés, au bout du compte des empires plus fragiles encore [7].

Deuxièmement, ces régimes imposèrent à leur société une idéologie qui devait organiser sa vie entière et ne tolérait ni discussion publique ni même indifférence privée. Si éloignés qu'aient été leurs contenus, les fictions dogmatiques que constituaient les idéologies au pouvoir avaient en commun de justifier le rejet de l'ordre antérieur et de formuler une doctrine de salut au bénéfice d'une collectivité élue, race allemande ou prolétariat mondial. Elles se ressemblaient également en ce qu'elles prenaient pour fondements de prétendues lois de l'histoire, ici le matérialisme historique, là les « lois éternelles de la nature » qui postulaient la lutte des races et la nécessité de la pureté raciale. Et toutes deux faisaient le même partage tranché entre amis et ennemis qui s'accompagnait d'un puissant imaginaire du complot : des adversaires implacables menaient un travail de sape, à l'intérieur comme à l'extérieur, qui commandait de maintenir une garde de tous les instants.

Troisièmement, ces régimes ouvrirent la plus large carrière à l'action d'un parti unique qui s'efforçait de saisir la société dans ses filets et se trouvait, du coup, dans un rapport tendu avec l'administration étatique, l'un et l'autre concourant à pénétrer et à contrôler la vie sociale jusque dans les recoins de la vie privée. Quatrièmement, enfin, ils accordèrent une importance essentielle à la mobilisation des masses, comme le montrent au plus haut point les manifestations grandioses où des architectures humaines donnaient

---

7. Pour un essai de biographie comparée, cf. Alan Bullock, *Hitler et Staline. Vies parallèles*, Paris, Albin Michel et Robert Laffont, 1994, 2 vol. Cf. également Robert C. Tucker, *Stalin as Revolutionary, 1879-1929*, New York, Norton, 1973 ; *id.*, *Stalin in Power, 1928-1941*, New York, Norton, 1990 ; et Ian Kershaw, *Hitler, 1889-1936*, Paris, Flammarion, 1999.

une figuration à leur utopie. L'intimidation escortait naturellement la persuasion, et l'endoctrinement faisait levier sur la crainte. Débridée ou retenue, la terreur, avec cette part décisive d'arbitraire qui la démarque de la répression classique des oppositions, formait le revers de l'enthousiasme, feint ou réel, des masses encadrées. A ceux qui ne se conformaient pas aux attentes ou aux normes du pouvoir, une autre mobilisation était imposée : celle des camps qui broyaient corps et esprits pour apprendre aux déviants leur insignifiance.

Que l'on insiste sur les similitudes dans la configuration des régimes, dans l'ambition de domination totale ou la capacité de faire violence aux sociétés sous leur coupe, il est raisonnable d'admettre que l'on a affaire à un type de pouvoir qui se distingue des régimes autoritaires et, à plus forte raison, des régimes démocratiques[8]. Hommage involontairement rendu à cette parenté, les débats historiques à propos du nazisme et du stalinisme ont montré, depuis les années 1980, un parallélisme saisissant. Ici et là, les études se sont disposées entre deux pôles d'interprétation[9]. D'une part, une approche politique, au sens étroit du terme, centrée sur le dictateur, qui privilégie les projets d'un pouvoir autocratique et leur réalisation par la mécanique bien huilée du régime. D'autre part, une approche inspirée par l'histoire sociale qui souligne la complexité des décisions, le manque de coordination entre les composantes du régime, le rôle des initiatives sur le plan local et régional, enfin les comportements d'inertie, d'évitement et de non-conformité dont firent preuve les sociétés soumises à la compression totalitaire. La seconde approche a notablement enrichi notre

---

8. Cf. Serge Berstein, *Démocraties, Régimes autoritaires et Totalitarismes au XXe siècle*, Paris, Hachette, 1992.

9. Pour une introduction, cf. les entrées « National-socialisme » (Pierre Ayçoberry), « Stalinisme » (Nicolas Werth) et « Totalitarisme » (Krzysztof Pomian), dans Jean-Pierre Azéma et François Bédarida (éd.), *1939-1949. Les années de tourmente, de Munich à Prague*, Paris, Flammarion, 1995.

regard, tout en péchant par une sous-estimation de l'impulsion et de la direction venant du centre[10].

Cette parenté limitée, mais reconnaissable, laisse intactes des spécificités qu'il importe de cerner pour l'intelligence du phénomène totalitaire. Ces spécificités renvoient, en premier lieu, à l'arrière-plan des régimes. Entre l'Allemagne industrielle et urbaine et l'immense Russie à prédominance paysanne, les différences dans les structures sociales et les héritages historiques étaient considérables, et il aurait été étonnant que cela fût sans conséquences. Mais elles renvoient, aussi et surtout, aux modes d'agencement et d'opération de chaque régime et à l'idéologie particulière qui guidait assez fortement chacun d'eux pour se marquer jusque dans la qualité particulière, si l'on ose dire, des crimes de masse dont ils furent responsables. Ces différences, on peut les résumer en disant qu'elles reflètent deux principes de structuration : d'un côté, un pouvoir plébiscitaire, de l'autre, une dictature révolutionnaire.

Les personnages de Hitler et de Staline offrent un bon moyen de cerner ces différences. Deux chefs suprêmes, certes, mais fort dissemblables par le chemin emprunté pour conquérir le pouvoir, par le style de commandement et par leur rapport avec la société qu'ils dominaient. Hitler s'imposa au parti nazi bien avant d'arriver au pouvoir, le rebâtissant autour de sa personne dès le milieu des années 1920. Devenu chancelier, il étendit à l'État dont il avait pris les rênes le style de commandement néoféodal rodé dans le parti. La relation de suzerain à vassal, fondée sur la fidélité personnelle, encourageait des délégations de pouvoirs faites sans souci de délimiter les compétences de chacun et la multiplication d'appareils administratifs extraordinaires dépendant directement de la volonté du Führer[11].

---

10. Cf., par exemple, sur le rôle de Staline, Oleg Khlevniouk, *Le Cercle du Kremlin. Staline et le Bureau politique dans les années 30 : les jeux du pouvoir*, Paris, Seuil, 1996.

11. Cf. Martin Broszat, *L'État hitlérien. L'origine et l'évolution des structures du IIIe Reich*, Paris, Fayard, 1985.

En dehors du groupe des fidèles, Hitler parvint, en outre, à séduire plus du tiers de l'électorat allemand entre 1928 et 1933. Des millions d'Allemands le virent comme le détenteur d'une grâce particulière et le possesseur de pouvoirs extraordinaires, ce qui est la définition même du charisme[12]. Pénétré du sentiment de sa mission, il se montra fidèle au rôle de chef charismatique en recourant au bluff et au pari dans son action politique, notamment sur la scène internationale. Les succès qu'il remporta avant 1939 sur des puissances occidentales timorées l'entourèrent d'une aura qui ne pâlit que lentement, même une fois venu le temps des revers.

Le charisme exige une base partagée de communication avec la société à laquelle on s'adresse. Pour rassembler le peuple allemand derrière lui, Hitler devait ménager ses compatriotes et les prendre, si l'on peut dire, dans le sens du poil – exception faite du cercle somme toute limité des opposants et des exclus voués à une répression d'ailleurs assez largement approuvée. Il le fit non seulement en attirant dans son jeu la droite et les élites conservatrices, ce qui lui ouvrit la voie du pouvoir, mais encore et surtout en exploitant habilement des opinions, préjugés et idéologèmes largement répandus dans la société allemande – le nationalisme, la religion, les valeurs autoritaires traditionnelles –, tout en diffusant sans relâche un évangile raciste qui contredisait largement ces valeurs. Le défi qu'il affrontait était en quelque sorte le suivant : il lui fallait accomplir sous le couvert de la continuité la rupture dans les valeurs et les mentalités qui permettrait d'édifier et de faire prospérer l'empire raciste qu'il appellait de ses vœux.

Staline conquit et exerça le pouvoir dans de tout autres conditions[13]. Il trouvait devant lui non seulement un corps

---

12. Cf. Ian Kershaw, *Hitler. Essai sur le charisme en politique*, Paris, Gallimard, 1995.

13. Cf. Manfred Hildermeier (éd.), *Stalinismus vor dem Zweiten Weltkrieg. Neue Wege der Forschung*, Munich, Oldenbourg, 1998 ; Sheila Fitzpatrick (éd.), *Stalinism : New Directions*, Londres, Routledge, 2000.

de doctrine, avec ses pères fondateurs et ses grands interprètes, mais encore un parti constitué, mené par un chef incontesté, Lénine, un parti qui avait accompli une révolution dans laquelle il n'avait joué qu'un rôle mineur. De nombreuses années lui furent nécessaires pour asseoir son pouvoir personnel, d'abord en creusant sa voie comme une taupe dans l'administration du parti, puis en manœuvrant pour imposer sa prééminence au sein de la direction collégiale, enfin en purgeant massivement le parti de ses cadres anciens. Même une fois au sommet, il ne put se dispenser de rendre hommage à une organisation qui gardait, en théorie, une légitimité supérieure à n'importe quel individu et dont il devait honorer les dogmes et les grandes figures. Aussi ne se présenta-t-il jamais autrement que comme le meilleur disciple de Lénine et le continuateur de Marx et de Engels. Son pouvoir grandit, au surplus, sans rompre avec des formes de direction bureaucratiques assez éloignées des distorsions caractéristiques du régime nazi, si réels que fussent par ailleurs le clientélisme, la duplication des appareils et les luttes intrabureaucratiques[14]. Rien de comparable dans ce régime à la SS, émancipée à la fois du parti et de l'État, et qui exécutait la politique du chef suprême en dehors de tout contrôle.

Le parti était d'autant plus indispensable à Staline qu'il ne disposait pas de la popularité sur laquelle Hitler pouvait appuyer son pouvoir. Tout à l'opposé d'un rapport plébiscitaire, le rapport de son régime à la société était celui d'une dictature révolutionnaire. Lénine aurait pu avoir pour successeur un autre homme que Staline, menant une autre politique. Mais la personne et l'action de Staline ne furent pas pour autant une aberration, elles s'inscrivaient dans une logique, celle de la prise du pouvoir par un petit groupe mettant à profit l'affaissement de l'État et imposant sa loi révolutionnaire à une société traumatisée par la double

14. Cf. Nicolas Werth, « Les formes d'autonomie de la "société socialiste" », dans Henry Rousso (éd.), *op. cit.*, p. 145-184.

épreuve de la guerre mondiale et d'une guerre civile extraordinairement meurtrière. En collectivisant brutalement les terres au début des années trente et en industrialisant à marche forcée une société majoritairement paysanne, Staline fit violence une nouvelle fois à cette société et paracheva la guerre civile. Son régime, assurément, ne tenait pas en l'air tout seul, il disposait de soutiens, en particulier parce qu'il offrait une mobilité sociale sans équivalent, et de loin, dans le nazisme : la légion des travailleurs manuels promus à des postes de responsabilité, les cohortes d'étudiants, de techniciens, de petits chefs en tout genre installés aux commandes par un régime modernisateur. Il n'empêche, le pouvoir de Staline reposait, en tout cas avant la Seconde Guerre mondiale, bien plus fondamentalement que celui de Hitler, sur la peur[15].

Tout cela se marqua dans le caractère que prit la violence de masse dans chaque régime. Pour le dire simplement : le stalinisme brutalisa extraordinairement la société russe, mais il ne traita pas autrement les sociétés qu'il conquit à la suite du pacte germano-soviétique ou après la victoire sur l'Allemagne nazie. Faisant de la révolution un produit d'exportation, il dupliqua à l'extérieur son ordre domestique par les mêmes méthodes d'expropriation, de purge et de contrôle. Les indigènes n'étaient pas plus mal lotis que les vainqueurs, ou plus exactement les uns et les autres étaient très mal lotis. Le nazisme maltraita relativement peu les Allemands, ceux qu'il définissait comme tels, mais il écrasa les allogènes conformément à ses thèses sur les races supérieures et inférieures. Alors que la période de la guerre conduisit à un relâchement de la pression du pouvoir stalinien, au point qu'on le vit faire appel au nationalisme russe et mettre un frein à la lutte antireligieuse, le nazisme dévoila à la faveur de la guerre l'étendue de ses capacités meurtrières.

---

15. Cf. Sheila Fitzpatrick, *Everyday Stalinism : Ordinary Life in Extraordinary Times*, New York, Oxford University Press, 1999.

Une société violentée : la déportation et l'emprisonnement touchèrent, au pays des Soviets, une part énorme de la population. Même si les chiffres du Goulag ont été revus à la baisse depuis l'ouverture des archives [16], probablement une quinzaine de millions de personnes passèrent dans les camps entre 1934 et 1947. A quoi il faut ajouter les koulaks déportés au moment de la collectivisation, environ 1,5 million de personnes, et les peuples déportés au cours de la guerre, soit près de 3 millions de personnes. Cela fait au total une vingtaine de millions de personnes, près d'un Soviétique sur 7. Peu nombreuses furent les familles épargnées, rares les personnes qui ne virent pas partir en déportation l'un de leurs proches.

Le nazisme brutalisa la société allemande dans une bien moindre mesure. Des dizaines de milliers de personnes furent arrêtées au lendemain de l'arrivée au pouvoir de Hitler, mais le nombre des détenus dans les camps diminua assez rapidement : ils étaient moins de 10000 en 1936-1937. Le système concentrationnaire connut une formidable expansion après l'éclatement de la guerre [17]. Mais sur les quelque 1,5 million de personnes qui y furent aspirées, seule une toute petite minorité était allemande. La violence nazie se déchaîna sur les allogènes dans le Reich et sur les peuples conquis, avec une ampleur qui n'avait rien à envier, même sur le plan quantitatif, à celle de Staline. A la vingtaine de millions de personnes déportées en URSS font pendant les quelque 8 millions d'ouvriers envoyés de toute l'Europe contribuer à l'effort de guerre dans le Reich, en sus des millions d'autres personnes déplacées aux mêmes fins à l'intérieur des pays conquis. Ajoutons-y au bas mot

---

16. Cf. Nicolas Werth, « Goulag : les vrais chiffres », *L'Histoire*, n° 169, septembre 1993 ; *id.*, « Logiques de violence dans l'URSS stalinienne », dans Rousso (éd.), *op. cit.*, p. 99-128.

17. Cf. Martin Broszat, « Nationalsozialistische Konzentrationslager 1933-1945 », dans *Anatomie des SS-Staates*, Munich, DTV, 1986, vol. 2 ; Ulrich Herbert (éd.), *Die nationalsozialistischen Konzentrationslager : Entwicklung und Struktur*, Göttingen, Wallstein, 1998.

un million de personnes expulsées entre 1939 et 1941 des territoires annexés au Reich, et surtout tenons à l'esprit que seule la tournure de la guerre empêcha que le remodelage racial du continent, en particulier à l'Est, n'entraînât la déportation de dizaines de millions de personnes supplémentaires.

Si l'on considère le nombre des victimes plutôt que celui des personnes déportées ou emprisonnées, la balance, abominablement chargée des deux côtés, penche encore plus nettement du côté du nazisme. Le nombre des personnes décédées au Goulag entre 1934 et 1953 est actuellement estimée à 2 millions, à quoi il faut ajouter plusieurs centaines de milliers de gens morts en cours de déportation. Les victimes de la Grande Terreur de 1937-1938 se comptèrent également par centaines de milliers, et le même ordre de grandeur vaut pour les victimes de Staline après qu'il eut mis la main sur la Pologne orientale et les pays Baltes. La terrible famine qui frappa l'Ukraine au début des années 1930 et qui fit entre 4 et 5 millions de morts mérite mention, même si la part de l'intention meurtrière est difficile à évaluer ici. Dans l'état des sources, on pourrait avancer une fourchette entre 3 et 8 millions de victimes directes de l'homme de fer (suivant que l'on inclut ou non les Ukrainiens).

Le nazisme n'est pas en reste sur le plan des nombres, et à plus forte raison en matière d'inhumanité. Ses camps de concentration connurent un taux de mortalité bien plus élevé que les camps soviétiques. Alors qu'il avoisinait dans les seconds 10 % en moyenne (un bas de 2,5 % en 1936, un haut de 18,4 % en 1942), il était de 60 % dans les premiers : on estime que sur 1 600 000 personnes détenues 1 100 000 périrent. Même dureté dans le traitement des prisonniers de guerre soviétiques : sur un total de 5 700 000, 3 300 000 moururent de faim et d'épuisement, un sort qui frappa presque tous ceux qui furent capturés au début de la guerre germano-soviétique. Même dureté encore envers les populations occupées auxquelles furent infligées de sauvages représailles, en particulier à l'Est et dans les Balkans, et qui connurent – c'est le prix que Hitler leur fit payer pour que la population allemande souffre le moins possible de la guerre – des conditions de vie telles qu'elles coûtèrent la vie à des millions de civils. Enfin, point qui se passe de développement, les victimes des entreprises de génocide : environ 6 millions de juifs et plusieurs centaines de milliers de tsiganes.

L'effort de destruction systématique de populations entières dit l'inhumanité foncière du nazisme. Une myriade d'autres mesures criminelles l'atteste également, dont aucune n'eut droit de cité sous le régime stalinien et qui renvoient toutes au fondement raciste de son idéologie : la stérilisation de masse, effective dans le cas de plusieurs centaines de milliers d'Allemands, et restée à l'état de projet pour les peuples slaves d'Europe orientale ; l'avortement imposé à des milliers de travailleuses polonaises et russes déportées en Allemagne pendant la guerre ; le meurtre des handicapés et des malades mentaux qui fit au moins 70 000 victimes allemandes jusqu'en 1941 et des milliers de victimes dans les territoires polonais et soviétiques occupés ; enfin, les expériences scientifiques, la plupart mortelles, conduites dans les camps sur des centaines de détenus. L'horreur du système stalinien n'en est pas diminuée, et il est un fait que le communisme a causé la mort de dizaines de millions de personnes à travers le monde, de l'URSS à la Chine en passant par le Cambodge[18]. Mais, pour le meurtre de masse, le nazisme n'a assurément rien à lui remontrer, et, pour le déni d'humanité, il demeure hors catégorie.

---

18. Cf. Stéphane Courtois (éd.), *Le Livre noir du communisme*, Paris, Robert Laffont, 1997.

La crise nazie

4

Qui était nazi ?

Qu'on le qualifie de réactionnaire ou de révolutionnaire, le nazisme fut un phénomène de masses. L'Europe avait vu se mobiliser au cours du siècle précédent de vastes foules. C'était derrière les drapeaux de la liberté politique, de l'égalité sociale ou de l'indépendance nationale. Au lendemain du premier conflit mondial, en Italie d'abord, puis en Allemagne, un autre spectacle s'offrit, celui de millions de personnes se ralliant à un homme qui proclamait sa résolution d'instaurer une dictature sur les ruines de la démocratie. Hitler, il est vrai, pas plus que Mussolini, ne fut porté au pouvoir par la majorité du peuple allemand. Mais, sans les succès électoraux qu'il avait remportés et sans le poids des masses enrôlées dans son parti, il n'aurait jamais été appelé à la chancellerie par le président Hindenburg.

Les contemporains ne manquèrent pas de s'interroger sur l'identité de ces hommes et femmes qui s'en allaient gonfler la vague brune. Leur jugement, rapidement fixé, devait connaître une postérité durable. Les nazis ? Des petits bourgeois en colère, victimes d'une véritable « panique[1] » dans ces classes moyennes qui passent depuis pour les fourriers du populisme d'extrême droite. Le nazisme aurait été un « extrémisme du centre[2] », le mode d'expression

1. L'expression est du sociologue Theodor Geiger. Cf. son article « Panik im Mittelstand », *Die Arbeit*, 7, 1930, p. 637-659.

2. Seymour M. Lipset, « Fascism. Left, Right and Center », dans *Political Man : The Social Bases of Politics*, New York, Doubleday, 1960.

politique de couches sociales en crise. Artisans, commerçants, fermiers, et aussi employés et fonctionnaires, autant de catégories coincées entre la bourgeoisie nantie et les ouvriers coalisés, et exposées à une menace de prolétarisation rendue plus aiguë que jamais par la crise économique de 1929. Révoltées contre un État insensible à leur sort et impuissant devant la menace marxiste, déçues par les forces conservatrices traditionnelles, elles auraient été une proie toute désignée pour le parti nazi dont le discours faisait un si large écho à leurs griefs et à leurs ressentiments.

Encore ne faudrait-il pas oublier que ce parti refusait de se donner pour le porte-parole exclusif des classes moyennes. Sa prétention la plus constamment affichée était de rassembler le peuple allemand tout entier, son objectif de créer une *Volksgemeinschaft*, une communauté nationale unie et homogène, en tout cas délivrée des antagonismes de classe nourris par le libéralisme et le marxisme. Il se présentait, d'ailleurs, comme une anticipation de cette communauté à venir en proclamant que dans ses rangs l'ouvrier côtoyait le patron, le professeur le journalier, le fonctionnaire l'artisan et le commerçant. Et il déploya des efforts persistants pour recruter dans tous les milieux socio-professionnels, pour ne pas être un parti d'intérêts ou celui d'une classe.

Alors, le NSDAP parti des classes moyennes, comme le pensaient les observateurs contemporains, ou parti du peuple tout entier, comme le prétendait Hitler ? Les historiens ont longtemps adopté sans réserve la première position. Puis un revirement s'est produit sous l'influence de travaux qui surent mettre à profit, avec la rigueur souhaitable, une base documentaire exceptionnellement riche. A la différence du parti fasciste italien, le parti nazi participa à de nombreuses élections dont les résultats peuvent être soumis aux techniques de l'analyse électorale. De plus, ses archives ont survécu, par miracle, avec les dossiers de ses 8,5 millions de membres. Des études menées à partir de cette base documentaire se dégage un bilan qui, sans renverser les conclusions communément admises, les nuance sérieusement.

Négligeable en 1928, puisqu'il recueillit cette année-là 2,6 % des suffrages exprimés, le parti nazi connut avec la crise une foudroyante progression : 18,3 % en septembre 1930, 37,3 % en juillet 1932, 43,9 % en mars 1933. Pour se hisser de 800 000 à 17,5 millions de voix, il lui avait fallu pêcher massivement dans les eaux de la concurrence, avec un succès très inégal. Son essor s'accompagna, en effet, de l'effondrement des partis dits bourgeois, les deux formations libérales du centre (DVP et DDP) et le parti nationaliste de droite (DNVP), dont le pourcentage cumulé passa de 27,8 % en 1928 à 8,1 % en juillet 1932. En revanche, le parti catholique (Zentrum) montra une remarquable stabilité à 15 % des suffrages. Le parti social-démocrate (SPD), lui, recula sensiblement de 30 % en 1928 à 20 % en novembre 1932, tandis que dans le même temps le vote communiste passait de 10,6 à 16,9 %. La pénétration nazie rencontra donc de sérieux môles de résistance dans les milieux ouvrier et catholique, deux sous-cultures à l'identité fortement marquée depuis que Bismarck s'en était pris à eux.

Ces évolutions, commentées et soulignées par les contemporains, doivent être interprétées avec soin. Le vote des 3,5 millions de jeunes électeurs apparus entre 1928 et 1932 constitue un facteur indéterminé dans la mesure où il n'est pas possible de vérifier empiriquement s'il a, comme on le dit souvent, bénéficié essentiellement au parti nazi. En tout cas, les mouvements de l'électorat ont certainement été plus complexes que ne le suggèrent les apparences. Selon les spécialistes, l'augmentation du score nazi entre 1928 et 1930 aurait été due pour moitié seulement au ralliement d'anciens électeurs des partis conservateurs. Il faudrait y ajouter l'apport, pour 20 %, d'ex-abstentionnistes, mais aussi de transfuges du parti social-démocrate, du Centre et du parti catholique bavarois (BVP) à raison de 10 % pour chacun. En juillet 1932, un ancien électeur des partis bourgeois sur deux apporta son suffrage au parti nazi, mais le

SPD perdit probablement, lui aussi, au profit des nazis, un sur 7 de ses électeurs de 1930[3].

Par ailleurs, si le parti nazi perça nettement en milieu protestant, il ne s'ensuit pas que seuls les protestants votèrent pour lui. D'une élection à l'autre, on observe que l'isolement catholique s'atténua. En mars 1933, un électeur sur 2 vota pour les nazis dans les régions protestantes, mais un sur 3 en fit autant dans les régions catholiques. Selon toute probabilité, sur les 17 millions d'électeurs nazis en mars 1933, 4 millions étaient catholiques. Quant au poids des campagnes, s'il est vrai que les nazis obtinrent des scores plus élevés dans les petites communes que dans les grandes villes, l'écart était modeste et ne devrait pas occulter un fait plus important, à savoir que le parti nazi était la formation avec l'électorat le mieux distribué entre les différentes tailles de communes.

Les données disponibles sur la composition de cet électorat invitent également à se détourner des jugements schématiques. Loin d'être le résultat d'une prédestination sociale, le vote nazi résulta d'un faisceau de facteurs où la sélection des thèmes de propagande, les tensions et les alternatives politiques au niveau local tinrent une place majeure. Aussi bien la composition de son électorat s'est-elle modifiée au fil des années, comme le montrent des études qui ont cherché à cerner l'affinité tendancielle avec le parti nazi des diverses catégories socioprofessionnelles[4].

Il est d'abord une opinion commune que l'examen ne vérifie pas. Les chômeurs ne furent pas à la base du succès nazi. Le NSDAP fit ses moins bons scores dans les régions à taux de chômage élevé, tandis que le Parti communiste y

---

3. Jürgen W. Falter, « Die Wähler der NSDAP 1928-1933. Sozialstruktur und parteipolitische Herkunft », dans Wolfgang Michalka (éd.), *Die nationalsozialistische Machtergreifung*, Paderborn, Schöningh, 1984, p. 47-59. Cf., du même, *Hitlers Wähler*, Munich, Beck, 1991.

4. Cf. Thomas Childers, *The Nazi Voter. The Social Foundations of Fascism in Germany, 1919-1933*, Chapel Hill, The University of North Carolina Press, 1983.

remporta un succès certain. Les anciennes classes moyennes (artisans, commerçants, paysans) formèrent bien, d'un autre côté, et ce n'est pas une surprise, le noyau de l'électorat nazi. La corrélation artisans-commerçants, marquée depuis 1924, s'accentua après 1930. En revanche, la corrélation paysans/vote nazi était marginale dans les années 1920, et elle ne s'affirma qu'avec la crise économique qui permit aux nazis de prendre la relève des partis conservateurs discrédités par leur impuissance. De la même façon, les personnes vivant des revenus d'un petit capital – rentiers, pensionnés, veuves de guerre – qui avaient été les principales victimes de l'hyperinflation des années vingt firent bon accueil, en particulier lors des élections de 1932, à un parti qui menait une campagne appuyée en leur faveur.

Les nouvelles classes moyennes (salariés des secteurs public et privé) fournirent également au parti nazi un fort contingent d'électeurs, même s'il a été surestimé, celui des employés surtout, dont rien ne montre qu'ils aient rallié massivement Hitler en 1931-1932. D'un autre côté, le soutien des fonctionnaires a été plutôt méconnu – un soutien que les nazis obtinrent en condamnant la politique déflationniste des gouvernements de la République de Weimar et en exaltant la tradition du service public de l'époque impériale. Bénéficiant de la sécurité de l'emploi, d'un niveau d'instruction relativement élevé et, surtout, d'un prestige social plus marqué que dans d'autres pays, les fonctionnaires font la transition avec les classes supérieures dont la contribution à la vague brune a été rarement évoquée. Or une étude a montré que, dans les grandes villes au moins, les nazis obtinrent des scores supérieurs à la moyenne dans les quartiers résidentiels[5]. Dans le même sens, on rappellera que l'organisation des étudiants nazis conquit la majorité dans les élections universitaires dès le début des années 1930.

---

5. R.F. Hamilton, *Who Voted for Hitler ?*, Princeton University Press, 1982 ; Detlef Mühlberger (éd.), *The Social Basis of European Fascist Movements*, Londres, Croom Helm, 1987.

Quant aux ouvriers, qui furent courtisés avec une belle constance, ils fournirent un soutien loin d'être négligeable. Non pas tant d'ailleurs les ouvriers de la grande industrie, restés en majorité attachés à leurs organisations traditionnelles, que ceux de la petite production, notamment de la production artisanale. C'est dans ce milieu – qui formait un bon tiers de la classe ouvrière allemande – que les nazis semblent avoir trouvé un nombre substantiel d'électeurs, en particulier en juillet 1932. On notera que cette fraction de l'électorat semble aussi avoir été particulièrement instable. Le recul de 2 millions de voix subi par les nazis entre l'élection de juillet et celle de novembre 1932 aurait été dû largement à sa défection. Dans l'ensemble, si les ouvriers étaient sous-représentés dans l'électorat nazi par rapport à leur poids dans la société allemande, il faut souligner qu'ils ont tout de même apporté au parti de Hitler entre le tiers et le cinquième de ses voix.

Ce tour d'horizon ne serait pas complet sans mentionner l'électorat féminin appelé à l'existence politique par la Constitution de Weimar de 1919. Tournées vers les partis conservateurs, les femmes ignorèrent l'extrême droite pendant les années 1920. A partir de 1930, elles tendirent à voter nazi jusqu'à atteindre la même proportion que les hommes, contribuant ainsi à accélérer l'ascension hitlérienne. Ce changement était largement dû à une propagande qui, sous la direction avisée de Goebbels, fit passer au premier plan un discours traditionnel nourri de références aux valeurs chrétiennes et mit une sourdine au racisme et à l'antisémitisme, à tout ce qui avait valu aux nazis leur réputation sulfureuse de néopaganisme.

Les effectifs du parti nazi connurent également une croissance rapide à partir de 1930, même si ce fut dans des proportions moindres. De 79 000 au début de 1929, ils montèrent à 130 000 en septembre 1930 et à 850 000 en janvier 1933. Comme les électeurs, les membres du parti manifestèrent une grande instabilité. Sur les adhérents de 1930, environ 40 % étaient partis au moment de l'arrivée au pouvoir de Hitler. Leur composition sociale était non moins fluctuante, et elle semble avoir été très différente d'une région à une autre, et même d'une localité à l'autre, ce que gomment les statistiques au niveau national[6]. Parmi les nouveaux adhérents de la période 1930-1932, les classes moyennes étaient prépondérantes : un peu plus de la moitié du contingent (54,9 % par rapport à 42,6 % dans la population active). Par ordre de surreprésentation, on trouve les commerçants, les paysans, les artisans, les petits fonctionnaires et les employés. Quant aux ouvriers, ou plus exactement les travailleurs manuels salariés, ils étaient sous-représentés (35,9 % contre 54,5 %). Il s'agissait, ici encore, plutôt d'ouvriers résidant à la campagne ou dans de petites villes, parfois résidant à la campagne et se rendant en ville pour y travailler.

L'élite (par ordre de surreprésentation, les étudiants, les propriétaires d'entreprise, les professions libérales, les hauts fonctionnaires et les managers) vit sa part grandir nettement après 1930. A l'évidence, aux yeux d'une fraction appréciable des possédants, Hitler apparut comme un rempart de l'ordre et de la propriété, malgré les réserves que pouvaient inspirer le caractère plébéien de son mouvement et certains aspects de son programme. En 1932, l'élite représentait 9,2 % des nouveaux adhérents contre 2,8 % dans la population active. On voit que cette surreprésentation est beaucoup plus importante que celle des classes moyennes. Pourtant, nul n'a jamais présenté le parti nazi comme un parti de la classe supérieure. En réalité, les classes moyennes n'étaient pas surreprésentées de façon particulièrement forte, et, si elles formaient un peu plus de la moitié des effectifs, il reste à tenir compte de l'autre petite moitié où les ouvriers pesaient d'un poids substantiel. La situation était assez différente, il est vrai, au niveau des

6. Cf. Michael Kater, *The Nazi Party. A Social Profile of Members and Leaders, 1919-1945*, Londres, Basil Blackwell, 1983 ; ainsi que Detlef Mühlberger, *op. cit.*

cadres du parti, où les ouvriers étaient pratiquement absents, tandis que les employés et les fonctionnaires se taillaient la part du lion. Mais le phénomène n'est pas propre au parti nazi.

L'élément ouvrier apparaît d'autant moins négligeable qu'on prend en considération la composition des filiales du NSDAP. Ainsi, la Jeunesse hitlérienne, qui comptait 55 000 membres en 1933, aurait été composée à 65-70 % d'ouvriers. De même la SA, la milice du parti, était formée en majorité d'ouvriers, les classes moyennes y étant faiblement représentées et les classes supérieures quasiment pas [7]. Ce qui ne saurait surprendre, la SA étant largement le produit du chômage et de la pauvreté urbaine, le refuge de laissés-pour-compte qui trouvaient une raison d'être dans la vie de bande et les affrontements de rue. Rien d'étonnant à ce qu'elle ait été caractérisée par deux traits, avérés également pour le parti, la masculinité et la jeunesse. Les femmes n'avaient aucune place dans une milice, et dans le parti elles formaient 8 % des effectifs entre 1930 et 1933. Quant à l'âge, le parti nazi, probablement à la différence de son électorat, montrait un profil démographique plus jeune que la population allemande. L'âge moyen des nouveaux adhérents entre 1925 et 1932 se situait à 31 ans ; ce qui le distinguait notablement du SPD et l'apparentait au Parti communiste.

Après son accession au pouvoir, le mouvement nazi connut de nouvelles transformations. Durant les premiers mois du gouvernement de Hitler, les demandes d'adhésion affluèrent en nombre tel que le cap des 2,5 millions d'adhérents fut atteint en mai 1933, conduisant les dirigeants nazis à clore les inscriptions. Les listes furent rouvertes dans une mesure limitée en 1935-1936, sans restriction pendant l'année 1937, puis entre 1939 et 1942. Dans les intervalles, l'entrée au parti se fit par l'intermédiaire de la Hitlerjugend.

---

7. Cf. Conan Fischer, *Stormtroopers. A Social, Economic and Ideological Analysis, 1929-1935*, Londres, Allen and Unwin, 1983.

La croissance des effectifs n'en fut pas freinée, au contraire, puisque le NSDAP comptait 5 millions de membres en 1939 et plus de 8 millions en 1945, sans prendre en compte les effectifs par millions de ses multiples filiales. Dans ce parti de masse, la part des femmes augmenta considérablement ; en 1942-1944, elles constituaient environ 35 % des effectifs.

En même temps, la composition sociale évoluait sensiblement. Parmi les nouveaux adhérents, la part des ouvriers augmenta nettement jusqu'à atteindre 42,6 % en 1942-1944. Inversement, la part de l'élite baissa de façon très marquée. Alors qu'en 1933 elle avait fait un nouveau bond en avant (de 9,2 % à 12,2 %), elle diminua ensuite continûment (8 % en 1937, 6,3 % en 1939) pour chuter à 2,7 % pendant la seconde moitié de la guerre. Tandis que le soutien des classes supérieures s'effritait en proportion des contraintes économiques et des risques de catastrophe nationale qu'entraînait la politique du régime, les ouvriers allaient faire preuve de plus de patriotisme encore que pendant la Première Guerre mondiale.

Au total, qu'il s'agisse de ses électeurs ou de ses adhérents, le mouvement nazi apparaît d'une composition à la fois plus changeante et moins étroite qu'on le dit volontiers. Le définir comme un mouvement des classes moyennes, c'est non seulement ne pas faire justice au large éventail social qui le composait, mais c'est encore accorder une part indue au facteur socio-économique pour expliquer un phénomène aux ressorts autrement complexes. Au ressentiment social d'artisans et de commerçants menacés par la production de masse et les grands magasins, s'ajouta le ressentiment politique d'une partie de la population, notamment les élites, qui regardait avec nostalgie vers une époque impériale idéalisée. Mais, à côté de ces dispositions de longue durée, d'autres sources, plus immédiates, vinrent grossir la vague nazie, comme la protestation émotionnelle de gens mis à rude épreuve par les ébranlements de l'après-guerre et de la grande crise et le déboussolement d'une partie des jeunes générations victimes de ruptures dans leur socialisation politique.

Même s'il n'a pas été en mesure d'éliminer les clivages traditionnels de la société allemande, le parti nazi réussit à les transcender dans une large mesure et à devenir du même coup le premier grand parti national depuis l'unification : un rassemblement qui, pour le malheur de l'Allemagne, fut le front de la réaction, de la revanche et de la fuite en avant.

5

Charisme et radicalisme

Dès son apparition, le régime nazi a suscité des débats animés sur sa nature. Tandis que la plupart des observateurs contemporains le tenaient pour la dictature d'un homme, d'autres, à gauche en particulier, jugeaient fallacieuse l'image que le IIIe Reich projetait de lui-même, ainsi à travers le congrès annuel du parti nazi à Nuremberg. Celle d'un régime dominé par un homme qui le dirigeait à son gré, comme une mécanique bien réglée. Certains de ces critiques désignaient des régisseurs en coulisse : les Junkers, les grands capitalistes, les élites allemandes. D'autres parlaient de conflits entre durs et modérés, d'un règlement de comptes imminent entre l'armée et le parti, avec un Hitler tiré à hue et à dia[1].

La discussion n'a pas cessé depuis, même si, dans le public, la toute-puissance de Hitler est restée une vérité d'évidence, nourrie par tant de biographies, de documentaires, de films. Parmi les historiens, la discussion a connu un rebond formidable à partir des années 1970, point de départ de la querelle entre historiens « intentionnalistes » et « fonctionnalistes ». Cette querelle portait et sur le rôle de Hitler – décidait-il de tout, était-il même le décideur déterminant ? – et sur le fonctionnement du régime – obéissait-il

1. Cf. Gerhard Schreiber, *Hitler, Interpretationen, 1923-1983. Ergebnisse, Methoden und Probleme der Forschung*, Darmstadt, Wissenschaftliche Buchgesellschaft, 1984 ; Günter Scholdt, *Autoren über Hitler. Deutschsprachige Schriftsteller, 1919-1945, und ihr Bild vom « Führer »*, Bonn, Bouvier, 1993.

à une dynamique impulsée et contrôlée d'en haut, ou subissait-il une dynamique imprévisible et immaîtrisable ? Le débat, qui a perdu aujourd'hui de son intensité, tout en continuant d'informer les approches des historiens [2], a restitué de la complexité à l'analyse d'un régime dont on n'aura garde d'oublier qu'il s'est construit progressivement et qu'il a évolué notablement.

La centralité de Hitler n'était pas seulement un artifice de la propagande du bon Dr. Goebbels, et d'ailleurs rares sont les historiens qui contestent qu'il occupait une place centrale dans le régime. Aussi bien la discussion porte-t-elle sur les limites de son pouvoir davantage que sur sa réalité. Comment nier celle-ci, en effet ? Si Hitler ne fut pas le fondateur du parti national-socialiste, c'est lui qui le prit en main dès le début des années 1920. Lui qui en fixa dans *Mein Kampf* la doctrine, certes avec des matériaux qui faisaient le fonds de commerce de l'extrême droite allemande depuis la fin du siècle précédent, mais en les liant dans une synthèse qui voulait être à la fois idéologique, politique et stratégique. Lui, enfin, qui le conduisit au pouvoir en exploitant habilement la crise de la République de Weimar.

Après 1933, son autorité devint immense aussi bien sur le plan formel que sur le plan informel. Nommé chancelier en janvier 1933, Hitler accapara la fonction de chef de l'État au lendemain de la mort de Hindenburg en août 1934 et se fit prêter serment par les forces armées, un serment qui s'adressait à sa personne, en tant que Führer, et point seulement au détenteur d'une autorité constitutionnelle. En 1938, il devint *de facto* ministre de la Guerre, puis, à la fin de 1941, commandant en chef de l'armée de terre.

Pouvoir exécutif, pouvoir législatif, pouvoir judiciaire, il les assumait tous et les confondait dans sa personne,

2. Cf. l'ouvrage de Ian Kershaw qui organise sa présentation du régime nazi autour de ce débat (*Qu'est-ce que le nazisme ? Problèmes et perspectives d'interprétation*, Paris, Gallimard, 1992).

annulant un développement constitutionnel séculaire. Et ce n'était pas pour revenir à une monarchie absolue dont l'absolutisme paraît bien pâle en comparaison. Car, chef de l'État, Hitler était également chef d'un parti unique qui cherchait à embrasser la vie sociale et à concentrer les énergies au service du régime. Ce n'était pas non plus pour renouer avec la tyrannie à l'antique ou imiter un quelconque despotisme oriental. Car Hitler prétendait également être reconnu comme le Führer, le guide de la nation allemande. En août 1934, il adopta la désignation officielle de « Führer et chancelier du Reich », marquant que la fonction étatique, constitutionnellement fixée, devait s'effacer au profit d'une nouvelle source de légitimité, bientôt théorisée par de complaisants juristes. Le Führer incorporait la volonté objective de son peuple. Lui seul avait capacité à décider de son destin. En conséquence de quoi son autorité était « libre et indépendante, exclusive et illimitée », et sa volonté la source de tout droit[3].

Cela aurait pu n'être que broderies de juristes, mais il se trouvait qu'à ses pouvoirs formels Hitler en ajoutait un autre, informel et formidable, celui de l'opinion. La popularité du chef nazi est un fait avéré, une popularité qui alla croissant avec les succès qu'il remportait et que les revers n'entamèrent que lentement. Une popularité qui, au zénith, confina à l'adoration et dont il était le bénéficiaire quasi exclusif : le gouvernement et le parti concentrèrent sur eux un mécontentement croissant.

De quelque manière qu'on l'envisage, la personne de Hitler s'identifia avec le parti et le régime nazis. On peut à bon droit affirmer que le nazisme fut indissociablement un hitlérisme, chose difficile à soutenir pour le bolchevisme et le stalinisme. Hitler n'eut jamais à se présenter comme le dauphin et le continuateur d'une grande figure, ni à se réclamer d'une doctrine érigée en tradition, avec ses pères

---

3. E.R. Huber, *Verfassungsrecht des Grossdeutschen Reiches*, Hambourg, Hanseatische Verlagsanstalt, 1939, p. 230.

fondateurs et ses épigones. Il se donnait bien plutôt pour l'envoyé de la Providence, celui que le peuple allemand attendait depuis des siècles, et même depuis deux mille ans, comme Himmler se plaisait à dire [4].

Voilà donc un homme détenant un pouvoir immense, mais quel usage en faisait-il ? La question est légitime, et les historiens que ne satisfont pas l'interprétation d'un Hitler tout-puissant l'ont explorée dans deux directions différentes, qui ne s'excluent pas. L'une met en cause l'aptitude de Hitler à décider et à diriger effectivement. L'autre désigne les contraintes d'un système qui limitait sa marge d'action ou même la réduisait à peu de chose.

Commençons par les limites du pouvoir découlant de la nature du régime. Une première interprétation, de type structurel, a été formulée par un contemporain, un Allemand exilé en Angleterre, Franz Neumann. Ce juriste et politologue d'inspiration marxiste offrit dans son livre *Behemoth*, achevé en 1941 et publié l'année suivante, la critique la plus forte de l'image unitaire projetée par le IIIe Reich [5]. Il y fit ressortir le pluralisme foncier d'un régime tiraillé entre des forces qui, derrière la façade lissée par la propagande, se livraient à une lutte féroce pour arracher à l'État ses prérogatives traditionnelles. Moyennant quoi, l'État classique, l'État prussien, se désagrégeait au profit de « quatre groupes compacts et centralisés, fonctionnant chacun selon le principe d'autorité et chacun doté de pouvoirs législatif, judiciaire et administratif propres [6] ». En dépit de leurs rivalités, ajoutait Neumann, ces groupes aux intérêts divergents et aux pouvoirs croissants – le parti, l'armée, la bureaucratie et la grande industrie – savaient faire trêve et passer des compromis que Hitler se bornait à entériner. Voilà ce que désigne le concept de polycratie, qui fait ici l'objet d'un retournement

4. Heinrich Himmler, *Discours secrets*, Paris, Gallimard, 1978, p. 168.
5. Trad. fr. *Béhémoth. Structure et pratique du national-socialisme*, Paris, Payot, 1987.
6. *Ibid.*, p. 437.

ironique. Utilisé par Carl Schmitt dans les années 1920 pour dénoncer l'évolution du régime démocratique vers une juxtaposition d'institutions échappant à un pouvoir de contrôle et de décision unique [7], il est dirigé par Neumann contre une dictature qui prétendait avoir restauré cette unité de pouvoir, et auquel le même Schmitt apportait un soutien zélé. La figure biblique de Béhémoth, empruntée à Hobbes, symbolise le chaos engendré par la disparition de l'État et l'absence totale de lois ; figure inverse de ce Léviathan qui eut la préférence de Hobbes.

L'interprétation de Neumann, qui allait influencer de manière décisive l'école « fonctionnaliste », touche juste en soulignant le pluralisme du régime nazi. Un pluralisme qui tient à ce que ce dernier n'entendait pas accomplir une révolution sociale, comme le bolchevisme, mais une révolution politique dont le but était la puissance et l'expansion. Pour cela, Hitler avait besoin de la coopération de la haute administration, du grand patronat et de l'armée. De fait, c'est l'alliance avec les élites conservatrices qui lui permit de prendre la tête d'un gouvernement au sein duquel il était en minorité, puis de consolider son pouvoir, avant de l'élargir graduellement, grâce à sa popularité et son parti de masse, une fois achevée l'élimination du pluralisme politique, syndical et associatif. Cette coopération des élites conservatrices marque la structuration du régime d'une manière sans équivalent dans les dictatures de type bolchevique.

A la différence de Lénine et de ses camarades, Hitler accédait au pouvoir dans un pays doté d'une administration armaturée, ramifiée, expérimentée, animée d'un fort esprit de corps. Son problème n'était pas de reconstruire un État et de remplacer une administration socialement suspecte et, de toute façon, très inférieure aux nouvelles tâches qu'allait lui assigner le régime bolchevique. Il était bien plutôt de s'assurer la coopération d'une bureaucratie efficace, sans

7. *Ibid.*, p. 57-58.

en devenir l'otage, comme elle l'escomptait. De même pour le monde économique, dont les associations professionnelles furent alignées politiquement et encadrées administrativement, mais qui sauvegardèrent en même temps un degré d'autonomie.

L'analyse de Neumann n'en est pas moins schématique. D'une part, il attribue aux quatre forces qu'il privilégie une cohésion et une homogénéité que rien ne démontre. L'unité qu'il déconstruit au niveau de l'État, il la reporte, sans autre examen, à un niveau inférieur. En même temps, il ignore les Églises, le principal élément de pluralisme qui subsistait, et que le régime nazi dut tolérer, à contrecœur, jusqu'à la fin. Les autres forces étaient loin d'avoir pareille cohésion. L'unité du patronat souffrait de la dispersion, voire de la contradiction des intérêts de ses membres. Celle des forces armées fut mise à mal, après le rétablissement de la conscription universelle en 1935, par l'afflux de nouveaux cadres, plus jeunes, plus dévoués au régime. La bureaucratie, y compris la haute administration, ne se comporta pas davantage comme un bloc, naviguant entre zèle et réticence selon la politique qu'elle avait à exécuter.

Quant au parti nazi, devenu parti unique, son rôle demeura limité, non seulement en raison de la modicité des compétences qui lui furent attribuées (Rudolf Hess, le suppléant de Hitler à la tête du parti, fut nommé ministre sans portefeuille, avec un droit de contrôle sur la nomination des hauts fonctionnaires et sur le travail législatif), mais aussi et surtout en raison de sa structure. Tout à l'opposé des partis de type bolchevique, le parti nazi n'était ni centralisé, ni même sérieusement coordonné. Après 1933, ses composantes, à commencer par la SS, jouèrent des coudes pour échapper au contrôle de la faible direction de Munich et y parvinrent sans difficulté, avec l'appui de Hitler[8].

D'autre part, cette interprétation, si elle a une certaine

---

8. Cf. Dietrich Orlow, *The History of the Nazi Party, 1933-1945*, University of Pittsburgh Press, 1969-1972, 2 vol.

validité pour les premières années du régime lorsque l'alliance avec les forces conservatrices établit quelque chose comme une polycratie, ne prend guère en compte le déplacement du rapport des forces qui ne cessa de s'amplifier avec le temps. Hitler parvint sans peine à passer la bride à ses alliés grâce à l'utilisation qu'il fit des organisations du parti nazi, le Front du Travail remplaçant les syndicats et faisant pièce au patronat, la SA puis la SS concurrençant l'armée, partout les dirigeants régionaux du parti empiétant sur les plates-bandes de l'administration.

Il s'ensuivit un alignement des forces conservatrices, petit à petit détrompées dans leur espoir que le régime répondrait à leurs vœux de restauration d'un régime d'ordre traditionnel. Il est vrai que les élites allemandes souffraient d'une faiblesse qui les rendait relativement labiles. La disparition de la monarchie en 1918, l'imposition d'une armée-croupion par le traité de Versailles, le laminage des classes possédantes par l'hyperinflation, puis par la dépression des années trente, tout cela qui desservit la République de Weimar fit la fragilité des élites conservatrices après 1933. Parce qu'elles restèrent dans l'attelage sous sa direction, non sans se rebiffer (c'est ainsi que fut perçue la tentative d'assassinat de juillet 1944), Hitler les utilisa d'autant plus volontiers que la guerre imposait ses priorités. Mais il ne perdit pas de vue l'objectif qu'il avait de former les nouvelles élites qui assureraient la continuité de son régime.

Tout cela ne revient pas à dire que son pouvoir était sans limites. Les forces conservatrices, en particulier les Églises, gardèrent une influence notable, et Hitler se préoccupa, jusqu'au bout, du risque d'un décrochage de l'opinion. Et de même, marqué par la dislocation entre le front et l'arrière qui s'était produite en 1917-1918, il eut le souci constant d'atténuer les charges que la guerre faisait peser sur la population allemande, principalement en les reportant sur les peuples occupés. Jusqu'au bout, il dut évaluer ses possibilités d'action et ajuster son action.

Une seconde interprétation, illustrée notamment par

Martin Broszat[9], prolonge le sillon ouvert par Neumann, mais en s'éloignant d'une analyse en termes de forces sociales pour aller au plus près de l'organisation administrative. Attentif à l'évolution du régime, Broszat place en 1938 une césure qui sépare, *grosso modo*, une phase autoritaire d'une phase totalitaire. Avant 1938, en raison du poids des conservateurs, le régime s'inscrit dans la continuité : cadre collégial de la décision, fonctionnement coordonné de l'administration. Avec l'élimination des derniers représentants des élites conservatrices (mise à l'écart de Schacht en 1937, départ du gouvernement de Blomberg et de Neurath au début de 1938), le tournant se marque dans la suspension des réunions de cabinet et dans la disparition de toute coordination gouvernementale (le Conseil ministériel pour la défense du Reich, créé à cette fin au début de la guerre, sombra bientôt dans l'insignifiance du fait du désintérêt de Hitler).

La fin de la collégialité gouvernementale formait le terme d'une évolution dont le trait marquant fut le recours croissant à la délégation de pouvoirs, que Hitler pratiquait sans égard pour l'unité administrative de l'État. En résulta une situation que l'on peut ramasser dans la séquence suivante : multiplication d'organes extraordinaires, hybridation des appareils administratifs, autonomisation des politiques, exacerbation des rivalités personnelles et institutionnelles.

La délégation de pouvoirs aboutit à multiplier des organes administratifs extraordinaires auxquels Hitler assignait l'exécution d'une mission particulière, en distribuant à cette fin toutes compétences nécessaires. Certains de ces organes étaient de nature fonctionnelle – la construction des autoroutes, le Plan de quatre ans, la recherche de main-d'œuvre à travers l'Europe occupée. Leur action empiétait sur les compétences des autorités publiques, mais elle conduisait également à une prédation ou à une hybridation administra-

9. Cf. *L'État hitlérien. L'origine et l'évolution des structures du IIIe Reich*, Paris, Fayard, 1985.

tive. Quand le Gauleiter Sauckel reçut la mission de trouver à travers l'Europe les travailleurs indispensables à l'économie de guerre allemande, il construisit son appareil en arrachant au ministère de l'Économie son Département de la main-d'œuvre. L'hybridation, elle, se produisait entre des organes étatiques et des organisations du parti : c'est Himmler amalgamant le service de sécurité de la SS avec la police d'État. Ou entre des organes étatiques et des associations professionnelles, comme dans le Plan de quatre ans et l'organisation Speer.

D'autres appareils extraordinaires avaient un cadre territorial. Après l'éclatement de la guerre, Hitler confia l'administration de territoires conquis à certains de ses lieutenants, des Gauleiter comme Arthur Greiser ou à des Reichsleiter comme Alfred Rosenberg, en les dotant de pouvoirs étendus. Dans les territoires annexés, en particulier dans le « corridor » polonais, le résultat fut que l'administration régionale se trouva soustraite au contrôle des ministères centraux[10].

La multiplication d'organes extraordinaires ne pouvait qu'exacerber les querelles personnelles et institutionnelles. Libre champ était donné à la politique du chacun pour soi, y compris pour les ministères traditionnels, puisque telle était désormais la règle d'un jeu où il y avait beaucoup à gagner et beaucoup à perdre. Devenir un pur instrument exécutif du Führer, voilà l'objectif qu'imposait la logique du régime, et Himmler y tendit avec obstination, s'émancipant avec succès à la fois de l'État – chef de la police, il était placé sous l'autorité du ministre de l'Intérieur – et du parti – responsable de la SS, il devait rendre des comptes à la direction de Munich.

Sous l'effet de cette dynamique, la structure du régime devint mouvante, se reconfigurant en fonction des priorités. Il n'est que de comparer la situation de 1935 avec celle de

10. Cf. Dieter Rebentisch, *Führerstaat und Verwaltung im Zweiten Weltkrieg*, Stuttgart, F. Steiner Verlag, 1989.

1943 en matière économique, par exemple, pour prendre la mesure de cette plasticité. A la première date, le ministère de l'Économie tenait en main la conduite des affaires. A la seconde, son rôle était devenu mineur. Trois centres de pouvoir avaient émergé, dont les rapports mêlaient rivalité et coopération, la première l'emportant sur la seconde : le ministère de l'Armement et des Munitions dirigé par Speer, qui fonctionnait en symbiose avec la grande industrie ; le service de Sauckel, qui contrôlait l'apport de main-d'œuvre étrangère, devenue cruciale pour l'économie du Reich ; l'appareil policier de Himmler qui développait un petit empire économique en monnayant la misérable force de travail des détenus des camps de concentration [11].

Avec la multiplication d'organes extraordinaires taillant dans les compétences et les appareils de l'État, la structure du IIIe Reich ressemblait de plus en plus à un habit d'Arlequin, fait d'administrations traditionnelles et d'appareils hybrides entre l'État, le parti et les intérêts privés. Ce qui n'est pas sans faire penser à ce qu'un autre exilé, Ernst Fraenkel, avait appelé la dualité de l'État nazi (rappelons que Neumann contestait que l'on pût parler d'État) et qui était, d'ailleurs, davantage l'enchevêtrement que la juxtaposition d'un État de droit et d'un régime d'exception, le premier n'existant que par la tolérance du second qui cherchait à grandir le plus possible à son détriment [12].

A cette labilité de l'organisation administrative du IIIe Reich, compliquée par le fait que les organes devenus superflus, ainsi le Plan de quatre ans, n'étaient jamais abolis, s'ajoutait, élément souvent négligé, une informalisation juridique croissante. Passe encore que la confection de la loi respectait de moins en moins les formes. La frontière entre décret, ordonnance et loi s'estompait, et les juristes eux-mêmes en venaient à accepter qu'une déclaration orale

---

11. Cf. Walter Naasner, *Neue Machtzentren in der deutschen Kriegswirtschaft, 1942-1945*, Boppard am Rhein, Boldt, 1994.
12. Ernst Fraenkel, *The Dual State*, Londres, Oxford University Press, 1941.

de Hitler ait force de loi (ainsi lorsqu'il désigna Göring et Hess comme ses successeurs dans un discours au début de la guerre)[13]. Plus grave, et symptomatiquement, la législation échappait de manière croissante à la publicité, condition indispensable d'une administration efficace. Sur 650 ordres, décrets et directives signés par Hitler que l'on a recensés pour la période 1939-1945, 404 ne furent pas publiés au *Journal officiel*[14]. On imagine les confusions et les litiges qui en résultèrent. Ainsi, par un décret non publié, Himmler fut chargé en 1939 de « l'affermissement de la race allemande », ce qui lui donnait le pouvoir de saisir les terres des allogènes résidant dans les territoires annexés. S'ensuivirent des oppositions devant les tribunaux, lesquels ne connaissaient pas, et pour cause, le décret en question. L'« euthanasie », la mise à mort des malades mentaux à partir de l'automne 1939, donna lieu également à des plaintes judiciaires, obligeant le ministère de la Justice à informer les juges de l'existence de l'ordre secret par lequel Hitler avait autorisé l'opération.

Il ne fait pas de doute que l'on a affaire, avec le régime nazi, à une structure *sui generis*, et il est compréhensible que les historiens « fonctionnalistes » aiment à parler de désordre ou de chaos. Mais si l'on peut admettre qu'il devenait difficile aux dirigeants du IIIe Reich d'avoir une vue d'ensemble et qu'il leur fallait dépenser une énergie croissante pour maintenir quelque cohérence, le régime demeurait gérable. Des organes de coordination subsistaient, comme la Chancellerie du Reich et la Chancellerie du parti, et les dossiers les plus complexes faisaient l'objet de réunions interministérielles au niveau des secrétaires d'État, comme ce fut le cas à Wannsee en janvier 1942 pour organiser l'extermination des juifs d'Europe.

La coordination était assurée, aussi et surtout, par Hitler lui-même. La désagrégation de l'unité administrative avait

13. Martin Moll, *« Führer-Erlasse », 1939-1945*, Stuttgart, Franz Steiner Verlag, 1997, p. 20.
14. *Ibid.*

pour pendant la concentration de tous les fils entre ses mains. En lieu et place d'une instance collégiale de délibération et de décision, un *modus operandi* s'était installé, dans lequel environ une centaine de responsables lui rendaient compte en tête à tête [15]. Certains dirigeaient des organisations traditionnelles, comme les ministères ou les trois armes. D'autres, des organes extraordinaires, comme les administrations des territoires annexés et occupés. D'autres encore étaient les dirigeants régionaux du parti, les Gauleiter, qui jouissaient traditionnellement du droit d'en appeler directement à lui. Si la relation immédiate avec le Führer était la source de tout pouvoir, ce cadre bilatéral renforçait en retour l'autorité de Hitler, qui en était bien conscient, comme le montre l'interdiction qu'il fit à ses ministres pendant la guerre de se réunir, fût-ce autour d'un verre de bière [16].

Soulignons que ce pouvoir personnalisé – dans le double sens du terme, centré sur la personne de Hitler et fondé sur des rapports de personne à personne – ne signifiait pas le remplacement d'une logique bureaucratique par une logique de parti. Le régime nazi n'était pas un parti-État comme en URSS, où la primauté du premier ne souffrait aucun doute. Dans son cas, la dualité du parti et de l'État entretenait une tension permanente entre deux bureaucraties dont chacune était dotée d'une identité propre. Dominant l'une et l'autre, Hitler suivait une seule logique, celle de la confiance personnelle. A preuve, il confia des pouvoirs considérables, et même sa succession, à un homme comme Göring qui n'avait pas de position dans le parti, et il hissa au sommet du régime des inconnus comme Ribbentrop ou Speer.

15. En 1941, un juriste nazi, Huber, recensa pas moins de 42 organes exécutifs étatiques immédiatement soumis à Hitler (Huber, « Reichsgewalt und Reichsführung im Kriege », *Zeitschrift für die gesamte Staatswissenschaft*, 101, 1941, p. 561).

16. Moll, *op. cit.*, p. 31-32. Au cours de la guerre, l'accès à Hitler fut de plus en plus soumis au contrôle de son proche entourage, notamment de Bormann, au point que Martin Broszat parle d'un « despotisme de cour » (Broszat, *op. cit.*, p. 461).

Ce qui se donne à voir ici était, au fond, sans mystère. Hitler avait étendu à l'État le mode de direction qu'il avait pratiqué dans le parti nazi avant 1933 : refus de toute structure unitaire, qui débouche sur une juxtaposition de services et d'organisations ; lien direct avec les responsables régionaux ou fonctionnels du parti ; délégation de compétences au coup par coup, sans se soucier d'une délimitation rationnelle. Ce comportement produisait à présent ses effets à l'échelle d'un grand pays.

Hitler dominait donc le régime, mais dans quelle mesure décidait-il ? Les historiens « fonctionnalistes » ont attaché à cette question une importance considérable, sans que leur réponse emporte l'adhésion. Hitler avait, assurément, un style de direction qui n'était qu'à lui. On sait le désordre de ses horaires de travail, sa répugnance à organiser son temps de manière réglée ; le peu d'assiduité qu'il mettait à l'étude des dossiers ; sa manière d'agir par à-coups, d'intervenir de façon abrupte, et dans des détails, souvent après que son attention avait été attirée par l'un de ses proches ou par la presse [17].

Hans Mommsen juge, du coup, que Hitler était un dictateur « faible », qui préférait ne pas prendre de décisions par souci de son prestige et de son autorité ou ne le faisait que sous l'influence de son entourage [18]. Cette difficulté à diriger de façon soutenue aurait été renforcée par le caractère vague de son idéologie, mieux faite pour indiquer des directions que pour tracer des chemins praticables [19]. En somme, un double angle d'attaque qui doit faire revoir à la

---

17. On en trouvera de nombreux exemples dans Beatrice et Helmut Heiber (éd.), *Die Rückseite des Hakenkreuzes. Absonderliches aus den Akten des Dritten Reiches*, Munich, DTV, 1993.

18. Hans Mommsen, « Nationalsozialismus », dans C.D. Hernig (éd.), *Sowjetsystem und demokratische Gesellschaft. Eine vergleichende Enzyklopädie*, Fribourg-en-Brisgau, Herder, vol. 4, p. 702.

19. Hans Mommsen, « Hitlers Stellung im nationalsozialistischen Herrschaftssystem », dans G. Hirschfeld et L. Kettenacker (éd.), *Der Führerstaat : Mythos und Realität*, Stuttgart, Klett-Cotta, 1981, p. 70.

baisse la part du calcul et de l'intention chez Hitler, y compris à propos d'actes majeurs comme l'extermination des juifs, présentée comme le résultat d'un processus plus que d'une décision, où se combinèrent des circonstances imprévues, les initiatives locales de lieutenants zélés et l'ambiance idéologique créée par les tirades du chef suprême [20].

Pour apprécier la capacité de décision de Hitler, il importe de ne pas prendre pour de l'indécision tout comportement dilatoire ni de faire équivaloir distance et incertitude. Ainsi à propos de la politique antisémite avant l'éclatement de la guerre : s'il est vrai que Hitler réagit souvent au coup par coup, il n'en tint pas moins un cap. Son action pouvait être faite d'impulsions périodiques et d'ajustements successifs, il n'y eut ni rebroussement de chemin ni embranchement inattendu. Tout allait dans la direction du départ des juifs d'Allemagne [21]. Et nous disposons de suffisamment de sources pour qu'il n'y ait guère de doute sur son action continue, précise, détaillée dans des domaines comme la politique extérieure, les affaires militaires et l'économie de guerre [22].

De même à propos de l'influence de ses lieutenants. Hitler avait un souci marqué de son prestige, certes, et il aimait convaincre plutôt qu'ordonner. De là ces longues discussions, à vrai dire des monologues, qui étaient un trait typique des relations qu'il entretenait avec ses paladins. Et, certes, il leur laissait volontiers la bride sur le cou, en indiquant un objectif à long terme et en s'en remettant à eux pour le choix des méthodes. Mais cela ne prouve pas qu'il subissait leur influence. S'il accordait une latitude d'action,

---

20. Sur le débat qui s'ensuivit, cf. Christopher Browning, *The Path to Genocide. Essays on Launching the Final Solution*, Cambridge University Press, 1992.

21. Cf. Saul Friedländer, *L'Allemagne nazie et les Juifs*. 1. *Les Années de persécution (1933-1939)*, Paris, Seuil, 1997.

22. Pour Dietrich Eichholtz, un historien de l'ex-RDA, le régime nazi était caractérisé pendant la guerre par un pouvoir « extrêmement concentré » (« Daten und Fakten zur Kriegswirtschaft und Kriegstechnik, 1940-1945 », *Bulletin des Arbeitskreises « Zweiter Weltkrieg »*, n° 1-4, 1984, p. 102).

c'était sous condition d'obéissance et de conformité avec sa politique. Il n'hésita jamais à se séparer de ceux qui lui portaient ombrage ou dont le comportement pouvait lui nuire. Le fait même qu'il était bombardé de demandes de décision, y compris sur des points de détail, par ses proches lieutenants, Goebbels ou Himmler, témoigne du besoin constant qu'ils éprouvaient de sonder ses pensées et de s'appuyer sur son autorité[23].

Certains historiens ont soutenu qu'il décidait d'autant moins facilement que son idéologie n'aurait pas eu la consistance qu'on lui prête communément. Pour Martin Broszat, cette idéologie était d'une nature pour ainsi dire utopique. Elle pointait vers un futur où tout serait changé. Le peuple allemand, formant une « communauté populaire » épurée racialement, disposerait d'un « espace vital » d'où les juifs auraient disparu. Mais les moyens d'y parvenir n'étaient aucunement indiqués. L'objectif « positif » de la « communauté populaire » se révélant hors d'atteinte parce qu'elle supposait la remise en cause de situations acquises, les éléments « négatifs » de l'idéologie, notamment la persécution antisémite, auraient été sélectionnés pour ainsi dire par compensation[24]. La disparition des juifs, qui aurait eu au départ valeur « métaphorique », serait devenue une réalité sous l'effet d'une évolution que personne n'avait prévue ni voulue[25]. C'est faire bon marché de ce qu'avait de central l'antisémitisme dans l'idéologie hitlérienne. Inscrite dans une logique de haine, la disparition des

---

23. Cf. Hermann Weiss, « Der "schwache Diktator". Hitler und der Führerstaat », dans Wofgang Benz, Hans Buchheim et Hans Mommsen (éd.), *Der Nationalsozialismus. Studien zur Ideologie und Herrschaft*, Francfort-sur-le-Main, Fischer, 1993, p. 64-77.

24. Martin Broszat, « Zur Struktur der NS-Massenbewegung », *Vierteljahreshefte für Zeitgeschichte*, 1, 1983, p. 52-76.

25. Martin Broszat, « Hitler und die Genesis der "Endlösung". Aus Anlass der Thesen von David Irving », *Vierteljahreshefte für Zeitgeschichte*, 4, 1944, p. 739-775 ; cf. également l'interprétation voisine de Hans Mommsen, « Die Realisierung des Utopischen : Die "Endlösung der Judenfrage" im "Dritten Reich" », *Geschichte und Gesellschaft*, 3, 1983, p. 381-420.

juifs représentait un objectif concret, même si le choix de la méthode – émigration, expulsion, concentration dans une « réserve », extermination – resta ouvert pendant un temps.

Plus généralement, l'idéologie constitue une clé essentielle non seulement pour comprendre la trajectoire du régime, mais encore pour rendre compte de la plasticité de ses structures. En social-darwiniste convaincu, Hitler estimait que, dans la lutte pour la vie, le plus fort l'emportait. Les conflits qui opposaient ses subordonnés ne pouvaient lui apparaître alors que comme une école de sélection bénéfique. La même conception transparaît dans son attitude face à l'État. Sa méfiance envers l'administration et sa haine des juristes, qui sont abondamment documentées, découlaient d'une aversion profonde pour un type de rapports humains médiatisé par la loi qui est, par nature, froide, générale, impersonnelle, tout à l'opposé du lien d'homme à homme fondé sur la fidélité et la confiance qui formait son idéal.

On comprend, du coup, que la fixation juridique des compétences, qui aurait seule permis de limiter les effets centrifuges du système, sortait de son cadre de pensée et lui était même antithétique. Plus profondément, ce rejet des institutions, accusées d'immobiliser artificiellement le « mouvement de la vie », et la préférence accordée au rapport personnel sur la relation de type rationnel-juridique signalaient un refus de la civilisation moderne, dont l'État est une manifestation évidente. Hitler se montrait par là l'héritier d'une des tendances les plus anciennes du nationalisme allemand, pour laquelle l'État est une force froide et mécanique qui ne peut que faire obstacle à l'épanouissement d'un authentique sentiment de « communauté nationale ».

S'il fallait un exemple de la manière dont l'idéologie orientait la politique du régime et contribuait à la déformation institutionnelle que l'on a vue, l'administration des territoires annexés le fournirait[26]. Il y apparaît que la latitude

26. Cf. Rebentisch, *op. cit.*

d'action octroyée par Hitler faisait sens, et doublement. D'une part, la mise en place d'une administration largement soustraite aux directives des ministères de Berlin permettait d'appliquer une politique radicale, notamment en matière d'expulsion des allogènes, sans subir les entraves de ce qui restait d'État de droit dans l'ordre juridique allemand. D'autre part, elle servait de banc d'essai à une nazification de la société plus ample que celle que le rapport des forces autorisait dans le Reich, ainsi vis-à-vis des Églises. Tandis que le stalinisme dupliquait ses structures dans les territoires annexés, le régime nazi en faisait le champ d'expérimentation de politiques qui devaient être rétroprojetées vers l'intérieur. L'expansion était, ici, la condition préalable du changement de société [27].

Au bout du compte, il faut prendre au sérieux l'évolution institutionnelle du régime nazi, dont on sous-estime l'importance en n'y voyant que la conséquence d'une tactique de *divide ut impera* de la part de Hitler, comme si cette évolution n'avait pas eu des effets en retour sur la politique du régime. Et il importe de prendre tout aussi sérieusement la capacité de Hitler à décider, et pas seulement à donner des impulsions occasionnelles et une légitimation *post hoc* [28], même si les décisions du régime ne portèrent pas toutes, loin s'en faut, son cachet. L'alternative entre monocratie et polycratie apparaît, du coup, d'une pertinence limitée. Ni l'un ni l'autre de ces concepts ne permet de rendre compte à la fois de l'évolution des structures et du rôle décisif de Hitler.

---

27. Cf. MacGregor Knox, « Conquest, Foreign and Domestic, dans Fascist Italy and Nazi Germany », *Journal of Modern History*, 1, mars 1984, p. 1-57.

28. Kershaw présente, par exemple, le rôle de Hitler en termes de fonctions qu'il remplit (il unifie, il stimule, il permet) : le mot décision ou décideur est absent (« "Working towards the Führer" : Reflections on the Nature of the Hitler Dictatorship », dans Ian Kershaw et Moshe Lewin (éd.), *Stalinism and Nazism. Dictatorships in Comparison*, Cambridge University Press, 1997, p. 110).

Le concept de charisme, élaboré par Max Weber, est, à cet égard, plus satisfaisant. Par charisme, il faut comprendre une qualité extraordinaire attribuée par un groupe de fidèles à un personnage qui se présente comme investi d'une mission[29]. La domination charismatique, entendue idéal-typiquement, se distingue aussi bien de la domination traditionnelle, fondée sur le principe de l'hérédité et le prestige du passé, que de la domination légale-rationnelle, basée sur des lois et exercée par le truchement d'une bureaucratie. Elle s'en distingue en ce qu'elle est un mode de pouvoir extraordinaire, qu'elle repose sur l'attribution par le leader de mandats personnels dont les bénéficiaires sont investis d'une parcelle de son charisme et qu'elle dédaigne, de manière générale, les formes, les précédents et la logique économique[30].

Sur chacun de ces points, le régime nazi fournit d'amples illustrations[31]. Ce qui n'est pas à dire que les deux autres types de domination ne l'éclairent pas également. Le pouvoir de Hitler reposait pour partie sur des motifs traditionnels. Nommé chancelier par le maréchal Hindenburg et invoquant les grandes figures du passé allemand, le chef nazi trouva un écho dans toute une partie de la population qui regrettait la disparition de la monarchie et lui cherchait un substitut. Ce que visaient les forces conservatrices qui l'avaient mis en selle, c'était précisément la « traditionnalisation » du nazisme. Quant à la domination légale-rationnelle, elle rend compte d'une large part du fonctionnement du régime. L'administration et la population attachaient du

---

29. Le charisme dans le cas de Hitler est de nature personnelle. Dans le cas de Staline, une analyse en termes de domination charismatique requiert de partir du charisme du parti, celui de Staline en étant un produit dérivé et usurpé (cf. Stefan Breuer, *Bürokratie und Charisma : zur politischen Soziologie Max Webers*, Darmstadt, Wissenschaftliche Buchgesellschaft, 1994).

30. Cf. Max Weber, *Économie et Société*, Paris, Pocket, 1995, vol. 1, p. 320 *sq*.

31. Cf. Ian Kershaw, *Hitler. Essai sur le charisme en politique*, Paris, Gallimard, 1995.

prix au maintien d'un système de normes, et Hitler en tint compte, au moins dans les premières années, comme le montre la promulgation des lois de Nuremberg en 1935.

Le régime nazi peut être vu, en somme, comme l'enchevêtrement de ces trois types de domination, et plus exactement comme la surimposition à une structure légale-rationnelle d'une domination charismatique. En termes institutionnels, celle-ci influençait particulièrement l'appareil de Himmler et les administrations des territoires annexés. Mais il importe de ne pas s'y limiter, car l'un des traits constitutifs de la domination charismatique est de faire appel à un type d'attitude susceptible d'être adopté par tout un chacun. Ian Kershaw a fait valoir ce qu'avait d'emblématique la formule d'un haut fonctionnaire nazi qui appelait à « travailler en direction du Führer[32] ». Il ne suffisait pas d'obéir, il fallait faire sien, voire anticiper par des actes la politique de Hitler. Or cette attitude a été intériorisée par de nombreux Allemands qui n'appartenaient pas forcément aux cercles les plus proches du régime, et elle a facilité l'exécution d'ordres qui étaient littéralement hors la loi et, parfois même, n'étaient présentés que comme de simples « souhaits » du Führer. Ainsi se comprend mieux la participation de tant d'hommes et de services aux entreprises criminelles des nazis.

Le concept de charisme permet d'éclairer, par ailleurs, l'évolution du régime. Il semble peu douteux que la structuration personnalisée du pouvoir produisit un effet de dynamisation, la meilleure illustration en étant l'étonnante augmentation de la production d'armements réalisée par Speer à partir de 1942. Mais elle eut également un effet de radicalisation. L'existence d'organes extraordinaires relevant directement de Hitler et la diffusion à travers le régime d'une disposition d'esprit propice à la réalisation de ces ordres rendirent possible l'éruption de la violence qui fermentait dans l'idéologie nazie.

---

32. Cf. Kershaw, « "Working towards the Führer"... », art. cité.

6

Les prismes de l'acceptation

Après 1945, lorsqu'il s'agissait d'évoquer l'expérience vécue pendant le régime nazi, le mot de totalitarisme évoquait pour beaucoup l'image d'une société engloutie par un pouvoir tout-puissant, comme si le *1984* de George Orwell était devenu réalité. Avec l'essor de l'histoire sociale et, en particulier, avec le développement de l'histoire de la vie quotidienne, la perspective s'est modifiée. Les historiens inclinent désormais à souligner les niches, les quant-à-soi, les stratégies de contournement et d'évitement, bref les plages d'autonomie de la société. En même temps que l'idée d'un régime monolithique se trouve rejetée celle d'une emprise totale du pouvoir. Avec le risque qu'à trop souligner les formes de normalité on n'aboutisse à minimiser la rupture représentée par le régime nazi[1].

L'histoire « par en-bas » a enrichi notre connaissance de la société allemande entre 1933 et 1945 en peignant un tableau plus nuancé et en invitant à affiner les interprétations. Elle a rendu indispensable, en tout cas, de s'interroger sur la mesure dans laquelle l'effort d'emprise du pouvoir a été couronné de succès. Encore faut-il ne pas s'enfermer dans une dichotomie pouvoir-société et raisonner également en termes d'interaction. Le régime nazi,

---

1. Cf. l'échange de correspondance entre Martin Broszat et Saul Friedländer, « De l'historisation du national-socialisme », *Bulletin trimestriel de la Fondation Auschwitz*, avr.-septembre 1990, p. 43-90 (paru d'abord dans *Vierteljahresschrift für Zeitgeschichte*, 1988, p. 339-372).

comme tout régime de type totalitaire, chercha à susciter l'adhésion et à renforcer la cohésion. Mais il ne put le faire par ses seules forces, et certainement pas en recourant à la seule force. La société n'aurait-elle pas apporté sa contribution au façonnement totalitaire que le pouvoir s'efforçait de réaliser ? Et, de son côté, le régime ne fit pas qu'imposer, il dut composer avec une société civile qu'il n'avait pas anéantie et qui gardait beaucoup de sa vigueur, même après la « mise au pas ». Pour le dire autrement : le paradoxe pourrait être que le soutien de la société allemande au régime nazi ait tenu, aussi et peut-être surtout, au caractère limité de l'emprise de ce régime sur elle.

Nulle part autant que dans le domaine social les historiens ne sont tentés de souligner la nature composite de l'idéologie nazie, le caractère vague de ses prescriptions et la subordination de leur application à des considérations d'opportunité[2]. Les choses s'éclairent un peu si l'on précise le niveau auquel on se place : changement à long terme ou dans le court terme, au niveau des structures ou des perceptions ? Distinguons, pour la facilité, dans les objectifs du régime deux facettes complémentaires, l'une concernant la structure et l'autre la cohésion de la société.

En matière de changement structurel, il faut commencer par prendre au sérieux l'ampleur des ambitions nazies. Une ampleur moindre, sans doute, que dans une révolution de type bolchevique, le principe de la propriété privée demeurant à la base de l'édifice social. Mais notable, néanmoins, puisqu'il s'agissait, en tablant sur une population en forte croissance, de renforcer la paysannerie, de réduire la taille des grandes villes, de faire reculer la concentration industrielle. Autrement dit, il s'agissait, à défaut de rebrousser chemin, de trouver le moyen de fortifier une structure sociale dépassée par l'évolution, mais jugée saine et salutaire, sans renoncer à une modernité indispensable, ne

2. Pour un aperçu général, cf. Ian Kershaw, *Qu'est-ce que le nazisme ?*, Paris, Gallimard, 1992, ch. 7.

serait-ce que pour les moyens de puissance qu'elle fournit.

Il est aisé de souligner l'écart, sinon l'antinomie entre cette ambition et les changements effectifs. Dans l'agriculture, la préparation, puis la conduite de la guerre accélérèrent l'exode rural, tout à l'inverse de l'objectif du régime. L'emploi féminin, qui devait reculer pour permettre le retour de la femme au foyer et à la procréation, reprit son trend haussier, à peine le plein-emploi revenu. Et il en alla de même pour la concentration industrielle, la technicisation du travail, l'accroissement de la bureaucratie, l'expansion des cols blancs. La politique nataliste du régime, grâce à l'ampleur des moyens utilisés, fut certes un succès immédiat, fêté comme il se devait. Mais, au jugement des démographes, il ne s'agissait que du rattrapage, incomplet comme il apparut, du retard accumulé depuis la fin de la guerre. Les Allemands, les femmes allemandes en premier lieu, entendaient décider de la taille de leur famille, et celle-ci allait rester très en deçà de ce que demandait la colonisation des vastes espaces de l'Europe orientale [3]. En somme, triomphe des tendances de longue durée qui prévalaient à la même époque dans les sociétés industrielles.

Soulignons, cependant, que cette appréciation ne fait sens que par rapport au cours qu'ont pris les événements. Par son expansion guerrière, le nazisme a causé sa propre perte, et l'on peut soutenir, à juste titre, qu'il a produit sans le vouloir, à travers la défaite, des changements autrement plus considérables, socialement parlant, que par l'ensemble de ses efforts. Reste que la défaite le priva du temps et des moyens nécessaires à la réalisation de ses objectifs. Car l'expansion militaire, l'épuration raciale et la transformation sociale se donnaient la main. La colonisation des territoires de l'Est devait permettre de renforcer le poids de la paysannerie et des classes moyennes, et de diminuer, au

---

3. Cf. Jill Stephenson, *Women in Nazi Society*, Londres, Croom Helm, 1975 ; Claudia Koonz, *Les Mères-patrie du IIIe Reich. Les femmes et le nazisme*, Paris, Lieu commun, 1989.

moins en termes relatifs, la concentration urbaine et industrielle. En dépit des limites placées par la guerre, la politique appliquée dans les territoires occupés et surtout dans les territoires annexés de l'Est laisse distinguer les prémices d'une transformation sociale qui incluait dans le moyen terme, en attendant l'expulsion de la majorité des allogènes et la germanisation des autres, une forme de société coloniale, mais dont les traits majeurs étaient la domination du parti, l'ingénierie d'une nouvelle structure sociale et des possibilités d'ascension sociale accrues [4].

Qu'en était-il de l'autre facette, la cohésion de la société ? Celle-ci devait être assurée par la formation d'une « communauté populaire » racialement purifiée et démographiquement expansive, et rendue solidaire par l'atténuation des clivages (régionaux, sociaux, confessionnels) qui divisaient la société allemande. La condition en était la relève par le parti nazi des institutions de socialisation traditionnelles – l'école, la famille, les Églises – et la réduction des écarts sociaux.

Or les obstacles étaient, dès le départ, considérables. Le compromis passé avec les élites traditionnelles et le caractère plébiscitaire du régime lui imposaient de louvoyer pour ne pas heurter de front des portions substantielles de la société. Comme cette situation persista en dépit du déplacement du rapport des forces, la continuité l'emporta. Continuité des élites traditionnelles et de leurs positions, notamment en conséquence d'un système d'enseignement qui demeura sélectif et ne fut pas remis en cause par la formation de nouvelles élites dans des établissements scolaires sous le contrôle du parti nazi. L'ascension sociale continua d'être prédéterminée par les origines, les filières d'éducation et le réseau familial. A cela une exception, l'ascension portée par l'activité politique au sein du parti. Mais ce phénomène resta limité et fut contrebattu par une tendance à l'interpénétration des élites anciennes et nouvelles.

---

4. Cf. Rolf-Dieter Müller, *Hitlers Ostkrieg und die deutsche Siedlungspolitik*, Francfort-sur-le-Main, Fischer, 1991.

L'exemple le plus clair en est donné par la SS, où les enfants des classes supérieures, y compris de la nobilité, étaient surreprésentés après 1933[5].

Continuité également des clivages confessionnels, un élément au moins aussi important que le précédent, compte tenu de la place des Églises dans la vie allemande. Le régime s'employa à les aligner et à desserrer leur emprise, notamment sur la jeunesse. Il intervint même, en 1934, dans l'organisation institutionnelle et les débats théologiques de l'Église protestante, avant de faire machine arrière devant le risque de renforcer le courant protestataire qui s'y était formé. A partir de là, il pratiqua une politique de pression et de grignotage, avec peu de succès, si l'on en juge par le nombre infime d'Allemands qui choisirent de quitter leur Église, sans compter qu'il dut reculer à plusieurs reprises devant le risque d'une confrontation avec l'Église catholique[6]. A preuve de la difficulté majeure que représentait pour les nazis la politique religieuse, dont le règlement définitif était remis au lendemain d'une guerre victorieuse : administrativement, Hitler continua de se déclarer comme catholique jusqu'à sa mort.

On pourrait soutenir qu'à défaut d'une modification objective des écarts sociaux et de la structure sociale il se produisit une modification sur le plan subjectif, dans la perception des contemporains, qui auraient vu s'affirmer dans leur société une plus grande égalité des conditions et des chances[7]. A en juger par des études régionales, il apparaît bien plutôt que les critiques envers les inégalités demeurèrent vives[8]. Ce qui n'excluait pas l'existence de motifs de contentement pour

---

5. H.F. Ziegler, *Nazi Germany's New Aristocracy. The SS Leadership 1925-1939*, Princeton University Press, 1989.

6. Cf. Kurt Scholder, *Die Kirchen und das Dritte Reich*, Francfort-sur-le-Main, Propyläen, 1977-1985, 2 vol. ; Heinz Hürten, *Deutsche Katholiken 1918 bis 1945*, Paderborn, Schöningh, 1992.

7. David Schoenbaum, *La Révolution brune. La société allemande sous le IIIe Reich*, Paris, Robert Laffont, 1979.

8. *Popular Opinion and Political Dissent in the Third Reich. Bavaria, 1933-1945*, Oxford, Clarendon Press, 1983 (trad. fr. *L'Opinion allemande sous le nazisme. Bavière, 1933-1945*, Paris, Éd. du CNRS, 1995.

son propre sort. L'amélioration des conditions fut une réalité, assurément différenciée en fonction de la capacité qu'avait chaque catégorie d'articuler ses intérêts, notamment à travers ses organisations professionnelles, des priorités économiques du pouvoir et de l'importance idéologique qu'il atttribuait aux différents groupes sociaux[9].

La condition des ouvriers fut la moins bonne, ne serait-ce que parce qu'ils perdirent tout moyen de défense indépendant. Leur niveau de vie s'éleva, cependant, modestement, en raison de la pénurie de main-d'œuvre et grâce à l'abondance des heures supplémentaires. S'y ajoutèrent un certain nombre d'avantages en nature, tels que cantines, vestiaires, douches, crèches d'entreprise. La propagande du régime exaltait, par ailleurs, la noblesse du travail manuel et, à travers des mesures comme l'élévation du 1er mai en « jour du travail national », marquait un intérêt qui ne semble pas être resté sans écho. Tout cela ne fit pas des ouvriers des piliers du régime, comme le montrèrent diverses manifestations de mécontentement dans l'avant-guerre[10]. Du moins, ils ne furent pas rejetés vers l'opposition, ni même vers les marges du régime. Y contribua, sans doute, la désagrégation des solidarités traditionnelles, notamment sous l'influence de la gradation des salaires selon la performance[11].

A l'autre bout de l'échelle, un groupe favorisé, le patronat, celui des grandes entreprises en particulier. Le patronat n'eut pas à subir d'interférence dans la sélection des dirigeants d'entreprise[12], au-delà de l'épuration des juifs, et sut

9. Cf. Norbert Frei, *L'État hitlérien et la Société allemande, 1933-1945*, Paris, Seuil, 1994 ; et Pierre Ayçoberry, *La Société allemande sous le IIIe Reich, 1933-1945*, Paris, Seuil, 1998.

10. Tim Mason, *Sozialpolitik im Dritten Reich. Arbeiterklasse und Volksgemeinschaft*, Opladen, Westdeutscher Verlag, 1977 ; Carola Sachse (éd.), *Angst, Belohnung, Zucht und Ordnung. Herrschaftsmechanismen im Nationalsozialismus*, Opladen, Westdeutscher Verlag, 1982.

11. Pierre Ayçoberry (*op. cit.*, p. 192) pense que la désintégration l'emporte sur l'intégration au régime.

12. Hervé Joly, *Patrons d'Allemagne. Sociologie d'une élite industrielle, 1933-1989*, Paris, Presses de la Fondation nationale des sciences politiques, 1996.

réduire à peu de chose l'influence du Front du Travail sur la vie intérieure des firmes. Et il bénéficia non seulement du redémarrage de l'économie et du boom du réarmement, mais aussi de la discipline ouvrière, du blocage des salaires et de sa cooptation dans les organes de direction de l'économie. D'un autre côté, il n'était ni suffisamment structuré ni assez uni pour modifier les grands choix du régime. Mais il ne se priva pas d'en tirer tout le parti possible, y compris en secondant sa politique d'expansion[13]. Quelques entreprises le firent même avec beaucoup de résolution, comme l'IG Farben, qui s'impliqua non seulement dans la politique prédatrice des nazis à travers l'Europe, mais encore dans leurs crimes par l'emploi sans scrupule de travailleurs forcés et de main-d'œuvre concentrationnaire[14].

Le même constat vaut pour l'ensemble des élites allemandes[15], dans le comportement desquelles se mêlèrent louvoiement, accommodation et franche participation, non sans des cas de conscience et des itinéraires de rupture. Certains secteurs se distinguèrent par leur soutien au régime, en premier lieu les médecins, qui battirent des records d'adhésion. Un médecin sur 2 était inscrit au parti nazi, et un sur 10 à la SS[16], ce qui n'allait pas être sans incidence sur leur participation à la violence nazie.

Entre les élites et les ouvriers, les classes moyennes connurent un sort mélangé. Les cols blancs bénéficièrent de l'expansion des emplois dans le secteur privé, l'administration publique et le secteur parapublic, notamment l'appareil du parti, ainsi que de la politique des loisirs. Les artisans et les commerçants jouirent de mesures de protection, mais furent de plus en plus touchés, pendant la guerre, par

---

13. Cf. Lothar Gall et Manfred Pohl (éd.), *Unternehmen im Nationalsozialismus*, Munich, Beck, 1998.

14. Cf. Peter Hayes, *Industry and Ideology. IG Farben in the Nazi Era*, Cambridge University Press, 1987.

15. Cf. Martin Broszat et Klaus Schwabe (éd.), *Die deutschen Eliten und der Weg in den Zweiten Weltkrieg*, Munich, Beck, 1989.

16. Cf. Michael Kater, *Doctors under Hitler*, Chapel Hill, University of North Carolina Press, 1989.

la priorité donnée aux biens de production et par les restrictions de main-d'œuvre. Enfin, la paysannerie vécut dans un malaise grandissant l'écart entre sa place d'honneur dans le discours du régime et l'étatisation croissante de son activité économique, pour ne pas parler des difficultés croissantes qu'elle rencontra en matière de main-d'œuvre [17].

Vis-à-vis de cette société allemande qui était devenue, dès la fin du XIXe siècle, et sans retour, une société complexe, le travail de dédifférenciation du régime, caractéristique de tout régime de type totalitaire, connut donc un échec, peut-être inévitable dans la mesure où subsistait, entre autres, un large champ pour la représentation des intérêts. Les associations professionnelles, plutôt que de jouer le rôle de relais du régime et de nazifier leur base, se firent les porte-parole de leur clientèle et mirent leur énergie à obtenir satisfaction, d'ordinaire au détriment d'autres catégories.

En somme, un contentement matériel certain, si l'on n'oublie pas que les contemporains en jugeaient par rapport à leur expérience toute fraîche de la crise économique. Mais que dire alors de la période de la guerre, avec ses restrictions, la séparation des familles, les bombardements ? Le fait est que le régime conserva une base de soutien substantielle jusqu'au bout, en dépit d'une guerre dont on pouvait voir de plus en plus clairement, à partir de 1942-1943, qu'elle se terminerait mal. Pour l'expliquer, formulons l'hypothèse que la concentration du regard sur les inégalités sociales nous fait peut-être manquer une autre réalité, celle d'une recomposition partielle d'identité qui fit apparaître ces inégalités, aux yeux des Allemands, comme un aspect seulement de leur situation.

Le premier de ces facteurs était le travail d'encadrement et de propagande mené par le parti nazi dans le but de créer une allégeance et, au minimum, un conformisme de masse.

---

17. Cf. notamment Michael Prinz, *Vom neuen Mittelstand zum Volksgenossen*, Munich, Oldenbourg, 1986, et Gustavo Corni, *Hitler and the Peasants. The Agrarian Policy of the Third Reich, 1930-1939*, New York, Berg, 1990.

Le parti nazi avait cherché dès les années 1920 à projeter l'image d'un parti national, la réalisation en miniature de la « communauté populaire » qu'il s'agissait de former à l'échelle du pays. Cette présentation de soi semble avoir trouvé un certain crédit et contribué à son succès électoral. Après 1933, il devint une grosse machine dont les adhérents avoisinaient les 2,5 millions en 1933, avant de monter à plus de 8 millions en 1945, auxquels il faut ajouter les dizaines de millions d'adhérents de ses organisations annexes (spécialisées par profession, par tranche d'âge, par sexe), dont l'encartement, il est vrai, n'était pas d'ordinaire le fruit d'un libre choix [18].

Cette énorme machine était animée par environ 2 millions de petits Führer [19]. Un vaste cercle de gens avaient ainsi pris une importance et acquis un pouvoir qui pouvait rivaliser avec celui que donnait l'argent, le statut ou la naissance. Le parti nazi fut rapidement l'objet, certes, d'une déconsidération qui grandit avec le temps. Mais il ne faut pas méconnaître pour autant son rôle dans la vie sociale, ainsi à travers les évaluations politiques qu'il fallait obtenir pour un nombre grandissant de requêtes administratives ou grâce au maillage de ses organismes d'assistance, sans parler de la pression intériorisée que représentait le salut hitlérien. Ajoutons-y l'envahissement de l'espace public par les célébrations qu'il organisait, vraies liturgies politiques dont certaines, comme le congrès annuel à Nuremberg, faisaient impression dans tout le pays à travers les actualités [20].

Le parti nazi exerça une influence décisive sur un groupe au moins, la jeunesse. A travers elle, il fit sentir sa présence jusque dans la sphère familiale, où son intrusion était mal-

---

18. Cf. Michael Kater, *The Nazi Party. A Social Profile of Members and Leaders, 1919-1945*, Londres, Basil Blackwell, 1983.
19. Norbert Frei, *op. cit.*, p. 153.
20. Cf. Klaus Vondung, *Magie und Manipulation. Ideologischer Kult und politische Religion des Nationalsozialismus*, Göttingen, Vandenhoeck & Ruprecht, 1971 ; Peter Reichel, *La Fascination du nazisme*, Paris, Odile Jacob, 1993.

aisée. Les organisations concurrentes furent rapidement éliminées, y compris les associations de la jeunesse catholique qui avaient été protégées, dans un premier temps, par le Concordat de 1933. Pendant la guerre, le parti profita de l'envoi de nombreux enfants des villes à la campagne pour renforcer son emprise, les camps étant placés sous l'autorité de la Hitlerjugend, qui se voyait à présent délivrée de la concurrence de la famille et de l'école.

L'influence du parti sur la jeunesse n'était pas due seulement à ces conditions favorables d'encadrement. Les jeunes eurent leurs propres raisons de se laisser séduire. Le régime les flattait en les présentant comme l'avenir du pays. La concurrence entre la Hitlerjugend et l'école leur donnait la possibilité de jouer l'une contre l'autre. Ils saisissaient l'occasion, en particulier les jeunes filles, de s'émanciper de la tutelle familiale. Perçait ici le début d'une culture des jeunes, qui pouvait prendre d'autres expressions, révélatrices à leur tour des limites de l'emprise du parti, comme l'apparition de bandes dans les grandes villes pendant la guerre qui manifestaient sans fard, y compris par la violence, leur hostilité à l'embrigadement[21].

Le deuxième facteur était la rencontre de certains aspects de la politique du régime avec des aspirations présentes à l'état diffus dans la société allemande : le souhait d'une société fondée sur le mérite et ouverte à l'ascension sociale, et aussi le rêve d'une société de consommation[22]. La première de ces aspirations peut expliquer l'acuité des critiques envers les inégalités que l'on a mentionnées. Et la seconde mérite d'être soulignée. La politique des loisirs du nazisme, sa promotion d'une voiture populaire, la *Volkswagen*, l'utilisation croissante de la radio et du cinéma, l'apparition de la télévision, le développement de la publicité, tout cela exerça une séduction par les promesses qui s'y logeaient

21. Cf. Arno Klönne, *Jugend im Dritten Reich*, Cologne, Diederichs, 1982.
22. Cf. Hans Dieter Schäfer, *Das gespaltene Bewusstsein*, Munich, Hanser, 1981.

d'une marche vers la société de consommation. En encourageant les Allemands à réagir en clients et en consommateurs plutôt qu'en citoyens mobilisés, le régime ne favorisait pas la préparation à la guerre. Mais il y gagna un crédit que la guerre ne fit pas disparaître d'un jour à l'autre.

Le troisième facteur était le nationalisme. Le sentiment d'injustice engendré par la paix de Versailles et la perte du statut de grande puissance, le ressentiment envers les vainqueurs, en particulier envers la Pologne dont le droit d'annexer des territoires allemands qui lui avait été reconnu à Versailles faisait l'objet d'un rejet quasi unanime, avaient des racines profondes, et le régime nazi sut les exploiter et les renforcer. Les succès de Hitler entre 1933 et 1938, le réarmement, la remilitarisation de la Rhénanie, le rattachement de l'Autriche et de la région des Sudètes, furent accueillis avec enthousiasme, et ils impressionnèrent d'autant plus vivement qu'ils furent obtenus sans tirer un coup de feu. En revanche, les Allemands vécurent l'éclatement de la guerre en automne 1939 dans la morosité. Mais le règlement de comptes rapide avec la Pologne et la France, puis l'attaque de l'URSS, présentée comme une opération préventive, furent perçus non pas comme autant d'agressions que comme des actions de légitime défense envers des voisins ou des puissances qui refusaient de reconnaître à l'Allemagne, dans le concert des nations, une place conforme à sa puissance retrouvée [23].

Enfin, dernier facteur, qui recoupe les précédents, le culte de Hitler. Il existait, à l'évidence, un rapport étroit entre la structuration du régime sous la forme d'une domination de type charismatique et l'attitude de la société, puisque c'est la seconde qui rendit possible la première en assurant à Hitler la popularité qui fondait sa prééminence. En projetant sur lui des attentes et des représentations qui variaient grandement en nature et se distribuaient à une distance par-

---

23. Sur le moral des Allemands pendant la guerre, cf. Marlise Steinert, *Hitlers Krieg und die Deutschen*, Düsseldorf, Econ-Verlag, 1970.

fois considérable de l'axe de ses buts effectifs, la population allemande prit une part cruciale dans la construction du mythe du Führer et, du même coup, dans la dynamique de son régime. Cette personnalisation du pouvoir répondait à une conception archaïsante du politique qui comblait un souhait d'attachement émotionnel de type monarchique. Elle avait également valeur de signal : la confiance donnée à Hitler servait à marquer une distance par rapport au parti et au gouvernement. De là, l'essor du mythe du bon roi mal entouré qui joua presque jusqu'à la fin du régime le rôle d'une soupape de sécurité.

Sur la réalité de ce culte, on dispose d'innombrables attestations, y compris dans les études récentes sur l'attitude des Allemands sous l'uniforme [24]. Hitler incarnait l'unité nationale et la communauté de destin de tous les Allemands. Il symbolisait un avenir de grandeur auquel se conjoignaient les promesses d'un mieux-être – les plans pour l'après-guerre, annoncés à grand fracas à partir de 1940, envisageaient la construction de logements sociaux sur une vaste échelle et la préparation d'un programme de sécurité sociale [25]. Il cristallisait les ressentiments d'une population qui gardait le souvenir de l'humiliation de Versailles et s'imaginait volontiers encerclée et menacée, une corde sur laquelle il savait parfaitement jouer dans ses discours [26]. Avec l'évolution du conflit, la peur de la répression policière vint en surplus, mais elle fut sans doute moins efficace que celle des « hordes bolcheviques ». La croyance au génie de Hitler dut composer avec un scepticisme grandissant.

Considérée sur la durée du régime et distribuée entre les axes de la distance et de l'acceptation, l'attitude de la popu-

---

24. Cf. Omer Bartov, *L'Armée d'Hitler*, Paris, Hachette, 1999 ; Klaus Latzel, *Deutsche Soldaten - nationalsozialistischer Krieg ? Kriegserlebnis - Kriegserfahrung 1939-1945*, Paderborn, Schöningh, 1998.

25. Cf. Marie-Luise Recker, *Nationalsozialistische Sozialpolitik im Zweiten Weltkrieg*, Munich, Oldenbourg, 1985.

26. Cf. Adolf Hitler, *Der grossdeutsche Freiheitskampf*, Munich, Eher Verlag, 1941-1944, 3 vol.

lation se stabilisa tôt du côté de l'acceptation. L'opposition proprement dite demeura cantonnée à de petits groupes, en augmentation avec l'évolution de la guerre. A côté des communistes, les adversaires les plus actifs et les plus acharnés du régime, et des socialistes, y figuraient des groupes disparates d'étudiants, de hauts fonctionnaires, d'officiers, de propriétaires fonciers[27]. Une autre portion, non négligeable, de la population oscilla entre la déviance et la dissidence, en particulier dans ces segments qu'une identité minoritaire, des expériences historiques ou des convictions fortes immunisaient en partie contre les efforts de pénétration du régime. C'était le cas des ouvriers attachés à la tradition socialiste ou gagnés au communisme, d'une bonne partie du monde catholique, avec ses réflexes de minorité et sa mémoire du *Kulturkampf* bismarckien, et d'éléments épars de la bourgeoisie libérale.

L'acceptation fut l'attitude majoritaire, la résignation ayant sa place à côté du soutien et de l'adhésion et s'y mélangeant souvent. Ainsi l'Église catholique, qui exprimait son dissentiment sur des sujets précis, lorsque ses intérêts étaient directement touchés, faisait un éloge appuyé de Hitler et apporta son soutien publiquement au régime pendant la guerre. Ce qu'il importe de souligner, c'est la plurivalence de cette acceptation, fondée qu'elle était sur des perceptions variées, souvent approximatives ou ambiguës, de la nature et des objectifs ultimes du régime. Plutôt que de le voir comme radicalement neuf et porteur d'une violence sans précédent, les Allemands y privilégiaient ce qui confortait leur besoin de continuité ou répondait aux aspirations qu'ils tenaient pour légitimes. Et Hitler, plutôt que le voir comme le dictateur sanguinaire et suicidaire qu'il était, ils l'imaginaient à l'écoute de leurs souhaits intimes de pacification et d'harmonie. Non sans quelque justification, car il montra en plusieurs occasions qu'il savait prendre leur pouls

27. Cf. Jurgen Schmädeke et Peter Steinbach (éd.), *Der Widerstand gegen den Nationalsozialismus. Die deutsche Gesellschaft und der Widerstand gegen Hitler*, Munich et Zurich, Piper, 1985.

et tenir compte de leurs réactions. Ainsi fit-il suspendre l'extermination des malades mentaux après les prises de position de membres du clergé afin de ne pas compromettre le soutien de la population dans une guerre qui s'annonçait longue. L'absence de protestations, publiques ou officieuses, de ce même clergé au moment de la déportation des juifs le dispensa de montrer l'étendue de sa flexibilité.

Ce n'est donc pas à dire que les Allemands, vivant d'illusions, n'auraient eu aucune part à ce qui se passait. Nul ne pouvait ignorer que le royaume de Hitler regorgeait d'exclus et de persécutés. Si la « communauté populaire » ne fut pas un vain mot pour beaucoup, elle se réalisa aussi dans la solidarité partagée avec la politique de répression et d'exclusion du régime, surtout quand elle s'inscrivait dans le sillon de préjugés traditionnels : ainsi quand il s'agissait de mettre au pas les tsiganes, les « asociaux », les homosexuels, ou de discriminer les juifs [28]. Quand, pour ces derniers, vint l'heure de la déportation et de l'extermination, beaucoup de leurs compatriotes détournèrent le regard et fermèrent les oreilles. L'émotion n'avait été au rendez-vous que lorsque la violence s'était étalée dans leurs rues, sous leurs fenêtres, lors de la Nuit de cristal en novembre 1938. Le régime en tira ses conclusions, et il prit toutes mesures utiles pour entourer de secret ses actions ultérieures [29]. Ici aussi, il donnait satisfaction à une population qui ne voulait se préoccuper que d'elle-même.

L'acceptation eut donc un prix. Comme l'a écrit Martin Broszat, l'attitude de la population pendant la guerre fut un « mélange psychologique de panique, de fidélité, de pitié envers soi-même et de mensonge, qui rendait moralement aveugle à l'égard des excès commis par le régime contre les juifs, les Polonais, les travailleurs venus de l'Est [30] ».

---

28. Cf. Detlev Peukert, *Volksgenossen und Gemeinschaftsfremden*, Cologne, Bund-Verlag, 1982.
29. Cf. David Bankier, *The Germans and the Final Solution*, Oxford, Blackwell, 1992.
30. Martin Broszat, *L'État hitlérien. L'origine et l'évolution des structures du IIIe Reich*, Paris, Fayard, 1985, p. 454.

7

Hitler, la race et la nation

On dit souvent du nazisme qu'il fut la manifestation la plus tragique de ce nationalisme dont le déchaînement, entre le milieu du XIXe siècle et le milieu du siècle suivant, valut à l'Europe une espèce de suicide collectif. La formule ne prête pas à discussion sous cette forme générale. A tout le moins, ce fut la leçon que les peuples du continent voulurent tirer, après 1945, du cauchemar qu'ils venaient de vivre dans l'Europe nazie.

Mais est-on au clair pour autant sur ce que représente le nazisme par rapport au nationalisme tel qu'il émergea au cours du XIXe siècle et ne cessa de se développer depuis lors ? Faut-il le tenir pour une expression de ce nationalisme, pathologique autant qu'on voudra, mais néanmoins fidèle à sa nature, ou bien y voir, sinon sa négation, du moins une variété inédite en regard de tout ce qui avait existé jusque-là ?

Si l'on définit le nationalisme comme le mouvement qui vise à faire coïncider communauté culturelle et souveraineté politique en substituant au principe dynastique le droit à l'autodétermination collective, alors il est indéniable que le nazisme s'enracinait dans le sol du nationalisme européen [1]. N'ambitionnait-il pas de réunir les membres dispersés du peuple allemand dans un même État ? D'un autre

1. Cf. Ernst Gellner, *Nations and Nationalism*, Ithaca, Cornell University Press, 1983 ; Pierre Birnbaum (éd.), *Sociologie des nationalismes*, Paris, PUF, 1997.

côté, il est patent qu'il avait des buts autrement plus vastes et qu'il les poursuivit par des méthodes si radicales que toute qualification définitive de son identité par référence à ce principe général s'avère non seulement partielle, mais encore trompeuse.

Pour comprendre le double visage du nazisme, il faut remonter à la question allemande, rétrospectivement le chapitre le plus important et le plus déstabilisant de l'histoire du nationalisme en Europe. La question allemande, rappelons-le, n'avait pas été réglée par l'unification qu'avait réalisée Bismarck en 1871. Le chancelier de fer, qui était tout sauf un nationaliste, avait chevauché le sentiment national de ses compatriotes pour augmenter la puissance de son maître, le roi de Prusse, et affermir un principe dynastique menacé de toutes parts. Régler à l'avantage de la Prusse la querelle avec l'Autriche pour la prépondérance dans les pays allemands, tout en maintenant les Habsbourg au rang de grande puissance dans le concert européen, voilà ce qui lui importait, et tant pis si le nouveau Reich laissait hors de ses frontières une bonne partie des Allemands, à commencer par les sujets germanophones de l'Empire austro-hongrois.

C'était faire le choix d'une petite Allemagne, par opposition à la grande Allemagne dont avaient rêvé les révolutionnaires de 1848 et dont l'idée allait devenir l'apanage de l'extrême droite, du mouvement pangermaniste en particulier, dont l'influence ne cessa de croître avec les années [2]. La question allemande restait donc en suspens. Bismarck avait établi au cœur de l'Europe une puissance au dynamisme d'autant plus inquiétant que le tracé de ses frontières n'avait pas de caractère définitif.

Les lendemains de la Grande Guerre allaient réveiller la question allemande plus sûrement que si le Reich avait été victorieux de concert avec son allié Habsbourg. En effet,

2. Roger Chickering, *We Men who Feel Most German : A Cultural Study of the Pan-German League, 1886-1914*, Boston, Allen & Unwin, 1984 ; Michel Korinman, *Deutschland über alles : le pangermanisme, 1890-1945*, Paris, Fayard, 1999.

la défaite allemande et les mutilations territoriales qui en furent le prix, ainsi que l'éclatement concomitant d'autres grands empires comme la Russie et l'Autriche-Hongrie, eurent pour résultat que des populations allemandes se trouvèrent dispersées à travers l'Europe comme jamais auparavant[3]. En dehors du 1,5 million d'Alsaciens-Lorrains rattachés à la France, 1,2 million d'Allemands passaient sous l'autorité du nouvel État polonais, alors que plusieurs dizaines de milliers d'autres Allemands se retrouvaient dans les frontières de la Belgique, du Danemark et de la Lituanie (région de Memel).

La dissolution de l'Empire austro-hongrois, quant à elle, laissait en legs, outre un État autrichien doté d'une population quasi homogène de 6,5 millions de germanophones, un noyau considérable de 3,3 millions d'Allemands dans le nouvel État tchécoslovaque, ainsi que des minorités substantielles dans les autres États successeurs : 200 000 personnes dans le Sud-Tyrol italien, 700 000 en Yougoslavie, 750 000 en Roumanie, 500 000 en Hongrie. Enfin, l'éclatement de l'Empire russe faisait passer plusieurs dizaines de milliers d'Allemands sous l'autorité des trois nouveaux États baltes, tandis que 1,2 million d'autres Allemands se trouvaient inclus dans le territoire de la nouvelle URSS[4].

Environ 10 millions d'Allemands (sans compter les Autrichiens) partageaient désormais l'inconfortable situation de minorité nationale à travers l'Europe. Mais le nombre des orphelins de la nation allemande était bien plus grand encore si l'on prêtait l'oreille aux pangermanistes, partisans intransigeants de la réunion de tous les germanophones dans un seul État. Il fallait alors y faire figurer, en laissant de côté les Allemands établis outre-mer, notam-

---

3. Anthony Tihamer Komjathy, *German Minorities and the Third Reich : Ethnic Germans of East Central Europe between the Wars*, New York, Holmes & Meier, 1980.

4. Cf. Valdis O. Lumans, *Himmler's Auxiliaries. The Volksdeutsche Mittelstelle and the German National Minorities of Europe, 1933-1945*, Chapel Hill, The University of North Carolina Press, 1993.

ment en Amérique, les communautés germanophones majoritaires dans leur propre État : les 6,5 millions d'Autrichiens, les 3 millions de Suisses alémaniques, les 285 000 Luxembourgeois, les 10 000 habitants du Liechtenstein…

Au total, quelque 20 millions d'Allemands éparpillés entre le Rhin, le Danube et la Volga pour un Reich de 65 millions d'habitants : une situation qui n'avait pas son pareil et dont le potentiel de perturbation est évident dès lors que l'État protecteur restait puissant économiquement et qu'il était situé au cœur de l'Europe.

La République de Weimar, qui assumait le difficile héritage de la défaite de 1918, était fort éloignée du maximalisme des pangermanistes[5]. Mais elle pouvait difficilement échapper au rôle de protectrice et même, à l'horizon, d'unificatrice au moins de certaines populations situées à proximité de ses frontières. Un rôle endossé avec d'autant plus de détermination que la révision du traité de Versailles était une revendication générale dans l'opinion allemande et que les nouvelles minorités allemandes se trouvaient incluses non plus dans des empires multinationaux, avec leur tolérance, si limitée fût-elle, de la diversité, mais dans des États qui prétendaient être ou devenir des États-nations, avec toutes les pressions assimilatrices et les poussées discriminatoires qui s'imaginent.

L'Allemagne pouvait tirer parti de bons arguments que les vainqueurs eux-mêmes lui avaient fournis, comme la protection des minorités qu'ils avaient inscrite dans un certain nombre de traités de paix. Elle pouvait également retourner contre eux le principe de l'autodétermination des peuples qu'ils avaient légitimé à Versailles, mais refusé d'appliquer en faveur du vaincu. Car ils avaient interdit le rattachement à l'Allemagne de l'Autriche, alors même que sa population se montrait, au lendemain de la guerre, disposée à adopter cette solution. Au bout du compte, ressassée

5. Cf. Peter Krüger, *Die Aussenpolitik der Republik von Weimar*, Darmstadt, Wissenschaftliche Buchgesellschaft, 1985.

comme elle l'était en Allemagne dans tout l'éventail politique avec des arguments certes différents, mais néanmoins convergents, de l'extrême droite aux communistes, la question allemande tenait l'avant-scène.

La réponse que le nazisme allait lui apporter était donc préparée par tout un contexte à l'intérieur du pays, comme elle l'était à l'extérieur par la montée générale des nationalismes et l'émiettement des rapports de puissance au centre et à l'est de l'Europe. Dans un sens, le régime nazi fut un continuateur, et cette figure de continuateur, Hitler la mit habilement au service de sa politique après 1933. Elle lui permit, au-dedans, de trouver un soutien plus large et, au dehors, d'élever un rideau de fumée devant ses objectifs, en revendiquant d'abord l'égalité des droits, c'est-à-dire le droit de réarmer, puis en plaidant le droit à l'autodétermination pour les frères séparés. Une carte jouée efficacement dans le cas de l'Autriche, qui fut rattachée sans coup férir en mars 1938, puis des Allemands des Sudètes, absorbés avec la bénédiction de la France et de la Grande-Bretagne lors de la conférence de Munich en septembre 1938 [6].

Faire la guerre pour interdire à des Allemands de rejoindre le Reich ? Les partisans français et anglais d'une politique de conciliation envers l'Allemagne nazie avaient beau jeu de faire valoir qu'une large partie des populations concernées voulait le rattachement, comme s'il ne s'agissait que de cela. L'occupation par Hitler du territoire tchèque en mars 1939 déchira ce voile. Décidément, son appétit débordait les zones de peuplement allemand.

Vérité d'évidence pour les esprits lucides : le nazisme n'était pas le simple héritier du nationalisme européen, quelle qu'en fût la variante. Il ne faisait aucune place, cela va de soi, à une définition civique de la nation, entendue comme la réunion d'individus adhérant librement à des institutions communes. Mais la nation en tant que commu-

---

6. Cf. Gerhard Weinberg, *The Foreign Policy of Hitler's Germany*, University of Chicago Press, 1970-1980, 2 vol.

nauté de personnes de même origine ethnique, chère aux pangermanistes, était, elle aussi, bien dépassée. Sans doute, le nazisme n'aurait jamais possédé une telle force de bouleversement s'il n'avait pu exploiter le nationalisme allemand traditionnel. Il n'empêche qu'il était armé d'une idéologie qui avait sa logique : le racisme, plus précisément un racisme impérialiste. Si le communisme, selon Lénine, c'était l'électricité plus les soviets, la formule du nazisme pourrait s'énoncer comme la race plus « l'espace vital[7] ».

« L'espace vital », Hitler le situait à l'est de l'Europe. Il englobait la Pologne et l'URSS, de la Vistule à l'Oural. Ce qui ne détournerait pas de reprendre à l'ouest du Reich, quand l'occasion s'en présenterait, les territoires relevant d'une ancienne possession germanique ou encore de projeter des rêves de conquête et d'influence au-delà des mers. Dans tous les cas, cet expansionnisme, et c'est la chose qu'il importe de souligner, ne reposait sur aucune forme connue de justification. Il ne mettait en avant ni une théorie des frontières naturelles, comme la France l'avait fait, ni des droits historiques, hormis pour certains territoires situés à l'ouest du Reich, ni même une volonté de réunion nationale, abstraction faite des besoins de la propagande.

Ce qui le fondait, c'était ce que Hitler appelait les besoins de développement d'une race supérieure pour qui était revendiquée haut et fort la raison du plus fort. Dès l'origine et par principe, le régime nazi rejetait l'idée de frontières stables et ne voulait connaître que des bornes provisoires, promises à des déplacements ultérieurs. Une maxime guidait son action : le territoire devait être adapté en permanence à une population qui, elle-même, était destinée à grandir le plus possible. Dans cette maxime qui légitimait, par avance, une dilatation territoriale indéfinie, l'incertitude des frontières allemandes apparues au XIXe siècle atteignait un degré extrême.

---

7. Cf. Eberhard Jäckel, *Hitler idéologue*, Paris, Calmann-Lévy, 1973.

A l'intérieur de cet espace en dilatation, le principe raciste était appelé à régner en maître. Ce que la race désignait donna lieu à débat chez les nazis[8]. S'agissait-il du peuple allemand tel qu'il existait, en dépit de la composition « raciale » hétérogène que lui attribuaient les spécialistes ? Ou d'une race à rétablir dans sa pureté à travers un processus de sélection rigoureux qui serait appliqué en Allemagne d'abord, puis à travers l'Europe, et qui consisterait à privilégier la reproduction d'individus définis morphologiquement comme descendant d'une même race nordique ? C'était la conception de Himmler, le chef de la SS, et il allait la faire prédominer, après le déclenchement de la guerre, à travers l'Europe, à défaut de l'appliquer dans toutes ses conséquences sur la population allemande elle-même, avec les risques qui se concevaient pour la popularité du régime nazi.

On voit par là que le racisme se situe dans un rapport nécessairement tendu avec la nation, en tant que cette dernière est fille d'une société et d'une histoire, alors que le racisme ne l'accepte que sous bénéfice d'inventaire, en attendant de pouvoir la façonner selon ses critères de sélection. Le principe raciste requérait la fin de tout métissage, la multiplication des éléments « racialement sains », l'élimination des personnes « indignes de vivre » ou dangereuses pour la pureté de la race. L'impératif de l'homogénéité raciale débouchait sur des opérations simultanées d'épuration et de récupération[9].

L'épuration concernait, en premier lieu, le peuple allemand qu'il s'agissait de fortifier en mettant hors de nuire les porteurs de maladies héréditaires – par la stérilisation forcée, qui affecta environ 400 000 personnes – et en se délivrant du fardeau des handicapés – par l'extermination pure et simple, qui fit plus de 70 000 victimes. Elle visait,

---

8. Cf. Édouard Conte, Cornelia Essner, *La Quête de la race. Une anthropologie du nazisme*, Paris, Hachette, 1995.
9. Cf. Michael Burleigh et Wolfgang Wippermann, *The Racial State. Germany, 1933-1945*, Cambridge University Press, 1991.

ensuite, les allogènes, les juifs et les tsiganes en premier lieu, mais aussi les populations vivant dans les territoires situés malencontreusement à l'intérieur de l'« espace vital ». Cette épuration resta largement à l'état de programme, sauf pour les tsiganes, dont plusieurs centaines de milliers périrent, et surtout pour les juifs, dont les 5,5 millions de morts attestent l'acharnement exterminateur qui faisait la spécificité de l'antisémitisme au sein du racisme nazi.

Les autres populations furent préservées de l'application intégrale de ce racisme par l'évolution du conflit mondial, et notamment par les besoins d'une économie de guerre qui imposait toujours davantage ses contraintes. En 1944, plus de 7 millions de travailleurs étrangers vivaient sur un sol allemand que les nazis avaient décidé de rendre vierge de toute présence étrangère. Ce qu'aurait été le visage de l'Europe dans l'éventualité de leur victoire, les amorces de réalisation comme les projets restés en plan le font apercevoir. Pour les premières, il suffit de mentionner les déplacements de populations entrepris aussitôt après l'annexion de certains territoires au Reich. Des territoires polonais annexés, 365 000 Polonais furent expulsés entre 1939 et 1942 dans des conditions de brutalité et de dénuement extrêmes, tandis que, d'Alsace et de Lorraine, près de 250 000 personnes furent soit chassées, soit empêchées de revenir dans leur foyer.

Des opérations dont l'échelle serait apparue bien modeste, si la SS avait été en mesure d'exécuter les projets de colonisation de l'« espace vital » qu'elle avait fait préparer au moment de l'attaque contre l'URSS, à l'été 1941[10]. Le fameux « Plan Est » prévoyait l'expulsion de la Pologne et de l'ouest de l'URSS de plus de 30 millions de Slaves, pour faire place à 4 millions de colons allemands qui auraient été installés sur leurs terres. Une vaste entreprise d'aménage-

10. Cf. Mathilde Rössler (éd.), *Der « Generalplan Ost » : Hauptlinien der nationalsozialistischen Planungs- und Vernichtungspolitik*, Berlin, Akademie Verlag, 1993.

ment du territoire à laquelle devaient collaborer toutes sortes d'experts, des géographes, des économistes, des urbanistes, cependant que Himmler encourageait ses médecins à réfléchir aux moyens de réduire la « surpopulation » slave en pratiquant une stérilisation de masse.

Parallèlement à l'épuration, la récupération. Pour assurer l'avenir de la race, il ne suffisait pas d'encourager la reproduction des Allemands « racialement sains », il importait d'agréger au Reich les populations censées appartenir à la race supérieure. Ces populations parentes se distribuaient en quatre cercles concentriques dont l'ensemble donne à voir en quoi le nazisme débordait le nationalisme ethnique traditionnel.

Il y avait, premièrement, les minorités allemandes dispersées à travers l'Europe, dont beaucoup de membres souhaitaient le rattachement ou du moins accueillaient sans défaveur la protection qui leur était offerte. L'intérêt que les dirigeants nazis leur portaient apparaît dans les efforts qu'ils déployèrent pour en rapatrier une partie dans le Reich entre 1939 et 1941. Un certain nombre d'accords furent conclus dans ce but avec des États alliés ou satellites, principalement avec l'Italie pour régler le cas de la population germanophone du Sud-Tyrol et éliminer une pomme de discorde latente entre les deux alliés, puis avec l'URSS après le pacte germano-soviétique de 1939, pour ne pas abandonner les minorités allemandes résidant dans les territoires qui passaient dans la sphère soviétique [11].

Jusqu'en 1942, 630 000 Allemands furent ramenés dans le Reich, dont 430 000 en provenance des territoires soviétiques, 77 000 de Roumanie, 79 000 du Sud-Tyrol et 34 000 de l'ex-Yougoslavie [12]. Quant aux minorités allemandes qui se trouvaient dans les pays satellites des Balkans, la pression de Berlin leur fit obtenir des privilèges substantiels, de

---

11. Cf. Joseph B. Schechtman, *European Population Transfers, 1939-1945*, New York, Oxford University Press, 1946.
12. Rolf-Dieter Müller, *Hitlers Ostkrieg und die deutsche Siedlungspolitik*, Francfort-sur-le-Main, Fischer, 1991, p. 201.

nature politique et économique, avant que les contraintes de la guerre ne leur valent un recrutement forcé dans les armées du Reich.

Deuxièmement, la récupération raciale visait des populations de culture allemande qui avaient développé au cours des siècles une identité propre. Certaines étaient tombées sous la coupe de l'Allemagne nazie, comme les Alsaciens, les Lorrains et les Luxembourgeois. D'autres ne perdaient rien pour attendre, comme les Suisses alémaniques. Il importait évidemment fort peu à Hitler que ces populations ne nourrissent aucune aspiration de rattachement au « Reich de mille ans ». Et cela était tout aussi vrai, troisièmement, pour les peuples dits « germaniques », Flamands, Hollandais, Danois, Norvégiens. Aux yeux des nazis, ils étaient des rameaux de la race nordique qui devaient être entés à nouveau sur le tronc commun, une fois opérés les élagages indispensables.

Quatrièmement, la récupération concernait des individus et des fragments de populations sans aucun lien, même lointain, avec la culture allemande ou germanique, mais chez qui les experts de la SS affirmaient déceler la présence d'ascendances génétiques allemandes, germaniques ou nordiques. A grand renfort d'examens de type anthropométrique et morphologique, les agents de Himmler procédèrent au tri de populations slaves, ainsi en Bohême-Moravie, afin de sélectionner les éléments racialement intéressants à qui un séjour prolongé dans le Reich devait faire retrouver la conscience de leur sang.

L'écrémage des orphelinats polonais aboutit ainsi au placement dans des familles allemandes de 200 000 à 300 000 enfants, tandis que des Slovènes étaient expédiés par dizaines de milliers dans le Reich aux mêmes fins d'acculturation. Notons que Himmler n'avait pas les yeux fixés seulement sur les Slaves puisqu'il pensa récupérer les officiers français possédant des patronymes germaniques. Un projet qui se trouva condamné, comme beaucoup d'autres, par l'évolution de la guerre.

A l'opposé du battage de sa propagande sur le thème de l'Europe nouvelle, le nazisme entreprenait un remodelage du continent qui niait à la racine le mouvement d'affirmation des États-nations. D'un côté, des nations élues, si l'on peut dire, promises à une absorption forcée au sein de la race supérieure. D'un autre côté, des nations promises à la vassalisation, comme la France, ou pis, condamnées à la décimation, à l'expulsion ou à l'extermination parce qu'elles nuisaient à l'homogénéité qui devait régner dans l'« espace vital » revendiqué par la race supérieure. Une nouvelle variété de nationalisme, le nationalisme raciste, imposait sa loi meurtrière aux nationalismes classiques nés de la diversité historique de l'Europe.

De cette expérience monstrueuse, la question allemande avait été le point de départ. Elle est aujourd'hui définitivement close. Au lendemain de la guerre, les minorités allemandes de l'Europe orientale et balkanique furent presque entièrement anéanties par l'expulsion brutale, sanctionnée par les Alliés, de plus de 10 millions de personnes[13].

L'enracinement de l'État autrichien, la maturation de la démocratie en Allemagne occidentale et la reconnaissance par la nouvelle Allemagne unifiée de ses frontières orientales ont achevé de refermer le plus tourmenté des chapitres de l'histoire du nationalisme en Europe. Laissant la voie libre à l'apprentissage d'une union des nations.

13. Hellmuth Auerbach, *Die Vertreibung der Deutschen aus dem Osten : Ursachen, Ereignisse, Folgen*, Francfort-sur-le-Main, Fischer, 1995.

8

Une violence congénitale

La violence formait le cœur du nazisme. Elle en définissait l'identité, elle lui assigne sa figure historique. Alors que, dans le bolchevisme, doctrine et réalité se trouvèrent dans une relation antinomique (au lieu du dépérissement de l'État, le Léviathan, et, à la place de la fraternité, le Goulag), elles faisaient corps chez lui, dès le départ. Culte de la virilité héroïque, affirmation du droit du plus fort, discours sur la dureté salutaire : la violence n'était pas seulement un moyen, elle constituait une valeur en soi, elle valait pour une « loi de la nature », et même pour la seule apte à garantir survie et victoire dans la lutte des races qui, selon les nazis, fait la trame de l'histoire du monde vivant.

Cette violence fondée en doctrine et exaltée en paroles, le nazisme la fit passer avec d'autant plus de force dans les actes qu'elle était requise par son projet : la transformation de la société allemande en tribu guerrière, la conquête du continent européen et son remodelage racial. Tendu vers la guerre, le IIIe Reich portait la violence dans ses flancs, et il la fit sentir, d'abord, à la population allemande avant de la tourner, la guerre une fois advenue, contre les peuples conquis, en premier lieu contre les allogènes qui avaient le malheur de résider au sein de l'« espace vital ».

De 1933 à 1945, la violence nazie suivit un processus constant d'extension et de radicalisation : élargissement du cercle des victimes, aggravation des formes de la violence. N'y voyons pas le déploiement d'une pratique immuable dès l'origine. Il y eut apprentissage de la violence, mais celui-ci aurait été fait avec une facilité moins déconcertante s'il n'y avait eu les dispositions ancrées dans l'idéologie et la mentalité du nazisme. Pour cerner les spécificités de cette violence, il convient donc d'aborder les logiques qui y furent à l'œuvre, les acteurs qui l'ont mise en pratique et les formes qu'elle a revêtues.

On peut distinguer dans la violence nazie trois logiques qui s'entremêlèrent dans la réalité historique, mais qu'il est utile de séparer dans l'analyse. La première logique relève de la répression politique : il s'agissait de neutraliser les adversaires du régime, dans le Reich comme dans les territoires occupés. Cette répression était à la mesure des ambitions de contrôle et de changement qui animaient les dirigeants nazis. Elle prit la forme non seulement d'une lutte contre les opposants actifs, mais encore d'une criminalisation de nombreux comportements et attitudes qui relèvent en régime libéral de la sphère privée et des droits individuels. Et encore, dans les pays occupés, de pratiques terroristes qui ciblaient les populations civiles pour faire régner l'ordre nazi.

Dans l'avant-guerre, cette violence politiquement motivée eut une ampleur relativement limitée, hormis les premiers mois de 1933, quand une vague de terreur s'abattit sur les adversaires du parti nazi. Environ 50000 personnes furent internées dans des camps de fortune où les SA, en particulier, se livrèrent à des règlements de comptes d'une extrême brutalité. La répression politique décrut ensuite avec la consolidation du régime et l'isolement croissant des opposants. La population des camps de concentration, désormais unifiés sous le contrôle de la SS, atteignit même un étiage au milieu des années 1930 (7500 détenus en 1936-1937[1]). Mais les camps étaient dès lors une institution,

---

1. Cf. Martin Broszat, « Nationalsozialistische Konzentrationslager 1933-1945 », dans *Anatomie des SS-Staates*, Munich, DTV, vol. 2, p. 11-133.

prête à servir dès que le besoin s'en ferait sentir. Pendant toute la durée du régime, la répression frappa avant tout les membres des partis de gauche, du Parti communiste en premier lieu. A partir de la moitié des années 1930, elle n'épargna plus les membres du clergé, puis l'opposition conservatrice, en particulier au lendemain de la tentative d'assassinat de Hitler en juillet 1944.

Répondait à cette même logique de répression politiquement motivée la criminalisation des opinions inacceptables pour le régime. Ainsi les Témoins de Jéhovah attirèrent sur eux les foudres du pouvoir par leur refus du service militaire. Les propos séditieux de toute nature furent pourchassés avec la même vigueur, en particulier les critiques à l'encontre de Hitler ou de sa politique raciale. Une épée de Damoclès se trouvait ainsi suspendue au-dessus de la population, en particulier de ceux qui ne se conformaient pas aux attentes du pouvoir. Les rumeurs entourant les camps de concentration ne manquaient pas de faire effet, tout comme l'action des organes répressifs traditionnels de l'État qui, sous la pression constante de Hitler, punissaient avec une sévérité croissante. Les tribunaux civils prononcèrent 16560 peines de mort entre 1933 et 1945, presque toutes exécutées [2]. Quant aux tribunaux militaires, ils condamnèrent à mort environ 50000 personnes [3]. Environ 15000 soldats de la Wehrmacht furent exécutés, alors que, pendant la Première Guerre mondiale, il n'y eut que 48 soldats allemands condamnés à mort et exécutés [4]. En revanche, le parti nazi n'eut à subir rien de comparable aux purges staliniennes. L'épisode qui s'en rapproche, la Nuit des Longs

2. Eberhard Kolb, « Die Maschinerie des Terrors », dans Karl Dietrich Bracher, Manfred Funke et Hans-Adolf Jacobsen (éd.), *Nationalsozialistische Diktatur, 1933-1945. Eine Bilanz*, Düsseldorf, Droste, 1983, p. 281.

3. Manfred Messerschmidt et Fritz Wüllner, *Die Werhmachtjustiz im Dienste des Nationalsozialismus*, Baden-Baden, Nomos Verlagsgesellschaft, 1987, p. 87.

4. Omer Bartov, *Hitler's Army. Soldiers, Nazis and War in the Third Reich*, Oxford University Press, p. 95-96.

Couteaux en juin 1934, où la direction de la SA fut décimée, fit un peu plus de 80 victimes.

L'éclatement de la guerre éperonna cette logique répressive, avant tout dans les territoires occupés. Au nom d'un maintien de l'ordre entendu de manière extrême, l'occupant nazi se livra à un déchaînement de violence qu'on peut qualifier de terroriste en URSS, en Pologne et dans les Balkans, avant que cette vague meurtrière ne reflue, avec une force bien moindre, vers l'Ouest à partir de 1943. Le nombre des civils tués par les Allemands dans le cadre de leur politique de représailles collectives est difficile à estimer, mais il dépassa de loin la marque du million. Que l'on considère le cas de la Biélorussie : sur une population d'environ 9 millions de personnes, les nazis tuèrent, au cours de leurs opérations antipartisanes, quelque 345 000 civils, dont 10 à 15 % seulement portaient une arme au moment de leur mort ; l'immense majorité des victimes furent des villageois suspectés de porter assistance aux partisans ou vivant dans des régions que les autorités allemandes avaient décidé de dépeupler pour combattre les partisans [5]. Le traitement brutal des populations occupées se marqua, par ailleurs, comme il est bien connu, dans une exploitation économique impitoyable qui inclut la déportation massive de travailleurs. Au total, quelque 8 millions d'étrangers firent tourner, sous la schlague, l'économie de guerre allemande [6].

Les camps de concentration reflétèrent cette ascension de la répression. Ils devinrent une tour de Babel où coexistaient des hommes et des femmes de toutes les nationalités, tandis que les détenus allemands ne formaient plus, désormais, qu'une petite minorité, à présent privilégiée. Au début de la guerre, la population concentrationnaire avoisinait

---

5. Cf. Christian Gerlach, *Kalkulierte Morde. Die deutsche Wirtschafts- und Vernichtungspolitik in Weissrussland 1941 bis 1944*, Hambourg, Hamburger Edition, 1999, p. 907 *sq.*

6. Cf. Ulrich Herbert, *Fremdarbeiter. Politik und Praxis des « Ausländer-Einsatzes » in der Kriegswirtschaft des Dritten Reiche*s, Bonn, Verlag Dietz, 1985.

25 000 personnes. En 1942, ce chiffre avait été multiplié par 4, par 10 en été 1943 et par 30 au début de 1945 (en janvier 1945, il y avait 714 211 détenus, dont 202 674 femmes)[7]. En tout, au moins 1,5 million de personnes connurent l'enfer des camps. Les deux tiers d'entre eux y perdirent la vie en conséquence des sévices, de l'épuisement ou des maladies auxquels ils y étaient délibérément exposés.

La deuxième logique relève de la réforme sociale et vise l'homogénéisation de la « communauté populaire », c'est-à-dire de la population définie comme allemande[8]. Le régime ne s'est pas borné, en effet, à endoctriner et à surveiller la population pour qu'elle se conforme à ses attentes. Il a recouru à la punition et à l'exclusion, prenant dans son viseur tous ceux qui ne lui paraissaient pas désireux ou capables de s'insérer dans la « communauté populaire ». Ses cibles furent de deux sortes, principalement. D'une part, les « asociaux[9] », parmi lesquels étaient rangés les tsiganes, les vagabonds, les mendiants, les prostituées, les alcooliques, les personnes au chômage qui refusaient un emploi, celles qui quittaient leur emploi fréquemment ou sans raison. Et, d'autre part, les homosexuels, dont le comportement attentait à l'impératif de reproduction et qui firent l'objet d'une répression féroce. Les tribunaux condamnèrent environ 50 000 individus pour homosexualité, dont la moitié rien qu'entre 1937 et 1939. Après avoir purgé leur peine régulière, bon nombre d'entre eux furent envoyés en camp, où ils succombèrent pour la plupart[10].

Au ressort de la violence dirigée contre ces catégories, et qui s'intensifia dans la seconde moitié des années 1930, on peut déceler le souci de mettre au travail des personnes improductives à un moment où la préparation de la guerre

7. Broszat, « Nationalsozialistische Konzentrationslager », art. cité.
8. Cf. Michael Burleigh et Wolfgang Wippermann, *The Racial State. Germany 1933-1945*, Cambridge University Press, 1991.
9. Cf. Wolfgang Ayass, *« Asoziale » im Nationalsozialismus*, Stuttgart, Klett-Cotta, 1995.
10. Burleigh et Wippermann, *op. cit.*, p. 197.

engendrait une pénurie de main-d'œuvre. Plus fondamentalement, il s'agissait de faire disparaître de l'espace public des comportements qui ne répondaient pas aux normes sociales du régime, lesquelles faisaient d'ailleurs l'objet d'un large consensus dans la population, qu'il s'agisse des vertus du travail et de la discipline ou du conformisme sexuel. Cette police des mœurs était susceptible d'une extension indéfinie contre toute forme de déviance sociale, comme le montre la petite guerre que les autorités urbaines livrèrent aux bandes de jeunes (Edelweisspiraten, swings) qui s'habillaient de manière provocante, se réunissaient pour écouter du jazz et faisaient parfois le coup de poing contre des membres de la Hitlerjugend[11].

La troisième logique, la plus importante, est de type raciste et comporte deux volets : l'assainissement du peuple allemand, l'épuration des territoires sous contrôle nazi. S'agissant du premier volet, on méconnaît souvent que le racisme, avant d'être dirigé contre des populations allogènes, se tourne d'abord, et logiquement, contre sa propre société pour en extirper les germes de décadence. Tel était l'objectif de l'une des premières lois du régime nazi qui imposait la stérilisation aux personnes souffrant de handicaps physiques ou de troubles psychiatriques et neurologiques tenus pour héréditaires par la médecine de l'époque. Environ 400 000 personnes subirent ce traitement ; il y eut des morts et d'innombrables traumatismes. En 1937, Hitler l'étendit à plusieurs centaines de jeunes Allemands nés de pères noirs qui avaient appartenu aux troupes d'occupation françaises stationnées en Rhénanie entre 1919 et 1930[12].

Relevait de la même logique l'opération dite d'« euthanasie », qui était, en réalité, l'assassinat en série des malades

11. Cf. Arno Klönne, « Jugendprotest und Jugendopposition. Von der HJ-Erziehung zum Cliquenwesen der Kriegszeit », dans Martin Broszat (éd.), *Bayern in der NS-Zeit*, Munich, Oldenbourg, 1981, vol. 4, p. 527-620.

12. Cf. Gisela Bock, *Zwangssterilisation im Dritten Reich*, Opladen, Westdeutscher Verlag, 1986.

mentaux classés à la fois comme incurables et comme improductifs[13]. Lancée en automne 1939, cette opération fit plus de 70 000 victimes en deux ans parmi les patients des établissements psychiatriques. C'est à cette occasion que fut « inventée » la procédure de la mort par gazage, avec le camouflage en salle de douche, l'incinération des cadavres et la récupération des dents en or ; tous procédés qui furent remployés par la suite dans l'extermination des juifs. Parallèlement, environ 5 000 enfants venus au monde avec des difformités furent tués par injection.

L'opération fut interrompue par Hitler, en été 1941, à la suite de protestations de membres du clergé. Elle se poursuivit, en fait, sporadiquement, en changeant de cibles. Environ 20 000 détenus malades furent gazés dans les camps de concentration, et de même au moins 30 000 travailleurs polonais et soviétiques tuberculeux ou atteints de maladies mentales[14].

Opérée en secret et administrée par des médecins, la prétendue « euthanasie » touchait des personnes que leur état physique réduisait à la plus totale impuissance, y compris sur le plan sexuel. Nul danger ici pour le pouvoir : il ne s'agissait ni de répression ni de terreur, qui suppose une certaine publicité, mais d'une élimination fondée sur des prémices strictement racistes. Pour assassiner ces personnes déclarées « indignes de vivre », des motifs bassement utilitaires suffisaient. Ainsi les hommes de Himmler tuèrent, par gazage dans des camions ou par fusillade, des milliers de patients d'établissements psychiatriques situés en Pologne annexée et en URSS occupée dans le but de libérer des locaux pour la troupe[15].

Le second volet de l'épuration raciale concerne les élé-

---

13. Cf. Michael Burleigh, *Death and Deliverance. « Euthanasia » in Germany c. 1900-1945*, Cambridge University Press, 1994.
14. Hans-Walter Schmuhl, *Rassenhygiene, Nationalsozialismus, Euthanasie*, Göttingen, Vandenhoeck & Ruprecht, 1987, p. 361-364.
15. Cf. Götz Aly (éd.), *Aktion T-4 1939-1945*, Berlin, Hentrich, 1987.

ments allogènes au sein du Reich ainsi que dans les territoires conquis. En Allemagne, une politique d'apartheid fut mise en place pour séparer les juifs de la population « aryenne », y compris sur le plan sexuel (lois de Nuremberg, 1935). Cette politique fut étendue aux travailleurs étrangers que l'économie de guerre contraignait d'importer par millions, en durcissant les sanctions, particulièrement pour les Polonais. Des relations sexuelles avec une Allemande entraînaient la peine de mort, tandis que la violation de l'une des innombrables interdictions faites aux travailleurs de l'Est, par exemple de fréquenter les auberges ou d'assister aux offices religieux allemands, était passible de l'envoi en camp de concentration [16].

Dans les territoires conquis en Europe orientale, l'épuration débuta par la liquidation des élites. En Pologne annexée comme en Pologne occupée, elle fit plusieurs dizaines de milliers de victimes, avant d'être interrompue à la suite de protestations de la part des dirigeants de la Wehrmacht. Dans l'Union soviétique occupée, en revanche, la liquidation des élites ne trouva pas de frein, l'anticommunisme et l'antisémitisme faisant tomber les préventions des militaires. Les prisonniers de guerre soviétiques furent soumis à un tri pour isoler, outre les juifs, tous ceux qui avaient eu des responsabilités dans le Parti communiste et l'État soviétique, ou qui appartenaient à l'intelligentsia. Plusieurs centaines de milliers de prisonniers ainsi sélectionnés furent fusillés [17].

En massacrant les élites polonaises et soviétiques, les nazis voulaient supprimer non seulement les piliers administratifs d'États condamnés à disparaître, mais encore les porteurs d'une identité politique ou nationale qui n'avait plus droit à l'existence. En même temps, ils entreprirent

---

16. Cf. Diemut Majer, *« Fremdvölkische » im Dritten Reich*, Boppard am Rhein, Boldt, 1981.
17. L'estimation la plus courante donne le chiffre de 600 000 exécutés (cf. Christian Streit, *Keine Kameraden. Die Wehrmacht und die sowjetischen Kriegsgefangenen 1941-1945*, Stuttgart, DVA, 1978).

d'affaiblir la conscience nationale des populations conquises, notamment en fermant les institutions culturelles et éducatives, à l'exception des écoles primaires et de certains établissements techniques, et de les réduire à l'état de main-d'œuvre non qualifiée, taillable et corvéable à merci, en attendant que les vainqueurs fussent en mesure de germaniser complètement leur « espace vital ».

Car l'objectif à terme était l'expulsion. Les déportations commencèrent sans tarder dans les territoires polonais annexés. Sur une dizaine de millions d'habitants, environ un million fut déporté vers le Gouvernement général (la partie non annexée de la Pologne sous administration militaire allemande)[18]. Les besoins de l'armée en moyens de transport obligèrent Himmler à limiter ces déportations, et de même en Alsace-Lorraine après qu'eurent été expédiés vers la France de Vichy plusieurs dizaines de milliers de personnes. Mais l'objectif ultime demeurait inaltéré, comme le montre le Plan Est élaboré au lendemain de l'attaque contre l'URSS en juin 1941 et qui prévoyait la déportation vers la Sibérie de 31 millions de Slaves et leur remplacement par 4 millions de colons allemands[19].

Dans leur entreprise de remodelage racial, les nazis rencontraient un obstacle majeur, la prépondérance démographique des populations slaves. De là, le souhait exprimé par Himmler de réduire leur natalité par tous les moyens, y compris par la stérilisation de masse. Cette anxiété démographique eut sa part dans la manière dont les prisonniers de guerre soviétiques furent traités. Près de 2 millions d'entre eux moururent de faim, de froid et de maladie dans un laps de quelques mois après leur captivité en été et en automne 1941. L'armée allemande n'était pas préparée à faire face à l'entretien d'une telle masse d'hommes, mais

---

18. Cf. Jan Gross, *Polish Society under German Occupation. The Generalgovernment, 1939-1944*, Princeton University Press, 1979.
19. Cf. Mechtild Rössler und Sabine Schleiermacher (éd.), *Der « Generalplan Ost ». Hauptlinien der nationalsozialistischen Planungs- und Vernichtungspolitik*, Berlin, Akademie Verlag, 1993.

cette impréparation, à son tour, ne se comprend pas sans référence à des facteurs comme la méfiance politique, le mépris culturel et racial et, surtout, le choix de réduire à la famine une partie de la population soviétique pour permettre au Reich de prélever un surcroît de ressources alimentaires (le besoin de plus en plus pressant de main-d'œuvre à partir de la crise militaire du tournant de 1941-1942 donna une chance de survie aux soldats soviétiques faits prisonniers par la suite).

Une autre méthode pour réduire le déséquilibre démographique consistait à récupérer le « sang allemand » présent dans les populations slaves. Le Plan Est prévoyait que de 10 à 15 % des Polonais seraient germanisés (et échapperaient donc à la déportation vers la Sibérie), et de même 50 % des Tchèques, 35 % des Ukrainiens, 25 % des Ruthènes [20]. La germanisation concernait des personnes qui, pour la plupart, n'avaient aucun lien de langue ou de culture avec l'Allemagne, mais à qui un examen physique faisait attribuer une ascendance germanique. Il restait à les acculturer en même temps qu'à les nazifier, ce qui requérait des moyens de contrainte pour les récalcitrants. L'évolution de la guerre mit des bornes étroites à cette entreprise, mais des milliers de Slovènes, par exemple, dont Himmler avait décidé qu'ils seraient germanisés, n'en furent pas moins déportés dans le Reich. Et de même, des milliers d'orphelins polonais placés dans des familles d'adoption allemandes.

Pour certaines populations, l'expulsion à terme ne parut plus une solution acceptable, tandis que leur germanisation, différée ou immédiate, était exclue par principe. C'est ainsi que, pour les tsiganes et les juifs, le remodelage racial de l'Europe nazie signifia, un jour, l'extermination, après l'abandon d'autres politiques comme l'émigration, la déportation et le confinement dans des réserves [21]. A la différence des

20. Helmut Heiber, « Der Generalplan Ost », *Vierteljahrshefte für Zeitgeschichte*, 1958, p. 281-325.
21. Cf. Raul Hilberg, *La Destruction des Juifs d'Europe*, Paris, Fayard, 1988 ; Michael Zimmermann, *Verfolgt, vertrieben, vernichtet.*

autres victimes de la violence nazie, il s'agissait ici de populations, de familles entières : un génocide ne consent pas d'exemption individuelle. Ce trait essentiel laisse intactes, toutefois, les spécificités de l'extermination visant les juifs. D'une part, ceux-ci représentaient un adversaire central dans l'idéologie nazie qui, à la fois, les animalisait (vermine, microbes, etc.) et les diabolisait (la juiverie aux commandes à Moscou, à Londres et à Washington). D'autre part, leur extermination fut planifiée comme une opération à la fois globale – incluant les juifs de toute l'Europe sous influence nazie –, systématique – en tant qu'elle était soumise à une direction centralisée – et urgente – dans la mesure où il importait de l'achever avant la fin de la guerre.

Répression politique, réforme sociale et épuration raciale : ces trois logiques s'entremêlèrent dans la réalité historique, soulignons-le une fois encore. Mais il est patent que la logique raciste pénétrait et surdéterminait les deux premières. La répression politique puisque le traitement des opposants était beaucoup plus dur à l'Est, là où les populations étaient jugées racialement inférieures. Et de même, la réforme sociale puisque les nazis tendirent de plus en plus à racialiser les déviances sociales, à les attribuer à des facteurs génétiques, ce qui, du coup, faisait tomber non seulement les individus concernés, mais leurs familles sous le coup de la stérilisation forcée.

De cette violence surdéterminée par l'idéologiste raciste, quels étaient les acteurs ? Il n'est pas nécessaire de s'étendre sur les institutions prioritairement responsables, la police et la SS, la Wehrmacht, des mandataires occasionnels comme la Chancellerie du Führer, à qui Hitler confia l'assassinat des malades mentaux. Ou encore sur les exécutants de base, les gardiens des camps de concentration et d'extermination,

---

Die national-sozialistische Vernichtungspolitik gegen Sinti und Roma, Essen, Klartext, 1989 ; cf. Ulrich Herbert (éd.), *Nationalsozialistische Vernichtungspolitik, 1939-1945. Neue Forschungen und Kontroversen*, Francfort-sur-le-Main, Fischer, 1998.

et les policiers responsables des fusillades massives de juifs en URSS et en Pologne – en tout quelque 100 000 à 200 000 Allemands, auxquels prêtèrent la main des milliers d'auxiliaires d'autres nationalités. Ces hommes firent l'apprentissage du meurtre de masse, et il n'est pas aisé de peser la part de la motivation idéologique, de la haine antisémite en particulier, et celle du contexte, notamment la pression du groupe, les habitudes d'obéissance et de conformisme [22].

Au-delà de ces appareils et de ces équipes, soulignons la contribution du noyau militant du parti nazi. Ici, une culture de la violence acquise à travers l'expérience de la Grande Guerre avait été alimentée par les affrontements de la République de Weimar, des tentatives de putsch au début des années 1920 jusqu'à la guerre civile larvée de 1930-1933, qui fit plusieurs centaines de morts. Ces hommes furent en première ligne dans les actions de rue qui ponctuèrent la vie du régime, lors de la Nuit de cristal, dans les jours qui suivirent l'*Anschluss*, quand des humiliations sans nom furent infligées aux juifs de Vienne, ou dans les actions punitives dirigées, pendant la guerre, contre leurs compatriotes ou contre les travailleurs étrangers qui violaient les règles de l'apartheid.

Ils bénéficiaient, il est vrai, de l'appui d'une partie substantielle de la population. Appui actif, parfois : sans l'aide des dénonciations, par exemple, la Gestapo aurait eu une efficacité réduite [23]. Ou simple approbation, souvent : bruyante dans le cas de l'exécution des dirigeants de la SA en 1934 et de la campagne contre les « asociaux », ambiguë face à l'assassinat des malades mentaux. Ajoutons que dans la mesure où le nazisme exploitait le nationalisme et le mili-

---

22. On se reportera aux interprétations divergentes de Daniel J. Goldhagen (*Les Bourreaux volontaires de Hitler. Les Allemands ordinaires et l'Holocauste*, Paris, Seuil, 1997) et de Christopher Browning, *Des hommes ordinaires : le 101e bataillon de réserve de la police et la Solution finale en Pologne*, Paris, Les Belles Lettres, 1994), la seconde me paraissant plus convaincante.

23. Cf. Robert Gellately, *The Gestapo and German Society. Enforcing Racial Policy 1933-1945*, Oxford, Clarendon Press, 1990.

tarisme traditionnels, il impliqua dans son action une large partie de la société, à commencer par la population masculine appelée sous l'uniforme. La violence du IIIe Reich trouva une partie de sa force de propulsion en bandant les ressorts de la violence nationale, avec une efficacité redoutable là où son idéologie pouvait prendre appui sur des préjugés enracinés, ainsi à l'encontre des Polonais, des Russes ou des juifs.

Mais, à tout prendre, la contribution d'un autre groupe fut autrement importante, celui des scientifiques [24]. Il ne faut pas perdre de vue le rôle crucial de la catégorisation dans la violence nazie, comme dans la violence staliniste. La définition de groupes-cibles opérée par des juristes ou des experts de toutes sortes était la condition préalable de la discrimination et de la persécution. Il n'est que de penser au rôle joué par la « biologie criminelle » dans la racialisation des déviances sociales. Ou par la médecine dans les expériences sur des détenus et dans le processus d'extermination des malades mentaux et des juifs. Ou encore par des spécialistes des sciences sociales – géographes, urbanistes, économistes – dans la planification du remodelage racial et social des territoires de l'Est, avec ses implications de mort, immédiate ou à terme, pour les populations indigènes [25]. Une vaste couronne de compétences scientifiques sans laquelle la violence nazie n'aurait eu ni l'ampleur ni le visage qu'on lui connaît.

Cette violence eut des formes différentes qu'il faut, pour terminer, brièvement évoquer et que l'on peut organiser selon un clivage public-secret. Publique, d'abord, une forme de violence que l'on peut qualifier de populaire,

---

24. Cf. Benno Müller-Hill, *Science nazie, Science de mort. L'extermination des Juifs, des Tziganes et des malades mentaux*, Paris, Odile Jacob, 1989 ; Robert Proctor, *Racial Hygiene. Medicine under the Nazis*, Harvard University Press, 1988.
25. Cf. Götz Aly et Susanne Heim, *Vordenker der Vernichtung. Auschwitz und die deutschen Pläne für eine europäische Neuordnung*, Hambourg, Hoffmann und Campe Verlag, 1991.

même si elle était, d'ordinaire, déployée ou orchestrée par le parti nazi. Populaire, parce qu'elle visait à stigmatiser dans l'espace public, avec un concours de peuple, des comportements déviants qui ne méritaient pas la prison ou le camp de concentration et qu'elle empruntait ses méthodes au répertoire traditionnel de la violence communautaire : la mise au pilori ou la promenade en fanfare à travers la ville d'un alcoolique, une pancarte autour du cou, ou la tonte publique de la chevelure des femmes ayant eu des relations sexuelles avec des étrangers. Ce type de violence se tourna, vers la fin de la guerre, contre les travailleurs étrangers qui devenaient rétifs et à qui l'on faisait payer les bombardements alliés. Publique encore, une violence militaire et policière à effet démonstratif qui fut pratiquée largement dans les pays occupés, surtout à l'Est et dans les Balkans : incendies de villages, pendaisons publiques avec exposition des corps pendant plusieurs jours, etc.[26].

En revanche, le secret enveloppait la violence des camps, qui frappait les corps et les esprits[27]. Violence physique, celle de la punition corporelle, méthode usuelle du dressage des corps, ou de l'expérimentation clinique qui fit périr des milliers d'adultes et d'enfants. Violence psychique, car la marque des camps nazis était, davantage qu'un taux de mortalité plus élevé en moyenne qu'au Goulag, la perversité qui imprégnait les rapports des gardiens avec les détenus et qui se marquait dans l'effort de les briser, de les dégrader, de leur faire perdre leur dignité d'êtres humains. Illustration de cette perversité, la figure du « Musulman », du détenu parvenu au stade ultime de la déchéance somatique et psychologique. C'est à bon droit que Hannah Arendt jugea qu'il existait entre les camps staliniens et les

---

26. Cf. le catalogue de l'exposition *Vernichtungskrieg. Verbrechen der Wehrmacht 1941 bis 1944*, Hambourg, Hamburger Edition, 1996.
27. Wolfgang Sofsky, *Die Ordnung des Terrors : Das Konzentrationslager*, Francfort-sur-le-Main, Fischer, 1997 ; Klaus Drobisch et Günther Wieland, *System der NS-Konzentrationslager, 1933-1939*, Berlin, Akademie Verlag, 1993.

camps nazis quelque chose comme la différence entre le purgatoire et l'enfer[28].

Secret, aussi, le meurtre de masse, que ce fût par fusillade ou par gazage[29]. L'une et l'autre méthode attestent une rationalisation de type industriel du massacre, à laquelle faisait escorte une représentation déshumanisée des victimes. Mais la chambre à gaz représentait un stade plus avancé de rationalisation et, surtout, de déshumanisation. Elle déshumanisait par ce à quoi elle réduisait les victimes dans leurs derniers instants.

Tandis que la mort par fusillade laissait aux martyrs la possibilité de se donner mutuellement quelque réconfort et d'éprouver quelque chose comme une solidarité dans l'épreuve, rien de tel dans la salle de gazage camouflée en douche. L'obscurité soudaine provoquait l'affolement, la suffocation l'accroissait dans la panique, les familles pressées ensemble se dissociaient dans une ruée sauvage vers la porte. Puis chacun tentait d'aller respirer l'oxygène près du plafond. Les forts écrasaient les faibles, il n'y avait plus ni parents, ni proches, ni amis. L'être humain se trouvait réduit à la pulsion la plus élémentaire, la volonté de survie, qui dissout, en même temps que le lien social, tout sentiment de solidarité et de dignité.

---

28. Hannah Arendt, *Le Système totalitaire*, Paris, Seuil, 1972, p. 183. Pour quelques éléments de comparaison, cf. Gerhard Armani, « Das Lager (KZ und GULag) als Stigma der Moderne », dans Matthias Vetter (éd.), *Terroristische Diktaturen im 20. Jahrhundert*, Opladen, Westdeutscher Verlag, 1996, p. 157-171.

29. Eugen Kogon, Hermann Langbein, Adalbert Rückerl, *Les Chambres à gaz, secret d'État*, Paris, Seuil, 1986.

9

Vers Auschwitz

Dès le départ, la politique du régime nazi envers les juifs s'est accompagnée de violences, et de violences mortelles. Mais c'est à partir de 1938 que leur courbe s'envola dans un crescendo effrayant.

En 1933, à la suite de l'arrivée de Hitler au pouvoir, les juifs tués par les milices nazies, les SA en particulier, se comptèrent par dizaines, à côté d'innombrables blessés. En novembre 1938, la Nuit de cristal fit passer la barre des centaines, si l'on ajoute aux victimes du pogrom les décès provoqués par les sévices exercés par les gardiens sur certains des 30 000 juifs envoyés les jours suivants en camp de concentration. En automne 1939, l'invasion de la Pologne entraîna la mort de plusieurs milliers de juifs entre les mains des Einsatzgruppen de Himmler, des unités spéciales formées de policiers et de SS. Les mêmes unités reprirent du service en juin 1941 sur le territoire soviétique, où leurs victimes se comptèrent cette fois par centaines de milliers en quelques mois. Enfin, le démarrage d'installations de gazage, notamment à Chelmno à la fin de 1941 et à Auschwitz en été 1942, voua à l'extermination industrielle des millions de personnes, sans que cessent les fusillades et tandis que les épidémies et les famines ravageaient les ghettos encore épargnés [1].

Cette montée exponentielle, en trois ans, de la violence

1. Cf. Raul Hilberg, *La Destruction des Juifs d'Europe*, Paris, Fayard, 1988.

antijuive des nazis ne manqua pas de retenir l'attention des historiens. Elle fut au centre de très vifs débats au cours des années 1970 et 1980, et elle reste l'un des aspects les plus discutés de l'histoire du régime nazi. Faut-il voir dans cette radicalisation le dévoilement progressif d'une volonté d'extermination présente dès le départ dans l'esprit des dirigeants nazis, de Hitler en premier lieu, qui aurait simplement attendu que les circonstances fussent favorables à l'exécution de son programme ? Ainsi que l'a souligné Eberhard Jäckel, le spécialiste de l'idéologie nazie, Hitler avait charpenté sa vision du monde autour du danger juif, et il annonça même publiquement, dans un discours devant le Reichstag le 30 janvier 1939, qu'il allait exterminer les juifs d'Europe[2].

Ou faut-il y voir le débouché imprévisible du fonctionnement irrationnel d'un régime certes fanatiquement antisémite, mais qui s'était trouvé pris dans un engrenage, ou, si l'on préfère, qui s'était engagé dans une série d'impasses dont il ne sortit que par une radicalisation croissante ? Pour Martin Broszat, la décision prise par Hitler en septembre 1941 de déporter les juifs allemands vers l'Est en escomptant une défaite proche de l'URSS aurait débouché sur le massacre quand la résistance soviétique, bloquant une déportation plus à l'Est, eut soudain créé dans les ghettos des conditions si chaotiques – maladies, famines, etc. – que l'extermination finit par apparaître comme la solution la plus simple pour en finir avec la « question juive[3] ».

Dans la première interprétation, qualifiée d'intentionnaliste, Hitler est la cheville ouvrière du crime : un crime prémédité et exécuté à partir d'une décision unique prise à un moment précis. Dans la seconde interprétation, dite fonctionnaliste, il est, selon la formule de Hans Mommsen, un « dictateur faible » qui se borne à indiquer des directions

---

2. Cf. Eberhard Jäckel, *Hitler idéologue*, Paris, Calmann-Lévy, 1973.
3. Cf. Martin Broszat, « Hitler und die Genesis der "Endlösung" », *Vierteljahrshefte für Zeitgeschichte*, 1977, n° 4, p. 739-775.

par ses tirades antisémites, la rivalité entre ses lieutenants se combinant à une accumulation de difficultés imprévues, en premier lieu le piétinement de la campagne à l'Est, pour aboutir au massacre, non pas au terme d'une décision unique (pour Broszat et Mommsen, il n'y eut probablement pas d'ordre formel donné par Hitler), mais au bout d'un processus étiré sur plusieurs mois [4]. Logiquement, cette divergence des interprétations, que favorise l'état lacunaire des sources, trouve son reflet dans la chronologie construite par les uns et les autres. Tandis que les intentionnalistes placent la décision du génocide dans les premiers mois de 1941, au moment de la préparation de la guerre contre l'Union soviétique, les fonctionnalistes ne la voient définitivement arrêtée qu'à l'été 1942 quand le gazage massif démarra à Auschwitz et que Himmler donna l'ordre d'exterminer jusqu'aux juifs en état de travailler.

Au cours des dernières années, le débat a perdu de son acuité dans la mesure où des études détaillées, exploitant les archives de l'Est nouvellement disponibles, ont enrichi nos connaissances [5] et rendu moins tenables les positions extrêmes. Ainsi, Hitler apparaît désormais à la plupart des historiens moins comme un homme doté d'un programme fixé *ne varietur* que braqué sur une obsession antisémite qui laissait de la place à une fourchette de politiques. Rares sont ceux qui contestent, en tout cas, qu'il ait été le décideur

---

4. Cf. Hans Mommsen, « La réalisation de l'utopique : la "solution finale de la question juive" sous le Troisième Reich », dans Hans Mommsen, *Le National-socialisme et la Société allemande. Dix essais d'histoire sociale et politique*, Paris, Éd. de la Maison des sciences de l'Homme, 1997. Pour une présentation de ce débat, cf. Ian Kershaw, *Qu'est-ce que le nazisme ? Problèmes et perspectives d'interprétation*, Paris, Gallimard, 1992.

5. Cf. notamment Hans Safrian, *Die Eichmann-Männer*, Vienne, Europa-Verlag, 1993 ; Thomas Sandkühler, *« Endlösung » in Galizien. Der Judenmord in Ostpolen und die Rettungsinitiative von Berthold Beitz, 1941-1944*, Bonn, Dietz, 1996 ; Dieter Pohl, *Nationalsozialistische Judenverfolgung in Ostgalizien, 1941-1944*, Munich, Oldenbourg, 1996 ; Götz Aly, *« Endlösung ». Völkerverschiebung und der Mord an den europäischen Juden*, Francfort-sur-le-Main, Fischer, 1995.

suprême à chaque étape de la politique antijuive, quand bien même il se bornait parfois à entériner les propositions de ses lieutenants. Ainsi encore, à propos de la chronologie : la majorité des historiens tiennent aujourd'hui pour plausible l'hypothèse d'une chaîne de décisions dont les plus importantes auraient été prises entre septembre et décembre 1941, les dates extrêmes du printemps 1941 et de l'été 1942 ayant de moins en moins de partisans [6].

Pour comprendre le cheminement du régime nazi vers Auschwitz, il faut prendre en compte à la fois la sinuosité des politiques et l'obsession idéologique. Incontestablement, le régime nazi n'a pas suivi une ligne droite, il a employé plusieurs méthodes, parfois simultanément, et il a poursuivi deux objectifs qui s'emboîtaient l'un dans l'autre. Le premier objectif était de faire disparaître les juifs du territoire allemand, et la méthode principale avant la guerre consista à les faire émigrer, une émigration qu'accéléra l'« aryanisation », la spoliation de leurs biens, à partir de 1938. A la veille de la guerre, environ les deux tiers des juifs d'Allemagne et d'Autriche avaient émigré, et quelque 20 000 juifs allemands firent de même en 1940-1941 en dépit des difficultés créées par le conflit. Dès 1938, le régime nazi recourut à une méthode complémentaire, l'expulsion, qui frappa notamment les juifs polonais résidant dans le Reich.

Mais, en même temps qu'il pressait le tempo pour rendre l'Allemagne « *judenfrei* » (libéré des juifs), le régime nazi indiquait que la simple disparition des juifs de son territoire ne le satisfaisait pas. Hitler et ses diplomates commencèrent à propager en 1938 l'idée d'une solution internationale de la « question juive », à savoir la concentration des juifs du monde entier sur un territoire lointain, sorte de « réserve »

---

6. Richard Breitman (*The Architect of Genocide. Himmler and the Final Solution*, New York, Knopf, 1992) et Daniel Goldhagen (*Les Bourreaux volontaires de Hitler. Les Allemands ordinaires et l'Holocauste*, Paris, Seuil, 1997) défendent la première date, Peter Longerich la seconde (*Politik der Vernichtung. Eine Gesamtdarstellung der nationalsozialistischen Judenverfolgung*, Munich, Piper, 1998).

indienne où ils seraient réduits à l'impuissance. Le problème juif était mondial, le nazisme entendait lui donner une solution planétaire.

Les mêmes lignes furent poursuivies après l'éclatement de la guerre, laquelle magnifia les difficultés en accroissant de manière extraordinaire le nombre des juifs sous la coupe du régime nazi. En 1941, alors que leur nombre en Allemagne n'était plus guère que 170 000, ils étaient environ 8 millions dans les pays occupés par ses armées. L'émigration était devenue, au mieux, une solution d'appoint, tandis que l'expulsion perdait son sens dans une Europe sous hégémonie allemande. Restait la concentration dans une réserve lointaine, projet qui connut une flambée d'actualité en été 1940 lorsque la défaite de la France fit envisager l'envoi des juifs à Magadascar[7]. Mais un début de planification fut stoppé par la continuation de la guerre avec l'Angleterre. Une solution de remplacement consista alors à concentrer les juifs à la périphérie de l'empire nazi. Pendant la drôle de guerre, il avait été question de les déporter en Pologne occupée, puis en été 1941, quand commença le massacre des juifs soviétiques, il fut envisagé de les envoyer à l'est de la Russie. En octobre 1941 tomba l'interdiction de toute émigration. La nasse se fermait tandis que débutaient les préparatifs de l'extermination à l'échelle du continent.

La sinuosité des politiques n'était pas contradictoire, bien au contraire, avec l'obsession idéologique. Que ce fût par l'émigration ou par l'expulsion, les juifs devaient disparaître de l'« espace vital » de la race allemande. Mais, comme l'indique l'idée de la réserve, ils devaient également disparaître comme diaspora européenne, et si possible mondiale, parce qu'ils ne pouvaient être qu'une menace permanente pour le Reich. Cette double disparition formait une obsession que l'on peut retracer chez Hitler depuis son entrée en

---

7. Cf. Magnus Brechtken, *« Madagaskar für die Juden ». Antisemitische Idee und politische Praxis*, Munich, Oldenbourg, 1997 ; Hans Jansen, *Der Madagaskar-Plan. Die beabsichtigte Deportation der europäischen Juden nach Madagaskar*, Munich, Langen-Müller, 1997.

politique et qu'il est justifié de qualifier de programmatique. L'extermination était une autre méthode pour réaliser cette obsession, et c'est ce que Hitler disait, en somme, dans son discours du 30 janvier 1939, sous une forme conditionnelle : l'extermination adviendrait si les juifs provoquaient l'éclatement d'une nouvelle guerre mondiale. Mais, même conditionnelle, même accompagnée de la mention d'autres « solutions », dont la concentration des juifs du monde entier sur un territoire lointain, cette « prophétie » d'extermination constituait un événement sans précédent dans les annales de l'histoire moderne. Car un chef d'État déclarait publiquement qu'il pourrait rayer un peuple de la face de la terre. Et c'était une menace que Hitler ne proféra à l'encontre d'aucun autre de ses adversaires. L'antisémitisme avait, chez lui, un statut quasi métaphysique. La figure du juif synthétisait et condensait tout ce qu'il haïssait au monde.

S'il est indispensable de lier idéologie et politique pour éclairer la genèse du génocide, il est non moins important de relier celui-ci à la politique du régime à partir de 1939, et précisément à la fièvre exterminatrice qui s'empara de lui alors et que peut faire négliger une focalisation sur la seule politique antijuive. Avec l'éclatement de la guerre, le régime nazi embraya sur une politique meurtrière à large spectre où se déployaient les potentialités inhérentes à son idéologie raciste.

Cette politique se donna libre cours dans la mise à mort par gazage de quelque 70 000 malades mentaux allemands entre l'automne 1939 et l'automne 1941. Dans l'éradication projetée et partiellement réalisée des élites polonaises en 1939-1940, puis des élites du régime soviétique à partir de juin 1941. Dans la politique de prélèvement agricole que les autorités nazies fixèrent à la veille de l'attaque à l'Est en juin 1941 et qui prenait en compte, froidement et explicitement, la mort par famine de dizaines de millions de Soviétiques[8].

---

8. Cf. Christian Gerlach, *Krieg, Ernährung, Völkermord. Forschungen zur deutschen Vernichtungspolitik im Zweiten Weltkrieg*, Hambourg, Hamburger Edition, 1998.

Et encore dans les plans de la SS établis sur la demande de Himmler pendant ce même été 1941 et qui prévoyaient de coloniser les espaces de l'Est européen en expulsant d'autres dizaines de millions de Slaves [9]. Autant de pratiques et de projets qui facilitèrent le génocide juif, non seulement par l'apprentissage de méthodes comme les déportations ou le gazage, mais aussi par l'accoutumance à l'idée de régler le sort de populations entières par la force brute. Ce débridement de la violence doit être relié à la fois à l'immensité des ambitions nazies de remodelage du continent, au contexte désinhibiteur d'une guerre en passe de devenir totale et au sentiment que les dirigeants du IIIe Reich avaient de jouer leur va-tout.

L'extermination des juifs intervint dans ce contexte, mais elle n'en suivit pas moins une dynamique implacable, dont les étapes font l'objet chez les historiens d'un large accord. Fusillades d'hommes juifs sur une grande échelle en URSS dès le début de la campagne en juin 1941, extension du massacre aux familles vers le milieu de l'été [10], puis, à l'automne, début de la construction de centres de gazage en Pologne, enfin conférence de Wannsee, dans la banlieue de Berlin, conférence prévue d'abord pour le début de décembre 1941 et reportée en janvier suivant, où l'action des bureaucraties du Reich fut coordonnée au niveau européen (même les juifs des pays qui ne se trouvaient pas sous domination nazie, comme l'Angleterre ou la Suisse, figuraient dans le

9. Cf. notamment Michael Burleigh, *Death and Deliverance : « Euthanasia » in Germany c. 1900-1945*, Cambridge University Press, 1994 ; Henry Friedländer, *The Origins of Nazi Genocide : From Euthanasia to the Final Solution*, Chapel Hill, The North Carolina University Press, 1995 ; Christopher Browning, *The Path to Genocide. Essays on Launching the Final Solution*, Cambridge University Press, 1992 ; Mechtild Rössler (éd.), *Der « Generalplan Ost ». Hauptlinien der nationalsozialistischen Planungs- und Vernichtungspolitik*, Cologne, Akademie Verlag, 1990.

10. L'absence d'un ordre d'extermination totale de la population juive d'URSS avant le début de la campagne est de plus en plus acceptée. Cf., par exemple, Ralf Ogorreck, *Die Einsatzgruppen und die « Genesis der Endlösung »*, Berlin, Metropol, 1996.

tableau statistique des futures victimes). Le procès-verbal de cette conférence, établi par Eichmann, reste à ce jour le document le plus explicite sur le projet de génocide. Car il fait référence à l'élimination physique, selon des méthodes qui n'étaient pas précisées, de tous les juifs incapables de travailler et à la mise au travail des autres, jusqu'à leur mort par épuisement ou par liquidation.

Si la chronologie est à peu près claire, le moment précis où le génocide devint une politique et les motifs qui inspirèrent cette décision demeurent dans une pénombre propice aux divergences d'interprétation. Les historiens n'ont d'autre choix que de contextualiser les indices à leur disposition, c'est-à-dire de les mettre en relation avec des événements concomitants, ce qu'ils font en empruntant deux directions.

La première peut être illustrée par les travaux stimulants et contestables de l'historien allemand Götz Aly qui relie le génocide à la politique de remodelage nazi du continent et à ses impasses. Dans un livre publié avec Susanne Heim, Aly s'est d'abord attaché à désigner les responsables intellectuels du génocide[11]. Celui-ci n'aurait pas été pensé seulement ni même principalement par des antisémites fanatiques : il aurait été conçu par des hommes qui faisaient œuvre de raison, des experts ès sciences sociales, des économistes, des géographes, des spécialistes de l'aménagement du territoire. Actifs dans l'appareil d'occupation nazi, ces technocrates ambitionnaient de rationaliser l'économie des pays d'Europe balkanique et orientale pour mieux l'arrimer au « grand espace économique » allemand. Au point de départ de leur réflexion, l'idée d'une « surpopulation » engendrée par la trop faible productivité de l'agriculture. La solution, une restructuration économique et sociale où l'élimination des juifs tenait une place centrale. Pour soulager la pression de la population agricole sous-employée, ils

11. Götz Aly et Susanne Heim, *Vordenker der Vernichtung. Auschwitz und die deutschen Pläne für eine neue europäische Ordnung*, Hambourg, Hoffmann und Campe, 1991.

proposaient, particulièrement en Pologne occupée, de transférer une partie de cette population vers les emplois urbains libérés par l'« aryanisation ». On créerait une classe moyenne indigène, tout en rendant l'agriculture plus productive.

Ainsi intégrée conceptuellement dans un projet rationalisateur, la disparition des juifs advint, au bout du compte, sous la forme de l'extermination quand le piétinement de la campagne à l'Est rendit impossible leur départ pour une « réserve » lointaine. Comme leur présence bloquait la restructuration socio-économique de l'« espace vital » et qu'elle offensait les conceptions productivistes des experts dans la mesure où la population juive, dont seule une partie travaillait, coûtait en nourriture plus qu'elle ne rapportait [12], leur massacre apparut comme la solution la plus rationnelle.

Appuyé sur une documentation neuve, l'ouvrage de Aly et de Heim a révélé un milieu et un discours technocratiques dont la recherche n'avait pas reconnu l'importance. Adeptes d'une ingénierie sociale qui traitait la population de l'« espace vital » comme une variable sur laquelle il était permis d'intervenir souverainement, en transplantant, en stérilisant, en exterminant, ces experts formaient le pendant des biologistes et des médecins dont le rôle dans d'autres pratiques criminelles du régime nazi, notamment la stérilisation et l'« euthanasie », a déjà été souligné [13]. Aly et Heim font valoir d'ailleurs, à juste titre, que, de l'« euthanasie » au génocide, il n'y eut pas seulement continuité du personnel et de méthodes comme le gazage, mais encore continuité d'un discours sur les « bouches inutiles ». En se livrant à l'archéologie de ce discours, ils ont fait rebondir le

12. Selon Aly et Heim, il était moins cher et plus rationnel d'envoyer en aller simple les juifs dans les camps d'extermination que d'organiser les innombrables transports destinés à les nourrir indéfiniment dans les ghettos (p. 296-297). En cherchant à donner une base utilitaire au génocide, ces historiens se rapprochent de l'historiographie communiste expliquant l'extermination par la volonté des nazis de s'emparer des biens des juifs, l'or dentaire compris.

13. Cf. Michael Burleigh, *op. cit.*, et Henry Friedländer, *op. cit.*

débat sur l'inquiétante modernité du nazisme et offert une éclatante illustration de la thèse de Hannah Arendt, selon laquelle « le mal radical » était le fruit d'un système où les hommes étaient devenus « superflus [14] ».

Pour autant, un lien de cause à effet avec le génocide est loin d'avoir été établi. Bien que nos deux auteurs ne méconnaissent pas la réalité de l'antisémitisme nazi, leur démarche aboutit à minimiser son importance et à méconnaître sa dynamique autonome au sein du racisme nazi. S'ils montrent que la disparition des juifs fut intégrée dans un discours de restructuration sociale, ce qui dut rendre plus acceptable le choix de l'extermination, au moins pour ces experts, ils ne démontrent pas que ce discours portait nécessairement à un tel choix et encore moins qu'il ait inspiré les décideurs plus haut dans l'appareil nazi. Le discours productiviste servit à rationaliser la décision de tuer en premier lieu les juifs incapables de travailler. Il ne rend pas raison de l'extermination des juifs capables de travailler au beau milieu d'une pénurie croissante de main-d'œuvre.

Dans un ouvrage ultérieur, Götz Aly a cherché à établir, en se tenant cette fois au plus près des décideurs, la chronologie du génocide, et il a souligné les multiples liens qui le rattachaient aux transferts de populations non juives opérées ou planifiés par les nazis entre 1939 et 1941 [15]. Reprenant l'hypothèse formulée par Martin Broszat du rôle catalyseur du prolongement inattendu de la guerre à l'Est qui rendit impossible de déporter la population juive dans les profondeurs de l'URSS, Aly interprète le génocide comme le résultat de l'interaction d'une politique raciste plus qu'antisémite et de circonstances incontrôlables. Ici encore la question de ce qui valut aux juifs, et pratiquement à eux seuls, une mort de masse totale ne reçoit pas de réponse convaincante.

---

14. Hannah Arendt, *Les Origines du totalitarisme. Le système totalitaire*, Paris, Seuil, 1972, p. 201. Sur la discussion autour de la modernité du nazisme, cf. Norbert Frei, « Wie modern war der Nationalsozialismus ? », *Geschichte und Gesellschaft*, n° 3, 1993, p. 367-387.

15. *« Endlösung », op. cit.*

La seconde direction prise par les historiens met en relation l'accélération brutale de la tuerie après juin 1941 et le passage à l'extermination totale avec l'évolution de la situation militaire et stratégique. Certains historiens établissent un rapport direct avec le déroulement tôt difficultueux de la campagne en Union soviétique. Comme cette guerre avait été conçue comme une croisade visant à la fois à conquérir l'« espace vital » et à anéantir le « judéo-bolchevisme », son prolongement aurait conduit les nazis à se retourner furieusement contre le responsable juif[16].

D'autres historiens relient le génocide à l'élargissement du conflit aux États-Unis en décembre 1941[17]. Une interprétation qui a l'avantage d'ajouter à la précédente un élément important, à savoir le passage à la guerre totale. Mais qui, dans sa version la plus élaborée, celle de Christian Gerlach[18], laisse bien des questions ouvertes. D'abord, le lien entre la déclaration de guerre de Hitler aux États-Unis le 11 décembre et la directive de massacre général que le chef nazi aurait donnée le lendemain, ce lien comporte, dans son caractère de cause à effet, une automaticité qu'il est difficile d'expliquer, sauf à fournir une analyse plus fouillée des motifs de Hitler, qui sont traités rapidement, et surtout qui paraît peu compréhensible dans la mesure où les dirigeants nazis jugeaient déjà depuis plusieurs mois de plus en plus probable une entrée des États-Unis dans la

---

16. Cf. Arno Mayer, *La « Solution finale » dans l'histoire*, Paris, La Découverte, 1990.

17. L.J. Hartog, *Der Befehl zum Judenmord. Hitler, Amerika und die Juden*, Bodenheim, Syndikat Buchgesellschaft, 1997 (1re éd. hollandaise 1994) ; Peter Witte, « Zwei Entscheidungen in der "Endlösung der Judenfrage" », *Theresienstädter Studien und Dokumente*, 1995, p. 38-68.

18. Christian Gerlach, « Die Wannsee-Konferenz, das Schicksal der deutschen Juden und Hitlers politische Entscheidung, alle Juden Europas zu ermorden », *Werkstattgeschichte*, n° 18, 1997, p. 7-44 (trad. fr. *Sur la conférence de Wannsee*, Paris, Liana Levi, 1999). Cf. également Tobias Jersak, « Die Interaktion von Kriegsverlauf und Judenvernichtung. Ein Blick auf Hitlers Strategie im Spätsommer 1941 », *Historische Zeitschrift*, avril 1999, p. 311-374.

guerre. Ensuite, pour étayer le rôle décisif de cette déclaration de guerre, il faut démontrer que l'agenda de la conférence de Wannsee, qui avait été convoquée par Heydrich dès le 29 novembre pour le 9 décembre, avant d'être reportée au mois de janvier, fut sérieusement, sinon complètement révisé. Or rien n'établit que l'agenda initial portait seulement sur un objet limité, telle la définition des juifs allemands à déporter, plutôt que sur l'extermination des juifs d'Europe.

Enfin, il paraît difficile de situer en décembre 1941 le tournant décisif alors que la population juive d'URSS était massacrée depuis plusieurs mois et que des préparatifs pour tuer au moins une partie des juifs polonais étaient en cours depuis plusieurs semaines. Pour le faire, il faut postuler que ces mesures antérieures furent prises indépendamment les unes des autres, souvent sous la pression d'autorités régionales, qu'elles furent, en somme, un ensemble de mesures disparates que Hitler aurait systématisées en décembre 1941. On peut estimer, de manière plus plausible, qu'il avait, quelque temps auparavant, sinon donné une directive globale, du moins aiguillé l'action de ses lieutenants dans la direction fatale. L'aiguillage mis en place, la formation du convoi se fit à la manière du régime nazi, à coups d'initiatives individuelles, d'impulsions expérimentales et de recherche sporadique d'une coordination.

D'autres historiens, enfin, prennent en compte ces deux évolutions diplomatico-militaires en soulignant l'importance d'une structure idéologique qui, par l'interprétation qu'elle proposait de ces évolutions, fit passer à l'action[19]. Dans cette perspective, le génocide aurait trouvé sa genèse immédiate dans la rencontre d'une situation diplomatico-stratégique – le piétinement de la campagne à l'Est et la probabilité croissante d'une mondialisation du conflit, l'un et l'autre rendant une victoire finale sinon douteuse, à tout

19. Philippe Burrin, *Hitler et les Juifs. Genèse d'un génocide*, Paris, Seuil, 1989.

le moins coûteuse pour le Reich – et d'une obsession antisémite qui préparait à interpréter la guerre comme un affrontement à mort entre le nazisme et la « juiverie » mondiale à l'œuvre, simultanément, à Londres, à Moscou et à Washington. Face à une guerre qui coûtait de plus en plus de sang allemand, les juifs que les nazis se représentaient non seulement comme les responsables de ce conflit en voie de mondialisation, mais encore comme ses éventuels bénéficiaires en cas de défaite de l'Allemagne, auraient mérité une extermination urgente et sans rémission, à la différence de toute autre population.

Où qu'aille la préférence de chacun, les historiens se rejoignent dans l'idée que le régime nazi a cherché, dans une certaine mesure, sa voie et qu'il n'est pas allé par une sorte d'automatisme idéologique ou bureaucratique en droite ligne vers le génocide. C'est ce que montre d'ailleurs l'évolution des modalités de la tuerie. Dans un premier temps, les bourreaux se déplacèrent pour fusiller leurs victimes, et ils continuèrent à le faire à un rythme décroissant pendant les années suivantes en Pologne et en Union soviétique : au total, plus de 1 300 000 juifs furent ainsi assassinés. Puis ils mirent au point des installations de gazage où les victimes étaient transportées de toute l'Europe, des installations qui firent environ 3 millions de morts. A quoi il faut ajouter plus de 800 000 décès en raison des conditions de vie dans les ghettos [20].

Le régime chercha sa voie, mais il n'eut à la chercher ni beaucoup ni longtemps. L'obsession qui tenaillait ses dirigeants de faire disparaître le danger juif, non seulement de l'Allemagne, mais de l'Europe entière, voire de la planète, incluait l'extermination dès le départ comme l'une des méthodes qui permettraient de réaliser cette obsession, et probablement même comme la méthode la plus satisfaisante pour l'imaginaire apocalyptique qui la sous-tendait.

---

20. Hilberg, *op. cit.*

10

Les Allemands et le génocide

L'interrogation sur l'attitude des Européens au temps de l'extermination des juifs n'a cessé de gagner en ampleur et en importance depuis les années 1980. L'attention du public et les travaux des historiens se concentrèrent d'abord sur les responsables directs, les décideurs et les exécutants nazis. Puis vint l'heure d'examiner le comportement des États et des populations des pays occupés, ainsi du régime de Vichy et de la population française. Puis ce fut le tour des Alliés, en premier lieu les Anglais et les Américains, dont on critiqua le peu d'empressement qu'ils mirent à accueillir des réfugiés juifs avant la guerre et les atermoiements qu'ils montrèrent dans la dénonciation du génocide pendant le drame. Enfin, les neutres se retrouvèrent sur la sellette, en particulier la Suisse en raison des rapports économiques étroits qu'elle entretint avec l'Allemagne nazie et de la fermeture de ses frontières aux persécutés. Le sentiment s'est imposé que chacun eut un rôle et une responsabilité, et que la passivité, même désapprobatrice, facilita la tâche des nazis. Bourreaux, complices et témoins, tous sont aujourd'hui vus, indissociablement, comme les acteurs de la tragédie[1].

L'attitude des Allemands, de la population allemande dans son ensemble, n'en reste pas moins un sujet d'un intérêt tout particulier, et l'écho rencontré par l'ouvrage de

1. Cf. Raul Hilberg, *Exécuteurs, Victimes, Témoins. La catastrophe juive, 1933-1945*, Paris, Gallimard, 1994.

Daniel Goldhagen, *Les Bourreaux volontaires de Hitler*, l'a bien montré[2]. Goldhagen peint avec une rare force la violence des tueurs nazis en se concentrant non pas sur la face la plus connue du génocide, celle du gazage industriel et de la mort par étouffement de 3 millions de juifs, mais sur sa face sanglante, celle qui valut à plus de 1,5 million de juifs de périr par balle en Pologne et en URSS, et à des dizaines de milliers d'autres, au bas mot, de succomber en conséquence des sévices qui leur furent infligés dans les camps de travail ou lors des « marches de la mort » à la veille de la libération. Ici, des dizaines de milliers de tueurs, au minimum, se trouvèrent face à leurs victimes, hommes, femmes ou enfants, dont ils faisaient éclater la tête et gicler le sang, à longueur de journée.

Goldhagen cheville à l'étude de cette face sanglante du génocide une double thèse qui a suscité de la part des historiens un barrage de critiques[3]. La première est que ces tueurs étaient animés par un zèle féroce que seul pouvait dicter un antisémitisme profond. Il écarte ainsi la palette de motifs suggérée par l'historien Christopher Browning[4], pour qui l'antisémitisme était une condition nécessaire, mais non suffisante de l'assassinat de masse. D'autres facteurs, comme la pression du groupe et le contexte de la guerre, contribuèrent à faire d'« hommes ordinaires » des

---

2. Daniel Goldhagen, *Les Bourreaux volontaires de Hitler. Les Allemands ordinaires et l'Holocauste*, Paris, Seuil, 1997.

3. Pour l'accueil en Allemagne, cf. Julius H. Schoeps (éd.), *Ein Volk von Mördern ? Die Dokumentation zur Goldhagen-Kontroverse um die Rolle der Deutschen im Holocaust*, Hambourg, Verlag Hoffmann und Campe, 1996. Pour la France, cf. les dossiers dans *Le Débat* (janv.-février 1997), *L'Histoire* (janvier 1997), *Documents* et *Les Temps modernes* (févr.-mars 1997) ainsi que l'essai d'Edouard Husson, *Une culpabilité ordinaire ? Hitler, les Allemands et la Shoah*, Paris, François-Xavier de Guibert, 1997.

4. Christopher Browning, *Ordinary Men. Reserve Police Bataillon 101 and the Final Solution in Poland*, New York, HarperCollins, 1992 (trad. fr. *Des hommes ordinaires : le 101ᵉ bataillon de réserve de la police allemande et la Solution finale en Pologne*, Paris, Les Belles Lettres, 1994).

bourreaux. En insistant, au contraire, sur ce qui prédestinait les Allemands à assassiner les juifs, Goldhagen fait peu de cas du contexte qui libéra ces hommes des inhibitions de la vie ordinaire et de l'emprise d'un cadre institutionnel qui les orienta vers le crime de masse.

De plus, en se concentrant sur les tueurs allemands et en assignant à leur comportement une seule source, la culture nationale allemande, il laisse dans l'ombre le rôle joué par de très nombreux auxiliaires, des participants aux pogroms de Roumanie aux hommes de main baltes ou ukrainiens que les nazis employèrent pour exécuter leurs victimes ou garder les camps. Et de même, en détachant la persécution des juifs de l'éventail de la violence nazie, il néglige le fait que ces mêmes soldats et policiers allemands liquidèrent avec non moins de férocité de très nombreux civils non juifs en Europe orientale. Ainsi, en Biélorussie, ils tuèrent par balle, outre 500 000 à 550 000 juifs, un nombre presque aussi important de non-juifs – hommes, femmes et enfants –, les uns suspectés d'aider les partisans, les autres sur la base de motifs politiques ou raciaux [5].

La seconde thèse de Goldhagen est que ces tueurs agissaient avec le soutien de leurs compatriotes : tout Allemand aurait fait comme eux si l'occasion lui en avait été donnée. Ce soutien, il l'explique par la présence d'un antisémitisme virulent qui aurait élevé, dès le XIXe siècle, l'élimination des juifs en « projet national ». Cette thèse, comme la première, a suscité la critique des spécialistes. Elle rappelle l'analyse d'Émile Durkheim pendant la Première Guerre mondiale quand il faisait des violations du droit de la guerre commis par les soldats de l'Allemagne impériale le produit d'une « mentalité » nationale qui avait pour ainsi dire programmé leur comportement [6]. Du moins se dispensait-il d'affirmer,

---

5. Christian Gerlach, *Kalkulierte Morde. Die deutsche Wirtschafts- und Vernichtungspolitik in Weissrussland 1941 bis 1944*, Hambourg, Hamburger Edition, 1999, p. 1158.

6. Émile Durkheim, *« L'Allemagne au-dessus de tout » : la mentalité allemande et la guerre*, Paris, Colin, 1915 (rééd., 1991).

comme Goldhagen le fait avec quelque inconséquence, que des soldats ainsi programmés étaient également des tueurs « volontaires ».

Assurément, les Allemands furent le peuple des bourreaux. Mais les Allemands, un peuple de bourreaux ? La réponse des spécialistes est bien plus nuancée, même si elle manque de précision. La documentation utile à l'étude de l'opinion allemande sous le nazisme – rapports de la police, des multiples organes du parti et de l'État, journaux intimes – est abondante, mais la persécution des juifs n'y tient qu'une place très limitée, en particulier pendant les années de guerrre [7]. Du coup, il est difficile d'aller au-delà de la reconstruction de tendances, et il faut renoncer à connaître plus finement les opinions en fonction des régions, des confessions et des milieux sociaux.

Rappelons, d'abord, qu'avant l'éclatement de la guerre l'antisémitisme imprégnait la société allemande [8]. La défiance envers les juifs nourrie par le christianisme s'amalgamait aux préjugés propagés par l'antisémitisme moderne, tandis que le régime y ajoutait le poison de son idéologie raciste, influençant particulièrement les nouvelles générations. Une petite minorité d'Allemands, venant de la bourgeoisie libérale, des milieux catholiques et de la gauche, compatissait au sort des juifs. Une autre minorité, bien plus substantielle et surtout agissante, composée des antisémites convaincus, nombreux parmi les membres de la Hitlerjugend et de la SA, ne manquait aucune occasion de faire le coup de poing, d'exprimer leur haine et de réclamer de nouvelles mesures de persécution. La majorité des Allemands, cependant, ne se laissaient pas mobiliser et gardaient leurs distances. Mais tout montre qu'ils acceptaient la politique de discrimination, d'exclusion et d'émigration du régime, surtout quand il la

7. Cf. Marlise Steinert, *Hitlers Krieg und die Deutschen. Stimmung und Haltung der deutschen Bevölkerung im Zweiten Weltkrieg*, Düsseldorf, Econ-Verlag, 1970.

8. Cf. Saul Friedländer, *L'Allemagne nazie et les Juifs. 1. Les Années de persécution (1933-1939)*, Paris, Seuil, 1997.

parait de formes légales. D'où l'accueil favorable fait aux lois de Nuremberg et, en sens inverse, la désapprobation de la Nuit de cristal, désapprobation motivée avant tout par la violence et les désordres qui la marquèrent.

Après l'éclatement de la guerre, les mêmes tendances se prolongèrent, à deux modifications près. On observe, d'une part, un durcissement d'attitude chez les activistes et, d'autre part, une indifférence croissante chez la plupart des Allemands. Le durcissement qui affectait les premiers accompagnait la montée de la violence dans la politique antisémite du régime. Il lui permit de trouver les bourreaux dont il allait avoir besoin. Un raidissement similaire affectait dans le Reich les militants du parti nazi qui trouvaient dans la situation de guerre, dans les bombardements alliés en particulier, de nouveaux motifs de haine envers les juifs.

Au même moment, l'indifférence de la majorité des Allemands s'accentuait, ainsi que le constataient avec dépit les organes du régime. La propagande redoublait pourtant d'intensité dans la dénonciation du danger juif. Mais le gros de la population se montrait peu réceptif et, en tout cas, s'abstenait de prendre position, sauf en de rares occasions, ainsi lorsque le port de l'étoile jaune devint obligatoire et que débuta la déportation des juifs allemands en automne 1941. On vit alors se manifester, comme en novembre 1938, à côté de signes d'approbation, des marques de désaccord et de compassion, mais qui ne portaient pas à une opposition de principe et s'évanouirent donc rapidement.

Cette indifférence est frappante à un double titre. D'une part, elle coïncidait avec le moment où la persécution entrait dans sa phase la plus meurtrière, ce qui ne pouvait rester totalement secret. Des informations et, surtout, des rumeurs se mirent à circuler en assez grand nombre, un peu partout. De nombreux soldats assistèrent sur le front de l'Est à des fusillades de juifs, et les échos en parvinrent en Allemagne dès l'été 1941. Puis des bruits, vagues il est vrai et où entraient toutes sortes de déformations, coururent sur les gazages, surtout à partir de 1943, en partie sous l'influence des radios alliées. Les simples Allemands capables de prendre une vue d'ensemble sur le génocide furent évidemment peu nombreux. Mais beaucoup pouvaient obtenir des éléments d'information suffisants pour faire comprendre que les juifs vivaient une tragédie exceptionnelle aux mains d'un régime dont ils savaient la dureté. La vie épouvantable des détenus dans les camps de concentration, devenus si visibles avec leurs milliers de commandos extérieurs, le traitement indigne des travailleurs étrangers dispersés dans le Reich, la répression impitoyable des résistances dans les pays occupés, tout cela était du domaine public.

D'autre part, cette indifférence ne signifiait nullement que les préjugés antisémites reculaient ou diminuaient. La période de la guerre vit culminer une xénophobie et un racisme populaire qu'excitait la présence massive d'étrangers : en 1944, plus de 7 millions de prisonniers de guerre et des travailleurs forcés peinaient à la tâche dans le Reich. Et l'antisémitisme continuait d'orienter la vision de la majorité des Allemands. De multiples indices le documentent, qu'il s'agisse de demandes de fidèles pour écarter des offices les juifs convertis, de propositions de la résistance conservatrice en faveur d'un statut des juifs dans l'Allemagne de l'après-guerre [9] ou du pourcentage élevé d'opinions antisémites chez les prisonniers de guerre allemands aux mains des Alliés.

Comment expliquer cette situation paradoxale d'un peuple antisémite qui n'accordait qu'une attention restreinte au sort des juifs, alors même que ceux-ci étaient précipités au fond de l'abîme ? Deux interprétations sont ici possibles. Selon la première, les Allemands étaient indifférents parce que les juifs occupaient une place marginale sur leur horizon [10]. Ceux-ci ne formaient désormais qu'une petite popu-

---

9. Christoph Dipper, « Der Widerstand und die Juden », dans Jürgen Schmädeke et Peter Steinbach (éd.), *Der Widerstand gegen den Nationalsozialismus*, Munich, Piper, 598-616.

10. Cette interprétation a notamment été défendue par Ian Kershaw, *Popular Opinion and Political Dissent in the Third Reich. Bavaria,*

lation dans le Reich. Concentrés dans les grandes villes – la moitié d'entre eux résidaient à Berlin –, ils avaient été transformés par le régime en parias, avant même d'être déportés. Et les Allemands avaient leurs propres épreuves qui émoussaient leur attention pour autrui et les fermaient aux rumeurs d'atrocités. Isolés et dépersonnalisés, les juifs n'éveillaient plus, en dépit de la propagande officielle, l'attention d'une population qui se voyait confrontée à des défis vitaux.

La seconde interprétation dégage sous l'indifférence de surface un conflit d'attitudes[11]. La distance est analysée ici comme un choix qui permettait d'éviter l'implication personnelle dans une tragédie dont la gravité était perçue, mais qui plaçait dans une situation inconfortable. Gravité perçue, comme le montre la croyance répandue que les bombardements alliés constituaient des représailles pour les sévices infligés aux juifs. Mais situation inconfortable, car Hitler restait populaire, à la différence d'un parti nazi largement discrédité : il incarnait l'Allemagne, comme l'attesta la réaction de la population à la nouvelle de l'attentat qui le visa en juillet 1944. Les Allemands prenaient leurs distances d'avec une politique exterminatrice qui les choquait et suscitait des inquiétudes sur l'avenir de leur pays. Mais la désapprouver, ou pis la condamner, eût impliqué une tension ou une rupture avec un régime auquel ils restaient liés et dont ils avaient accepté la politique antisémite des débuts. Ainsi s'expliquerait leur attitude plus tard : les Allemands refoulèrent après la guerre ce qu'ils avaient déjà refoulé pendant la guerre.

1933-1945, Oxford, Clarendon Press, 1983, ch. 6 et 9 (trad. fr. *L'Opinion allemande sous le nazisme. Bavière, 1933-1945*, Paris, CNRS, 1995). Ian Kershaw a revu partiellement sa position dans « German Popular Opinion and the "Jewish Question", 1939-1943 : Some Further Reflections », dans Arnold Paucker (éd.), *Die Juden im nationalsozialistischen Deutschland, 1933-1943*, Tübingen, J.C.B. Mohr, 1986, p. 365-385.

11. Cf. David Bankier, *The Germans and the Final Solution. Public Opinion under Nazism*, Oxford, Blackwell, 1992.

Entre ces deux interprétations, il est malaisé de choisir avec quelque sûreté de jugement. Elles apparaissent d'ailleurs plus complémentaires qu'antagonistes. Que le sort des juifs ait été marginal sur l'horizon des Allemands ou qu'il ait été marginalisé par eux, consciemment ou inconsciemment, ne change rien à la réalité de leur passivité et à l'indifférence morale qui la soutenait. Cette passivité prend d'autant plus de relief qu'au même moment l'opinion allemande savait adresser aux dirigeants des signes de désaccord sans équivoque. Ainsi à propos de l'extermination des malades mentaux : une émotion populaire qui grandissait et la prise de position de membres du haut clergé finirent par inquiéter Hitler qui décida de suspendre l'opération. Aurait-il fait preuve de la même souplesse si ses concitoyens, individus et Églises, avaient marqué la même émotion en faveur des juifs ? On peut en douter. Le fait est qu'il n'eut pas à se poser la question et que les juifs allemands embarquèrent pour Auschwitz abandonnés, même en pensée, par leurs compatriotes.

La France à l'épreuve

11

Poings levés et bras tendus

Dans les années 1930, tandis que la tache des dictatures grossissait sur la carte de l'Europe, les démocraties se trouvèrent prises dans le feu croisé des idéologies qui, de Berlin, Rome et Moscou, se disputaient un magistère d'influence. Leur vie politique s'en trouva animée, divisée, polarisée, et nulle part peut-être autant qu'en France. De cette mobilisation témoignent la vague d'engagement qui emporta les intellectuels et la brusque augmentation des effectifs militants, en particulier aux deux bords de l'éventail politique, mais aussi l'effervescence rituelle et symbolique qui marqua alors le paysage français.

Le défi du fascisme fut pour beaucoup dans cette effervescence, et rien ne l'illustre mieux que la réaction imitative de ses adversaires les plus résolus. Ainsi du Front populaire [1] dont le développement à partir de 1934 et la victoire en 1936 s'accompagnèrent d'un recours sans précédent à des liturgies politiques. Avant de montrer en quoi l'Allemagne de Weimar servit de source d'inspiration, il n'est pas inutile de situer le mouvement marxiste dans son attitude envers le symbolisme politique et de rappeler la position de cet ennemi fasciste qui le défiait.

---

1. Cf. Jacques Kergoat, *La France du Front populaire*, Paris, La Découverte, 1986 ; Serge Wolikow, *Le Front populaire en France*, Bruxelles, Complexe, 1996.

Transparence marxiste et scénographie fasciste.

Fils du rationalisme des Lumières, le marxisme se méfiait des rituels et des symboles politiques. Marx eut en horreur les tentatives faites par certains révolutionnaires français et par certains socialistes utopistes de fonder une religion nouvelle. De la même façon, il rejeta l'univers des fraternités ouvrières, avec leurs cérémonies d'initiation, leur décorum et leurs serments, toutes choses où il voyait « l'autoritarisme de la tradition [2] ». De même, enfin, il dénonça les hommes de la Révolution française pour s'être costumés à l'antique. Les bourgeois français s'étaient donné ainsi « les illusions dont ils avaient besoin pour se dissimuler à eux-mêmes le contenu limité, bourgeois, de leurs luttes et pour élever leur enthousiasme au niveau de la grande tragédie historique ». Cette « résurrection des morts » opérée par les hommes de 1789, il ne la condamnait pas entièrement dans la mesure où elle avait servi à « exagérer dans l'imagination la tâche à accomplir, non à fuir sa solution dans la réalité », à la différence de ce qui s'était produit dans la révolution de 1848 qui n'avait fait que rejouer sur le mode de la farce la tragédie de sa devancière. Dans tous les cas, avait-il conclu, la révolution sociale devait tirer sa poésie non pas du passé, mais de l'avenir [3].

Dans sa conception, la classe ouvrière accomplirait sa tâche historique sans avoir à recourir à une idéologie, au sens d'un voile mystificateur. Porteuse d'intérêts de classe, elle était aussi porteuse du salut universel, de sorte que son émancipation achèverait, du même mouvement, celle de l'humanité. Ce rationalisme profond ne dispensa pas le mouvement ouvrier d'inspiration marxiste d'adopter, lui aussi, une symbolique. Le drapeau rouge et *L'Internatio-*

---

2. Cité par Eric J. Hobsbawm, *Les Primitifs de la révolte dans l'Europe moderne*, Paris, Fayard, 1966, p. 189.
3. Karl Marx, *Le Dix-Huit brumaire de Louis Bonaparte*, Paris, Messidor, Éditions sociales, 1984, p. 71-72.

nale, la célébration du 1er mai et la commémoration des morts, l'apprêt des congrès sous la forme d'un culte laïcisé (les bustes des grands hommes que l'on met à la place d'honneur et que viennent fleurir ou enrubanner des enfants ou des jeunes filles)[4], tout cela montre que le mouvement marxiste ne put se soustraire à un tropisme de la vie sociale. La place de la symbolique demeura, toutefois, dans des bornes étroites en comparaison des blanquistes, par exemple, qui devinrent les grands prêtres d'un culte de la commémoration révolutionnaire[5]. La priorité resta à « l'analyse » et à la « théorie », et la symbolique elle-même, par son contenu, demeura chevillée au but d'émancipation. Les cortèges du 1er mai, avec leurs foules familiales, faisaient voir une force collective qui revendiquait ses droits en décidant la reconquête, pour un jour, de son temps et en prenant possession de l'espace public. Ils exprimaient l'aspiration à se libérer des contraintes d'un système d'exploitation, le refus de l'enrégimentement et de la rigidité des comportements.

L'héritage rationaliste du marxisme fut recueilli par le bolchevisme, mais il se trouva affaibli par l'innovation introduite par Lénine. Avec la conception d'un parti d'avant-garde dont la mission était de conduire à la révolution des masses qui étaient, par leur niveau de conscience, incapables de dépasser le « trade-unionisme », réapparaissait la conception blanquiste d'une élite éduquant le peuple (pour Blanqui, « le peuple aura besoin pendant quelque temps d'un pouvoir révolutionnaire pour le mettre à même d'exer-

4. Ainsi, au congrès SFIO de Toulouse en mai 1934, un groupe de Faucons rouges (l'organisation socialistes des enfants) entra en chantant et alla jeter des brassées de coquelicots sur le buste de Jaurès (SFIO, *XXXIe congrès national*, Toulouse, 20-23 mai 1934, compte rendu sténographique, Paris, Librairie populaire, 1934, p. 9). Sur le 1er mai et le drapeau rouge, cf. Maurice Dommanget, *Histoire du premier mai*, Paris, Société universitaire d'éditions et de librairie, 1953, et *Histoire du drapeau rouge, des origines à la guerre de 1939*, Paris, Éd. Librairie de l'étoile, 1966.

5. Patrick H. Hutton, *The Cult of the Revolutionary Tradition. The Blanquists in French Politics, 1864-1893*, Berkeley, University of California Press, 1981.

cer ses droits[6] »). Tandis que les socialistes continuaient de concevoir leur tâche comme un travail d'éducation patiente de la conscience ouvrière et de développement d'une force disciplinée, les bolcheviques se fixaient pour objectif de mobiliser le monde ouvrier derrière une avant-garde qui aurait l'initiative et la conduite de la révolution. Jointe à une intensité révolutionnaire dont le socialisme ne montrait plus la pareille, cette conception engageait à un emploi plus large du symbolisme. La Révolution russe développant tout un appareil symbolique, en reprenant quelques-unes des pratiques de la Révolution française (serments collectifs, fêtes, commémorations) et en y ajoutant le culte de Lénine, les communistes en reçurent une incitation, sans précédent dans le mouvement international d'avant 1914, à se servir du pouvoir attractif des symboles.

Dans la période 1934-1936, on vit se marquer cette différence dans le recours des deux partis ouvriers à la dimension symbolique. Mais on ne saisirait pas le sens de ce recours si l'on ne soulignait pas, d'abord, à quel point il fut stimulé par le caractère de cet ennemi fasciste dont la menace leur apparaissait si vivement. Le fascisme avait, vis-à-vis du symbolisme, une attitude à l'opposé de celle des marxistes et en accord complet avec ses fondements irrationalistes. Nul autre mouvement politique ne fit plus que lui usage des rituels et des symboles. Drapeaux, saluts, uniformes, cris et chants, parades et défilés, les torches dans la nuit et les cathédrales de lumière de Nuremberg, les mers de drapeaux accompagnant la marche cadencée des unités du parti : une inépuisable scénographie poussait l'individu à s'abandonner à l'ivresse des sentiments et à se livrer à la volonté du parti et de son chef.

Visant la formation d'une communauté inégalitaire, dirigée par un chef absolu et encadrée par la nouvelle élite que constituait le parti, le fascisme entendait assurer au nouvel

6. Cité dans *Histoire générale du socialisme*, sous la direction de Jacques Droz, Paris, PUF, 1972, tome 1, p. 397.

ordre l'adhésion aveugle et exclusive de tous les membres de la nation. C'est à quoi devait concourir leur immersion répétée dans un bain de rituels et de symboles destiné à imprégner leur imagination et à modeler leur comportement. A cela, tout fut bon, le fascisme faisant preuve d'une remarquable audace dans le détournement de toutes sortes de traditions : traditions religieuses, comme on peut le voir dans le culte rendu aux morts du parti, mais aussi traditions appartenant au mouvement ouvrier, à commencer par la récupération du 1er mai[7]. Par son succès, cette liturgisation du politique, qui accompagnait un activisme militarisé, représentait pour les partis ouvriers un redoutable danger, et ils cherchèrent à y parer en retournant contre leur adversaire certaines de ses armes. Cette adaptation se fit en premier lieu dans l'Allemagne de Weimar.

L'attirail paramilitaire de Weimar.

La République de Weimar était née d'une défaite militaire, ce que ne lui pardonna pas une droite nationaliste imprégnée des traditions autoritaires de l'Empire, et encore moins la nouvelle droite représentée par le parti nazi. L'agitation des corps francs, une succession de complots et de tentatives de coups d'État marquèrent dès le départ la vie de la jeune République au sceau de la « politique paramilitaire[8] ». Les groupements de droite affirmaient dans leurs organisations militarisées la continuité avec l'Empire et avec une guerre qu'ils refusaient de tenir pour perdue. Les nazis allaient plus loin encore et ne concevaient plus pour

7. Hitler rappela avec chaleur dans *Mein Kampf* les fréquentations religieuses de son enfance, qui lui donnèrent l'occasion de « s'enivrer de la pompe magnifique des fêtes religieuses » (Paris, Sorlot, 1934, p. 19). Sur la symbolique nazie, cf. Hans-Jochen Gamm, *Der braune Kult. Das Dritte Reich und seine Ersatzreligion. Ein Beitrag zur politischen Bildung*, Hambourg, Rütten und Loening Verlag, 1962.

8. James D. Diehl, *Paramilitary Politics in Weimar Germany*, Bloomington, Indiana University Press, 1977.

leurs compatriotes d'autre modèle que celui d'une troupe de fanatiques aux ordres d'un chef absolu. Confrontés à cette nouvelle pratique politique, avec les risques de prise de pouvoir qu'elle impliquait et les affrontements qu'elle comportait, les partis de gauche réagirent en s'alignant sur leurs adversaires. Du même coup, ils généralisèrent un style politique qui marqua de façon éminente le paysage de l'Allemagne dans ces années.

Les partis ouvriers commencèrent par organiser des groupements d'autodéfense. Mais ils ne s'en contentèrent pas et, en 1924, ils créèrent des organisations proprement paramilitaires. La première en date fut la *Reichsbanner Schwarz-Rot-Gold*. Mise sur pied conjointement par le SPD (Parti social-démocrate), le Parti du Centre (catholique) et le DDP (Parti démocratique allemand), cette ligue de défense de la République fut, dans les faits, une organisation sociale-démocrate [9]. Militairement organisée, elle défilait en uniforme et tenait de vastes rassemblements avec fanfares et drapeaux. Elle séduisit les militants sociaux-démocrates puisqu'elle put bientôt revendiquer 3,5 millions de membres et qu'elle disposait probablement d'un million de membres actifs [10].

Alerté par ce succès, le Parti communiste allemand (KPD) fonda la même année le *Rote Frontkämpferbund* (RFB), une organisation elle aussi formellement indépendante, mais sur laquelle le Parti exerçait un contrôle étroit. En tout cas, les communistes dépassèrent largement les socialistes en matière d'équipement symbolique. A l'uniforme et aux ingrédients de la parade militaire, ils ajoutèrent un serment prêté au drapeau, un cri – *Rot Front !* – et un salut promis à un grand avenir, le poing levé à la hauteur de la tête, qu'un dessin de John Heartfield transforma en emblème de l'organisation [11].

---

9. Karl Rohe, *Das Reichsbanner Schwarz Rot Gold*, Düsseldorf, Droste, 1966.

10. Diehl, *op. cit.*, p. 295.

11. Kurt G.P. Schuster, *Der Rote Fronskämpferbund 1924-1929. Beiträge zur Geschichte und Organisationsstruktur eines politischen Kampfbundes*, Düsseldorf, Droste, 1975, p. 41, 1.

Ce geste faisait pendant au salut fasciste que Hitler avait repris de l'exemple italien. Il lui donnait la réplique, exprimant résolution et combativité.

A cette activation rituelle et symbolique faisait escorte un militantisme résolu où s'affirmait ce qu'un historien a appelé un véritable « ethos militaire[12] ». Peu entravés par le pacifisme et l'humanitarisme qui imprégnaient la mentalité des socialistes, les communistes concevaient d'ailleurs le RFB, dont les effectifs approchaient les 100 000 hommes, comme le noyau de la future armée rouge allemande. Sa valeur combative apparut avec éclat lorsque, après le passage de la IIIe Internationale à la ligne « classe contre classe » en 1927-1928, il fut engagé dans des confrontations avec la police. Interdit après les heurts du « mai sanglant » de 1929, qui fit plus de 30 morts, il continua son activité illégalement.

Le recours plus grand aux rites et symboles trouvait un répondant dans l'emploi d'une propagande agressive et démagogique qui cherchait à jouer sur les émotions des masses. Tandis que le SPD faisait appel à la raison, aux sentiments de justice et de dignité, et dirigeait ses attaques contre des groupes d'hommes anonymes, le KPD s'en prenait à des individus nommément désignés qu'il transformait en figures symboliques contre lesquelles il cherchait à concentrer la haine des masses. De façon générale, il tenait un discours fait de brutalité et de simplification outrancière[13]. Cette attitude allait de pair avec l'emploi de formes de propagande inspirées de l'exemple soviétique qui étaient, elles aussi, propres à solliciter les émotions. Ainsi l'agit-prop et, surtout, le cinéma dont Willi Münzenberg s'empressa de tirer parti[14].

---

12. Diehl, *op. cit.*, p. 188.

13. Hildegard Pleyer, *Politische Werbung in der Weimarer Republick*, thèse, Université de Münster, 1959, p. 82 *sq.*

14. Les deux partis ouvriers allemands firent usage du film, aussi bien sous la forme de documentaires que de long métrages, quelque dix ans avant leurs camarades français. Cf. le panorama dans *Weimarer Republik*, Kunstamt Kreuzberg, Berlin, Cologne, Elefanten Press, 1977, p. 438 *sq.*

Trois flèches contre une croix gammée.

Par son abondance et par l'intensité de son emploi, l'équipement rituel et symbolique du RFB s'apparentait à celui de l'extrême droite nationaliste, en particulier des nazis. Son objet était semblablement de produire une identification émotionnelle avec le parti et de fortifier l'engagement des militants dans une lutte radicale contre le système capitaliste tout entier, une lutte qui devait mener à une victoire totale. Outre l'attirail paramilitaire, les éléments qui rapprochaient le plus les deux extrêmes étaient le culte des morts et le serment. Appartenant à une tradition immémoriale, ils étaient les mieux faits pour souder la communauté des cœurs et des esprits. Les socialistes commémoraient également leurs grands morts, mais ils célébraient le souvenir de devanciers, sans chercher en premier lieu à resserrer les rangs en vue d'une mobilisation et d'une action immédiates, comme il en allait pour les communistes et les nazis dont l'activisme, par les victimes qu'il faisait, venait en retour alimenter le culte des morts.

Malgré une inspiration commune, l'appareil symbolique des deux partis extrêmes s'inscrivait, toutefois, au sein de structures de sens complètement autres. A la différence des communistes, les nazis prêtaient serment à un homme, à un chef (tout comme ils lui adressaient leur salut) en signe d'allégeance inconditionnelle. Et leur culte funèbre comportait une célébration de la mort comme valeur suprême qui était absente chez les communistes. Au surplus, tout l'appareil symbolique de ces derniers visait à produire une identification avec la Russie soviétique. Ainsi était-il d'usage de procéder à des échanges de drapeaux entre régiments du RFB et de l'armée rouge soviétique [15].

Si le KPD garda une position en flèche, la social-démocratie fut amenée, à partir de 1930, à accentuer ses efforts

15. Schuster, *op. cit.*, p. 82-83.

d'adaptation symbolique en réponse à la spectaculaire montée du nazisme. En octobre 1931, elle créa, conjointement avec le *Reichsbanner* et la centrale syndicale sociale-démocrate, une nouvelle organisation de défense antifasciste, connue en français sous le nom de Front d'airain *(Eiserne Front)*. A la forme paramilitaire désormais bien assimilée, le Front d'airain ajoutait de nouveaux éléments : un insigne fait de trois flèches parallèles pointées obliquement vers le bas, un salut effectué le bras tendu et le poing fermé (on est proche du salut du RFB), enfin un cri *(Freiheit !)*[16]. Un homme semble avoir joué un rôle majeur dans l'intégration de ces nouveaux éléments, le social-démocrate russe exilé en Allemagne, Serge Tchakhotine, un disciple de Pavlov, qui croyait pouvoir transposer en politique les leçons de son maître. Tchakhotine était convaincu que la social-démocratie ne résisterait victorieusement au nazisme qu'en le concurrençant dans la mobilisation émotionnelle des masses[17]. Ainsi inventa-t-il le signe des trois flèches qui avait pour fonction première de barrer la croix gammée sur les affiches et les murs. La population devait comprendre qu'une force supérieure pouvait anéantir le nazisme et reprendre espoir et courage. L'adoption de ces nouvelles méthodes par le Parti social-démocrate lui-même se heurta aux résistances de la direction du parti qui se borna à reprendre, à l'été 1932, l'insigne des trois flèches.

Même si cette politique rituelle et symbolique eut une ampleur limitée, elle n'en représentait pas moins une nouveauté dans l'histoire du mouvement ouvrier. L'uniformité vestimentaire, le comportement militarisé, le cri scandé accompagnant le geste mécanique, voilà qui était fort éloigné de sa tradition et qui signalait l'effritement d'un univers de valeurs. L'individu y tenait moins de place, inséré qu'il était dans un ordre auquel il devait se plier. La raison

16. Rohe, *op. cit.*, p. 395 *sq.*
17. Serge Tchakhotine, *Le Viol des foules par la propagande politique*, Paris, Gallimard, 1952, p. 265 *sq.*

perdait de son importance dans toute la mesure où venaient au premier plan la chaleur du sentiment et l'instinct de lutte. La politique tendait à dégénérer en participation rituelle à des manifestations de masses où, au milieu de flots de musique et de drapeaux, des hommes en uniforme goûtaient l'ardeur et la puissance de leur rassemblement.

L'importation du poing levé.

La situation en France différait de celle de l'Allemagne de Weimar. Les traditions politiques étaient autres, tout comme les mentalités collectives. La politique paramilaire y fit son apparition, mais elle ne s'implanta pas. Dans la France de Versailles, les esprits n'étaient guère portés à la chose militaire. L'arrivée tardive de la dépression économique, coïncidant avec les difficultés de la majorité de gauche élue en mai 1932 et, surtout, avec l'inquiétude produite par l'arrivée de Hitler au pouvoir, créa pourtant une situation de crise dont le symptôme majeur fut l'agitation des ligues de droite. Les manifestations antigouvernementales culminèrent dans l'émeute du 6 février 1934 qui fit 15 morts et plus d'un millier de blessés. L'événement provoqua, en retour, une mobilisation à gauche qui déboucha sur la grève générale du 12 février. Il détermina le développement d'une polarisation politique qui allait dans un premier temps favoriser la droite nationaliste, en particulier La Rocque et ses Croix-de-Feu, avant de rebondir au bénéfice de la gauche.

Cette période fut placée à gauche sous le signe du danger fasciste. Les historiens ont beau jeu de faire valoir la modestie de ce danger en soulignant que les Croix-de-Feu, la seule force qui comptait, devaient être comparés au *Stahlhelm* bien plus qu'au parti nazi. Mais les contemporains, en particulier les militants des partis ouvriers, n'en jugeaient pas ainsi. Ils avaient sous les yeux les exercices paramilitaires de La Rocque, vivaient dans un climat marqué par des heurts fréquents avec les groupements de l'extrême droite, et, surtout, ils avaient présente à l'esprit la destruction toute fraîche du mouvement ouvrier en Allemagne et en Autriche. Si exagérée qu'elle puisse apparaître aujourd'hui, leur perception seule importe historiquement puisqu'elle orienta leur action et constitua le sens qu'ils donnèrent à la période qu'ils vivaient.

C'est dans ce contexte de mobilisation, et de multiplication concomitante des réunions et des manifestations de rue [18], que le symbolisme politique prit son essor. Le meilleur exemple en est la diffusion fulgurante du poing levé. Le PCF fut le véhicule principal de sa propagation, le communisme allemand sa source d'inspiration. A partir de l'été 1933, *L'Humanité* en fit mention régulièrement dans ses comptes rendus de meetings. Le 20 août 1933, il est question, significativement, de « poing dressé » : le vocabulaire n'était pas encore fixé. L'origine allemande du nouveau geste est attestée dès ses premières apparitions, le poing levé étant accompagné du cri du RFB, *Rot Front !* et employé pour saluer le discours ou la présence de délégués du parti allemand [19]. Ce geste exprimait la solidarité avec le parti frère persécuté et la résolution de poursuivre le combat. Sa réception signifiait que, dans les conditions de 1933, l'expérience allemande commençait à parler aux communistes français. Le phénomène allait s'intensifier dans toute la mesure où la détérioration de la situation politique française parut confirmer la similitude des expériences.

A partir du début de 1934, la diffusion du nouveau geste semble avoir été encouragée par la direction du parti. *L'Humanité* en rapportait avec insistance l'usage dans les réunions dont elle rendait compte, comme si elle entendait le propager. Mais ce sont les événements de février qui allaient en populariser l'emploi. Sa diffusion fut probablement facilitée par le fait que le Parti communiste n'avait pas eu le temps de le

18. Cf. Danielle Tartakowsky, *Les Manifestations de rue en France, 1918-1968*, Paris, Publications de la Sorbonne, 1997.

19. Par exemple, *L'Humanité*, 20 août 1933, p. 2 ; 24 septembre 1933, p. 2.

marquer d'une empreinte exclusive, de sorte qu'il put servir de signe de ralliement aux antifascistes de tous bords et devenir successivement l'emblème de la coalition ouvrière entre juin 1934 et mai 1935, puis celui du Front populaire tout entier, encore que les radicaux, en dehors de l'aile gauche du parti, se soient dérobés à son emploi [20].

Le plus frappant est l'énorme succès qu'il rencontra en dehors des cercles militants. Des cortèges au Mur des fédérés en 1934 et 1935 aux foules qui participèrent aux fêtes de l'été 1936, il se transforma en un rituel de masse comme il n'y en eut pas de pareil dans la France contemporaine. On le trouve alors utilisé dans une large gamme d'emplois, surtout chez les communistes : avec le cri « Front rouge », en accompagnement du chant de *L'Internationale*, en guise de salut adressé aux dirigeants du parti, en geste d'hommage funèbre, enfin lors des prestations de serment. Contre-gestuel du salut fasciste, le poing levé était devenu en France l'expression corporelle de l'antifascisme. Les militants y trouvaient le moyen de figurer leur résolution, leur volonté de combat, leur dévouement au parti, à ses chefs et à ses morts. La masse des sympathisants s'en emparèrent comme d'un moyen simple d'exprimer leurs sentiments d'inquiétude, de colère, de combativité. A tous, par le partage d'un même acte d'engagement public, il faisait éprouver le resserrement des rangs et la chaleur de la communion.

Socialistes enchemisés.

Le poing levé n'était qu'un aspect d'une tendance plus large qui poussait les deux partis marxistes à donner une

---

20. Herriot stigmatisa en octobre 1934 ceux qui, « à la façon des nazis ou des fascistes, inventent pour imiter le geste du bras levé celui du poing tendu, s'arment d'insignes et nous acheminent vers l'époque où l'opinion d'un citoyen se reconnaîtra à la couleur de sa chemise » (cité par Georges et Édouard Bonnefous, *Histoire politique de la Troisième République*, Paris, PUF, 1956-1967, t. 5, p. 283).

importance exceptionnelle à la dimension rituelle et symbolique de leur action. Le Parti socialiste ne se départit pas, cependant, d'une certaine réserve, en dehors de minorités comme les Jeunesses socialistes et de la fraction de gauche menée par Marceau Pivert, qui exerçait une influence importante sur la fédération socialiste de la Seine[21]. Les événements de février jouèrent, ici encore, un rôle moteur en poussant ces éléments avancés à réclamer une adaptation des méthodes de leur parti. Lors du congrès de Toulouse en mai 1934, les dirigeants des Jeunesses socialistes reprochèrent vivement à leurs aînés de n'avoir rien fait pour attirer la jeunesse et la détourner de s'enrôler dans les organisations d'extrême droite. Selon René Dumont, au lieu de tenir aux jeunes un langage de « dévouement » et d'« esprit de sacrifice », les socialistes continuaient de donner « l'impression de discuter autour de vagues motions, autour de virgules[22] ». Pierre Bloch appela à répondre aux besoins d'action de la jeunesse. « Quand nous assistons aux défilés fascistes, est-ce qu'au fond de nous-mêmes, nous n'avons pas une sensation de tristesse ? Quand nous voyons défiler en rangs pressés ces jeunes gens, n'avons-nous pas le cœur serré, en pensant que si notre Parti avait eu un peu plus de dynamisme révolutionnaire, s'était préoccupé un peu plus de cette jeunesse au lieu de transformer nos sections en comités électoraux, cette jeunesse, elle, serait avec nous[23] ? »

Les dirigeants des Jeunesses avaient pris l'iniative de mettre sur pied, peu auparavant, une organisation d'autodéfense, les Jeunes Gardes socialistes (JGS). Le congrès de Toulouse fut l'occasion de faire paraître la nouvelle formation, vêtue de chemises bleues, de cravates rouges et de

21. Cf. Jean-Paul Joubert, *Révolutionnaires de la SFIO : Marceau Pivert et le pivertisme*, Paris, Presses de la Fondation nationale des sciences politiques, 1977.

22. SFIO, *XXXIe congrès national*, Toulouse, 20-23 mai 1934, compte rendu sténographique, Paris, Librairie populaire, 1934, p. 54.

23. *Ibid.*, p. 263.

bérets basques bleus[24]. Les Jeunesses socialistes de la Seine avaient été à la pointe de ce mouvement d'adaptation. Selon le rapport de leur commission exécutive, ils avaient « compris dès le début de 1934 que l'action éducative ne suffisait plus ». Désireux de faire de leur mouvement « un centre d'attraction et de rayonnement », ils avaient demandé à Serge Tchakhotine, qui s'était réfugié en France où il était connu sous le nom de Dr. Flamme, de leur « faire l'exposé de nouvelles méthodes de propagande établies rationnellement et scientifiquement[25] ». C'est ainsi qu'ils en vinrent à adopter, outre l'uniforme et l'évolution en formation paramilitaire, le salut poing levé, des cris rythmés (« Contre le fascisme ! JGS ! – Contre la guerre ! JGS – Pour le socialisme Révolution[26] »), enfin le symbole des trois flèches dont ils se mirent à couvrir les murs de la capitale et qui allait devenir l'emblème du parti (et le rester jusqu'aux années 1970).

Les critiques des Jeunesses socialistes à Toulouse reflétaient un climat d'insatisfaction et d'inquiétude. Un socialiste de droite comme Jules Moch exprima, lui aussi, le malaise qu'il ressentait devant la difficulté du Parti socialiste à concurrencer le dynamisme de l'extrême droite. Donnant son appui aux conceptions planistes que la tendance Révolution constructive essayait alors de faire adopter, il justifiait sa position d'une manière révélatrice. « L'avantage du plan, c'est qu'il frappe les masses, qu'il donne cet effet d'action dynamique que vous avez tous ressenti, cet après-midi, lors du défilé harmonieux et ordonné de nos jeunes Toulousains, en chemises bleues ou rouges. Les plus antimilitaristes d'entre nous se sont dit que, dans ces mouvements d'ensemble, il y avait quelque chose de

24. Règles statutaires dans *Rapports administratifs du Comité national mixte des Jeunesses socialistes*, conférence nationale, 28 et 29 juillet 1935, p. 34.

25. SFIO, Fédération de la Seine, *Congrès fédéral*, 55e congrès administratif, 24 juin 1934, p. 81.

26. Selon l'indication fournie par le défilé au Mur des fédérés en mai 1936, *Le Populaire*, 25 mai 1936, p. 3.

plus puissant en soi que dans un défilé rappelant la marche d'un troupeau[27]. » A la même époque, les Jeunesses communistes s'enchemisaient également. En juillet 1934, au lendemain de la signature du pacte d'unité d'action, on put voir les JS et les JC défiler, les premiers en chemises bleues, les seconds en chemise kaki, à l'occasion de la commémoration de la mort de Jaurès, organisée en commun par les deux partis ouvriers[28].

De son côté, Pivert, qui avait « découvert » le Dr. Flamme, ne restait pas inactif. Ses efforts portèrent à la fois sur la création de groupes d'autodéfense et sur la modernisation de la propagande socialiste. Après avoir obtenu le feu vert du congrès de Toulouse, malgré les réticences de la majorité des dirigeants du parti[29], il mit sur pied dans la fédération de la Seine des groupes appelés TPPS (Toujours prêts pour servir), qui avaient pour tâche de « faire face très rapidement, avec une mobilité et un esprit de sacrifice absolus, à des missions multiples d'autodéfense active rendues nécessaires par l'audace croissante de l'ennemi fasciste ». A la différence des JGS qui, selon le mot de Pivert, avaient un « caractère décoratif », les TPPS ne devaient, en principe, pas porter d'uniforme[30]. Même si une tendance à l'uniformisation semble s'être fait jour, il faut noter qu'à la différence de leurs confrères allemands les partis ouvriers français ne mirent pas sur pied d'organisations paramilitaires. L'uniforme demeura cantonné dans les organisations de jeunesse, ce qui signale l'écart des situations et des mentalités.

Pour ce qui concernait la propagande, l'appel lancé par Pivert en faveur d'un « aggiornamento » des méthodes du parti trouva de l'écho. Au congrès de Toulouse, un militant

---

27. *XXXIe congrès national, op. cit.*, p. 181-182.
28. *L'Humanité*, 30 juillet 1934.
29. *XXXIe congrès national, op. cit.*, p. 394.
30. SFIO, Fédération de la Seine, *Congrès fédéral*, 56e congrès administratif, 26-27 octobre 1935, rapport du secrétaire à l'autodéfense (M. Pivert), p. 108-109.

avait demandé le lancement d'une propagande par affiches et par tracts, plus percutante et plus imagée, sans craindre de prendre exemple sur les groupements de droite[31]. Les Jeunesses socialistes s'y employèrent en diffusant quantité de tracts et en entreprenant des tournées de propagande conçues selon les préceptes du Dr. Flamme. Un certain nombre de méthodes, pour la plupart inspirées de l'exemple communiste, connurent à ce moment-là un essor remarquable. Ainsi, le théâtre ouvrier fut intensément mis à contribution. Avec ses chœurs et ses sketches sur le modèle de l'agit-prop soviétique, alors imitée en France par le groupe Octobre, proche du Parti communiste[32], il offrait un moyen approprié pour capter l'intérêt effervescent des masses populaires. Une autre nouveauté fut la création par la fédération de la Seine de comités de diffusion du *Populaire* sur le modèle des comités de diffusion de *L'Humanité*. Ces comités s'équipèrent de tout un matériel de propagande (bannières, insignes, etc.) qui allait servir dans l'organisation des fêtes de l'été 1936[33].

Une dernière nouveauté fut le recours au cinéma. L'affaire n'alla pas sans des difficultés qui illustrent l'écart des conceptions entre la minorité activiste de la Seine et les dirigeants du parti. Lors du congrès de Mulhouse en 1935, Pivert rappela qu'il avait rédigé en juillet 1934 un rapport sur l'organisation de la propagande par le cinéma et qu'il avait préparé une circulaire destinée aux fédérations. Il avait appris par la suite que cette circulaire n'avait pas été envoyée par les responsables de l'appareil du parti[34]. S'organisant de son côté, il obtint la création par la fédération de la Seine d'un service cinématographique[35]. Le premier film de propagande fut tourné en mai 1935, à

31. *XXXIe congrès national, op. cit.*, p. 26.
32. Michel Faure, *Le Groupe Octobre*, Paris, Christian Bourgois, 1977.
33. *Le Populaire*, 16 mai 1936.
34. *XXXIIe congrès national*, Mulhouse, 9-12 juin 1935, p. 29, 83-84.
35. Rapport du secrétaire à la propagande, *Congrès fédéral*, 1935, *op. cit.*, p. 108.

l'occasion de la cérémonie du Mur des fédérés. Douze autres suivirent en deux ans, consacrés à des organisations du parti *(Les Faucons rouges chez eux)*, à des rappels historiques *(La Commune, Les Bastilles 1789-1935)*, à des fêtes *(L'Inoubliable Manifestation du Vel' d'Hiv' du 7 juin 1936 ; 14 juillet 1936)*, enfin à des événements dramatiques *(L'Attentat contre Léon Blum* ou *La Vie et la Mort de Roger Salengro)*. Destinés aux fédérations socialistes qui pouvaient les louer à la fédération de la Seine, ils semblent avoir joui d'une assez large diffusion[36].

Quelques traits, qui valent pour la production cinématographique du PCF, méritent d'être relevés à leur propos. D'abord, la dimension pédagogique par la référence récurrente aux grands moments révolutionnaires du passé. Le parallèle établi suggérait l'existence d'une situation révolutionnaire et jouait comme un encouragement à aller de l'avant et à achever une entreprise séculaire. Ensuite, la célébration de la foule qui allait de pair avec l'élément précédent. Les masses participant aux manifestations monstres de 1935-1936 sont la vedette de ces films. Le spectacle proprement interminable de leur écoulement devait suggérer une impression de force et de puissance. Dans *Le Mur des fédérés*, le commentateur conclut par cette exhortation : « Travailleurs de France, prenez conscience de votre force majestueuse et invincible. » Dans *14 juillet 1935*, on entend : « Le peuple a pris conscience de sa force. » Enfin, la désignation des ennemis à abattre (le fascisme, les 200 familles) et du parti à rallier (sur le visage de Blum apparaissent en surimpression les portraits de Marx, de Guesde, de Jaurès, et même de Lénine).

En définitive, même si la propagande du Parti socialiste ne fut pas affectée en profondeur par les méthodes et

36. Cf. Elizabeth Grottle Strebel, *French Social Cinema of the Nineteen Thirties : A Cinematographic Expression of Popular Front Consciousness*, New York, Arno Press, 1980, p. 180 *sq.* ; *id.*, « French Social Cinema and the Popular Front », *Journal of Contemporary History*, 12, juillet 1977, p. 499-519.

l'esprit que ces films manifestaient, son aspect n'en changea pas moins pendant ces années 1934-1936, en tout cas à Paris. On peut le constater dans la décoration de ses congrès, à l'exemple de celui de Huyghens en mai 1936, riche de tentures et de drapeaux, chargé de portraits, d'emblèmes et d'insignes (notamment les trois flèches que l'on voit sur les drapeaux, mais aussi à la boutonnière des délégués), solennisé par la disposition de tribunes surélevées[37]. Cette politique symbolique se fit sans l'appui déclaré des dirigeants de la SFIO. Mais ils l'acceptèrent, et elle trouva une réception qui paraît avoir été largement favorable, signalant qu'elle répondait à une sensibilité ambiante. Ses manifestations les plus frappantes allaient venir avec les grandes fêtes de l'été 1936.

L'appel communiste des morts.

Le PCF pratiqua le recours aux symboles d'une manière plus ample et décidée que son rival. Il est vrai qu'il disposait en la Révolution bolchevique d'une source d'inspiration directe. Le climat politique français durant les années 1934-1936, le courant de mobilisation populaire existant, mais aussi la nécessité, qui lui était propre, de faire accepter par ses militants le formidable tournant qu'il effectuait en raison de l'alliance franco-soviétique, l'incitèrent à pratiquer résolument une politique des symboles. On put le voir dès la campagne qu'il lança au lendemain des événements de février 1934. Désireuse de capitaliser à son profit la mobilisation suscitée à gauche par le 6 février, la direction communiste donna la plus large publicité aux victimes de la manifestation de protestation qu'elle avait organisée seule le 9 février et qui avait fait, à la suite de heurts violents avec la police, plusieurs morts et une dizaine de

37. *Le Peuple*, 31 mai 1936, p. 3 ; photos dans *Le Populaire*, 31 mai 1936, qui attribue la décoration aux JS.

blessés[38]. *L'Humanité* fit un grand battage autour de 6 de ces victimes, appelant les militants à participer en masse à des obsèques collectives dont le dispositif, soigneusement organisé, avait une finalité de mobilisation émotionnelle. Accompagné de chants funèbres, le convoi fut accueilli au Père-Lachaise par des vétérans de la Commune dont la présence solennelle répandait sur la cérémonie le souvenir du grand drame révolutionnaire. Avant la descente de chaque cercueil du corbillard, le nom du mort était appelé, puis, tandis que le cercueil était placé sur les tréteaux, l'assistance saluait du poing. Les orateurs parlèrent de lutte et de vengeance, exaltèrent l'héroïsme des militants tombés, appelèrent à suivre l'exemple de la Révolution soviétique. Enfin, tandis que les vétérans de la Commune faisaient, le poing levé, une garde d'honneur autour des cercueils, l'assistance commença à défiler, drapeaux déployés et en saluant du poing[39].

La direction communiste continua dans les mois suivants à donner le plus grand soin et le plus large écho aux obsèques de victimes de heurts avec l'extrême droite (en février 1935, à l'occasion de la commémoration du 9 février, elle revendiquait 19 morts, dont les liens avec le Parti ne sont pas clairs[40]). Le PCF cherchait tenacement à apparaître comme la cible privilégiée du « fascisme » et, en retour, comme la seule organisation luttant effectivement contre lui. Deux traits doivent être relevés à propos de cette mobilisation. En premier lieu, l'appel à la vengeance : les cris « Nous les vengerons » retentissaient dans ces enterrements[41]. En second lieu, l'utilisation du serment. En février 1935, à l'enterrement d'un militant CGTU, Gitton appela l'assistance à faire le serment « de suivre la voie de ce fidèle révolutionnaire du mouvement ouvrier ». Selon *L'Humanité*,

---

38. Serge Berstein, *Le 6 Février 1934*, Paris, Gallimard-Julliard, 1975, p. 238.
39. *L'Humanité*, 18 février 1934, p. 2.
40. *Ibid.*, 10 février 1935.
41. *Ibid.*, 28 février 1934, 5 mars 1934.

« les poings se lèvent et les ouvriers font le serment demandé par Gitton [42] ».

Procédé qui avait une longue tradition et était d'un usage fréquent en Union soviétique, le serment visait à souder la communauté autour de la parole donnée. Il allait trouver un emploi spectaculaire à l'occasion du Rassemblement du 14 juillet 1935, dans l'organisation duquel le PCF tint un rôle majeur et qui lui donna l'occasion, en adoptant publiquement *La Marseillaise*, d'accomplir symboliquement le tournant national que lui dictait la signature du pacte franco-soviétique. Le matin de ce jour, les milliers de délégués rassemblés aux Assises de la paix et de la liberté entendirent le communiste Rabaté, le secrétaire du comité de Rassemblement populaire, donner lecture du serment du Front populaire. La foule, debout et découverte, répondit : « Nous le jurons. » L'après-midi, lors de la manifestation de masse, le texte du serment, inscrit sur une grande pancarte, fut exposé à la foule qui défilait et le saluait en levant le poing [43].

L'importance accordée à la dimension symbolique se traduisit également dans le faste donné aux manifestations durant cette période. Comme celles des socialistes, les manifestations du PCF prirent un caractère plus voyant et plus solennel, notamment par la participation de groupes d'enfants en uniforme, de Jeunesses, de chorales présentant des chœurs parlés. Les communistes se distinguèrent en faisant défiler des sportifs en vêtements de sport et, surtout, des ouvriers dans leurs habits professionnels – facteurs ou cheminots en tenue, camionneurs en tablier de cuir [44].

Ils recoururent également au cinéma de manière plus résolue que le Parti socialiste. Au début de 1936, le PCF confia à Jean Renoir le soin de réaliser un film de propagande en vue des élections. Notable par sa qualité cinéma-

---

42. *Ibid.*, 14 février 1935, p. 5.
43. *Le Populaire*, 15 juillet 1935, p. 4 ; *L'Humanité*, 15 juillet 1935, p. 2 ; cf. aussi le film du PCF, *1789-1937, le 14 juillet*.
44. *L'Humanité*, 11 février 1935.

tographique, *La vie est à nous* l'est aussi par sa forte valeur symbolique. Dans une France qui, terre promise par ses ressources, demeure terre de détresse sociale (un professeur de géographie en loue les richesses à des élèves affamés, fils de chômeurs), le Parti intervient de façon providentielle pour sauver du désespoir les déshérités. Dans trois cas exemplaires (licenciement d'un ouvrier âgé, expulsion d'une famille de métayers, chômage d'un jeune technicien diplômé), les protagonistes découvrent leur salut dans une communauté chaleureuse transfigurée par sa mission, le combat politique. Un plan de conclusion les montre dans une réunion du Parti, les yeux brillants de ferveur : rédemption d'hommes qui ont trouvé l'accès à la vraie communauté des fidèles.

Le film de Renoir atteste, par ailleurs, l'importance accordée par la direction communiste au support cinématographique ; on y voit s'exprimer les principaux dirigeants du PCF, Cachin, Gitton, Duclos et Thorez. Une personnalisation qui prenait son essor en même temps que la politique des symboles. Des portraits géants de Staline et de Lénine furent portés dans les manifestations du Parti en 1934. Au Mur des fédérés, en mai 1935, Thorez fit acclamer Staline[45]. Le culte de Thorez, qui commençait, mimait, à distance respectueuse, le culte pour ainsi dire tutélaire de Staline[46].

Les fêtes du Front populaire.

L'activité scénographique des partis ouvriers atteignit son point culminant dans les fêtes qui marquèrent la victoire électorale du Front populaire. Les manifestations se succé-

45. *Ibid.*, 27 mai 1934 ; 30 juillet 1934, p. 2 ; 20 mai 1935.
46. Cf. l'exemple donné par Jean-Pierre Jeancolas, *15 ans d'années trente. Le cinéma des Français, 1929-1944*, Paris, Stock, 1983, p. 205. Sur le cinéma communiste, cf. aussi Pascal Ory, « De Ciné-Liberté à *La Marseillaise*. Espoirs et limites d'un cinéma libéré », *Le Mouvement social*, 91, avr.-juin 1975, p. 153-175.

dèrent alors à une cadence impressionnante. Les deux partis organisèrent en commun certaines célébrations, ainsi le 24 mai au Mur des fédérés, le 14 juillet à la Bastille pour commémorer le premier anniversaire du Rassemblement populaire, le 25 juillet pour commémorer le deuxième anniversaire du pacte d'unité d'action, le 31 juillet pour commémorer l'assassinat de Jaurès. A quoi il faut ajouter les fêtes organisées séparément, le 15 mai (Wagram) et le 7 juin (Vélodrome d'hiver) pour la SFIO, le 14 juin et le 12 juillet (Buffalo) pour le PCF. Comme on le voit, la politique s'installait dans les stades, suivant en cela l'exemple fasciste. Rien ne témoigne mieux que cette cascade de fêtes et de commémorations qu'un nouveau palier avait été atteint : la victoire électorale aurait-elle tout accompli ? A travers le contenu de ces fêtes, il apparaît qu'elle n'avait pas le même sens pour les deux partis.

Le 15 mai 1936, les socialistes organisèrent une fête de la victoire à la salle Wagram. La tribune drapée de rouge portait les trois flèches et était entourée de bannières et de drapeaux. Les Jeunesses socialistes entrèrent en chantant *La Jeune Garde* et défilèrent au milieu des poings tendus de l'assistance. Après un discours de Rivet et le chant du *Drapeau rouge*, les projecteurs se colorèrent de rouge pour annoncer et accompagner l'entrée de Blum, dont le discours fut suivi par *L'Internationale* et *La Carmagnole*. Le dirigeant socialiste quitta la salle entre une double haie de drapeaux [47]. La célébration de Blum se poursuivit dans les semaines suivantes. Au Mur des fédérés le 24 mai, des membres des Jeunes socialistes en uniforme défilèrent en portant un portrait gigantesque du dirigeant du parti entouré d'oriflammes avec les trois flèches [48]. Elle fut à son comble lors de la grande réunion du « Vel' d'hiv' » du 7 juin 1936, organisée par la fédération socialiste de la Seine pour fêter la constitution du gouvernement de Front populaire.

---

47. *Le Populaire*, 16 mai 1936, p. 1 et 2.
48. *Ibid.*, 25 mai 1936, p. 3.

Le stade était décoré de grandes banderoles portant les trois flèches et des mots d'ordre de combat, de portraits des grands ancêtres (Marx, Louise Michel, Vaillant, Guesde, Jaurès), enfin d'une débauche d'immenses drapeaux rouges. Au centre était dressée une large tribune drapée d'écarlate. La réunion débuta par le défilé des drapeaux des sections, suivi par celui des JGS qui allèrent entourer d'une masse compacte la tribune et former une double haie d'étendards le long de l'allée centrale qui y menait. Un chœur parlé du groupe Mars précéda l'entrée des élus et des ministres qui prirent place à la tribune en passant entre les haies de drapeaux. Suivirent des discours, entrecoupés de chants et de morceaux de fanfares. Blum fit enfin son entrée, accompagné de sa femme et de quelques amis, et gagna la tribune « sur un tapis formé par les drapeaux rouges inclinés sur son passage ». Saluant l'assistance du poing tendu, il alla donner l'accolade à Thorez qui représentait le PCF. Après d'autres discours, un speaker invita l'assistance à saluer les grands morts. Les lumières s'éteignirent, et la foule debout écouta la voix de Pierre Renaudel gravée sur disque raconter la mort de Jaurès (la voix d'un mort – Renaudel avait disparu en 1935 – racontant les derniers instants d'un autre mort). A la fin du disque, un speaker invita à chanter *L'Internationale* en sourdine, puis, la lumière revenant progressivement, le chant s'amplifia jusqu'à éclater joyeusement. Le moment du discours de Blum était venu, qui devait conclure la soirée.

Peu importe que ce discours ait été tout de modération, en contraste évident avec l'ambiance créée par une mise en scène derrière laquelle on ne s'étonnera pas de retrouver le Dr. Flamme[49]. Le notable est le passage à cette politique des masses qu'à la suite de l'URSS, l'Italie et l'Allemagne pratiquaient sur une grande échelle et qui faisait son arrivée en France. Une politique qui versait dans la liturgie et dans laquelle les masses, par leur présence physique et leur parti-

49. *Ibid.*, 8 juin 1936, p. 3.

cipation émotionnelle, jouaient un rôle essentiel. Rien d'étonnant à ce que le parallèle avec les exemples étrangers ait été immédiatement fait. Ainsi pouvait-on lire le lendemain dans *Le Figaro* : « Le Front populaire semble fonder de grands espoirs sur les manifestations de masses ornées de chœurs, de fanfares, de défilés en costumes et de parades minutieusement réglées. Le rassemblement monstre qu'il a organisé hier au Vélodrome d'hiver s'inspire évidemment, avec parfois assez d'adresse, des solennelles mises en scène de la Place Rouge comme de celles de Munich et de Berlin[50]. »

Le Parti communiste organisa, de son côté, une fête de la victoire, le 14 juin, au stade Buffalo. Sur le terrain avait été installé un ponton surélevé en forme de croix qui servit de parcours de défilé au milieu de la foule. Autour du point de jonction, quatre grands mâts portaient d'immenses drapeaux rouges timbrés de tricolore dans leur coin supérieur gauche et ornés en leur centre d'une faucille et d'un marteau encadrés des lettres « RF ». La fête fit alterner défilés, chœurs et morceaux de fanfares, le tout entrecoupé de discours. A la différence de la réunion socialiste, on vit des mouvements d'ensemble, des exercices sportifs et des danses rythmiques exécutés par des gymnastes. Relevons deux autres éléments distinctifs. Dans son discours, Gitton évoqua les antifascistes tués depuis le 6 février et fit l'appel des morts, suivi d'une minute de silence. « Des poings se crispent », des cris montent : « Nous vengerons nos camarades ! », puis on chanta l'hymne funèbre *Salut aux morts de la Révolution*. Ensuite, Vaillant-Couturier donna lecture du serment de fidélité que les élus et les militants allaient prêter au Parti : « La foule répète le serment en levant le poing aux cris répétés de "Nous le jurons !"[51] »

Entre les deux fêtes, les différences étaient sensibles, mal-

---

50. Georges Ravon, « Le Front populaire manifeste au Vélodrome d'hiver », *Le Figaro*, 8 juin 1936.

51. *L'Humanité*, 15 juin 1936, p. 2-3 ; *Le Populaire*, 15 juin 1936, p. 3.

gré une commune recherche scénographique. L'une et l'autre étaient des fêtes de victoire, mais la fête socialiste s'accomplissait dans une pure célébration. Ainsi commémorait-elle Jaurès, un mort lointain, dans une émotion en quelque sorte idéale, tandis que la fête communiste installait, au cœur même de la célébration de la victoire, la commémoration des victimes toutes proches de la lutte antifasciste. La première aboutissait à produire par le moyen d'une technique de masse plus manipulatrice que celle mise en œuvre par le PCF, moins démarquée de l'exemple fasciste (pensons à la place tenue à Buffalo par les gymnastes, au caractère plus traditionnel du défilé qui, au surplus, avait lieu au milieu de la foule), une émotion qui s'assouvissait dans la joie de l'instant, faute de pointer vers un projet révolutionnaire. La seconde montrait, en revanche, le souci profond de regrouper les forces pour une tâche qui était à venir : le serment et l'évocation des morts de la lutte antifasciste débouchaient naturellement sur la revendication d'une « république française des soviets ».

Le symbole, substitut à la révolution ?

Les limites de l'effervescence rituelle et symbolique des années 1934-1936 sont évidentes, mais elles ne la rendent pas moins notable. Sa signification la plus immédiate est d'avoir constitué une réponse à ce qui apparaissait comme la menace du fascisme. Son caractère de réplique est patent dans les solutions adoptées (le poing levé, les défilés de masses, l'uniformisation partielle), ces mesures imitatives s'insérant dans une tendance plus large qui conduisit les deux partis marxistes à accentuer la dimension rituelle et symbolique de leur action politique, à rechercher, avec une résolution certes inégale où se reflétait l'inégale intensité de leur engagement révolutionnaire, les moyens de rehausser leurs pouvoirs d'attraction, de réunion et de transfiguration. Cette tendance s'accomplit d'autant plus facilement qu'elle répondait à un fort courant d'attentes de la part de la gauche populaire, et le succès rencontré est révélateur d'un climat d'inquiétude et de désarroi qui poussait à un engagement politique marqué au sceau de la foi et de l'espérance.

Encore faut-il voir la signification plus profonde de cette activation symbolique. Sans doute permit-elle aux deux partis ouvriers de stimuler la mobilisation populaire et de la canaliser dans leurs organisations. Mais elle indique bien davantage. Largement démarquée d'exemples étrangers, avant tout allemand et russe, elle leur servit en quelque sorte à compenser la défaite de leurs camarades allemands. Dans les conditions de la France de ces années, la combativité affirmée dans le rituel du poing levé fut le substitut d'un combat de rue (quasi) absent, conformément à la nature de cet affrontement-simulacre qu'a défini Serge Berstein et qui est caractéristique des années 1930 [52]. Dans cette perspective, le caractère festif de l'été 1936, tel qu'il se manifesta jusques et y compris dans le mouvement d'occupation d'usines de mai-juin, apparaît à la fois comme le débouché de la mobilisation populaire des deux années précédentes et comme l'attestation la plus sûre de sa nature non révolutionnaire, au niveau des masses comme des partis, de sorte que toute cette poussée symbolique doit être aussi appréhendée dans sa dimension de substitut à la révolution [53].

C'est ce que révèle, au fond, l'exhumation de la tradition révolutionnaire française. La symbolique de cette dernière fit l'objet d'une réappropriation emphatique qui donne son cachet à la période du Front populaire. A partir de l'été 1935, il n'est question, à l'accompagnement de *La Marseillaise* et de *La Carmagnole*, que de Bastilles nouvelles à prendre et d'aristocratie des « 200 familles » à abattre. Le Parti communiste fut l'agent principal de cette « résurrec-

---

52. Serge Berstein, « L'affrontement simulé des années 1930 », *Vingtième Siècle. Revue d'histoire*, 5, janv.-mars 1985, p. 39-53.
53. Une révolution devenue fantomatique chez les socialistes, inopportune pour les communistes.

tion des morts », et l'on est tout naturellement ramené à Marx écrivant que la révolution sociale « ne peut pas commencer sa propre tâche avant de s'être débarrassée de toute superstition à l'égard du passé ». C'était le propre des révolutions du passé, ajoutait-il, que d'avoir eu « besoin de réminiscences historiques pour se dissimuler à elles-mêmes leur propre contenu [54] ». Les « réminiscences historiques » propagées par le PCF avaient valeur idéologique, au sens marxiste du terme. La référence jacobine disait, en somme, que le PCF ne voulait pas tenir la situation française pour révolutionnaire. Davantage, elle révélait sa fausse conscience, celle que produisait le déplacement de sa mission, de la réalisation de la révolution prolétarienne en France à la protection de la Révolution soviétique à travers une politique de défense nationale. En haussant en modèle la France de 1792, où révolution sociale et indépendance nationale étaient allées de pair, les dirigeants du PCF conjuraient la réalité d'une situation où l'une excluait l'autre.

---

54. *Le Dix-Huit brumaire de Louis Bonaparte*, *op. cit.*, p. 72.

12

Le champ magnétique des fascismes

Le fascisme italien et le national-socialisme furent un défi pour un certain nombre de Français, à commencer par la gauche marxiste. Mais ils représentèrent aussi une tentation, et pas seulement à droite. De l'imitation ouverte à la séduction inavouée, cette tentation prit des formes multiples et graduées, et elle toucha tout l'éventail politique, chaque parti ou presque fournissant son lot de convertis et de transfuges. Cela donne au phénomène fasciste en France un visage bien particulier.

Pendant plusieurs décennies, la faiblesse de ce fascisme fut du moins tenue pour évidente par les historiens. Dans un ouvrage publié en 1983 et intitulé *Ni Droite ni Gauche*, l'historien israélien Zeev Sternhell proposa une interprétation assez différente et qui fit quelque bruit. Il affirmait la présence, sous la surface d'une faiblesse politique qu'il ne contestait pas, d'une idéologie fasciste profondément enracinée et extensivement ramifiée. Pour l'établir, son étude se concentre sur les textes d'hommes qui refusèrent à l'époque de se déclarer fascistes : les uns venus de gauche, comme Bergery, Bertrand de Jouvenel, Marcel Déat et le Belge Henri De Man, les autres de droite, tels Thierry Maulnier et Jean de Fabrègues.

S'il est vrai que ces hommes eurent l'emploi de mots et de thèmes d'ailleurs répandus, leur discours recouvrait-il une parenté des conceptions si forte qu'il soit justifié de parler d'une idéologie unique ? Faut-il voir dans ce qu'ils avaient en commun une idéologie fasciste caractérisée ? Peut-on expliquer l'apparition et la diffusion de ce conglomérat idéologique sans prendre en considération le contexte de la France des années trente ? Voilà ce qui prêta à discussion[1].

Une parenté est discernable entre les projets de ces hommes, mais il est douteux qu'elle ait porté sur l'essentiel. On ne peut rapprocher Marcel Déat et Thierry Maulnier, par exemple, qu'en glissant sur les oppositions essentielles qui les séparaient. Au fond de l'affaire se trouve la confusion opérée entre l'idéologie fasciste et la famille des idéologies de rassemblement national, dont le fascisme n'est qu'une variante, la variante extrême. La formule « ni droite ni gauche » caractérise parfaitement cette famille, à laquelle il faut rattacher le gaullisme. L'idée de la société nationale rassemblée et recomposée selon de nouvelles structures de solidarité est au principe de toutes ces idéologies. Un même antilibéralisme leur fait refuser de tenir le conflit et la division pour des données de la vie sociale.

Si elles sont d'orientation autoritaire, le fascisme étant seul totalitaire, elles peuvent associer à cette orientation des méthodes, des valeurs et des finalités fort diverses. Les unes, c'était le cas du nationalisme traditionaliste de Maurras, dans le sillage duquel s'inscrivait, avec quelques nuances, Maulnier, visent la restauration d'un ordre social fondé sur les libertés locales et professionnelles et assis sur l'autorité de la famille, de l'Église et de la Monarchie. D'autres poursuivent le rassemblement de la nation d'une manière compatible avec les libertés démocratiques, comme le fait le gaullisme, pour autant qu'un cadre institutionnel soit présent qui garantit l'autorité et la continuité de l'État. D'autres, enfin,

1. Cf. Michel Winock, « Fascisme à la française ou fascisme introuvable », *Le Débat*, n° 25, mai 1983, p. 35-44 ; Shlomo Sand, « L'idéologie fasciste en France », *Esprit*, nos 8-9, août-septembre 1983, p. 149-160 ; Serge Berstein, « La France des années 30 allergique au fascisme. A propos de Zeev Sternhell », *Vingtième Siècle. Revue d'histoire*, n° 2, avril 1984, p. 83-94.

s'inscrivent dans une tradition autoritaire de gauche et s'inspirent du jacobinisme, comme on le vit chez Bergery et Déat. Pour les héritiers des jacobins, il importe que l'État fasse « entendre haut et fort la voix de l'intérêt collectif » et en devienne le « porte-parole vigoureux face aux féodalités de toute nature ». L'objectif étant de rassembler « sur un grand dessein », à l'aide d'« un parti qui soit d'abord l'instituteur de la volonté collective », le peuple tout entier – car c'est le « peuple de gauche et de droite à la fois qu'il s'agit de soulever au-dessus de lui-même » – pour « briser la décadence, construire une République moderne, ressusciter une nation solidaire et entreprenante ». Des citations de ce genre abondent dans l'ouvrage de Sternhell. Nul doute que Jean-Pierre Chevènement, qui est l'auteur de celles-ci, n'ait à se féliciter d'échapper à son cadre chronologique [2].

Dans la France des années trente, les projets de rassemblement national formaient une nébuleuse dans laquelle il faut inclure tous les hommes et les groupements partisans d'une rénovation nationale, des ligues comme les Croix-de-Feu aux groupements fascistes comme les francistes, en passant par les néo-socialistes, une partie des jeunes radicaux, les frontistes, les personnalistes, la Jeune Droite et les doriotistes. Par-delà un vocabulaire similaire et des thèmes communs (communauté nationale, économie organisée, État fort) subsistaient des différences substantielles, parfois essentielles, tenant à la composition de ces aspirations générales avec des héritages idéologiques et des sensibilités politiques différents. Dans la mesure où les éléments englobés dans cette nébuleuse montraient, peu ou prou, des marques de fascisme ou d'intérêt pour le fascisme, les uns n'en portant que le reflet, les autres en approchant le noyau, il importe de poser le problème du fascisme en France en termes d'imprégnation différentielle et de chercher à en établir les degrés tout comme à en définir la genèse et le développement.

---

2. « Le défi à la gauche », *Le Monde*, 10 mai 1983.

Au point de départ se pose la question du caractère autochtone ou importé de cette imprégnation fasciste. Partisan du premier point de vue, Sternhell recourt, pour l'établir, à l'analyse de textes disséminés à travers les années trente, sans prendre en compte l'évolution des idées et sans les replacer dans leur contexte. Son interprétation manque ainsi d'aborder la question de la genèse et du développement de cette idéologie fasciste dont il crédite, si l'on peut dire, les hommes qu'il étudie. L'explication du passage au fascisme par la révision doctrinale du marxisme est, à cet égard, exemplaire en ce qu'elle est, soit tautologique : pour aller du marxisme au fascisme, il faut en effet abandonner la classe pour la nation ; soit inconsistante : car si le planisme, par exemple, peut mener aussi bien à la social-démocratie qu'au fascisme selon qu'il est associé à des valeurs démocratiques ou autoritaires, cela signifie simplement que l'explication doit porter, non pas sur le planisme en tant que révision du marxisme, mais sur la combinaison de valeurs, ayant le planisme pour axe ou pour corollaire, qui a pu fournir des conditions favorables à la fascisation de certains de ses partisans les plus en vue.

Si le terroir français portait des pousses de fascisme, il est clair que leur croissance profita considérablement, sinon vitalement, du vent chaud que faisaient souffler sur une France en crise les régimes fascistes triomphants. Agissant sur des milieux où la désaffection à l'égard des institutions était profonde, quand elle n'était pas entière, les fascismes constituèrent des sources permanentes de comparaison, de suggestion et d'inspiration. Le phénomène de contagion est très apparent à l'extrême droite, mais il se marque également, de façon plus discrète, dans le cas des dissidents de gauche et des non-conformistes, chez qui une situation de marginalité politique, de détachement de la protection de structures partisanes ou de traditions idéologiques, aiguisait une réceptivité tenue en alerte par leurs souhaits de rénovation. L'imprégnation fasciste, visible chez tous les partisans d'un rassemblement national, était pour une très large part la conséquence de l'inclusion de cette nébuleuse à laquelle ils appartenaient dans le champ magnétique des fascismes étrangers.

La superposition de la crise française et de la menace d'une nouvelle guerre contribua à fortifier cette influence. A partir de 1935, la formation du Front populaire et la conclusion du pacte franco-soviétique firent converger des hommes de gauche et de droite sur la plate-forme d'une politique extérieure de conciliation. Sous la double influence du pacifisme et de l'anticommunisme, la première plus forte chez les hommes de gauche, la seconde à droite, mais les deux toujours de compagnie, des hommes appartenant à tous les partis, de l'extrême droite à la SFIO, jugèrent qu'une nouvelle guerre franco-allemande devait être évitée dans toute la mesure du possible. Les uns prolongeaient et consolidaient une volonté d'entente franco-allemande ancienne par la valorisation, partielle et inavouée, du régime nazi. Les autres en venaient à trouver des vertus à l'entente avec l'« Allemagne éternelle » dès lors qu'une guerre leur paraissait devoir tourner à l'avantage de l'URSS en Europe et de la gauche, notamment de la gauche communiste, en France. La particularité de la situation française émergea alors : tout ce qui portait les apparences du fascisme, s'en réclamait ou en montrait l'influence, à un degré ou à un autre, se plaça dans le camp de la conciliation. La volonté de préserver la paix européenne, celle d'écarter, dans le pire des cas, la guerre de la France, s'associèrent ainsi, de façon originale, à des projets de rénovation nationale qui avaient l'ambition d'insuffler au pays les vertus de cohésion, de dynamisme et de grandeur enviées aux régimes fascistes.

Pour aborder le problème des voies et des degrés de l'imprégnation fasciste, il faut définir l'objet central du problème, le fascisme. Il ne suffit pas, comme le fait Sternhell[3], de juxtaposer, sans les intégrer dans une structure cohérente, un certain nombre de traits dont la plupart valent

3. Zeev Sternhell, *Ni Droite ni Gauche*, Paris, Seuil, 1983, p. 293-294.

pour la famille des idéologies de rassemblement national, sans inclure ceux qui sont précisément caractéristiques de la variante fasciste. A en juger sur la base des mouvements italien et allemand qui l'ont incarné historiquement, il est clair que le fascisme constituait un phénomène politique neuf : le parti de masses croisé avec l'armée de guerre civile sous la conduite d'un chef charismatique, la militarisation du comportement militant et les rituels de masses, l'agitation de rues et le recours systématique à la violence, rien de tel n'avait existé auparavant.

Quant à l'idéologie fasciste, les choses sont moins simples. A la différence du marxisme ou du libéralisme, elle ne se laisse pas saisir de façon satisfaisante au seul niveau des textes, sans référence à une pratique politique. Le discours fasciste est fait de pièces rapportées dont beaucoup étaient présentes avant 1914 et dont l'emploi à facettes trahit la fonction manipulatrice qui lui était assignée, conformément à la valeur dépréciée qu'accordaient les fascistes au rationnel et au discursif au regard du sentimental et du symbolique. Cependant, en éclairant ce discours par des éléments non verbaux tels que les rituels et les symboles, on obtient un corpus où peut être lu l'ensemble cohérent de l'idéologie fasciste : le culte du Chef incarnant autocratiquement la direction du destin collectif, la communauté nationale militarisée, hiérarchisée selon les services rendus au parti, confondue sous l'uniforme dans la disponibilité enthousiaste et aveugle à l'obéissance et au sacrifice, avec toutes les valeurs d'un militarisme qui n'a pas d'autre ressort et ne connaît pas d'autres limites que l'exécution joyeuse de la volonté du Chef.

Deux aspects de cette idéologie méritent d'être soulignés. D'abord, elle contient un projet qui est totalitaire. Les rassemblements fascistes le rendent manifeste à travers leur mise en scène d'un rapport politique de subjugation totale et de communion fanatique, dans l'échauffement duquel disparaissent non seulement les réserves d'autonomie de la personne humaine – le libre arbitre éliminé par l'exigence de sacrifice total, la distance de la raison discursive abolie par l'appel à la fusion dans le sentiment collectif –, mais aussi les allégeances spirituelles alternatives tout comme les concrétions des traditions. Ensuite, elle incorpore, comme le montrent assez les valeurs guerrières qui saturent ses textes et ses liturgies, une visée essentielle de force, de puissance et de domination. Le projet fasciste est celui d'une société compacte et tendue, non pas harmonieuse ou organique. L'unification totalitaire à l'intérieur et la préparation à l'épreuve de force dans la compétition entre les peuples pour la domination y sont dans un lien indissoluble : le peuple fasciste est par principe et par destination un peuple maître. Les éléments constitutifs de l'idéologie fasciste s'intègrent ainsi dans une structure hiérarchisée et orientée : il s'agit de former une communauté nationale mobilisée en permanence sur des valeurs de foi, de force et de combat ; une communauté comprimée dans une unité totalitaire excluant toute autre allégeance que la fidélité exclusive à un Chef qui décide absolument du destin collectif ; une communauté militarisée enfin, soudée en vue d'une entreprise de domination qui est à elle-même son principe et son but.

Si rapide soit-elle, cette définition fournit un calibre qui permet non seulement de saisir le fascisme caractérisé, mais encore de se repérer dans ces formes floues et composites de fascisation qui sont le grand nombre et forment l'intérêt d'une enquête sur le fascisme en France. Est-il possible cependant de distinguer dans la fascisation des niveaux intermédiaires ? Ainsi la fascination pour les fascismes vaut-elle comme le signe d'une fascisation amorcée ? Des rencontres avec des organisations de jeunesses fascistes ou nazies, par exemple, constituent-elles la preuve d'une fascisation ? Il semble raisonnable de parler de fascisation dès lors qu'existe un projet politique qui incorpore, à doses plus ou moins fortes, une visée de transformation totalitaire de la nation au nom de valeurs de force, de puissance et de domination. La fascination est en deçà de ce seuil, dont elle constitue le libre vestibule. Ce qui la fonde généralement, c'est un chevauchement partiel de valeurs, une identification partielle avec le type de société incarné par les fascismes, et, au fond de tout, une aspiration totalisante vers une forme de société communautaire. De l'aspiration totalisante à la volonté totalitaire, il y a un fossé, la seconde supposant la volonté d'imposer ses vues en face d'adversaires combattus avec intransigeance.

Quand on cherche à définir les voies privilégiées de l'attraction exercée par les fascismes, il apparaît que les hommes qui y furent exposés, venant de gauche comme de droite, devaient nourrir au moins un projet de rassemblement national. Dans la mesure où ce dernier constituait la base commune au fascisme et aux diverses variantes de cette famille d'idéologies, un plan minimal existait à partir duquel, dans les conditions de la France des années trente, une fascination pouvait se développer en fascisation. De façon générale, comme on peut le vérifier dans les itinéraires des dissidents de gauche et des non-conformistes, trois types d'éléments favorisèrent l'attraction vers le fascisme. Un certain type de valeurs psycho-politiques, d'abord, le fascisme portant ou incarnant des valeurs que ces hommes appréciaient, comme la communion humaine dans l'action collective. Un ensemble de valeurs idéologiques, ensuite, un rapprochement étant possible sur la base d'une communauté d'adversaires (le libéralisme, le capitalisme, le communisme, le parlementarisme et, pour certains, la démocratie). Enfin, des principes d'organisation et d'action politiques, le fascisme présentant un modèle d'instrument partisan alliant à l'efficacité et à l'activisme les séductions d'une religion politique.

En évoquant les itinéraires de non-conformistes des années trente, on tentera d'éclairer le jeu de composition qui s'opéra entre les aspirations de rénovation de ces hommes et les représentations qu'ils se faisaient des fascismes ; le rapport étroit qui exista entre l'aimantation particulièrement forte exercée par le nazisme et la double nature de menace et de modèle qui le caractérisait ; enfin, la contradiction, ou du moins la contrariété, que pouvait constituer pour une fascisation intégrale la finalité de prévention de la guerre qui était assignée à ces entreprises de rénovation nationale.

Jules Romains et le rêve du faisceau démocratique.

Le cas de Jules Romains qui consacra au rapprochement franco-allemand ses efforts jusqu'à la veille de la guerre montre que l'attraction du fascisme pouvait trouver appui dans un univers politique fort éloigné de l'extrême droite et se déployer sans entraîner de fascisation. Proche du Parti radical, partisan de la fédération européenne, favorable à la représentation des peuples à la Société des nations, Jules Romains vit dans l'arrivée de Hitler au pouvoir une raison supplémentaire de rechercher l'entente entre les deux pays. A partir de l'automne de 1933, il défendit en des termes mesurés la nécessité de « conversations » avec l'Allemagne [4]. L'année suivante, une série de séjours à Berlin lui fit rencontrer Rosenberg, Goebbels et Ribbentrop. Entouré des plus grandes attentions, il fut traité ainsi que commençaient à l'être au même moment par la Russie stalinienne les compagnons de route du communisme. Ses romans furent traduits en allemand, ses pièces de théâtre portées sur les scènes de Berlin, le tout accompagné d'exemptions spéciales pour l'exportation de ses droits d'auteur [5]. Il est très improbable que la vénalité ou l'intérêt matériel aient joué le moindre rôle dans son action en faveur du rapprochement franco-allemand. Il est probable, en revanche, que ces flatteries et ces prévenances aient affermi l'expression de ses convictions. Pour la propagande allemande, il suffisait

4. Jules Romains, *Le Couple France-Allemagne*, Paris, Flammarion, 1934.
5. Archives nationales (Paris), *F⁷ 13434*, note P 139 du 4 février 1935 sur les avantages de sorties de devises dont jouissait Romains.

qu'un homme comme lui appuyât du poids de sa notoriété les protestations de paix du régime hitlérien. Sa participation au Comité France-Allemagne, créé en automne 1935, allait être la conséquence logique de son engagement pour l'entente entre les deux pays.

La volonté de paix, quelque réelle qu'elle fût, n'était pas seule en jeu. L'argumentation que Romains développa aussitôt après l'arrivée de Hitler au pouvoir jette de la lumière sur ses motifs profonds. S'il exprimait, liminairement, l'antipathie qu'il éprouvait pour les dictatures fascistes, il faisait porter au marxisme la responsabilité de la situation européenne. Le fascisme lui apparaissait comme une réaction à cette doctrine de division, mais une réaction qui n'était « pas seulement, comme notre Restauration de 1815-1830, un retour au passé, un épisode tout négatif de régression ou de lassitude, mais aussi un essai de réponse positive à des problèmes actuels ; précisément à ceux que le marxisme a méconnus ou qu'il a traités par l'absurde [6] ».

Parmi ces problèmes auxquels le fascisme tentait d'apporter une solution, Romains en voyait « deux surtout qui, loin d'avoir fait des progrès depuis un siècle, n'avaient cessé de s'éloigner d'une solution. Je veux parler du problème de la hiérarchie et du problème de l'euphorie collective ». La Révolution française n'avait supprimé l'ancienne hiérarchie que pour la remplacer par une autre fondée sur l'argent. Dictature des cadres, le fascisme se préoccupait, lui, « de dresser une hiérarchie sociale qui pourrait receler mille injustices particulières, ou faire une place beaucoup trop large aux privilèges légués par le passé, mais qui, pour la première fois depuis la Révolution française, prétendait s'appuyer sur la hiérarchie authentique et naturelle des valeurs. Le régime ne durera peut-être pas. Mais le principe qu'il a ainsi posé, ou remis en honneur, durera. Comme les principes de la Révolution française lui ont survécu, en France et ailleurs ».

---

6. *Problèmes européens*, Paris, Flammarion, 1933, p. 117-118.

D'autre part, depuis plus d'un siècle, la société occidentale vivait « dans un état de mécontentement interne, de colère contre soi-même, d'hostilité des parties les unes contre les autres[7] ». Le temps était venu d'une « paix sociale qui ne soit pas une trêve entre deux adversaires qui se guettent, mais l'état régulier d'un organe dont les fonctions s'équilibrent bien ». Chacune à sa façon, les nouvelles dictatures de l'après-guerre, communiste ou fascistes, tentaient de répondre à ce problème. La France restait, hélas, immobile. Et Romains d'ajouter : « L'esprit de mécontentement et de révolution répond, lui aussi, à la mission de l'homme, et procède de sa noblesse. Mais cette besogne ne peut s'éterniser. Il faut qu'une société se décide un jour ou l'autre à être contente. Grâce à une révolution, si c'est nécessaire. En se passant de révolution, si c'est possible. Sinon, elle mourra de consomption, d'empoisonnement par l'amertume, au milieu de sociétés redevenues euphoriques[8]. »

A travers ce texte remarquable, on peut mesurer l'importance de certaines valeurs psycho-politiques : l'aspiration à une société communautaire, unie, chaleureuse et dynamique, le souhait ardent d'une ambiance collective et d'un ordre social réglé. La vision du fascisme que donnait Jules Romains montre qu'un républicain pouvait tirer à gauche un phénomène comme celui-là. La référence à la Révolution française, le positionnement du fascisme sur le vecteur du progrès, et non sur celui de la réaction, visaient à en souligner la familiarité à l'intention de lecteurs républicains. Le même résultat était produit par la mise sur un pied d'égalité apparent, non sans contradiction avec la mise en accusation préalable du marxisme, des régimes fascistes et communiste, présentés comme les expressions d'une même tendance historique. Chez les marginaux et les non-conformistes de la France des années trente, ce point de vue était général, sans être convaincant, car la proximité

7. *Ibid.*, p. 182.
8. *Ibid.*, p. 185.

des projets de société et des valeurs politiques était plus évidente avec les fascismes qu'avec le communisme. Mais c'était une manière de repousser toute identification avec le fascisme et de réserver à la France une forme propre de révolution nationale dont la nécessité, quant à elle, ne faisait pas de doute : « Le jour où, par une synthèse dont notre régime actuel nous fournit déjà les bases, nous saurions montrer au monde qu'une démocratie peut être hiérarchisée, selon d'autres lois que celles de l'argent, et retrouver l'euphorie sans sacrifier les libertés de l'homme, nous redeviendrions ce que nous fûmes tant de fois : les guides des autres peuples et les instituteurs de l'ordre le plus nouveau[9]. »

Romains donnait ainsi voix à une confuse mais intense aspiration à un renouvellement de la France qui devrait lier à des traditions nationales de liberté la cohésion et le dynamisme admirés chez les régimes fascistes. Mais il ne précisait pas les moyens qui permettraient d'établir démocratiquement cette hiérarchie et cette euphorie collective qu'il appelait de ses vœux.

Sans doute faut-il faire la part chez lui de sa qualité de poète et de romancier. Il n'était pas sans raison le chantre de l'unanimisme, doctrine opposée à l'individualisme et au matérialisme et affirmant l'existence d'une réalité spirituelle enveloppante, au sein de laquelle peuvent communier individus et groupes. En tout cas, ni la vision de la société réconciliée et rajeunie, ni la fascination pour les fascismes, du moins quand elle faisait fond sur de tels motifs, ne sont assimilables au fascisme. Après avoir vainement tenté d'opérer sur la base du *Plan du 9 juillet* le rassemblement national de ses vœux, celui qui devait faire advenir une « France intense et pacifique[10] », Jules Romains, qui se reconnaissait en Daladier, donna son adhésion au Front populaire et suivit le chemin de son mentor jusqu'à l'union

9. *Ibid.*, p. 186.
10. *Plan du 9 Juillet*, Paris, Gallimard, 1934, p. 20.

nationale de la fin des années trente. Après la défaite, il s'installa aux États-Unis.

Emmanuel Mounier et les « mérites » du fascisme.

Le cas de Mounier et du groupe de la revue *Esprit* montre une charge d'ambivalence très semblable à celle de Jules Romains. Sur le plan des doctrines, entre le personnalisme et le fascisme, les oppositions étaient nettes et clairement affirmées. Par la primauté donnée à l'irrationnel et à la puissance, par son exaltation de mystiques grossières comme le nationalisme, par l'oppression totalitaire de la personne, le fascisme heurtait de front les conceptions des personnalistes, leur attachement à la dignité et à la liberté de l'homme, leur vision fédéraliste de la vie sociale. Ils mettaient la personne au fondement de la communauté, le fascisme soumettait l'individu à la communauté. Pourtant, ils ne passaient pas sur lui une condamnation définitive. Dans les régimes fascistes, ils reconnaissaient la présence d'un « authentique élan spirituel ». Ils voyaient s'épanouir, au milieu de beaucoup d'aspects condamnables, des « valeurs authentiques », de « dévouement », de « sacrifice », d'« amitié virile ». Comme l'écrivait Mounier en 1936 : « A ne juger du niveau spirituel d'un peuple que par l'exaltation qui fait rendre à chaque homme plus que ses forces et le tend violemment au-dessus de la médiocrité, à le mesurer uniquement aux valeurs d'héroïsme, il est certain que les fascismes peuvent revendiquer le mérite d'un réveil spirituel [...]. Plus d'une parmi leurs réactions – contre les déviations du rationalisme, du libéralisme, de l'individualisme – sont saines dans leur origine. Des valeurs propres qu'ils ont remises en vigueur il en est même plusieurs qui donnent au départ une indication juste, si leur réalisation est déplorable. Dépouillons la mystique du chef de l'idolâtrie qui la corrompt pour y retrouver le double besoin de l'autorité du mérite et du dévouement personnel, enlevons à la discipline sa contrainte, et nous n'aurons pas de peine à retrouver ici et là une âme de personnalisme captive de réalisations oppressives [11]. »

Cette idée d'un germe de personnalisme pris dans la masse du fascisme, Mounier allait encore l'exprimer, notamment dans l'article particulièrement véhément qu'il écrivit contre le nazisme pendant la crise de septembre 1938 (entre le mémorandum de Godesberg et la conférence de Munich) : « Nous pouvons abominer l'inspiration de la révolution nazie, mais quand bien même elle comporte un mal absolu, elle n'est pas dans toutes ses pièces le mal absolu. La rude purification des fascismes porte le feu dans tout un appareil vermoulu que nous n'avons cessé ici de combattre, au nom d'autres valeurs. »

Il ajoutait qu'« à méconnaître le jugement historique que les fascismes dressent sur un monde déchu, on se priverait de recueillir les forces ardentes qu'ils détournent [12] ». C'était reconnaître aux fascismes une communauté de direction. Mounier écrivait, parlant du nazisme, que « le socialisme allemand, comme d'ailleurs le socialisme russe, ne saurait être qu'une étape – peut-être nécessaire dans ces pays – vers le personnalisme intégral, fin naturelle et spirituelle de la civilisation d'Occident [13] ».

La reconnaissance de valeurs positives, jointe à la mise en évidence de différences rédhibitoires, explique les rapports du groupe *Esprit* avec les régimes fascistes. Sa participation notoire au congrès de Rome sur les corporations en mai 1935 ne fut qu'une rencontre parmi d'autres. Des membres du groupe avaient pris part, quelques semaines

---

11. Emmanuel Mounier, « Manifeste du Personnalisme », *Esprit*, 1er octobre 1936, p. 29-30. Cf. Michel Winock, *Histoire politique de la revue « Esprit » (1930-1950)*, Paris, Seuil, 1975 ; Pierre de Senarclens, *Le Mouvement « Esprit », 1932-1941. Essai critique*, Lausanne, L'Age d'homme, 1974.

12. Emmanuel Mounier, « Lendemains d'une trahison », *Esprit*, 1er octobre 1938, p. 13-14.

13. Emmanuel Mounier, « Revue des revues », *Esprit*, 1er avril 1937, p. 300.

auparavant, à des journées d'études à Paris en compagnie de dirigeants des jeunesses fasciste et nazie [14]. Mounier lui-même avait donné une conférence en 1934 devant un groupe d'étudiants nazis à Paris [15]. En juillet 1936, il participa au Zoute, en Belgique, à un camp de jeunes en compagnie de dirigeants de la Hitlerjugend, avec lesquels il se livra à une confrontation de leurs points de vue [16]. La même année toujours, il donna à la revue d'Otto Abetz, l'agent de Ribbentrop en France, un article sur le personnalisme, auquel répondirent, sur le même plan de fermeté doctrinale et de volonté de dialogue, des intellectuels nazis [17]. Même après Munich, l'intérêt de Mounier pour l'Allemagne nazie demeura, comme en témoigne la demande qu'il fit en février 1939 auprès de l'ambassade d'Allemagne à Paris pour obtenir le service de revues allemandes dont il avait été question dans un article de la revue d'Abetz [18]. La démarche même et le ton sur lequel la demande était formulée traduisent bien le mélange inquiet de désir de communication et de souci d'affirmation de son identité qui

14. Auswärtiges Amt, Politisches Archiv (Bonn), *Inland I Partei* 41/4, note d'Abetz, 20 mai 1935.

15. Emmanuel Mounier, *Œuvres*. T. IV. *Recueils posthumes. Correspondance*, Paris, Seuil, 1963, p. 550 (29 mai 1934).

16. L. von Huffel, « Le Zoute », *Cahiers franco-allemands*, nos 8-9, août-septembre 1936, p. 301. Parmi les dirigeants hitlériens figurait Reinhold Schulz, le responsable des relations internationales de la Reichsjugendführung.

17. Emmanuel Mounier, « Was ist der Personalismus ? », *ibid.*, n° 11, novembre 1936, p. 368-373 ; M. Hieronimi, « Der Personalismus, eine geistige Erneuerungsbewegung in Frankreich », *ibid.*, n° 2, février 1937, p. 58-60 ; H. Jeschke, « Der Personalismus als geistig-politische Erneuerungsbewegung in Frankreich », *Geist der Zeit* (ex-*Hoschschule und Ausland)*, décembre 1937, p. 875-886.

18. AA-PA (Bonn), *Botschaft Paris* 692/4, lettre de Mounier à l'attaché culturel de l'ambassade du 21 février 1939 ; en voici l'essentiel : « Nous aimerions beaucoup suivre sur documentation directe le mouvement culturel allemand. Vous serait-il possible de nous obtenir, à votre gré, soit l'échange d'*Esprit* avec ces revues, soit, si vous préférez, le service de ces revues à titre de propagande. J'indique la seconde hypothèse car vous ne devez pas ignorer qu'*Esprit* est souvent critique pour le régime national-socialiste et peut-être préférez-vous que ces critiques ne passent pas la frontière. »

caractérisait la relation de Mounier avec l'Allemagne nazie[19].

A la source de cette ambivalence, on distingue le sentiment de parenté créé par la communauté de certains ennemis – le capitalisme libéral et individualiste, la démocratie parlementaire et politicienne – et par la proximité de certaines aspirations à une communauté solidaire et de valeurs irrationnelles d'action et de fraternité collectives. Comme d'autres de leurs contemporains, les personnalistes furent attirés dans le champ magnétique des fascismes par la perception exacerbée qu'ils avaient d'une dénivellation entre régimes démocratiques et régimes neufs. Parce que leurs conceptions les y prédisposaient, ils furent portés à se représenter les fascismes à travers le prisme de leurs aspirations et de leurs attentes. Ce n'était pas que leur perception eût été inexacte. Comme la plupart des non-conformistes de ces années, ils perçurent lucidement l'obsession militariste du nazisme et la très grande probabilité de guerre qu'elle impliquait. Mais, dans leur représentation, ils préféraient, eux aussi, privilégier certains aspects – la foi de la jeunesse nazie, l'économie dirigée mise en place par le régime – en les dissociant de la structure globale du système. Expression de leur crainte de la guerre, sans doute, mais aussi résultante d'un éblouissement devant des réalités séduisantes et d'un désir inconscient de préserver la crédibilité de leurs propres espérances. La fascination pour les fascismes venait paradoxalement renforcer une volonté de paix qui aurait dû y trouver ses limites.

Sur cette toile de fond, le ralliement à la Révolution nationale et la décision de faire reparaître *Esprit* n'étaient pas un accident de parcours. Mounier répétait avec Pétain son attitude devant l'Allemagne nazie. L'éblouissement venait, une fois encore, obscurcir la clarté des principes. Cependant, les convictions chrétiennes qui nourrissaient sa

19. Cf. Pierre de Senarclens, « L'image de l'Allemagne dans la revue *Esprit* », *Relations internationales*, 1974, n° 2, p. 123-145.

foi en l'égalité et en la dignité de l'homme vinrent tôt lui faire recouvrer la vue et prendre le chemin de la résistance.

Bertrand de Jouvenel et le nazisme : l'émulation pour la paix.

Comme la plupart des jeunes radicaux, Bertrand de Jouvenel était un partisan ancien du rapprochement franco-allemand. Comme eux, il était de longue date en quête d'un renouvellement de la France. Deux raisons essentielles qui firent que sa volonté de paix se prolongea bientôt d'un intérêt fasciné pour cette « nouvelle Allemagne » qui se construisait et faisait planer une ombre de plus en plus menaçante sur la France. Alors qu'en 1930 il avait traité Hitler par la dérision [20], il le prit au sérieux dès son accession au pouvoir, montrant dans la manière qu'il avait de le présenter les signes de son saisissement. Il lui paraissait qu'en redonnant espoir à des millions d'hommes Hitler avait rendu un immense service moral à la nation allemande. Il se prononçait, quant à lui, pour la recherche d'un accord immédiat qui pût l'« affermir » : « Le moment est peut-être plus favorable qu'on ne pense pour lui offrir l'occasion d'un geste qui ait de l'éclat. Rien ne l'affermirait mieux qu'un espoir positif enfin donné à ses six millions de chômeurs [21]. »

Pour Abetz, qui avait fait sa connaissance dans les rencontres de jeunesses franco-allemandes avant 1933, Jouvenel allait se révéler un aide des plus précieux. Ce fut grâce à ses bons soins qu'Abetz rencontra, en juillet 1934, les

20. Bertrand de Jouvenel, « Une réunion de Hitler. Ce qui menace la paix du monde », *L'Œuvre*, 13 septembre 1930.

21. Bertrand de Jouvenel, « Peut-on s'entendre avec Hitler ? », *La République*, 10 février 1933. Cet article fut reproduit dans la section finale, opportunément intitulée « Pièces justificatives », de l'ouvrage que fit paraître Jouvenel à Paris en 1941, *Après la défaite*, Paris, Plon, 1941, p. 247-249.

dirigeants des anciens combattants français, rencontre que devaient suivre des entretiens avec leurs homologues allemands et les entrevues fameuses avec Hitler[22]. En septembre 1934, quand Abetz fut refoulé comme indésirable à la frontière française, Jouvenel fut de ceux qui intervinrent auprès du ministre des Affaires étrangères, Barthou, pour obtenir que la mesure fût rapportée ; ce qui fut fait deux jours plus tard[23]. Il fut, enfin, intimement mêlé aux tractations qui aboutirent à la constitution du Comité France-Allemagne, dont il devint l'assesseur, aux côtés de Benoist-Méchin, et l'un des membres les plus actifs[24].

Le plus grand service qu'il rendit, sinon à l'Allemagne hitlérienne, du moins à la cause de l'entente franco-allemande, telle qu'il l'entendait, fut la fameuse interview de Hitler en février 1936. Ce projet avait été évoqué avec Abetz vers la fin de 1935. Séjournant en janvier 1936 à Garmisch-Partenkirchen, où allaient se dérouler les jeux Olympiques d'hiver, Jouvenel sollicita de son ami la réalisation du projet[25]. Hitler accorda l'entretien et en fixa la date au 21 février. Jouvenel ne pouvait savoir que le dictateur venait d'arrêter la décision de procéder au début du

---

22. « Histoire secrète du rapprochement franco-allemand », *L'Europe nouvelle*, 15 décembre 1934, p. 1243 ; cet article très informé n'est pas signé, mais le consul Landini, chargé de la presse à l'ambassade d'Italie, l'attribuait à Luchaire lui-même, Ministero della Cultura Popolare (National Archives/Washington), T 586/417/008229, Landini à Ciano, 19 décembre 1934.

23. AA-PA (Bonn), *Botschaft Paris* 1061/c, note sur la rencontre des Auberges de Jeunesse à Boissy-la-Rivière, 8-9 septembre 1934, s.d.

24. *Botschaft Paris* 1049/1, note de von Rintelen, 19 août 1935 ; « Comité d'Honneur France-Allemagne », s.d. ; tél. B 5524 de Welczek, Paris, 25 novembre 1936.

25. Lettre datée du 29 janvier 1936 : « Cher Otto, je suis ici pour trois semaines. Au cours de cette période, sera-t-il possible de réaliser le projet de Berchtesgaden ? Tu sais que *Paris-Soir* tire maintenant à 2 200 000 exemplaires. Je n'ai pas besoin de te signaler combien le journal est anti-allemand. Qu'on lui donne quelque chose, sacrebleu, et le ton changera ! Fais mes compliments au baron de Ribbentrop et garde pour toi ma très affectueuse amitié. Bertrand » (Berlin Document Center, *Dossier Abetz*/008 14-5).

mois suivant à la remilitarisation de la Rhénanie et entendait se servir, pour justifier son acte, de la ratification du pacte franco-soviétique que la Chambre française était en train d'opérer. Les dirigeants allemands n'ignoraient pas que l'interview n'avait aucune chance d'influencer l'issue des débats parlementaires prévue pour le 27 février. Leur calcul était d'utiliser l'attention que ceux-ci suscitaient dans le public français pour faire produire la plus grande résonance à des déclarations spectaculaires d'amitié à l'endroit de la France et créer dans l'opinion le climat qui pourrait favoriser l'acceptation du coup de force prochain.

Jouvenel rentra à Paris avec le texte de l'interview visé par les Allemands, qui n'eurent sans doute qu'à se féliciter de la lumière extrêmement favorable dans laquelle était placé Hitler, et suivi par Abetz, chargé de veiller à sa reproduction fidèle. Or la direction de *Paris-Soir* s'opposa à la publication de l'interview. Comme Jouvenel l'apprit au Quai d'Orsay, c'était sur l'intervention du gouvernement qui voulait en prévenir le retentissement dans les débats parlementaires. Jouvenel chercha alors à faire agir divers hommes politiques et il obtint le concours de Laval qui tenta sans succès de mobiliser des groupes d'actionnaires de *Paris-Soir*, avant de conseiller de s'adresser à un autre journal. L'interview finit par paraître le 28 dans *Paris-Midi*[26].

Il est clair que, dans cette affaire, Jouvenel fut victime d'une manœuvre dont il n'avait pas connu les tenants et les aboutissants. Il n'en demeure pas moins qu'il s'était exposé en connaissance de cause. Au moment où il avait sollicité l'entretien, il ne pouvait ignorer le contexte dans lequel sa publication interviendrait. Et il était lui-même opposé à la ratification du pacte franco-soviétique. Il en déniait la nécessité en se référant à l'hostilité nazie pour l'URSS : « Il faut ne s'être jamais entretenu avec le Führer pour croire à la possibilité d'une alliance germano-russe (qu'on a agitée comme un épouvantail pour nous pousser à “prendre les

26. *Ibid.*, 007 73-4.

devants" et à faire, nous, un pacte avec la Russie). » L'entente franco-allemande aurait l'avantage de dégager la France de la recherche épuisante d'accords avec l'Italie et la Grande-Bretagne et suffirait à assurer sa sécurité. Il affirmait ne pas vouloir, comme d'autres, l'entente avec l'Allemagne dans l'espoir que se produirait une contagion des formes de gouvernement ; l'hitlérisme était un phénomène profondément allemand : « Si, d'aventure, une sorte de nationalisme français se réveillait au contact du nationalisme allemand, il nous inciterait à renouer avec notre propre passé, foisonnant d'institutions démocratiques » (sans plus de précisions). Le danger n'existerait pour la France que dans la mesure où elle aurait « un gouvernement faible, hésitant, à la remorque de ses alliés extérieurs ou intérieurs, à la remorque des événements ». En d'autres termes, « dans la mesure où seraient face à face une Allemagne conduite par sa jeunesse et une France conduite par ses vieillards. On comprendrait alors que nous manquions de confiance. Mais le manque de confiance en nous-mêmes est le fait d'un pays qui n'a pas trouvé encore sa forme politique nouvelle, celle qui provoquera la tension subite des énergies nationales collectives[27] ».

En politique intérieure, Jouvenel avait pris un tournant en février 1934 lorsque, déçu par Daladier démissionnant au lendemain de l'émeute, il avait quitté le Parti radical et fondé *La Lutte des Jeunes*, une petite revue qui vécut quelques mois et accueillit tout ce qui comptait dans le non-conformisme de gauche et de droite. Dégoûté des partis et des hommes de parti, Jouvenel espérait réunir autour de lui la jeune génération française. L'effervescence des débats et le foisonnement des programmes qui enfièvrent les colonnes de sa revue attestent la richesse et l'intensité des aspirations de rénovation qui fermentaient dans certains esprits au plus profond de la crise. Partout, chez ces jeunes

27. Bertrand de Jouvenel, « A propos de mon interview du Führer-Chancelier », *La Flèche*, 7 mars 1936.

hommes, une désaffection entière à l'égard de la IIIe République, la recherche de nouvelles formes politiques et sociales qui portaient toutes, peu ou prou, l'influence des régimes voisins. Jouvenel lui-même en vint à accentuer les lignes de réforme des jeunes radicaux, l'autorité de l'exécutif, l'organisation de l'économie : « Plus de président de la République : un Premier ministre chef de l'État, nommé pour deux ans. Plus de Chambre des députés : un Conseil des Corporations confectionnant les lois. Plus de ministres en foule : des directeurs techniques, responsables devant le Premier ministre [28]. » Vérité d'évidence que l'influence du fascisme dans tout cela. Mais le pas n'était pas sauté. Parlant du Parti communiste, s'il repoussait le type de révolution qu'il proposait, Jouvenel affirmait la nécessité d'éviter tout conflit avec lui pour ne pas passer pour les soutiens du capitalisme aux yeux des travailleurs. Le PC devait être regardé « comme un aîné qui a fait fausse route. Non comme un adversaire [29] ».

En adhérant au Parti populaire français dès sa création par Doriot en juin 1936, Jouvenel prenait désormais le PC pour adversaire. Il marquait aussi qu'il lui paraissait indispensable de passer sur le terrain de l'action politique. Il fallait transformer la France pour la mettre à la hauteur de cette Allemagne nazie qu'il savait menaçante, mais dont il voulait l'amitié. Les historiens voient généralement dans le PPF un parti de type fasciste, le seul qui eut quelque importance dans la France des années trente [30]. Les structures de son organisation, le culte du Chef à qui chaque militant prêtait serment de fidélité, l'ambition de faire de la France une France doriotiste donnent du poids à cette

28. Bertrand de Jouvenel, « Élaboration du Programme », *La Lutte des jeunes*, 25 février 1934, p. 7.
29. Réponse de Jouvenel à l'enquête sur les rapports avec le PC, *Esprit*, 1er juin 1934, p. 484.
30. Jean-Paul Brunet, « Un fascisme français : le Parti populaire français de Doriot (1936-1939) », *Revue française de science politique*, vol. 33, n° 2, avril 1984, p. 255-280.

caractérisation même si, d'autre part, le PPF ne mit pas sur pied de formations paramilitaires et s'abstint de toute confrontation de rue. Dans la mesure où il partagea la vie et l'évolution du PPF jusqu'en 1938 – il fut à partir de juillet 1937 le rédacteur en chef de l'hebdomadaire du parti, *L'Émancipation nationale* –, Jouvenel est passible du même jugement. A y regarder de près, des nuances doivent être apportées aussi bien en ce qui concerne son cas personnel qu'en ce qui regarde le caractère pleinement fasciste du PPF.

Les articles que Jouvenel écrivit entre 1936 et 1938 montrent indiscutablement le passage d'une fascination à une fascisation. L'admiration portée aux régimes fascistes était toujours présente. Jouvenel intitulait l'un de ses articles de 1938 : « Le Troisième Reich a entrepris une œuvre gigantesque pour réconcilier l'homme avec le travail [31]. » « Comparez, écrivait-il ailleurs, tout ce que Hitler a fait pour l'Allemagne au peu que Daladier a fait pour la France [32]. » Plus significatifs étaient le traitement insistant du thème de l'élite, de la « nouvelle noblesse » à former qui tiendrait les rênes de la France à venir, et l'apparition du thème de la force : « La France doit retrouver le goût de la force [33]. »

Il ne faut pas faire bon marché, pourtant, de la complexité de son attitude. S'il jugeait que le fascisme et le nazisme avaient été profitables à l'Italie et à l'Allemagne, il ajoutait : « Rien ne démontre que la France ait besoin d'une discipline semblable. » Il visait par là la « tyrannie spirituelle » des fascismes : « C'est la partie la plus inacceptable pour nous de ces régimes que leur négation du principe de liberté de conscience. » La France pouvait s'en passer en raison de son unité morale profonde qui se trouvait simplement « cachée sous les plâtras des controverses intellectuelles » et qu'il s'agissait de faire ressortir.

---

31. *La Liberté*, 20 février 1938, p. 2.
32. Bertrand de Jouvenel, « L'autorité, l'autorité, elle est brisée », *ibid.*, 30 août 1938.
33. « Lettre à la noblesse de demain », *L'Émancipation nationale*, 16 janvier 1937 ; *ibid.*, 13 février 1937.

« Ayant senti l'existence d'un riche fonds de sentiments communs à tous les Français, [Doriot] use de toutes les occasions favorables pour nous apprendre à de nouveau avoir des émotions unanimes. Cette unité morale refaite lui permettra d'exercer un commandement qui ne sortira point de ce qu'on peut appeler les limites "classiques" du gouvernement. Et d'obtenir, malgré ce respect du spirituel, une discipline dans l'action, aujourd'hui indispensable à un pays qui veut vivre [34]. »

La contradiction est flagrante entre les deux aspirations. Pourrait-on faire redécouvrir des « émotions unanimes » aux Français sans être conduit, en conséquence de la lutte préalable contre les inévitables opposants, à imposer ce « despotisme spirituel » que Jouvenel repoussait ? Le PPF n'accéda pas au pouvoir, ce qui laisse en suspens la question du comportement de Jouvenel si un régime doriotiste avait été instauré en France. Il reste qu'au niveau des conceptions, en affirmant, comme il le fit à plusieurs reprises, son désir de voir respecter les « libertés fondamentales de la personne humaine [35] », Jouvenel penchait vers l'autoritarisme plutôt que vers le totalitarisme. Plus exactement, si son aspiration d'unanimité avait des implications totalitaires, notamment au vu de la structure du parti auquel il appartenait, il disait clairement son souhait d'un régime politique qui ne fût pas totalitaire. On peut juger que ce n'étaient que réticences d'intellectuel. Mais, s'il s'agit de juger du fascisme de Jouvenel, il importe de le faire dans sa figure particulière. Ni Hitler, ni Mussolini, et probablement pas Doriot non plus, ne connaissaient de telles réticences.

On retrouve la question du fascisme de Jouvenel sur un plan qui pose en même temps celle du fascisme du PPF, la politique extérieure. Les dirigeants du parti usaient du

34. Bertrand de Jouvenel, « La France avec nous. Un livre de Jacques Doriot », *L'Émancipation nationale*, 13 février 1937.

35. Bertrand de Jouvenel, « Le P. P. F. », *Revue des sciences politiques*, octobre 1937, p. 363-370.

langage de la grandeur et de la puissance nationales, mais ce n'était que très modérément. Le développement de cette thématique en direction d'un fascisme intégral était fortement contrarié, en effet, par la politique de conciliation et de pacifisme qu'ils prônaient. Le souhait des doriotistes était de parvenir à un accord avec l'Allemagne nazie pour éviter une guerre européenne dont, à leurs yeux, l'URSS et le PCF auraient tiré tout le profit. Aussi le PPF se présentait-il, selon la formule de Doriot, comme le parti de la paix. Jouvenel intitulait un article « Je viens de la Gauche : Je veux la Paix », tandis que Jean Fayard intitulait le sien : « Je viens de la Droite : Je veux la Paix [36] ». Il manquait au PPF cette exaltation des valeurs guerrières et, surtout, cette ambition de domination et de suprématie qui sont la caractéristique la plus évidente du fascisme et du nazisme.

Dans un article publié au début de 1938, Jouvenel exposa à l'intention des lecteurs allemands de la revue d'Abetz la politique extérieure de son parti. « La jeunesse française sent qu'une guerre européenne serait comparable à un cataclysme biblique. C'est pourquoi elle veut la paix, mais une paix qui entretienne les vertus viriles. » L'Empire devait donner à la jeunesse française « la possibilité de mener une vie héroïque et enthousiasmante, sans détruire quoi que ce soit ou porter tort à la vieille Europe [37] ». Jouvenel soulignait qu'il n'était pas question que la future France doriotiste restituât à l'Allemagne ses anciennes colonies. Estimant cependant « tout à fait naturel » que la jeunesse allemande voulût avoir à sa disposition, comme la jeunesse française, un Empire mondial, il affirmait la volonté de la nouvelle France de « prêter la main à l'Allemagne pour l'aider à acquérir un Empire mondial digne d'elle. Nous voulons que l'Allemagne, comme l'Angleterre et nous, soit une grande puissance coloniale. Cela fixera la solidarité nécessaire

---

36. Bertrand de Jouvenel, *L'Émancipation nationale*, 5 novembre 1937.
37. Bertrand de Jouvenel, « Das französische Weltreich », *Cahiers franco-allemands*, n°s 3-4, 1938, p. 103.

entre nous[38] ». Mais où tailler cet Empire ? Rappelant le précédent de l'expédition européenne en Chine en 1900, Jouvenel suggérait que l'entreprise de conquête du Japon redonnait de l'actualité à une expédition de ce genre. Il concluait en affirmant la nécessité pour les Européens d'arrêter de se contester mutuellement leur droit de dominer d'autres peuples et la nécessité de s'en tenir à un « sain nationalisme » qui les fît coopérer dans leur mission mondiale[39].

Dans ce texte où l'idéologie colonialiste se livre franchement, jusque dans ses présupposés racistes, Jouvenel faisait usage, comme les nazis, d'une imagerie médiévale. Ainsi, lorsqu'il exaltait les bâtisseurs d'Empire : « L'imagination s'enflamme à la pensée de conquérir de nouvelles terres, de nouvelles populations et de façonner librement un nouveau style de vie, c'est ce qui s'appelle véritablement mener la vie d'un homme, d'un seigneur, bref d'un "Franc". » Il usait également de raisonnements qui rappellent la philosophie vitaliste et naturaliste en honneur dans le nazisme. Ainsi c'est la perte par la France d'une partie de son Empire colonial au XVIIIe siècle qui, en privant de débouchés les énergies des Français les plus actifs, aurait provoqué l'éclatement de la Révolution[40].

Les rêves éveillés d'héroïsme colonial qui faisaient le fond du texte de Jouvenel éclairent la faiblesse intime du fascisme PPF et, à travers lui, du fascisme français. L'idée de fixer en Chine les appétits de l'Allemagne faisait l'objet d'une campagne dans la presse du PPF depuis le début de 1937, une campagne qui brandissait le « péril jaune » pour tenter de créer une solidarité des « Blancs face au Japon impérialiste ». C'était l'expression d'un souhait désespéré : le PPF ne voulait ni d'une guerre avec l'Allemagne, ni d'une extension de puissance de celle-ci sur le Centre et

38. *Ibid.*, p. 104.
39. *Ibid.*, p. 104-105.
40. *Ibid.*, p. 103.

l'Est européen qui aurait gravement menacé la sécurité future de la France. La crainte d'une guerre européenne, le souhait ardent de la prévenir, les moyens imaginés pour le faire, tout montrait l'absence d'une ambition impérialiste et d'une volonté de domination propres. La France n'aurait fait que donner sa bénédiction à l'entreprise impériale de l'Allemagne en Chine. Le fascisme français était, dès avant la défaite, un fascisme collaborateur en ce sens qu'il n'avait pas d'autre ambition que de donner à la France la force qui induirait l'Allemagne à composer et à accepter une entente garantissant la conservation de son statut de grande puissance. De là au fascisme satellite, le pas ne fut pas grand, du moins pour ceux qui, comme Doriot, et à la différence de Jouvenel, se montrèrent prêts à payer de l'entrée au service du vainqueur la satisfaction de leur ambition de dictature totalitaire et de revanche anticommuniste.

Au lendemain de Munich, cruellement déçu par l'écroulement de ses espoirs d'entente avec l'Allemagne et par l'attitude d'acceptation adoptée par Doriot, Jouvenel rompit avec le PPF et le Comité France-Allemagne. Après la défaite, il usa de ses anciennes relations avec les nazis, en particulier avec Abetz, devenu ambassadeur d'Allemagne à Paris, pour recueillir des informations sur les intentions allemandes au profit des autorités de Vichy. Résidant à Paris jusqu'en 1942, avant de gagner la Suisse l'année suivante, il se consacra à l'enseignement et s'abstint de toute activité journalistique. L'ouvrage intitulé *Après la défaite* qu'il publia à Paris en 1941 était un réquisitoire en règle contre la décadence de son pays. Il n'est pas étonnant que cet ouvrage, qui rappelait le vaincu à l'humilité et aux macérations, tout en faisant en creux l'éloge de la rénovation accomplie par le vainqueur, ait été traduit en allemand. Mais notons que Jouvenel demeurait silencieux sur les formes que devaient prendre les nouvelles institutions françaises et les relations entre la France et son vainqueur.

Comme l'indiquait le double fait de la publication de l'ouvrage et de l'absence d'une prise de position explicite,

Jouvenel s'était rangé tôt dans le camp des vichyssois attentistes, prêts à collaborer avec l'Allemagne dans toute la mesure où la France devait ménager son vainqueur en raison de ses besoins immédiats comme en vue du règlement futur de la paix, mais en même temps suffisamment soucieux de se concilier les puissances anglo-saxonnes pour refuser de prendre militairement le parti de l'Allemagne. Déat consignait dans son Journal de guerre à la date du 10 février 1941 – quelques jours après la fondation de son parti de collaboration, le RNP – les propos suivants de Jouvenel : « On ne rassemble pas les gens sur la collaboration ; en Allemagne, on les a rassemblés contre la France ; ici on ne pourrait le faire qu'en sens inverse. Si c'est impossible, il faut attendre. » Jouvenel conseillait à Déat, comme à Bergery, de « se ménager pour l'avenir » et d'attendre que les événements se fussent « prononcés [41] ». En mars 1942, un diplomate allemand faisait ainsi rapport sur l'attitude de Jouvenel après une conversation avec lui : « pessimiste » et « amertumé », celui-ci avait déclaré ne plus croire à la collaboration, ajoutant (vraisemblablement en réponse à un reproche de son interlocuteur) que les vrais attentistes se trouvaient à Berlin. Quant à Luchaire et aux collaborateurs, il les tenait pour des traîtres, comparables aux séparatistes rhénans dans l'Allemagne de l'après-guerre [42].

Ainsi, à juger globalement de son attitude durant les années trente, s'il est clair que Jouvenel montra au fil des ans, et en tout cas en 1937-1938, les signes d'une fascisation poussée, il ne versa pas dans un fascisme caractérisé, retenu qu'il était par les qualités et les ressources de son esprit, tout comme, peut-être, par les défauts mêmes d'une personnalité aisément éblouie, mais trop inquiète pour être capable de fanatisme.

---

41. Journal de Déat, Archives nationales.
42. AA-PA (Bonn), *Botschaft Paris*/1273, note du Dr. Gerstner, Handelspolitische Abteilung, 18 mars 1942.

Le fascisme « sage » de Pierre Drieu La Rochelle.

Ce n'est pas sans de bonnes raisons que l'on représente Drieu La Rochelle comme le fasciste français par excellence[43]. Davantage et mieux que beaucoup d'autres, il tint un discours, vers la fin des années trente, qui contenait bien des traits caractéristiques de l'idéologie fasciste : l'obsession de la force, le culte de la virilité, la détestation haineuse de la démocratie libérale, du marxisme et des juifs. Pourtant, il fut aussi un personnage ambivalent où se reflète la nature dérivée et incomplète du fascisme à la française.

Compagnon de route des jeunes radicaux à la fin des années vingt, il avait dit son identité d'Européen et voulu voir dans la Suisse une « sorte de préfiguration de l'avenir de l'Europe » : « L'Europe viendra à bout des patries qui la déchirent[44]. » En 1933, il suivit brièvement Bergery dans l'entreprise de *Front commun* et fut en 1934 le collaborateur le plus régulier de Jouvenel à *La Lutte des jeunes*. Lui qui tenait pour lors à se dire fasciste et qui, de tous ces hommes, s'en rapprochait effectivement le plus près, se prononçait dans le même temps, quand il exposait son point de vue sur la réforme de l'État, pour le respect de la représentation populaire[45].

Socialisme fasciste qu'il publia en 1934 montre à la fois la réalité de sa fascisation et ses limites. Le socialisme fasciste dont il était question comprenait aussi bien le stalinisme que le fascisme et le nazisme. Mais c'était le fascisme proprement dit qui attirait Drieu : le fascisme, ce « socialisme pour vieux Européens ». Il y voyait une fusion, une « pure théocratie où le spirituel et le temporel enfin se confondent »,

---

43. Cf. par exemple Robert Soucy, *Fascist Intellectual. Drieu La Rochelle*, Berkeley University of California Press, 1979.

44. Pierre Drieu La Rochelle, *L'Europe contre les patries*, Paris, Gallimard, 1931, p. 79, p. 139.

45. Pierre Drieu La Rochelle, « Sous Doumergue », *La Lutte des jeunes*, 7 mai 1934, repris dans *Chronique politique, 1934-1942*, Paris, Gallimard, 1943, p. 19-20.

ajoutant : « La liberté est épuisée, l'homme doit se retremper dans son fond noir[46]. » Appréciant dans les régimes fascistes la révolution de la jeunesse, la remise à l'honneur des vertus viriles et le culte du corps, il était profondément préoccupé par l'inéluctable pente guerrière sur laquelle ces valeurs les engageaient. Il voyait le lien logique qui existait entre la révolution intérieure opérée par eux et la guerre extérieure qui s'ensuivrait, et le déplorait profondément : « Une révolution toujours par un côté fait rentrer le mal que par un autre elle fait sortir. La révolution fasciste, qui a peut-être compris la solution propre à l'esprit européen du problème social, n'a pas compris le problème de la guerre. Elle n'a pu faire la dissociation d'idées, nécessaire aujourd'hui pour le salut de l'Espèce, entre la guerre moderne et la guerre éternelle, entre la guerre et l'esprit de guerre[47]. »

C'était au nom des valeurs de la guerre elle-même, mais de la guerre d'avant les tueries de masse, d'avant la guerre mécanisée et industrielle, que Drieu condamnait la guerre moderne comme une « abomination[48] ». Il avait, pour en décrire les effets destructeurs au cas où elle se reproduirait, la plume d'un pacifiste convaincu. S'il voulait ardemment pour la France une révolution de type fasciste, s'il s'enivrait de la vision d'une société aux énergies tendues, il voulait que cette révolution demeurât cantonnée dans le domaine intérieur et ne débordât pas vers l'extérieur. La jeunesse française, écrivait-il, ne pouvait peut-être pas reprocher aux jeunesses fascistes leur pente guerrière, mais elle ne devait pas les y suivre. Il lui fallait être « plus sage », faire un effort « plus mesuré », se façonner à une tension plus saine et peut-être plus « durable », et à cause de la déviation démoniaque qu'a subie la guerre « moderne », se contenter « de l'exercice transposé de la guerre : du sport[49] ».

---

46. Pierre Drieu La Rochelle, *Socialisme fasciste*, Paris, Gallimard, 1934, p. 104.
47. *Ibid.*, p. 152.
48. *Ibid.*, p. 136.
49. *Ibid.*, p. 153.

Guettant tout ce qui pouvait promettre un renouveau à la France et lui donner la vigueur des fascismes, Drieu ne pouvait manquer de trouver le chemin du parti de Doriot. Si les signes de fascisation se multiplièrent à partir de 1936, on retrouve chez lui la même difficulté à faire face à la réalité guerrière des régimes fascistes, la même tendance à l'évasion, cette fois vers la conception d'un chimérique fascisme universel. En août 1938, quand se profilait la menace de guerre à propos de la Tchécoslovaquie, Drieu dénonça « cette logique sans freins qui pousse les fascistes à faire de l'attitude nationaliste, de conséquence en conséquence, un absolu[50] ».

Gilles, le roman qu'il écrivait alors que son engagement politique lui apparaissait comme un échec et où la situation internationale brisait ses espérances, est cette « parabole fasciste » qu'a excellemment analysée Michel Winock[51], mais c'est aussi la parabole d'un fascisme inabouti. A la fin du roman, dans la conversation entre le héros, Gilles, en mission en Espagne du côté des rebelles, et deux volontaires franquistes, l'un Irlandais, l'autre Polonais, la conception d'un fascisme universel sur le modèle de l'Église catholique est exprimée avec force, tout comme le problème de conciliation qui en découle pour les fascistes appartenant à des pays non fascistes et menacés d'une guerre avec les puissances fascistes. Comme le dit Gilles à ses interlocuteurs, « de même que, vis-à-vis de l'Église, vous ne confondez ses directions politiques et ses directions spirituelles, vis-à-vis du Fascisme vous n'accorderez pas la même considération à son principe universel et aux puissances qui l'incarnent et, à l'occasion, en abusent. Si vous ne parvenez pas à faire triompher le Fascisme dans vos pays respectifs, vous supporterez la conséquence atroce de

50. Pierre Drieu La Rochelle, « Le fonds philosophique de notre doctrine (II) », *L'Émancipation nationale*, 12 août 1938, dans *Chronique politique*, *op. cit.*, p. 165.
51. Michel Winock, « Une parabole fasciste : *Gilles* de Drieu La Rochelle », *Le Mouvement social*, 80, 1972, p. 29-47.

votre incapacité et vous défendrez, au besoin, ces pays contre les puissances fascistes, même au risque de faire triompher les forces antifascistes. Le Fascisme peut attendre comme l'Église, mais vous ne pouvez sacrifier aux puissances qui se servent du Fascisme le corps de vos patries [52] ». L'idée d'un « abus » du fascisme, d'un détournement de sa mission par les puissances fascistes est frappante. Mais l'est tout autant l'idée implicite selon laquelle la guerre avec les puissances fascistes sanctionnerait l'incapacité des apprentis fascistes à faire triompher leur cause dans leur propre pays. En quoi apparaît nettement la valeur préventive et pacifique que Drieu donnait à la victoire du fascisme en France.

Pour Gilles, il ne subsiste plus que l'espoir du fascisme sortant en France et en Angleterre de la guerre contre les deux pays fascistes, de sorte que « dans ce mouvement dialectique » les aspirants fascistes trouveraient leur « soulagement ». « Du reste, à un moment donné de la guerre, entre l'invasion russe et l'invasion américaine, il naîtra un patriotisme européen entre les nations européennes toutes devenues fascistes. Devant l'urgence de ce patriotisme, l'Allemagne et l'Italie devront abandonner leur rêve d'hégémonie [53]. » On voit quel monde d'utopie devait bâtir Drieu pour se rendre acceptable la guerre contre les puissances fascistes et quelle était son incapacité à reconnaître la volonté de domination qui était la racine authentique de la politique des régimes fascistes. Ou plutôt, il la concevait et la percevait fort bien, mais il n'arrivait pas à s'en accommoder, sinon par le rêve. Au fond, sa prévision était une imploration aux fascismes de comprendre leur intérêt et celui de l'Europe en acceptant l'entente avant le massacre.

Gilles se termine par la décision prise par le héros de demeurer dans une petite ville assiégée par les forces rouges, s'exposant ainsi à une mort probable. Rien de moins héroïque que cette fin : la guerre n'est pas exaltée, le

---

52. Pierre Drieu La Rochelle, *Gilles*, Paris, Gallimard, 1939, p. 474.
53. *Ibid.*, p. 476.

héros est pris d'une peur panique avant de se décider; et dans sa décision, ce ne sont pas les motifs idéologiques qui pèsent, mais le désir d'en finir, le dégoût du passé, la fascination de la mort. Gilles ne meurt pas pour une cause, et il ne s'épargne même pas pour la seule cause qui aurait dû lui importer, la défense de sa patrie. En quelque sorte, il meurt pour l'Europe, une Europe à venir, rencontre de nations qui se ferait « sous un signe complexe garantissant l'autonomie de toutes les sources, particulières et universelles [54] ». Mort symbolique, échappatoire à l'insupportable perspective d'une guerre avec les pays fascistes : Gilles n'aurait pas à mourir dans une guerre de défense de la France qui sonnerait en même temps le glas de toutes ses espérances. Plutôt que d'affronter le conflit inéluctable en fasciste français, Drieu préférait la fuite dans le suicide inutile à l'étranger.

Le fascisme de Drieu est un phénomène complexe auquel il est préférable de ne pas appliquer hâtivement l'étiquette commune. D'un écrivain que fascina le personnage du déserteur, que le doute et la faiblesse habitèrent toujours, que le pressentiment de l'échec et de la mort hantait, il semble plus approprié de dire qu'il chercha dans le fascisme la réponse à la décadence qui l'obsédait et qu'il n'en formula qu'une variante impuissante et finalement destructrice pour lui-même. Il alla au fascisme par la voie d'une recherche identificatoire, et le terme en fut la satellisation au service d'un fascisme authentique, d'un hypernationalisme étranger. Mais, dans la mesure où il tenta de concilier l'aspiration à une vie politique intense, dynamique, héroïque, et un désir profond de paix, il incarne le fasciste à la française, fasciné par les modèles étrangers et démuni, dans son environnement national comme dans ses ressources individuelles, de l'impulsion brutale et irrépressible qui animait les fascismes authentiques. Raisonnable, trop raisonnable, il reculait devant la guerre. Bourgeois français, il refusait ce qui était la vertu cardinale des fascistes allemands et

54. *Ibid.*, p. 479.

italiens : le sacrifice de leur vie, le dévouement jusqu'à la mort pour la grandeur de leur nation confondue avec la volonté de puissance de leur Chef.

Thierry Maulnier et le duel complice avec le nazisme.

Sans doute pourrait-on objecter que ces hommes avaient été par le passé des pacifistes et qu'il n'est pas étonnant que leur vision du monde en fût restée marquée. A en juger par le cas d'un homme nourri aux valeurs d'extrême droite comme l'était Thierry Maulnier, le problème était plus profond. Disciple de Maurras, dans l'enseignement duquel il faisait courir l'ardeur d'une nouvelle génération et auquel il ajoutait un goût hérétique pour Nietzsche, Maulnier éprouva une fascination profonde pour le nazisme, tout en marquant nettement les différences doctrinales qui l'en séparaient. La monarchie demeurait pour lui le but et le remède. Et la décentralisation, le pouvoir des autorités traditionnelles, le souci des communautés naturelles ne pouvaient que lui faire repousser le principe du parti unique, la mobilisation permanente des masses et le brassage des élites qui caractérisaient les régimes fascistes. De même qu'à un Rauschning, le fascisme apparaissait à Maulnier comme l'ultime incarnation de l'esprit démocratique. Par le plébiscite, par l'appel à l'opinion, par la communion rituelle des masses avec le Chef, c'était encore et toujours le principe de la volonté populaire qui était en honneur[55]. Il n'est pas douteux, cependant, qu'à l'époque du Front populaire les conceptions politiques de Maulnier manifestèrent une nette fascisation. En 1938, il jugeait que le renversement du régime et l'entreprise de reconstruction de la France ne pouvaient être accomplis que d'une manière « totalitaire ». Il ajoutait, toutefois, dans un mouvement semblable à celui de

---

55. Thierry Maulnier, « Le "Fascisme" et son avenir en France », *Revue universelle*, 1er janvier 1936, p. 13-25.

Jouvenel : « L'action révolutionnaire, totalitaire parce que là est la condition de la suprême efficacité, n'aboutit à une création politique valable que si elle construit une structure nationale fondée sur les antagonismes naturels de la vie communautaire, c'est-à-dire pluraliste et équilibrée [56]. »

La préface qu'il donna en 1933 à la traduction française du livre d'Arthur Moeller Van den Bruck, *Le Troisième Reich*, montre l'étendue de l'intérêt qu'il porta dès le départ au nazisme. S'il le critiquait fortement pour sa nature de « religion plébéienne », de « triomphe grégaire et vulgaire », sans compter son « germanisme spécifique », il reconnaissait dans les principes des jeunes nazis une parenté avec les siens : « En face de certains problèmes, ils ont pris une attitude analogue à la nôtre : une jeune génération de Français se prépare, qui leur ressemble par le dédain du bonheur, la certitude qu'il faut payer cher de vivre, la condamnation implacable d'un grand nombre de valeurs et de systèmes usés, et qui leur ressemblera par la violence [57]. »

Sa philosophie des relations internationales lui faisait trouver naturelle celle des nazis, dont elle était très voisine : si une civilisation est supérieure, il est juste qu'elle triomphe ; si elle est inférieure, il est normal qu'elle disparaisse. La querelle entre l'Allemagne et la France n'était pas une querelle de principes : « Si nous contestons le principe allemand d'après lequel une humanité supérieure a le droit d'asservir une humanité inférieure, pourquoi avons-nous des colonies ? Résoudre cette question, c'est résoudre en même temps celle de la suprématie [58]. »

Armé de tels principes, Maulnier aurait dû compter parmi les adversaires d'une politique de conciliation envers l'Allemagne. Il n'en fut rien. Comme beaucoup d'hommes d'extrême droite, il en vint à la démission de ses principes

---

56. Thierry Maulnier, *Au-delà du nationalisme*, Paris, Gallimard, 1938, p. 239.

57. Arthur Moeller Van den Bruck, *Le Troisième Reich*, Paris, A. Redier, 1933, p. 16.

58. *Ibid.*, p. 13.

en donnant la priorité au changement intérieur et en voulant interpréter, contre toute évidence, le conflit à venir comme un combat entre deux principes, le fascisme et le communisme, entre lesquels la France n'avait pas à prendre parti. Cette position surprend moins à lire attentivement le texte de 1933 que l'on vient d'évoquer. Maulnier pouvait bien écrire et répéter sous une forme ou une autre, en parlant des jeunes nazis : « Ils s'affirment nos ennemis, faisons-leur l'honneur de les considérer comme tels[59] », il ne se faisait pas à l'idée du conflit inévitable entre les deux pays.

« Même si, écrivait-il, nous devons être séparés, de la nouvelle Allemagne, par un conflit contre lequel aucune fraternité ne saurait prévaloir, il nous paraît opportun de dire avec tranquillité que nous nous sentons plus proches et plus aisément compris d'un national-socialiste allemand que d'un pacifiste français[60]. » La « nouvelle Allemagne » à peine née, Maulnier craignait d'en être « séparé », de ne pas pouvoir faire « prévaloir » cette « fraternité » qu'il ressentait tant qu'il lui fallait déclarer sa préférence pour l'adversaire sur son compatriote.

Maulnier était saisi par le désir de nouer avec la « jeune Allemagne » les liens d'une amitié profonde et virile, et ce désir serait incompréhensible s'il n'était rapporté non seulement à ce qui, dans la proximité de certaines valeurs et de certaines conceptions, pouvait produire la fascination pour le nazisme, et puis la fascisation, chez Maulnier le maurrassien, mais encore à la situation spécifique dont Maulnier le Français était le réflecteur. Quand il appelait à « comprendre » les jeunes nazis, il soulignait qu'il s'agissait de « comprendre, non d'aimer », de comprendre « sans nous épouvanter et sans nous laisser séduire ». Et encore : « De singuliers penseurs ont fini par nous faire croire que le combat ne peut être que le fruit d'une haine inhumaine et furieuse, tandis que toute compréhension des êtres comporte-

59. *Ibid.*, p. 10.
60. *Ibid.*, p. 16.

rait une sorte d'amour. Est-il donc si difficile à des hommes d'affronter des hommes sans panique, et de nouer avec l'adversaire présent ou proche, au moment même de la mort et du meurtre, une sorte de froide et splendide complicité [61]. »

L'épouvante et la séduction, la panique et la complicité, telles étaient les réactions qui sollicitaient l'esprit de Maulnier en présence de l'Allemagne hitlérienne. C'est de ces réactions-là qu'il se défiait, pour lui comme pour la France. Après 1940, il se tint à l'écart du collaborationnisme.

A la considérer dans un contexte plus large, son attitude paraît emblématique de la situation du fascisme français. C'est dans le couple indissociable de ces deux réactions, l'anxiété nourrissant la fascination pour les fascismes et la fascisation butant sur la borne du désir d'entente et de paix, que l'on trouve probablement la racine de ce qui fit du fascisme français un fascisme faible et incomplet. Au cœur du phénomène diffus d'attraction pour les fascismes qui caractérise la France des années trente se trouvait la quête d'une conciliation malaisée, sinon impossible, entre une volonté de redressement national qui visait à établir un régime qui donnerait à la France, sous une forme autoritaire ou totalitaire, la cohésion ardente et dynamique des fascismes étrangers, et une volonté de paix fondamentale qui ne pouvait que faire obstacle à la réalisation de ce dessein. Ce plan profond de la mentalité nationale dans l'entre-deux-guerres, qu'a fait ressortir Ladislas Mysyrowicz dans son étude des conceptions stratégiques des autorités militaires de l'époque [62], manifestait ainsi sa présence agissante jusque dans un secteur de la vie nationale qui aurait dû, par définition, incarner l'antithèse de cet état d'esprit. Trouvant son ressort essentiel dans l'émulation des fascismes étrangers, incapable de se soutenir d'une impulsion fondamentale propre, le noyau dur du fascisme français aboutit naturellement à revancher son impuissance haineuse dans la guerre franco-française des années de la défaite.

---

61. *Ibid.*, p. 10-11.
62. Ladislas Mysyrowicz, *Autopsie d'une défaite. Origines de l'effondrement militaire français de 1940*, Lausanne, L'Age d'homme, 1973.

13

Le fascisme français

Le fascisme qui avait si violemment agité les esprits dans la France de l'entre-deux-guerres devint, à partir des années 1950, un objet d'antiquité qui prenait la poussière sur les rayons des historiens. Dans un ouvrage promis à une belle carrière, le jeune René Rémond lui fit un sort qu'on put croire définitif, à en juger par l'assentiment durable que son point de vue trouva[1]. Puis survint, dans les années 1980, une escouade d'historiens, Zeev Sternhell ouvrant la marche, dont les travaux firent un grand courant d'air. A l'encontre du point de vue dominant, ces historiens soutenaient non seulement que fascisme il y avait eu en France, mais que ce fascisme avait été d'importance, qu'il plongeait ses racines dans l'histoire française, et même qu'il était paradigmatique pour la famille des fascismes européens.

Ce n'est probablement pas un hasard si l'ouverture de ce débat coïncida avec la vague d'intérêt, populaire et savante, pour le régime de Vichy et avec la montée du Front national, celle-ci ravivant l'intérêt pour l'extrême droite française, celle-là remettant au premier plan « les années noires ». Et ce n'est pas un hasard non plus, peut-être, si les historiens qui soutiennent l'existence d'un fascisme français notable par son ampleur étaient étrangers pour la plupart. Dans l'ombre portée de Vichy, cette mise en cause du

1. *La Droite en France de 1815 à nos jours*, Paris, Aubier, 1954 (édition revue et corrigée sous le titre *Les Droites en France*, 1982). La meilleure synthèse sur le fascisme français est celle de Pierre Milza, *Fascisme français. Passé et présent*, Paris, Flammarion, 1987.

passé national donna l'impression que les historiens français avaient minimisé l'importance du fascisme dans leur pays, comme s'ils avaient voulu protéger l'image d'une France patrie des droits de l'homme et missionnaire de la liberté dans le monde.

Quoi qu'il en soit, ce débat a défini le champ d'une manière qui impose l'examen de plusieurs questions. Le fascisme en France était-il un phénomène étendu ou limité ? Résultait-il d'une contagion des fascismes qui triomphaient dans les pays voisins ou s'enracinait-il dans la culture politique française ? Comment le situer par rapport à Vichy ? Enfin, ce fascisme constituait-il une aberration ou, au contraire, un cas paradigmatique par rapport au phénomène général ?

Le fascisme est un terme générique développé à partir de l'expérience italienne, puis étendu par les contemporains à l'Allemagne et, parfois, à toutes les dictatures de l'Europe dans l'entre-deux-guerres [2]. Cette inflation, qui n'a pas cessé depuis, fait tort à l'utilisation d'un concept utile quand il est manié de manière comparative et qu'il saisit le fascisme, le nazisme et les phénomènes similaires avec le souci de rendre compte de leurs différences autant que de leurs ressemblances. L'historien qui choisit cette perspective doit aborder de front trois problèmes qui s'enchaînent les uns aux autres : la base de définition du concept de fascisme, la nature de cette définition, son centre de gravité.

Le fascisme italien est un point de départ obligé pour toute définition. Mais les arguments ne manquent pas pour y adjoindre le nazisme, en dépit de ce qu'il eut de spécifique [3]. Que de parentés dans les idéologies, les stratégies,

---

2. Pour des survols, cf. Wolfgang Wippermann, *Europäischer Faschismus im Vergleich 1922-1982*, Francfort-sur-le-Main, Suhrkamp, 1983 ; Pierre Milza, *Les Fascismes*, Paris, Imprimerie nationale, 1985 ; Enzo Collotti, *Fascismo, fascismi*, Florence, Sansoni, 1989 ; Jerzy Borejsza, *Schulen des Hasses. Faschistische Systeme in Europa*, Francfort-sur-le-Main, Fischer, 1999.

3. Cf. Richard Bessel (éd.), *Fascist Italy and Nazi Germany. Comparisons and Contrasts*, Cambridge University Press, 1996.

la structuration des régimes ou leurs trajectoires ! Et pour qui fait porter l'enquête sur le cas français, l'antisémitisme et le racisme du nazisme offrent un pôle de comparaison et de réflexion plus approprié que le fascisme italien.

Le deuxième point porte sur la nature de ce concept que l'on entreprend de définir. Les historiens procèdent volontiers comme si leur définition du fascisme – explicite ou, le plus souvent, implicite – saisissait l'essence du phénomène et comme si leur tâche, dès lors, ne consistait qu'à démontrer ou, pis, qu'à illustrer la correspondance de la réalité historique à cette essence prédéfinie. Or un tel concept ne peut être qu'un idéal-type, à savoir un tableau de pensée composé en ordonnant de la manière la plus cohérente possible des traits tenus pour significatifs dans la perspective d'un problème spécifique (pour Max Weber il ne saurait y avoir de point de vue englobant en histoire, mais seulement des perspectives particulières). Ce tableau de pensée, qui est dit « idéal » en ce qu'il saisit les lignes de fuite d'un phénomène, n'a pas pour fonction de faire retrouver dans la réalité une essence supposée, et pas non plus d'y faire découvrir des écarts qui sont donnés par sa construction même. Il sert bien plutôt à situer ces écarts et à s'interroger sur leur existence. La question du fascisme posée idéal-typiquement incite à aborder une réalité historique en termes de tendance vers le fascisme, de composante ou de dimension fasciste, en s'interrogeant sur ce qui encourage et sur ce qui fait obstacle au déploiement du potentiel « idéal » du phénomène. La remarque vaut pour le fascisme italien et pour le national-socialisme dès lors qu'on les aborde sous l'angle générique, et à plus forte raison quand il s'agit, comme dans le cas de la France, d'analyser un phénomène resté bien en deçà du pouvoir et marqué par une forte idiosyncrasie.

La troisième remarque porte sur le centre de gravité qu'il est pertinent de donner à la définition à construire. Les principales interprétations du fascisme situent diversement ce centre de gravité : au niveau du contexte historique, de la démarche politique, du discours et de la rhétorique, ou encore dans les fonctions que le fascisme remplit et les intérêts qu'il sert. Bon nombre d'historiens mettent le poids principal sur l'idéologie, sans toujours indiquer avec précision le contenu et les limites des notions qu'ils utilisent. D'autres centrent leur définition sur la stratégie politique, notamment sur la recherche d'alliances et la mobilisation d'intérêts.

Robert Paxton prend cette direction en distinguant les étapes que parcourt un mouvement de type fasciste, du groupement paramilitaire des débuts au régime triomphant, puis agonisant au terme de la guerre qu'il a déclenchée[4]. Cette démarche a l'avantage de rendre compte de la diversité dans le temps du phénomène fasciste, ainsi que des variations qui se marquent dans son idéologie. Elle ne supprime pas la nécessité d'identifier ce qu'il convient d'entendre par le mot de fascisme, et Robert Paxton le fait dans des termes plutôt larges qui pourraient valoir pour le nationalisme en général[5]. Par ailleurs, même si les étapes qu'il définit jalonnent un parcours probable plus que fatal, une approche séquentielle, par le fait qu'elle souligne une certaine discontinuité, comporte le risque de minimiser l'importance de ce qu'on pourrait appeler l'horizon fasciste. Un horizon qui perdure du début à la fin et oriente l'action en dépit de toutes les compromissions, à commencer par celles qu'impose l'alliance avec les conservateurs. Les fascistes ne souhaitaient-ils pas s'en délivrer, ultimement, par la formation d'une nouvelle élite ?

---

4. Cf. Robert Paxton, « Les fascismes : essai d'histoire comparée », *Vingtième Siècle. Revue d'histoire*, n° 45, janv.-mars 1995, p. 3-13 ; et « The Five Stages of Fascism », *Journal of Modern History*, mars 1998, p. 1-23.

5. Ainsi de la primauté du groupe, de l'angoisse de la désagrégation, de l'autorité de chefs naturels. Les deux éléments les plus spécifiques dans sa définition me paraissent être le sentiment d'être victime des machinations d'ennemis extérieurs et intérieurs (mais c'est un sentiment présent dans le stalinisme ou pendant la Révolution française) et surtout la valorisation de la violence et de la volonté comme conditions de réussite dans une lutte darwinienne pour le succès de la collectivité nationale.

La stratégie politique doit tenir une place importante dans tout essai de définition du phénomène fasciste, à la fois parce qu'elle présente des traits suffisamment proches d'un pays à l'autre pour signaler l'existence de tropismes forts et parce qu'elle révèle l'indéniable parenté du fascisme avec la droite contre-révolutionnaire et la droite autoritaire. Une parenté qui se traduit dans une large surface d'intersection visible dans la structuration des régimes de type fasciste, qu'il s'agisse du compromis autoritaire avec les élites traditionnelles, du parasitage des valeurs morales et religieuses dominantes, ou encore de la mobilisation des émotions et des ressentiments populaires.

Cela dit, relever la parenté d'un phénomène ne dispense pas de déterminer la personnalité propre de ce phénomène, et tel est bien, comme on le verra, l'un des points majeurs de dissension à propos du fascisme français. La perspective ici choisie consiste à centrer la définition du fascisme sur son imaginaire politique. Par là, il faut entendre non seulement les idées articulées et l'atmosphère mentale du fascisme, notamment le sentiment d'urgence, de menace, d'apocalypse qui la marque, mais encore la vision de la nouvelle société qui se niche dans son projet et constitue en quelque sorte son horizon utopique[6]. Si l'on saisit ensemble les textes, les comportements, les rituels et l'univers symbolique du fascisme et du nazisme, un projet similaire transparaît : celui d'une renaissance nationale[7] assurée par l'exclusion des fauteurs de décadence, de division et de cosmopolitisme et par la formation d'un peuple adhérant à des valeurs de foi, de force et de combat, un peuple qui, sous la conduite d'un chef absolu et d'une nouvelle aristocratie, a pour mission d'imposer à l'entour sa puis-

6. Cf. Bronislaw Baczko, *Les Imaginaires sociaux. Mémoires et espoirs collectifs*, Paris, Payot, 1984.

7. La dimension palingénétique du fascisme est soulignée fortement par Roger Griffin (*The Nature of Fascism*, Londres, Routledge, 1993). Il me paraît difficile de distinguer nettement, sur ce critère, le fascisme du nationalisme en général.

sance et sa domination, en se délivrant de tout scrupule humanitaire.

La différence dans les définitions de départ produit logiquement les divergences dans les conclusions auxquelles les historiens aboutissent quand il s'agit d'apprécier l'ampleur du phénomène fasciste en France. D'un côté, on trouve René Rémond pour qui le fascisme est un phénomène limité pour l'essentiel aux années 1930 et circonscrit à de petits cercles, en quelque sorte atteints par la contagion venue de l'étranger. De l'autre côté, Zeev Sternhell non seulement inclut dans le cercle du fascisme de l'entre-deux-guerres une large mouvance d'intellectuels, mais encore détecte la présence d'une idéologie fasciste constituée dès avant 1914. Tandis que les historiens américains Robert Soucy et William Irvine mettent dans leurs filets des groupements importants pendant l'entre-deux-guerres, en premier lieu les Croix-de-Feu que l'historien israélien, quant à lui, ne tient pas pour un mouvement fasciste.

Quatre sous-questions doivent donc être examinées tour à tour. La première, portant sur l'existence d'un fascisme avant 1914, a été soulevée par Zeev Sternhell, qui soutient une double thèse : l'idéologie fasciste aurait été élaborée en France avant 1914, et selon une formule – la révision du marxisme dans un sens national et du nationalisme dans un sens social – qui fut reproduite, sans originalité, par le fascisme italien[8]. Les critiques n'ont pas manqué de relever qu'il est aventuré de parler d'idéologie fasciste en l'absence de tout mouvement ou de toute action politique correspondante et que c'est faire trop d'honneur à la révision du

8. Cf. Zeev Sternhell, Mario Sznajder et Maia Asheri, *Naissance de l'idéologie fasciste*, Paris, Fayard, 1989 (cf. aussi l'ouvrage précédent de Sternhell, *La Droite révolutionnaire, 1885-1914. Les origines françaises du fascisme*, Paris, Seuil, 1978). Pour une critique du modèle de Sternhell, cf. Francesco Germinario, « Fascisme et idéologie fasciste. Problèmes historiographiques et méthodologiques dans le modèle de Zeev Sternhell », *Revue française d'histoire des idées politiques*, n° 1, 1er semestre 1995, p. 39-77.

marxisme, celle accomplie par Sorel, Mussolini ou, plus tard, par Henri De Man et Déat, que d'y voir une source majeure pour une idéologie dont les thèmes centraux, le culte du chef, de l'autorité et de la nation, étaient trompetés par le nationalisme ambiant. Les idéologèmes et le climat intellectuel que Sternhell présente comme constitutifs d'une idéologie fasciste en France étaient non moins présents en Italie à la même époque, et tout autant présents, sinon davantage, dans l'Europe centrale germanique, une région qu'il écarte de son analyse pour la raison que le nazisme aurait été d'une espèce complètement différente.

Ce qui ressort nettement de l'enquête de Sternhell, mais qui n'est pas original, c'est l'émergence en France, au tournant du siècle, d'une nouvelle droite que la typologie de René Rémond ne prend pas en compte, une droite nationale-populiste présente jusqu'à aujourd'hui dans le paysage politique[9]. Mais, s'agissant du fascisme, la démonstration de Sternhell fait surtout ressortir la faiblesse avant 1914 dans les idées et les mouvements qu'il étudie de ce qui allait former le cœur de son imaginaire politique sous le choc culturel de la Grande Guerre : l'identité guerrière, l'ethos de la violence salvatrice et bientôt, dans le sillage de la révolution russe, l'idée du parti unique mettant sous sa coupe l'État et la société.

La deuxième question porte sur le fascisme dans l'entre-deux-guerres, l'époque de son épanouissement. Le débat porte ici sur l'ampleur qu'il eut en France, les uns s'en tenant à ses manifestations les plus caractérisées, les autres procédant à un élargissement par cercles concentriques. Le noyau ne fait pas problème puisqu'il s'agit d'hommes (Bra-

---

9. Cf. Paul Mazgaj, « The Origins of the French Radical Right : A Historiographical Essay », *French Historical Studies*, XV, n° 2, automne 1987, p. 287-315. Notons que Robert Soucy et Zeev Sternhell ont tous deux commencé leur carrière par une étude sur Barrès (Soucy, *Fascism in France. The Case of Maurice Barrès*, Berkeley, University of California Press, 1972 ; Sternhell, *Maurice Barrès et le nationalisme français*, Paris, Colin, 1972).

sillach, Céline, Drieu, Rebatet[10]...) et de groupements politiques (le Faisceau de Valois, le Francisme de Bucard, la Solidarité française de Renaud, etc.[11]) qui se réclamaient plus ou moins fortement du fascisme ou du nazisme.

Un deuxième cercle contient des mouvements qui avaient plus de poids numériquement, mais qui présentaient aussi un visage plus complexe, ne serait-ce que parce que leurs dirigeants refusaient de se réclamer du fascisme. Les historiens portent sur eux des avis nuancés, tout en les situant vers le pôle du fascisme. Cela vaut, en particulier, pour le PPF de Doriot[12] et, de manière moins assurée, pour les Chemises vertes de Dorgères, auquel Robert Paxton a consacré une étude impeccable qui comble une lacune sur le fascisme rural en France. Sa conclusion : Dorgères doit être situé davantage du côté de l'autoritarisme que du fascisme en raison de la nature catégorielle de son action et du contenu de ses idées politiques, sans perdre de vue que les circonstances auraient pu en décider autrement[13].

Au-delà, l'élargissement vers un troisième cercle a procédé selon deux formules distinctes. Zeev Sternhell a fait un relevé du champ intellectuel du fascisme en France où il inscrit une brochette d'hommes provenant de tout l'éven-

---

10. Les ouvrages sur le fascisme littéraire sont abondants. Signalons, parmi les parutions récentes, Yves Pagès, *Les Fictions du politique chez L.-F. Céline*, Paris, Seuil, 1994 ; Robert Belot, *Lucien Rebatet. Un itinéraire fasciste*, Paris, Seuil, 1994 ; Jeannine Verdès-Leroux, *Refus et Violences. Politique et littérature des années trente aux retombées de la Libération*, Paris, Gallimard, 1996.

11. Outre Milza et Soucy, on peut voir, entre autres, Yves Guchet, *Georges Valois*, Paris, Albatros, 1975 ; Zeev Sternhell, « Anatomie d'un mouvement fasciste en France : le Faisceau de G. Valois », *Revue française de science politique*, 26, n° 1, février 1976, p. 5-41 ; Alain Deniel, *Bucard et le Francisme*, Paris, Jean Picollec, 1979 ; Philippe Bourdrel, *La Cagoule. 30 ans de complots*, Paris, Albin Michel, 1970.

12. Cf. Jean-Paul Brunet, *Jacques Doriot*, Paris, Balland, 1986, et Philippe Burrin, *La Dérive fasciste. Doriot, Déat, Bergery, 1933-1944*, Paris, Seuil, 1986.

13. Cf. Robert Paxton, *Le Temps des Chemises vertes. Révoltes paysannes et fascisme rural, 1929-1939*, Paris, Seuil, 1996.

tail politique [14] : des intellectuels de gauche à la recherche d'un socialisme national et antimatérialiste, comme Henri De Man et Marcel Déat; un nationaliste d'extrême droite comme Thierry Maulnier; des non-conformistes comme Emmanuel Mounier et le groupe Esprit. Au terme de ce relevé, les uns et les autres, et peu importe qu'ils aient marqué leurs distances ou leur hostilité à l'égard du fascisme, sont élevés au rang de producteurs d'une idéologie fasciste caractérisée.

Assurément, l'historien n'a pas à reprendre sans autre examen le jugement que des contemporains portaient sur leurs propres positions politiques, et il est aisé de documenter, à propos de la plupart de ces hommes, des ambiguïtés, voire des affinités avec le fascisme, à un moment ou à un autre de leur itinéraire. Mais leur imputer un fascisme camouflé, comme si toute prise de position « ni droite ni gauche » ou toute idéologie marquée au double sceau de l'antilibéralisme et de l'anticommunisme équivalait au fascisme, requiert de n'être pas chiche sur l'emploi de critères à la fois extensifs et élastiques. Même pour Marcel Déat, une analyse attentive à ne pas rétroprojeter sur l'avant-guerre son évolution après 1940 détourne de porter un jugement abrupt sur son fascisme avant l'éclatement de la guerre.

Le second élargissement est le fait de William Irvine et de Robert Soucy [15] qui ont pris dans leur viseur le mouvement du colonel de La Rocque. L'enjeu est de taille puis-

---

14. Zeev Sternhell, *Ni Droite ni Gauche. L'idéologie fasciste en France*, Paris, Seuil, 1983. Pour une synthèse de la discussion qui a suivi, cf. Antonio Costa Pinto, « Fascist Ideology Revisited : Zeev Sternhell and his Critics », *European History Quarterly*, 16, n° 4, octobre 1986, p. 465-483.

15. William D. Irvine, « Fascism in France. The Strange Case of the Croix-de-Feu », *Journal of Modern History*, 1991, p. 271-295 (cf., *id.*, *French Conservatism in Crisis : The Republican Federation of France in the 1930s*, Baton Rouge, Louisiana State University Press, 1979, et *The Boulanger Affair Reconsidered. Royalism, Boulangism and the Origins of the Radical Right in France*, Oxford University Press, 1989) ; Robert Soucy, « French Fascism and the Croix-de-Feu : A Dissenting Interpretation », *Journal of Contemporary History*,

qu'il s'agit du mouvement ligueur le plus important, et de loin, de l'entre-deux-guerres en termes d'effectifs (plusieurs centaines de milliers d'adhérents en 1934-1945, probablement un million vers 1937[16]). La plupart des historiens le rangent dans le camp conservateur, un jugement où Robert Soucy voit la pierre de touche de l'école historique française[17]. Si le mouvement de La Rocque était reconnu pour ce qu'il fut, à savoir un mouvement fasciste, les deux thèses attribuées à cette école – la faiblesse du fascisme français et son caractère anticonservateur[18] – s'écrouleraient d'elles-mêmes.

La démonstration des historiens contestataires est, elle aussi, tributaire de la conception qu'ils ont du fascisme. Pour Robert Soucy, celui-ci est une nouvelle variété de conservatisme autoritaire et de nationalisme de droite qui vise à détruire la menace marxiste en même temps que le libéralisme responsable de la naissance de cette menace[19].

Il est aisé de reconnaître la parenté du fascisme avec la droite, mais ce qui fait de lui une nouvelle variété de droite, autrement dit sa nouveauté, reste indéfini. Rien ne s'oppose alors à la qualification de fascisme pour le mouvement de La Rocque, au même titre d'ailleurs que pour l'Action fran-

---

1991, p. 159-188. De Robert Soucy, cf. également *French Fascism : The First Wave, 1924-1933*, New Haven, Yale University Press, 1986 (trad. fr. *Le Fascisme français 1924-1933*, Paris, PUF, 1989) ; *French Fascism : The Second Wave, 1933-1939*, New Haven et Londres, Yale University Press, 1995, ch. 4.

16. C'est un groupement que la recherche historique a peu ou mal étudié. L'ouvrage récent de Jacques Nobécourt (*Le Colonel de La Rocque, 1885-1946, ou les pièges du nationalisme chrétien*, Paris, Fayard, 1996) est riche d'informations, mais décevant sur le plan de l'analyse.

17. Soucy, *French Fascism : The Second Wave, op. cit.*, p. 6.

18. Certains historiens français ont probablement trop appuyé sur cet aspect, et Robert Soucy souligne justement le caractère conservateur de la politique sociale et économique du fascisme. Cela n'invalide pas le fait que le fascisme ambitionne d'être une révolution politique et morale et qu'il peut être qualifié, dans cette perspective, de phénomène révolutionnaire.

19. Soucy, « French Fascism and the Croix-de-Feu », art. cité, p. 163.

çaise de Maurras. Fasciste La Rocque, parce qu'il aurait été foncièrement antidémocrate, qu'il caressait le projet d'un coup de force et professait une idéologie mêlant l'anti-marxisme, l'antilibéralisme, le combat contre la décadence et le nationalisme « ni droite ni gauche [20] ». Robert Soucy tient pour inutile, manifestement, la distinction entre l'autoritarisme et le totalitarisme [21], un concept qu'il ne mentionne pas, et pour secondaires les clivages à l'intérieur de la droite, pourtant perçus et ressentis par les intéressés.

William Irvine soutient la même thèse, mais en se dispensant d'offrir une définition du fascisme. Sa démarche consiste à essayer de prendre les historiens du camp adverse au piège de leur inconséquence. Le mouvement de La Rocque, souligne-t-il, différait de la droite traditionnelle par son organisation, sa capacité de mobilisation et par ses effectifs. Argument fort recevable : aussi bien emploie-t-on le mot de ligue pour désigner les Croix-de-Feu, comme avant eux les Jeunesses patriotes. Mais, du coup, poursuit Irvine, rien ne le distinguait du PPF de Doriot. Pour quelle raison refuserait-on à La Rocque la qualification de fasciste décernée à Doriot ?

Cette argumentation paraît peu convaincante. Que La Rocque ait été un homme d'autorité et partisan de solutions autoritaires, la belle affaire. Cela faisait-il de lui un fasciste ? N'attendons pas un éclairage décisif de la connaissance que nous pourrions avoir de la base sociale de son mouvement. Les études sur la composition sociale du fascisme italien et du national-socialisme ont montré combien elle pouvait se modifier dans le temps. Tout au plus en tire-t-on une conclusion d'ordre général, qui vaut pour les

---

20. La même grille d'analyse appliquée au RPF gaulliste des années 1946-1958 ne devrait-elle pas faire conclure à l'importance continuée du fascisme en France après 1945 ?

21. Juan Linz, « Totalitarian and Authoritarian Regimes », dans Fred I. Greenstein et Nelson W. Polsby (éd.), *Handbook of Political Science*, vol. 3, *Macropolitical Theory*, Reading (Mass.), Addison-Wesley, 1975, p. 175-412.

mouvements populistes, à savoir la forte sous-représentation des cols bleus et la large surreprésentation des classes moyennes et supérieures [22]. En revanche, le profil social et psychologique du chef d'un mouvement autoritaire a de l'importance. Par ses origines, sa formation, sa personnalité, ses idées, La Rocque était fort éloigné du chef fasciste.

Qu'il ait été antiparlementaire, qu'il ait eu, au milieu de critiques sévères, des paroles d'admiration pour les régimes fascistes, assurément. Mais son comportement dans les années 1930 donne à penser qu'il se serait accommodé d'une réforme de l'État républicain. Qu'il ait joué la carte paramilitaire jusqu'en 1936, cela est avéré, et ses exercices de mobilisation motorisée n'ont pas peu fait pour attirer sur lui l'accusation de fascisme de la part de la gauche de l'époque. Mais son but était-il autre que de projeter une image d'ordre ? En gardant secret le lieu de ses mobilisations, il visait à faire effet, mais aussi à prendre par surprise ses adversaires de gauche de façon à éviter des heurts avec d'éventuels contre-manifestants. Une différence notable avec le comportement des fascistes et des nazis créant le désordre pour faire ressortir d'autant plus fortement leur image de restaurateurs d'ordre – d'instaurateurs d'un ordre sans fissure ni respiration, devrait-on dire.

Les discours de La Rocque ne contiennent pas, d'ailleurs, d'éloge de la force et d'incitation à la violence. Son modèle était l'armée, son maître mot la discipline. Le livre qu'il publia à l'époque de Vichy s'intitulait, de manière parlante, *Disciplines d'action*. Et le précédent, paru en 1934, *Service public*, notion bien peu fasciste. La conception qu'il avait de ses troupes et de son mouvement était très éloignée, en tout cas, de l'univers des arditi ou des corps francs [23], ces

---

22. Cf. par exemple l'évolution de la base sociale du PPF à Marseille (Paul Jankowski, *Communism and Collaboration : Simon Sabiani and Politics in Marseille, 1919-1944*, New Haven et Londres, Yale University Press, 1989).

23. Robert Soucy compare les Croix-de-Feu aux corps francs allemands (*French Fascism : The Second Wave, op. cit.*, p. 167).

matrices du fascisme et du nazisme pour ce qui était de l'esprit de bande et du comportement de meute. Enfin, La Rocque se réclamait du christianisme et déclarait son inspiration dans le catholicisme social, alors que, pour toute l'exploitation que Hitler et Mussolini faisaient de la religion, la contradiction de leur idéologie avec le christianisme apparaissait à quiconque prêtait attention à leurs propos.

La contre-démonstration pourrait être faite sur le cas de Doriot et du PPF. Ici, l'imaginaire politique du fascisme est aisément déchiffrable : culte du Chef qui se marquait par le serment de fidélité et le salut bras levé, ritualisation de l'esprit de bande à travers l'hymne du parti et l'appel des morts, valorisation de la violence [24] utilisée pour s'imposer à l'adversaire et l'humilier, appel à la formation d'une nouvelle aristocratie, éloge de l'héroïsme et de la foi, volonté affichée d'une réfection totalitaire de la nation, enfin impérialisme aux dépens de la Chine, en association, il est vrai, avec les puissances fascistes [25]. Bref, si Doriot et le PPF peuvent être placés, avec quelque argument, vers le pôle du fascisme, la démonstration reste à faire pour La Rocque [26]. Le compagnonnage du fascisme et de la droite conservatrice est un fait avéré, mais on ne saurait identifier l'un et l'autre sans y perdre en finesse d'analyse et en acuité de jugement. Sinon, autant placer dans la même galerie Hitler, Mussolini, Franco, Pétain et Salazar.

---

24. Soucy reconnaît cette propension à la violence du PPF *(ibid.*, p. 219-220), sans pouvoir en montrer l'équivalent chez La Rocque.

25. On rappellera, pour la symétrie, que les livres de Doriot portent des titres comme *La France ne sera pas un pays d'esclaves* (Paris, Les Œuvres Françaises, 1936), *Refaire la France* (Paris, Grasset, 1938), *Le Mouvement et les Hommes* (Paris, Les Éditions de France, 1942).

26. Kevin Passmore (« The Croix-de-Feu : Bonapartism, National Populism or Fascism ? », *French History*, 1995, p. 67-92) offre une interprétation intermédiaire en pointant vers le mélange de conservatisme et d'activisme chez La Rocque et dans son mouvement comme la preuve de son fascisme. Même s'il est vrai que le fascisme et le nazisme révèlent le même mélange, ce critère fait rester à la surface du problème.

Nous voilà rendu à la troisième question, celle du fascisme dans la période de Vichy. Ce qui fait de Vichy un régime autoritaire traditionnel ne nécessite pas de longue démonstration[27]. Il n'est que de rappeler la force des élites conservatrices à la tête de l'État, en dépit de la cooptation d'hommes venus de presque tout l'éventail politique, la faiblesse de la mobilisation de la population par le pouvoir, la relative inconsistance de l'idéologie de Pétain et l'absence de parti unique dirigé par un chef qui tient en même temps les rênes de l'État. Le fascisme n'explique qu'une toute petite partie de Vichy, et il faut attendre 1944 pour qu'une composante fasciste, sous la forme de la Milice de Darnand, occupe une place dans le régime, avec l'appui de l'occupant, sans parvenir à faire basculer en sa faveur le rapport des forces[28].

Qu'il s'agisse du fascisme milicien grandi dans le giron de Vichy ou des équipes fascistes de Paris, il faut souligner l'importance de la défaite qui entraîne une radicalisation notable. Cela est net pour Déat, par exemple, mais s'observe même chez Doriot[29]. Remarquons également que, toutes tendances confondues, le fascisme du temps de l'occupation – au mieux quelques centaines de milliers de militants, dont une bonne partie de maréchalistes bon teint, prêts à décrocher avec l'arrivée des orages – resta très en deçà, numériquement, de la crue ligueuse des années trente. On retiendra, enfin, que ce fascisme, pris dans les sables mouvants du collaborationnisme, reprit l'antienne sur l'association des fascismes qu'il avait entonnée avant la guerre, une tendance qui s'épanouit après 1945 dans une série de mouvements euro-fascistes.

---

27. Cf. Robert Paxton, *La France de Vichy, 1940-1944* (Paris, Seuil, 1973, p. 220-226), et Michèle Cointet-Labrousse, *Vichy et le Fascisme*, Bruxelles, Complexe, 1987.
28. Cf. Pierre Giolitto, *Histoire de la Milice*, Paris, Perrin, 1996.
29. Cf. Pascal Ory, *Les Collaborateurs, 1940-1945*, Paris, Seuil, 1976; Reinhold Brender, *Kollaboration in Frankreich im Zweiten Weltkrieg. Marcel Déat und das Rassemblement national populaire*, Munich, Oldenbourg, 1992.

La quatrième question, qui concerne la période suivant l'effondrement des régimes fascistes, ne nous retiendra pas. Des poussées de néofascisme se produisirent épisodiquement en France, en particulier au moment de la guerre d'Algérie. Mais ce néofascisme, aussi bigarré qu'instable [30], ne réussit jamais à dépasser le stade groupusculaire. Devenu une tradition et une famille politique, en France comme dans le reste de l'Europe, avec ses références et ses sources, il se heurte au discrédit massif qui leste la mémoire des fascismes historiques, obligeant à des efforts constants de camouflage et de codage. Il rencontre, qui plus est, l'obstacle majeur que représente l'évolution des sociétés et des mœurs. Car tout ce qui pouvait nourrir son imaginaire politique s'est affaibli, à commencer par le militarisme et le nationalisme. La société française n'en est pas moins travaillée par suffisamment de tensions et de déceptions pour que le Front national ait eu le temps de plonger des racines. Une aile fasciste y est indéniablement présente, tout comme il est indéniable qu'une pulsion fasciste vibre chez Le Pen. Mais ni l'une ni l'autre n'ont pris assez d'assurance pour développer en fascisme un mouvement qui demeure essentiellement national-populiste, autoritaire et xénophobe.

En somme, le fascisme français est une réalité continue depuis 1918, ses racines plongeant dans le premier avant-guerre. Mais il est resté un phénomène limité, y compris à son zénith dans les années trente. Même en y incluant le mouvement de La Rocque, ce qui reste problématique, les troupes de ce fascisme avoisineraient la barre du million d'adhérents, soit bien moins que 5 % de la population adulte.

---

30. Quelques ouvrages sur le paysage varié de l'extrême droite française après 1945 : Joseph Algazy, *La Tentation néo-fasciste en France 1944-1965*, Paris, Fayard, 1984 ; *id.*, *L'Extrême Droite en France de 1965 à 1984*, Paris, L'Harmattan, 1989 ; Anne-Marie Duranton-Crabol, *Visages de la Nouvelle Droite. Le GRECE et son histoire*, Paris, Presses de la Fondation nationale des sciences politiques, 1988. De Pierre-André Taguieff, mentionnons « Les droites radicales en France : nationalisme révolutionnaire et national-libéralisme », *Les Temps modernes*, avril 1985, p. 1780-1842.

Comme si, en Allemagne, Hitler n'avait jamais dépassé son niveau électoral de 1928 (2,6 %).

A ce point, il serait légitime de se demander si le débat sur le fascisme français n'a pas été une vaine dépense d'énergie. Ne jouerait-on pas à coller de nouvelles étiquettes sur de vieux flacons, sans que la connaissance historique en tire le moindre profit ? C'est le point de vue de l'historien allemand Klaus-Jürgen Müller que le concept de fascisme laisse sceptique, au mieux. Il préfère analyser ce qu'il appelle l'extrémisme français de l'entre-deux-guerres comme une palette de réponses à des aspirations de modernisation socio-économique et de représentation politique que le régime républicain ne pouvait satisfaire[31]. Il ne fait que déplacer la difficulté, évidemment, en maniant la notion indifférenciée d'extrémisme et en recourant au concept de modernisation.

L'utilité du débat sur le fascisme français peut être plaidée à plusieurs égards. Ce débat a une valeur méthodique en ce qu'il contraint les historiens à réfléchir à leur démarche et à affiner leurs outils. Il a suscité la parution d'ouvrages de qualité, riches en informations et stimulants pour la réflexion. Il peut porter d'autres fruits s'il incite à procéder de manière comparative et fait rebondir l'enquête par l'allongement du questionnaire.

Et d'abord, à propos de ce qui a pu encourager et freiner le fascisme en France[32]. Dans le moyen terme, la présence de familles politiques durablement hostiles à la démocratie parlementaire, qu'il s'agisse du camp contre-révolutionnaire,

---

31. Klaus-Jürgen Müller, « Fascism in France ? Some Comments on Extremism in France between the Wars », dans Haim Shamir (éd.), *France and Germany in an Age of Crisis, 1900-1960*, Leyde et New York, Brill, 1990, p. 275-301.

32. René Rémond (*Les Droites en France*, *op. cit.*, p. 218-222), Zeev Sternhell *(Ni Droite ni Gauche, op. cit.*, Conclusion), Robert Paxton (*Le Temps des Chemises vertes, op. cit.*, p. 259 *sq.*) ont formulé à ce propos d'intéressantes observations. William Irvine et Robert Soucy ne développent guère leur réflexion dans cette direction.

du bonapartisme ou de l'autoritarisme républicain, formait un terreau propice au fascisme[33]. On sait quel rôle a joué l'Action française, par exemple, en inoculant la passion antidémocratique à tant d'hommes, dont un certain nombre se fascisèrent à la fin des années 1930. Sur cet arrière-plan, la crise des années trente eut un effet radicalisateur quand l'instabilité gouvernementale vint exciter la désaffection envers le régime d'assemblée, le sentiment de déclin national et l'angoisse de la perte du rang dans le système international, tous éléments qui provoquèrent un repli identitaire antisémite et xénophobe[34]. Ajoutons-y le rôle de la contagion autoritaire à travers l'Europe, l'interaction de la crise française et de la montée en puissance des régimes fascistes qui précipita tant d'évolutions, celle d'un Tardieu[35], par exemple, ou qui fit se déclarer l'antisémitisme chez un Morand, un Rebatet, un Drieu, un Jouhandeau.

D'un autre côté, de solides éléments faisaient barrage au développement du fascisme. Conjoncturellement, la grande crise eut une moindre force de déstabilisation en France que dans d'autres pays. La droite traditionnelle sut garder le contrôle du terrain, et le système gouvernemental ne se trouva pas bloqué, comme en Italie et en Allemagne, par une polarisation telle qu'elle empêchait la formation d'une majorité. Enfin, le contexte international identifiait le fascisme à des pays dont le dynamisme faisait peser une menace croissante sur la sécurité de la France, de sorte que les fascistes s'y trouvaient empêtrés dans l'alternative entre

33. Cf. Michel Winock, *Nationalisme, Antisémitisme et Fascisme en France*, Paris, Seuil, 1990 ; Michel Winock (éd.), *Histoire de l'extrême droite en France*, Paris, Seuil, 1993. Cf. également Marc Crapez, *La Gauche réactionnaire. Mythes de la plèbe et de la race*, Paris, Berg International, 1997.

34. Cf. notamment Ralph Schor, *L'Opinion française et les Étrangers*, Paris, Publications de la Sorbonne, 1985 ; Pierre Birnbaum, *Un mythe politique : la « république juive »*, Paris, Fayard, 1988 ; Herman Lebovics, *La « Vraie France ». Les enjeux de l'identité culturelle, 1900-1945*, Paris, Belin, 1995.

35. Cf. François Monnet, *Refaire la République. André Tardieu, une dérive réactionnaire (1876-1945)*, Paris, Fayard, 1993.

la défense du pays, et par conséquent de son régime, et l'accusation de trahison nationale.

Structurellement, les contrepoids étaient non moins importants. L'enracinement de la démocratie était solide dans la population citadine et rurale, et le risque d'une guerre civile était à prendre au sérieux au cas où un gouvernement comprenant des fascistes aurait tenté de suspendre les libertés. Mais la démocratie était également enracinée dans une large partie des élites françaises, et c'est un point important si l'on pense à la situation fort différente qui prévalait en Italie et en Allemagne. En outre, la France avait connu une sécularisation profonde, au prix de la coupure du pays en deux parties mal réconciliées, alors que la faiblesse de la sécularisation de l'Allemagne et de l'Italie joua dans la victoire du fascisme un rôle souvent méconnu, les fascistes utilisant à plein, par la manipulation, le potentiel de mobilisation qu'offrait la culture religieuse dominante. Enfin, l'identité extérieure de la France. l'idéologie de sa mission universelle, rendait peu recevable le discours d'expansion brutale au profit d'un peuple de maîtres que tenaient le fascisme et le nazisme.

Cela dit, il paraît excessif de parler d'une « allergie » de la France au fascisme[36]. Dans les années trente, les éléments qui faisaient barrage ont tenu, mais nul ne peut affirmer qu'il en aurait été ainsi dans toutes les circonstances. Si l'État avait donné l'image d'une impuissance profonde face à une contestation active de l'extrême gauche, si les notables avaient été discrédités par leur impuissance et si des parties substantielles de la population avaient désespéré des solutions de raison, le cours des événements aurait pu être différent, à plus forte raison si un homme et une organisation avaient su les exploiter.

Si l'on admet que le fascisme rencontrait en France de sérieux obstacles, il faut s'interroger, ensuite, sur la qualité,

---

36. Serge Berstein, « La France des années 1930 allergique au fascisme », *Vingtième Siècle. Revue d'histoire*, n° 2, avril 1984, p. 83-84.

si l'on peut dire, du fascisme qui s'y développa néanmoins. A le rapporter à l'imaginaire politique défini plus haut, le fascisme français frappe par la faiblesse de sa dimension expansionniste et, plus généralement, par l'anémie de sa disposition guerrière. L'idéologie des anciens combattants, l'antidémocratisme, le sentiment de décadence ont nourri une volonté de changement, mais ils n'ont pas alimenté la vision d'un empire à conquérir, même s'il ne faut pas sous-estimer l'ardeur coloniale des fascistes français et leur disposition à user de la force pour assurer la grandeur nationale. On pourrait dire que tel était le sort des fascismes de seconde génération dans des pays impériaux satisfaits, comme le confirme le cas d'Oswald Mosley en Angleterre. A quoi s'ajouterait, dans le cas français, le sentiment de lassitude envers les rêves impériaux qu'avait légué la double expérience napoléonienne. Cela pourrait expliquer le tropisme collaborationniste du fascisme français, la facilité avec laquelle il entonna l'hymne d'un fascisme européen maître d'un « espace vital » communautaire.

Cette faiblesse de la vision conquérante s'explique probablement, tout au fond, par une anxiété latente et par un doute récurrent sur les capacités du pays à faire face aux défis du siècle, dont il est ironique de constater qu'il ait pu se loger jusque dans l'esprit du fascisme français. De là l'idée omniprésente d'une France percluse au milieu d'une Europe rajeunie par des expériences totalitaires qui fascinèrent des intellectuels français, comme jamais ils n'avaient été fascinés par l'étranger avant 1914. Le *Journal* de Drieu La Rochelle regorge de notations en 1940 sur les bienfaits que l'occupation allemande vaudrait à une France décadente [37]. Mais, dans les années 1920, un homme de gauche, un disciple de Sorel, Édouard Berth, se lamentant sur la France, pays épuisé et sénile, peuplé de paysans traditiona-

37. Ainsi : « La France a besoin que l'Allemagne l'arrache à son encellulement provincial et la jette dans le grand courant d'une autarcie aux grands moyens » (Pierre Drieu La Rochelle, *Journal, 1939-1945*, Paris, Gallimard, 1992, p. 247).

listes, de fonctionnaires bien nourris et de rentiers oisifs avait dit à peu près la même chose : « Il faudra donc que l'armée rouge, en libératrice, vienne tirer [la France] de cette torpeur[38]. »

---

38. Édouard Berth (*Guerre des États ou Guerre des classes*, Paris, 1924), cité par Sergio Luzzatto, *L'Impôt du sang. La gauche française à l'épreuve de la guerre mondiale 1900-1945*, Presses universitaires de Lyon, 1996, p. 87.

14

La France de Vichy dans l'Europe nazie

Le 11 juillet 1940, évoquant l'« abandon », puis l'« agression » de l'allié britannique, Pétain déclarait : « La France demeure seule en face de son destin[1]. » Cette présentation de la défaite et de ses conséquences consacrait avec éclat un choix fondamental, le repli et la clôture de la France dans son « pré carré ». Par là était consommée une rupture inédite avec l'universalisme de la Révolution et de la République, et même de la monarchie, fille de l'Église, ou du Second Empire, héraut du principe des nationalités. Par là était impliqué le refus de toute solidarité avec les autres pays d'Europe occupés ou menacés par l'Allemagne hitlérienne.

Ce choix de l'isolement se reflète, curieusement, jusque dans l'appréhension de ce passé. Vichy est volontiers représenté, dans la mémoire publique, comme un régime d'exception, une parenthèse de reniement dans le cours d'une histoire nationale à vocation universelle. L'historiographie ne manque pas, certes, de relier cet épisode à ce qui l'a précédé et à ce qui l'a suivi, marquant lignes de continuité comme points de rupture et d'innovation[2]. Elle s'attaque rarement, en revanche, au problème du caractère exception-

1. Philippe Pétain, *Discours aux Français*, Paris, Albin Michel, 1989, p. 68.
2. Cf. Robert Paxton, *La France de Vichy, 1940-1944*, Paris, Seuil, 1973 ; Jean-Pierre Azéma et François Bédarida (éd.), *Le Régime de Vichy et les Français*, Paris, Fayard, 1992, et *La France des années noires*, Paris, Seuil, 1993, 2 vol.

nel de Vichy dans l'Europe nazie, sans doute parce qu'elle reste tributaire du cadre national ou, au mieux, des relations bilatérales avec l'Allemagne et l'Italie.

La France de Vichy eut-elle en partage de vivre une expérience sans pareille dans l'Europe nazie ? Que Pétain ait voulu emprunter une voie particulière et mener une politique d'égoïsme sacré ne signifie pas qu'il y ait réussi, encore moins qu'il était possible d'y parvenir, s'il est vrai que cette guerre dont il voulut extraire son pays avait, dès le départ, comme de Gaulle le vit bien, un potentiel d'extension mondiale, et aussi, ce que voulut pas voir de Gaulle non plus, qu'elle était de nature à la fois nationale et transnationale. Aussi bien, pour cerner la singularité ou, mieux, la spécificité de la situation française, il faut la replacer dans l'Europe nazie et l'évaluer au croisement de la stratégie de l'occupant, des projets et de la pratique du régime, enfin de la réceptivité et des attitudes de la société française.

La situation des pays qu'il vint à occuper successivement, Hitler la régla, en bonne partie, en fonction de ses intérêts politiques et stratégiques immédiats. En conséquence de quoi l'Europe nazie ressemblait à un *patchwork*, tant les régimes d'occupation y étaient divers, encore que la guerre, en se prolongeant, atténua les contrastes en durcissant partout les formes de la domination, de l'exploitation et de la persécution. Dès le départ, pourtant, se laissaient apercevoir des orientations qui renvoyaient aux conceptions de Hitler sur le futur ordre européen. C'est par rapport à ces conceptions et à leur application qu'il faut apprécier la place dévolue à la France [3].

---

3. Cf. Norman Rich, *Hitler's War Aims*, Londres, Deutsch, 1974, 2 vol. ; Hans Umbreit, « Auf dem Weg zur Kontinentalherrschaft », dans *Das deutsche Reich und der Zweite Weltkrieg*, Stuttgart, DVA, vol. 5/1, 1988, p. 3-348 ; Norbert Frei et Hermann Kling (éd.), *Der nationalsozialistische Krieg*, Francfort, Campus Verlag, 1990 ; Werner Röhr (éd.), *Europa untern Hakenkreuz*, Berlin, Huthig, 1996.

L'Europe, au zénith de l'hégémonie nazie, comprenait, outre les pays restés à l'écart du conflit, des pays alliés et des pays occupés. Parmi les premiers, l'Italie fasciste venait en tête, suivie par les États de l'espace danubo-balkanique. La prépondérance germanique les fit bientôt glisser dans un statut de satellites, y compris l'Italie après la chute de Mussolini et la création de la République de Salo. Aux heures fastes de leur acoquinement avec Hitler, ces pays n'en avaient pas moins retiré de substantiels gains territoriaux. Doivent être également rangés dans cette catégorie les États nés des coups de boutoir nazis, la Croatie et la Slovaquie, pays à la fois alliés et satellites.

Parmi les seconds, il faut mettre à part les pays du Sud-Est européen, une région qui n'appartenait pas à l'« espace vital » revendiqué par les nazis et où Hitler fut entraîné à l'improviste par la déconfiture italienne en Grèce. La Yougoslavie et la Grèce, après un dépeçage partiel au profit des voisins, furent soumises à un condominium germano-italien. Leur sort ultérieur restait indéterminé [4].

Les autres pays occupés peuvent être distribués en trois catégories. D'abord, les pays slaves de l'Est européen qui subissaient, dans l'immédiat, la plus brutale des occupations et se trouvaient promis à un sort bien pire dans l'avenir. Leurs populations étaient destinées à un statut d'ilotes analphabètes et dénationalisés, avant d'être expulsées, un jour, en direction de la Sibérie. Seule une petite partie de la population, jugée racialement « valable », serait germanisée et garderait sa place aux côtés des colons allemands appelés à prendre possession des terres conquises [5].

En comparaison, les Tchèques connaissaient un sort bien moins dur, et ils conservaient un gouvernement, qui n'était,

---

4. Cf. Mark Mazower, *Inside Hitler's Greece : The Experience of Occupation, 1941-44*, New Haven, Yale University Press, 1993.

5. Cf. Jan Gross, *Polish Society under German Occupation : The Generalgouvernement, 1939-1944*, Princeton University Press, 1979 ; Timothy Mulligan, *The Politics of Illusion and Empire : German Occupation Policy in the Soviet Union, 1942-1943*, New York, Praeger, 1988.

à vrai dire, qu'une courroie de transmission pour les ordres de l'occupant[6]. Cette situation, ils la devaient à l'inclusion sans résistance de leur pays dans la sphère nazie en 1939, avant l'éclatement de la guerre européenne, et surtout aux besoins économiques du Reich. Mais Hitler n'envisageait pas la moindre collaboration politique avec un peuple que, comme les pangermanistes autrichiens, il détestait (ainsi refusa-t-il les volontaires que le gouvernement tchèque lui offrait pour la campagne de Russie). Il avait la ferme intention de procéder, comme plus à l'est, à l'expulsion d'une grande partie de la population et à la germanisation de l'autre. La Slovaquie aurait probablement connu le même sort après une victoire allemande totale.

Ensuite, les pays du Nord-Ouest européen (Danemark, Norvège, Pays-Bas, Luxembourg, Flandre belge), pays dits « germaniques » dont le sort était l'absorption dans le grand Reich, même si cet objectif ne fut pas proclamé. Ces populations devaient « redécouvrir » leur parenté raciale avec les Allemands et abandonner leur identité séparée (il est significatif que Hitler ait accordé aux officiers allemands l'autorisation de se marier dans ces pays)[7].

Ici encore, les impératifs de l'heure mirent de la variété. La Norvège et les Pays-Bas furent dotés d'une administration civile dirigée par un commissaire du Reich, ce qui assurait une forte influence au parti nazi et à la SS. Le Danemark était, quant à lui, soumis à la supervision d'un plénipotentiaire du ministère allemand des Affaires étrangères. Car le gouvernement danois avait choisi de ne pas résister à l'envahisseur en échange d'une promesse de respect de sa souveraineté et de son intégrité. En Belgique,

6. Cf. Vojtech Mastny, *The Czechs under Nazi Rule. The Failure of National Resistance, 1939-1942*, New York, Columbia University Press, 1971 ; Miroslav Karny (éd.), *Deutsche Politik im « Protektorat Böhmen und Mähren » unter Reinhard Heydrich 1941-1942 : Eine Dokumentation*, Berlin, Metropol, 1997.

7. Cf. Robert Bohn (éd.), *Die deutsche Herrschaft in den « germanischen » Ländern 1940-1945*, Stuttgart, Franz Steiner Verlag, 1997.

enfin, Hitler installa, comme en France, une administration militaire, plus adéquate à la situation stratégique de ce pays situé en face de l'Angleterre.

La France formait une catégorie à elle seule, ne serait-ce que parce qu'elle était, ou avait été, une grande puissance, la seule vaincue et occupée par l'Allemagne nazie. Mais la raison essentielle était autre. Les pays appartenant aux deux premières catégories étaient destinés à disparaître à la fois en tant qu'États et en tant que nations. Par l'emploi de la force nue en Europe orientale, en tuant les élites et en réduisant en esclavage les sociétés. Par l'emploi de méthodes de « rééducation » et de germanisation, qui ne seraient pas exclusives de la contrainte, dans les pays du Nord-Ouest européen.

La France n'était destinée à disparaître ni comme État ni comme nation. Elle devait passer d'un statut de puissance à un statut d'impotence. Une large mutilation territoriale (au nord-est d'une ligne allant de l'embouchure de la Somme au lac Léman), des mesures de démilitarisation, l'occupation permanente de points stratégiques, l'imposition de handicaps économiques en auraient fait un pays croupion hors d'état de gêner le Reich[8].

Ces objectifs, Hitler dut les mettre sous le boisseau en raison du cours imprévu pris par la guerre. En juin 1940, il avait décidé, pour des motifs tactiques, d'accorder à la France un armistice relativement généreux, concédant notamment l'existence d'une zone non occupée, de façon à empêcher le gouvernement de quitter la métropole et d'apporter à l'Angleterre le renfort de sa flotte et de son Empire. Sur ce point, il obtint satisfaction. Mais, comme il fut incapable de mettre l'Angleterre hors de combat, le cadre tactique délimité par l'armistice se mua en cadre durable des relations franco-allemandes. A l'automne 1940, Hitler découvrit même les avantages d'une coopération française

8. Cf. Eberhard Jäckel, *La France dans l'Europe de Hitler*, Paris, Fayard, 1968.

et se montra disposé à les exploiter, sans jamais se départir d'une méfiance fondamentale, et sans non plus se montrer disposé à sacrifier le moindre fruit de sa victoire. En échange de maigres concessions, il allait obtenir le concours de l'administration française et le maintien d'un glacis africain à bon marché contre l'Angleterre [9].

La politique d'occupation allemande en France suivit des maximes dont certaines valaient pour l'ensemble des pays d'Europe occidentale, ainsi le maintien de l'ordre, la sécurité des troupes d'occupation, l'exploitation des ressources locales pour l'effort de guerre allemand. D'autres étaient propres à la situation française dont le gouvernement disposait, jusqu'en novembre 1942, d'atouts de puissance – la flotte, l'Empire, des ressources économiques hors de la zone occupée – de sorte qu'il n'y avait pas moyen de se dispenser d'une négociation continue avec elle. Cette situation se reflétait dans la structure duale de la présence allemande, un envoyé de Ribbentrop, Otto Abetz, doublant politiquement l'administration militaire, avant que la SS ne se taille une place à leurs dépens.

La mission d'Abetz était de garder en place le gouvernement français, de le tenir éloigné de la Grande-Bretagne, de diviser les Français contre eux-mêmes. Vis-à-vis de Pétain, les Allemands dansaient sur la corde raide puisqu'ils devaient le garder comme interlocuteur et le rendre le plus maniable possible, sans l'affaiblir indûment. Quel soulagement pour eux quand il décida de rester en France après le débarquement allié en Afrique du Nord ! Hitler fit savoir qu'il devait être maintenu en place « comme une espèce de fantôme, regonflé de temps à autre par Laval quand il semble trop s'affaisser [10] ».

---

9. Cf. Claude Carlier et Stefan Martens (éd.), *La France et l'Allemagne en guerre : septembre 1939-novembre 1942*, Paris, Institut historique allemand, 1990.

10. Cité par F.W Deakin, *The Brutal Friendship. Mussolini, Hitler and the Fall of Italian Fascism*, Londres, Weidenfeld and Nicolson, 1962, p. 95.

L'occupant ne se limita pas à empêcher le gouvernement français d'étendre à l'ensemble du pays ses organisations, et il ne se contenta pas de susciter et d'entretenir à Paris une opposition contre lui et contre ceux qu'il pensait être ses soutiens les plus sûrs, l'armée et l'Église. Il travailla aussi, avec succès, à diviser l'opposition à Vichy elle-même, en multipliant ses composantes et en les jouant les unes contre les autres [11]. Abetz fit flèche de tout bois, y compris en cherchant à appâter les communistes en été 1940. Il encouragea le développement non seulement de groupes d'extrême droite pronazis, mais encore d'une aile collaborationniste de gauche, qui allait d'ailleurs sortir progressivement du jeu. A l'égard des ultras, la politique de division fut poursuivie jusqu'au bout. Au début de 1944 encore, Himmler s'opposa à une unification des partis de la collaboration qui aurait contrevenu aux directives de Hitler. Dans les pays germaniques, l'occupant favorisa, au contraire, un parti nazi local et lui octroya un monopole politique en échange d'un engagement de fidélité à Hitler.

Si l'on met à part le cas exceptionnel du Danemark où la démocratie continua de fonctionner (des élections législatives eurent lieu au début de 1943), non sans quelques entorses, ainsi l'interdiction du Parti communiste danois, la France fut le seul pays où l'occupant s'efforça de créer les conditions d'un pluralisme politique et social, si limité et surveillé fût-il.

Sur le plan culturel, la même constatation s'impose. A la différence des pays d'Europe orientale, l'occupant ne mena aucune politique d'étouffement culturel. Et contrairement à son action dans les pays germaniques, il ne tenta pas de mainmise intégrale sur la vie culturelle. Il élimina les auteurs qu'il jugeait inacceptables, les juifs et les anti-nazis, mais n'imposa pas les normes culturelles nazies, comme il fit en Hollande, par exemple, en créant un « ministère de

---

11. Cf. Pascal Ory, *Les Collaborateurs, 1940-1945*, Paris, Seuil, 1976.

la Propagande et des Arts », sur le modèle de celui de Goebbels.

Même si l'occupant démontra en France, comme ailleurs, ses capacités criminelles, il n'est pas douteux que le pays fut beaucoup moins durement traité que les pays slaves (le massacre d'Oradour se produisit à la fin de l'occupation, il y eut d'innombrables Oradour en Europe orientale et dans les Balkans dès 1941) et qu'il ne fut pas menacé de perdre son identité nationale comme l'étaient les pays germaniques. Les alternatives de la « polonisation » et du recours à un Quisling local (il y aurait fallu un minimum de confiance qu'aucun Français ne méritait aux yeux de Hitler) ne s'inscrivaient ni l'une ni l'autre dans les perspectives allemandes. Ce qui n'empêche pas que ces menaces parurent crédibles aux yeux de certains Français, ou qu'elles furent utilisées comme épouvantail par d'autres.

Dans l'Europe nazie, les chefs d'État et les gouvernements de plusieurs pays envahis par les armées allemandes – Pologne, Hollande, Norvège, Belgique (sauf le roi Léopold) – avaient gagné Londres. Quatre pays occupés eurent, toutefois, à un moment ou à un autre, un gouvernement qui s'interposait entre la population et l'occupant : la France, le Danemark, la Bohême-Moravie et la Norvège.

A la différence du Danemark, la France changea de régime intérieur et de politique extérieure après la défaite. Contrairement à ce qui se passa en Norvège où l'occupant hissa Quisling au pouvoir en février 1942, Pétain fut mis en selle par la représentation nationale, et il détermina librement sa conduite extérieure. Après novembre 1942, le gouvernement de Vichy se rapprocha du gouvernement satellite de Bohême-Moravie, et la position de Pétain de celle du président tchèque Hacha, l'hypothèse d'une évolution à la norvégienne ou à la polonaise n'étant, comme on l'a dit, qu'une hypothèse d'école ou de parti.

L'originalité de Vichy, pour le dire autrement, fut d'effectuer une double rupture. Avec la démocratie en instaurant un régime autoritaire. Avec la politique extérieure du passé en optant pour la collaboration avec l'Allemagne nazie. Ces deux ruptures et ces deux choix, pris ensemble, définissent la spécificité de la situation française.

La collaboration ne fut pas, assurément, l'apanage du gouvernement de Vichy. En Hollande et en Belgique, elle s'effectua au niveau administratif par l'intermédiaire des secrétaires généraux des ministères, non sans rencontrer le problème redoutable des limites qu'elle devait observer. Au Danemark et en France, elle fut une politique d'État, mais que le contexte et les objectifs différencièrent fortement.

Dans le premier cas, le rapport des forces était désespérément en faveur de l'occupant, et les Danois choisirent de faire le dos rond en attendant une libération aussi lointaine qu'ardemment souhaitée. La collaboration fut une stratégie du moindre mal dont les bornes étaient clairement fixées, le gouvernement utilisant la promesse solennelle donnée par l'Allemagne nazie comme charte de ses relations avec l'occupant.

Dans le second cas, la collaboration fut une politique adoptée publiquement par le gouvernement français au nom des intérêts supérieurs du pays et dans l'espoir d'adoucir les conséquences de la défaite. L'objectif n'était pas de basculer dans le camp allemand, mais d'obtenir, à défaut d'un traité de paix qui aurait permis à la France de sortir de la guerre, au moins des engagements pour l'avenir. C'était nourrir de singulières illusions sur le vainqueur.

On sait comment cette politique des gages et du lest aboutit à satisfaire toujours davantage les exigences allemandes moyennant de bien maigres contreparties, tant il importait à Vichy de garder l'apparence de la souveraineté. L'« État français » en vint ainsi à s'associer toujours plus étroitement à la politique de l'occupant, de la répression des opposants à la conscription de la main-d'œuvre pour le Reich en passant par la déportation des juifs.

Vichy cherchait à passer d'un statut de vaincu à celui de partenaire du vainqueur, un partenaire placé hors du conflit dans la position d'un neutre favorable comme l'Espagne ou, à défaut, d'un non-belligérant comme l'avait été l'Italie en 1939-1940. Refusant de choisir l'engagement aux côtés de l'Allemagne comme la Norvège de Quisling ou de placer, comme le Danemark, des limites à sa coopération forcée avec l'occupant, Vichy finit dans la situation du gouvernement tchèque.

Le changement de régime en été 1940 fut décisif dans cette dérive. Notons qu'il intervint à un moment où la paix était attendue pour un proche avenir. Mais il n'y eut pas de changement de cap quand la fausseté de cette prévision devint évidente. On s'obstina à vouloir réformer le pays au beau milieu d'une guerre qui continuait et qui s'étendait. Notons encore que Hitler ne souhaitait aucunement que la France adoptât un régime autoritaire. Un gouvernement démocratique aurait mieux fait son affaire, démocratie étant pour lui synonyme de faiblesse et de décadence.

Entre la politique de collaboration et la politique de la Révolution nationale se noua un lien qui trouvait sa logique profonde dans l'acceptation de la défaite et qui entraîna les dirigeants français dans la spirale de la vassalisation. Une complémentarité étroite reliait d'ailleurs l'une à l'autre. Si, par sa politique de collaboration, Vichy aspirait à passer du camp des vaincus à celui des neutres ou des non-belligérants, il visait à établir à l'intérieur un régime de troisième voie entre les démocraties et les totalitarismes qui s'affrontaient, un régime dont les formules les plus proches étaient celles des dictatures ibériques.

Le nouveau régime se flattait de trouver ses sources d'inspiration dans des traditions françaises. Mais il est évident que ses idées maîtresses participaient d'un courant qui balayait l'Europe de l'Atlantique à la mer Noire, un amalgame de nationalisme autoritaire, de corporatisme, d'anticommunisme et d'antisémitisme. On regardait vers l'extérieur à Vichy, comme pour vérifier que les traditions françaises avaient de l'avenir. Mais, plutôt que vers les régimes allemand et italien, on regardait vers l'Espagne de

Franco et le Portugal de Salazar (la Slovaquie de Mgr Tiso intéressait les curieux). Dans ces régimes, l'armée et l'Église tenaient une place centrale, le passé y était à l'ordre du jour, tout comme les saines valeurs rurales. Au surplus, on s'y défiait du totalitarisme – même la Phalange en Espagne se trouva rapidement domestiquée. Vichy fut plus prudent encore et refusa l'instauration d'un parti unique d'État.

Les admirateurs des « modèles » ibériques n'en paraissaient pas moins oublier certaines réalités. L'armée avait, dans ces pays, une tradition d'ingérence dans les affaires de l'État sans équivalent en France. Et l'Église y était fondamentalement réactionnaire, avec une emprise sur le système éducatif que les plus cléricaux à Vichy ne pouvaient rêver de rétablir. La France avait des traditions pluralistes, enracinées dans une société à la fois moderne et nourrie d'histoire, des traditions que l'élimination de l'espace démocratique ne pouvait faire disparaître par enchantement. Par rapport aux régimes voisins, Vichy eut, du coup, une figure bien à lui, composite et instable, avec un air de provisoire qui vint rapidement démentir sa prétention à restaurer le pays sur un prétendu socle intemporel, avant de dégénérer par l'exacerbation de la logique répressive qu'il contenait dès le départ et qui prit forme dans la Milice, radicalisation fasciste d'une composante originellement marginale et qui gagna en poids à la faveur de la décomposition du régime et grâce à l'appui allemand.

A vrai dire, on voit mal comment le régime aurait pu trouver une assiette au milieu de la guerre qui continuait, faisant éclater l'incompatibilité entre son programme traditionaliste et la pratique technocratique qu'imposait l'occupation. Il aurait été difficile d'implanter en France, même dans les meilleures conditions, un régime semblable à celui de pays périphériques et attardés. Il était illusoire, le pays étant vaincu et aux trois quarts occupé, de chercher un arrangement durable avec Hitler. La poursuite simultanée des deux objectifs défiait la logique commune.

L'existence du régime de Vichy eut-elle sur la société française des effets spécifiques ? Y eut-il, dans les réactions et les attitudes des Français face à l'occupation et à la guerre, quelque chose qui les sépare des autres sociétés soumises à l'occupation nazie ? Il n'est pas évident de cerner les critères qui permettraient d'évaluer de manière pertinente la propension à la collaboration ou à la résistance, et encore plus difficile de trouver des éléments de réponse comparables[12]. Des facteurs multiples entraient en jeu, qui se composèrent selon des formules changeantes, qu'il s'agisse du degré de cohésion politique et sociale, de l'expérience d'occupations antérieures, de l'intensité des préjugés nationaux, des attitudes envers l'autorité.

Les Français vivaient sous la férule d'un gouvernement qui menait une politique de Révolution nationale et une politique de collaboration. Cela ne les empêcha pas de partager des tendances que l'on retrouve dans la plupart des pays occupés d'Europe occidentale, en particulier au début et à la fin de l'occupation. L'appréciation de leurs attitudes dans l'intervalle est moins évidente.

La défaite et l'occupation provoquèrent presque partout un choc qui, combiné à la désaffection relative envers la démocratie héritée de l'avant-guerre et au sentiment de devoir vivre durablement dans une Europe allemande, favorisa des aspirations à un rassemblement national par-dessus les partis ainsi qu'à un renforcement de l'autorité. Il y eut dans l'atmosphère de l'été 1940 un vide et un état de grâce dont Vichy bénéficia, mais dont il y eut un pendant en Hollande, par exemple, avec la création de l'Union néerlandaise.

Ce mouvement antiparlementaire et corporatiste, favo-

---

12. Cf. Yves Durand, *Le Nouvel Ordre européen nazi, 1940-1945*, Bruxelles, Complexe, 1990 ; Jacques Semelin, *Sans armes face à Hitler. La résistance civile en Europe, 1939-1943*, Paris, Payot, 1989 ; Werner Röhr (éd.), *Okkupation und Kollaboration (1938-1945)*, Berlin, Huthig, 1994.

rable à une collaboration avec le vainqueur, attira les Hollandais en grand nombre, reflétant une disposition répandue au rassemblement national au milieu d'un climat de discrédit des partis politiques et même de détachement envers le gouvernement parti à l'étranger. On trouverait des éléments comparables en Belgique (que l'on pense aux critiques adressées au gouvernement belge ou à la prise de position du président du Parti socialiste belge, Henri De Man), mais qui furent désamorcés par l'attitude du roi. Au Danemark, la présence des autorités légitimes et la formation d'une union sacrée furent décisives pour forger une cohésion et une solidarité sans équivalent ailleurs dans l'Europe nazie.

Le changement dans la situation militaire de l'Allemagne et l'expérience de l'occupation valurent bientôt aux autorités exilées un retour de faveur, d'autant plus que les monarques se prêtaient admirablement à incarner l'identité nationale. Leur présence à Londres symbolisait la priorité de l'indépendance nationale et faisait obstacle aux tendances d'adaptation au vainqueur, surtout après que celui-ci eut commencé à appuyer ouvertement les fascistes locaux.

On a parlé de « pétainisme » pour désigner l'état d'esprit qui avait fait le succès de l'Union néerlandaise. En France, à plus forte raison, le même phénomène de pétainisme spontané se produisit, mais il allait être canalisé et institutionnalisé par le nouveau régime. A la fin de l'occupation, la très grande majorité des Français avaient rejoint le courant européen de lutte contre l'Allemagne, passant de la solidarité avec le gouvernement et son chef au lendemain de la défaite à son rejet et à la reconnaissance de la légitimité de celui qui avait rejoint Londres en rebelle, seul de son espèce parmi les représentants des autres pays occupés.

L'existence du nouveau régime français avait, dans l'intervalle, exercé des effets de séduction et de brouillage qui laissèrent les Français quelque part en route entre Vichy et l'Europe. Il est inutile de s'étendre sur les facteurs qui ont contribué à dissiper graduellement, et de façon différentielle, l'état de grâce de l'été 1940 et conduit une large partie de la population à s'éloigner du gouvernement et à glisser vers l'opposition. L'important est de rappeler que les Français furent les seuls, dans l'Europe occupée, à se trouver confrontés à un gouvernement qui, tout à la fois, était demeuré sur le territoire national en acceptant la défaite comme définitive, entreprenait de construire un nouveau régime et cherchait un accommodement avec le vainqueur.

Les choix étaient du coup moins simples puisqu'il s'agissait de se situer et par rapport à l'occupant et par rapport au gouvernement français. On pouvait approuver le nouveau régime et sa politique extérieure. On pouvait les désapprouver tous deux. Mais on pouvait aussi approuver le premier et désapprouver la seconde, ou inversement.

Le divorce entre une opinion qui souhaitait, dans sa majorité, une victoire britannique et un gouvernement qui menait une politique de collaboration se produisit rapidement. Mais cela ne signifiait pas qu'un bon nombre de Français n'auraient pas été reconnaissants au gouvernement s'il avait pu obtenir des allégements immédiats, à condition de ne pas les payer d'une tension ou, pire, d'un conflit avec l'Angleterre. L'absence de résultats tangibles, doublée du risque d'un basculement dans le camp allemand, montra l'illusion de cette politique du « meilleur de deux mondes », dont témoignent le mythe du double jeu et, de façon plus large, la popularité de Pétain.

Il exista, en effet, un phénomène Pétain, qui illustre bien la force de cet idéal du « meilleur de deux mondes ». Figure d'intégration du régime et de projection pour des aspirations et des attentes populaires fort diverses, Pétain s'offrait en médiateur entre les accommodements du court terme et les espoirs pour le long terme, personnage au passé glorieux qui portait les promesses d'une nouvelle grandeur et qui dans le présent étendait sa protection sur les Français. Il demeura quelque chose de ce rôle de symbole de la patrie jusqu'à la Libération.

Il est clair que la figure de Pétain et sa politique renforcèrent un attentisme qui était répandu et découragèrent le développement d'un esprit de résistance. Quant au collaborationnisme, celui des groupements et des partis, il fut à la fois alimenté et freiné par l'existence de Vichy. Alimenté par la politique de collaboration officielle et aussi par l'existence de la Révolution nationale, qui déclencha une dynamique de déçus et d'ultras. Freiné en ce qu'en s'opposant à Pétain les collaborationnistes de Paris se heurtaient à son capital de légitimité et de popularité. Au demeurant, selon les indicateurs disponibles, notamment la proportion de volontaires sous uniforme allemand par rapport à la population nationale, le collaborationnisme semble avoir été nettement plus ample dans les pays de l'Europe du Nord-Ouest, ce qui incite à se détourner des imputations sommaires[13].

« La France demeure seule en face de son destin. » La particularité de l'expérience de Vichy se trouve, en définitive, dans cette phrase inaugurale. C'est elle qui la distingue de l'expérience des autres pays de l'Europe nazie, c'est elle qui poussa l'État français dans une impasse intérieure et extérieure. Dans le suicide de l'Europe, Pétain fait pendant à Hitler, comme l'envers à l'endroit. Le second ne concevait d'alternative qu'entre la domination absolue et l'anéantissement total. Le premier se braqua sur une politique de repli et de ressourcement qui était foncièrement anachronique, comme si la Prusse d'Iéna gardait valeur d'exemple en plein milieu d'une guerre mondiale.

13. Cf. Hans Werner Neulen, *An deutscher Seite : internationale Freiwillige von Wehrmacht und Waffen-SS*, Munich, Universitas, 1985.

15

Vichy, de l'histoire à la mémoire

Vichy : nom de ville devenu le symbole d'un régime qui dura à peine quatre ans et dont le souvenir s'est incrusté dans la mémoire des Français. Est-il besoin de documenter cette évidence qu'attestent tant de sources, du cinéma à la littérature et du débat politique à l'historiographie ? Des décennies plus tard, l'atmosphère se charge encore de passion dès que la conversation aborde cette période. Il n'est jusqu'aux appels à clore le débat qui ne témoignent de la persistance de ce souvenir.

A cette difficulté d'oublier, il y a d'évidentes raisons. Vichy fut un régime d'exception, comme le rappelle d'emblée sa localisation. Le Paris de la monarchie et des révolutions se trouva détrôné par une ville d'eaux, plus durablement qu'il ne l'avait été au temps du gouvernement de la Défense nationale en 1870-1871. Sans doute le déplacement fut-il involontaire. Pétain voulait rentrer à Paris, les Allemands y firent obstacle. Ce campement forcé s'accordait admirablement avec l'inspiration ruraliste, « France profonde », du nouveau régime.

Le régime de Vichy est aussi remémoré, bien évidemment, parce qu'il sortit de la défaite et qu'il épousa le temps de l'occupation, avec les divisions et les souffrances qui lui firent escorte. Or ce souvenir reste vivant chez nombre de Français qui ont connu la période et sont en position de marquer le débat public et la production intellectuelle.

Enfin, plus au fond, Vichy vit dans les esprits parce qu'il constitue un régime repoussoir. La IVe République naquit de la résistance à l'occupation allemande et du refus de l'« État français ». La Ve République fut une réaction contre sa devancière, mais tout autant qu'elle, sinon davantage en raison de la personne de son fondateur, elle participait de la condamnation du régime de Vichy. Le rappel de ce passé sert toujours à délégitimer les opposants à la République et, parfois, à discréditer les adversaires politiques, à quelque camp qu'ils appartiennent.

Du même coup, l'historien peut se demander s'il y a là quelque chose de spécifique. Vichy est vivant aujourd'hui, mais ne serait-ce pas de la même façon, et pour les mêmes raisons, que le Second Empire était vivant dans la conscience des républicains de la IIIe République, ou la monarchie de Juillet dans celle des hommes de 1848 ? Et d'ailleurs, l'État français ne s'était-il pas lui-même défini contre son prédécesseur, la République troisième, qui en avait fait autant vis-à-vis du régime précédent, le Second Empire ?

Il est aisé de remonter ainsi les maillons de cette chaîne de régimes, jusqu'au point de départ. La Révolution fut la grande rupture et la grande matrice. Dans l'intervalle de quelques années, presque toutes les formes possibles de gouvernement furent tentées. Cette expérience allait faire de la culture politique française une culture historiquement conflictuelle, c'est-à-dire pensant historiquement ses conflits et conflictuellement son histoire. Elle allait, du même coup, faire de la mémoire un dispositif central dans la définition de tous les régimes qui se succédèrent dans la quête vacillante d'un équilibre durable.

Chacun d'eux devait se situer par rapport au grand événement fondateur, à ce qui l'avait précédé et à ce qui en était sorti. Chacun portait la mémoire d'un prédécesseur, modèle ou repoussoir. La Révolution, animée par l'ambition prométhéenne de créer une nouvelle société et un homme nouveau, aboutit à charger l'avenir d'un poids énorme, le passé devenant l'agent dynamique de divisions sans cesse rejouées et faisant de tous les régimes français peu ou prou des régimes-mémoire, républiques y compris.

La IIIe République, qui regardait vers l'avenir, se fabriqua, elle aussi, une tradition et se préoccupa d'y intégrer le passé prérépublicain du pays. Mais la part de la mémoire était, à l'évidence, plus importante et plus centrale dans les régimes réactionnaires proprement dits. La Restauration, le Second Empire, Vichy furent autant de tentatives, chacune avec ses particularités, de faire marche arrière et de mettre le présent à l'heure du passé, même si ces tentatives passèrent toutes des compromis avec des évolutions tenues pour irréversibles. Elles eurent, d'ailleurs, un succès historiquement décroissant, comme le montre leur durée de plus en plus brève (1815-1848, 1851-1870, 1940-1944) à proportion de l'enracinement de la République.

Dans cette famille de régimes réactionnaires, Vichy tient, malgré tout, une place à part qui le qualifie à la désignation de régime-mémoire par excellence. Car, s'il voulait lui aussi tailler l'avenir sur le patron du passé, il ne chercha pas, à la différence de ses prédécesseurs, à rétablir un régime antérieur, à remettre en selle d'anciennes équipes politiques ou d'anciens corps sociaux, à faire revivre les gloires d'un Empire défunt.

Vichy fut, on y reviendra, la mémoire de pures représentations dont la quintessence était la « France », une France qui n'était plus liée à Dieu par une monarchie de droit divin, ni associée à l'humanité par le truchement d'une forme universelle comme la république. Vichy, ce fut l'effort délibéré, persistant et vain d'ordonner la réalité selon cette mémoire, de reconstruire un esprit national dans lequel la mémoire d'un passé mythifié moulerait la perception du présent dans une manière unitaire d'éprouver, de penser et d'agir.

Un passé ambigu et mouvant.

Avant d'en venir au projet de Vichy, il n'est pas inutile de rappeler ce que fut l'« État français » et la manière dont les contemporains le perçurent. On appréciera mieux, alors, le travail ultérieur de la mémoire, la façon dont elle ordonna la réalité d'une période dont l'expérience vécue fut ambiguë, mouvante et divisée.

Il y eut beaucoup de diversité dans le régime de Vichy, et la chronologie n'est pas, à cet égard, une dimension dont on puisse se dispenser. Les historiens ont enrichi et nuancé le tableau d'un Vichy uniformément noir, monolithique dans son abaissement devant l'occupant et dans sa politique d'oppression des Français, qu'avait peint au sortir de la guerre le milieu résistant, en particulier le Parti communiste. On a, depuis, montré la pluralité des courants qui se côtoyaient dans le régime, au point de parler d'une dictature pluraliste (Stanley Hoffmann). On a marqué des phases d'évolution dans sa piteuse carrière, un tournant se produisant en avril 1942 lors du rappel de Laval, un autre en novembre de la même année quand l'occupation totale du pays aboutit à concentrer l'essentiel du pouvoir entre les mains du même Laval. On a relevé les lignes de continuité qui relient Vichy à l'avant-guerre et à l'après-guerre, qu'il s'agisse de la xénophobie en amont ou de l'interventionnisme étatique en aval[1].

A l'évidence, Vichy ne fut pas d'une pièce. Il est justifié, pourtant, d'affirmer l'unité de ce régime, malgré sa diversité interne et son évolution dans le temps. Comme il arrive souvent, les résultats et les conséquences ne répondirent pas aux calculs et aux intentions de départ. Mais, s'il y eut distorsions et dérapages, ce ne fut pas sous le seul effet de contraintes imprévisibles, l'occupation se prolongeant quatre années durant et les exigences de l'occupant durcissant avec l'évolution défavorable de la guerre. Ce fut bien plutôt parce que ces contraintes activèrent une logique contenue dans le choix et les projets initiaux du régime.

Pour le dire schématiquement, tout se noua lorsque Vichy

---

1. Cf. avant tout Jean-Pierre Azéma, *De Munich à la Libération 1938-1944*, Paris, Seuil, 1979 ; Robert O. Paxton, *La France de Vichy, 1940-1944*, Paris, Seuil, 1973 ; Stanley Hoffmann, *Essais sur la France*, Paris, Seuil, 1974.

ajouta à l'acceptation de la défaite une entreprise de rénovation nationale. La guerre était tenue pour définitivement perdue, il ne s'agissait plus que de sauver ce qui pouvait l'être. En annonçant que l'heure était venue de mener une politique purement française, Pétain tirait de l'expérience de l'entre-deux-guerres un bilan qui pouvait trouver écho : la sécurité mutuelle avait échoué, et les alliances s'étaient révélées décevantes, sinon dangereuses. La France demeurait « seule face à son destin », affirmait-il. Elle devait « se libérer de ces amitiés ou de ces inimitiés dites "traditionnelles"[2] ».

Dans l'immédiat, la défaite permettait d'entamer la nécessaire rénovation des institutions, seule garantie d'un redressement futur. Les nouveaux dirigeants français s'étaient convaincus de cette nécessité dès l'avant-guerre. Ils n'en furent que davantage enclins à penser que le sort des armes avait définitivement tranché. En lançant leur entreprise de rénovation nationale, ils établissaient, du même coup, un ordre de priorités que nul n'a formulé mieux que Maurras, malgré sa marginalité à Vichy.

Dans *La Seule France*, paru en 1941, Maurras faisait le parallèle suivant. En 1429, Jeanne d'Arc préféra aller à Reims couronner le roi, alors qu'en continuant sa marche militaire elle aurait « abrégé de vingt ans, qui sait ? la campagne qui devait mettre l'Anglais hors de France ». Mais le point de vue militaire, alors « comme aujourd'hui », n'était qu'un élément de la situation. « Si dure que fût la conquête anglaise, ce n'était que l'effet de causes plus profondes qui n'auraient pas disparu avec elle ; la conquête tenait à la division, à l'émiettement, à l'affaiblissement et à l'anarchie de l'État [...] La guerre eût pu finir : mais non pas sans renaître tout aussitôt, de divisions nouvelles dans lesquelles la France se fût débattue faute de Chef[3]. »

---

2. Philippe Pétain, *Discours aux Français*, édité par J.-C. Barbas, Paris, Albin Michel, 1989 (message du 11 juillet 1940, p. 68 ; message du 10 octobre 1940, p. 88).

3. Charles Maurras, *La Seule France. Chronique des jours d'épreuve*, Lyon, Lardanchet, 1941, p. 32-34.

Maurras reléguait la lutte militaire contre l'occupant au second plan. La réfection en profondeur de la nation recevait priorité sur le recouvrement de l'intégrité territoriale et de la pleine souveraineté. Les dirigeants de Vichy, dont les vues étaient loin d'être uniformes, ne définissaient probablement pas leur tâche avec autant de clarté et de rigueur. Mais leur action se conforma à cette ligne de pensée. Et c'est le lien établi entre l'acceptation de la défaite et la réforme du pays qui allait se révéler redoutable en conséquence de l'évolution imprévue prise par le conflit.

Les dirigeants de Vichy escomptaient une conclusion rapide de la paix qui leur permettrait, à la tête d'un pays certes mutilé et bridé, de se concentrer sur la refonte de la France. Mais, contrairement aux prévisions, la guerre ne prit pas fin. L'Angleterre refusa de s'incliner, et l'Allemagne se montra incapable de l'y contraindre. Les dirigeants français durent s'accommoder d'une occupation qui se prolongeait, les exposant aux pressions quotidiennes de l'occupant. Au lieu d'être le régime qui aurait signé une paix de *Diktat*, Vichy allait devenir le régime de la collaboration avec l'Allemagne nazie.

Pour préserver ce que l'armistice lui avait laissé, avant tout sauvegarder contre Londres et de Gaulle l'Empire qui était, avec la flotte, sa principale garantie d'autonomie, pour préparer aussi la meilleure paix possible, Vichy fit le choix stratégique d'une politique de collaboration, un choix qui découlait logiquement de l'armistice qu'il avait sollicité. Cette collaboration devait porter avant tout sur le terrain économique, éviter un conflit ouvert avec Londres et le basculement dans le camp allemand. Elle n'en reposait pas moins sur le pari d'une victoire finale du Reich, à tout le moins d'une non-victoire britannique.

Cette politique d'État, les dirigeants de Vichy la prétendaient fondée sur le seul « réalisme ». Mais ce réalisme était miné par leur choix de politique intérieure, un choix que la guerre qui se prolongeait n'amena pas à modifier et qui conduisait le régime dans une impasse. Rompre avec la politique de collaboration, c'était risquer de perdre toute autonomie et s'exposer à la rétribution allemande. Partir en Afrique du Nord rejoindre les Alliés, c'était devoir renoncer, à plus ou moins brève échéance, à une réforme autoritaire du pays.

Les événements de novembre 1942 montrèrent que les dirigeants de Vichy, Pétain en tête, refusaient d'assumer la faillite de leurs choix initiaux. En lieu et place, ils s'accrochèrent à leur politique, manifestant réticences et tergiversations, mais sans aller au-delà de velléités de rupture. La collaboration continua d'être affirmée et pratiquée, et, si la part de marchandage s'accrut, Vichy prit sur lui des mesures comme le STO et la déportation des juifs.

Quant à la Révolution nationale, elle restait à l'ordre du jour, tout en perdant ses couleurs de haute saison. Pétain et Laval cherchèrent à partir de l'automne 1943, chacun de son côté, à retrouver une légitimité auprès de l'Assemblée nationale. Au même moment, ils s'en remettaient à la Milice pour maintenir l'ordre. Ils couvrirent ses exactions pratiquement jusqu'à la dernière heure. Ayant accepté de rester au pouvoir après novembre 1942, ayant fait par là le choix de devoir au vainqueur leur survie politique, ils finirent dans la figure de partenaires et de complices de l'infamie nazie. Il ne restait plus à Pétain qu'à affirmer qu'il avait voulu être le bouclier des Français, lamentable aboutissement d'une politique qui avait eu de tout autres ambitions.

La trajectoire de Vichy, si elle ne fut nullement fatale, suivit des lignes de force présentes au départ. Mais c'est au terme d'une analyse rétrospective que le régime est ainsi qualifié d'unitaire, tout comme c'est dans la vision rétrospective des résistants et d'une grande partie de la population française qu'il apparut unitaire au lendemain de la Libération. Vichy entrait pour lors dans l'histoire comme l'antithèse de la tradition républicaine, comme l'anti-République. Du coup, s'estompait le fait que ce passé devenu noir avait été dans les années précédentes, en 1940 et 1941 surtout, un présent ambigu aux yeux de nombreux contemporains pour qui le futur restait opaque.

A vrai dire, la naissance même du régime fut ambiguë. La rupture se fit dans la continuité. Pétain n'accéda pas au pouvoir comme Louis Bonaparte, mis en selle par le vote populaire, puis sortant de la légalité. Et pas non plus par un acte de proclamation comme cela se fit en 1870 au milieu de la débâcle militaire. En juillet 1940, la transition se fit dans la plus apparente légalité, l'Assemblée nationale déléguant les pouvoirs constituants à Pétain.

Après la guerre, on s'employa de divers côtés à contester que ce vote ait été émis librement. La réalité est qu'il fut consenti en connaissance de cause par des parlementaires dont aucun ne s'éleva contre l'armistice et qui étaient prêts, dans leur grande majorité, à s'abandonner à l'homme providentiel, à se décharger sur lui de la responsabilité de la suite des événements. Crise de volonté ou sentiment intime de responsabilité et de faillite, ce vote fut l'expression d'une désagrégation des valeurs démocratiques chez ceux qui auraient dû en être les gardiens.

Vichy fut bien autre chose qu'un complot contre la République mené par une bande de factieux qui auraient mis à profit la défaite et le déboussolement de leurs compatriotes pour imposer leurs principes contre-révolutionnaires. Vichy fut, d'abord et avant tout, l'expression de la dégénérescence autoritaire d'une bonne partie de l'*establishment* républicain. Plus exactement, il naquit au croisement d'un projet autoritaire porté par de petites équipes et d'une notable désagrégation des valeurs démocratiques, une désagrégation entamée dès les années 1930, activée par le choc de la défaite, et qui, à un degré ou à un autre, toucha non seulement la presque totalité des élites, mais aussi une grande partie de la population.

Le nouveau régime fut, il est vrai, dans une assez large mesure, la revanche des adversaires mortels de la République, comme de tous ceux qui en avaient professé les principes du bout des lèvres. L'extrême droite ne pouvait qu'applaudir au renversement de la « gueuse » et elle fonça vers la brèche. Mais elle ne parvint pas à y faire passer ses têtes de file. Maurras fut tenu à l'écart, et les aspirants chefs, les Déat, Doriot ou Bucard, partirent tenter leur chance à Paris. Il fallut attendre le début de 1944 pour voir entrer au gouvernement, sous la pression des Allemands, Déat, Henriot et Darnand, signalant non pas que Vichy était devenu un régime fasciste, mais qu'il contenait à présent une composante fasciste.

L'Église catholique, qui s'était ralliée à la République à contrecœur, apporta à l'« État français », en particulier dans les deux premières années, un appui enthousiaste et un ralliement gonflé d'espoir. Mais Vichy ne se laisse pas définir sur la seule base de ce soutien. Tout en lui accordant une place qu'elle avait perdue depuis longtemps, tout en faisant résonner l'antienne qu'on croyait oubliée de la « France chrétienne », Pétain et Darlan préférèrent limiter leurs concessions pour ne pas relancer le conflit confessionnel.

A la vérité, Vichy réunit des équipes fort bigarrées et trouva des appuis dans un large éventail politique, y compris dans les franges dissidentes de la gauche. Autour d'un solide noyau de réactionnaires et d'hommes qui avaient frayé avec l'extrême droite fascisante des années trente (Benoist-Méchin ou Marion), vinrent s'agréger des personnalités diverses par l'origine et la mentalité, mais toutes converties, après la double expérience du Front populaire et de la défaite, aux vertus de l'autorité : d'anciens libéraux comme Flandin ou Barthélemy, des technocrates comme Bichelonne, sans oublier un René Belin, l'ancien dirigeant de l'aile anticommuniste de la CGT, qui devait apporter une caution « sociale » au nouveau régime en même temps qu'illustrer sa volonté de rassemblement national.

Les bonnes volontés, même affluant en grand nombre comme elles le faisaient en été quarante, n'auraient pas suffi, cependant, s'il n'y avait eu pour donner des pieds et des mains au régime des forces plus modestes mais autrement décisives. Les cadres de l'État et toute la fonction publique s'installèrent, sans états d'âme apparents, dans le vide laissé par la démission du Parlement, assumant avec zèle le commandement d'un État enfin remis aux « compétences ». Les défections allaient être rares dans les deux premières années, y compris dans le corps diplomatique[4].

L'armée ne resta pas en arrière. Après quelques flottements au moment de l'armistice, elle fit bloc avec le nouveau pouvoir, le peuplant de ses officiers. L'armée de la République aida à porter en terre la République. Pétain n'avait pas été, comme Hindenburg, un monarchiste acceptant contre ses sentiments intimes de servir la République. Il l'avait servie, et elle seule, pendant toute sa longue carrière. Il en avait été l'illustration, tout comme Pierre Laval l'avait été dans le registre civil.

Ce divorce de l'armée et de la République, on le voit se refléter également, pour des motifs diamétralement opposés, dans le comportement de celui qui, le premier, défia l'autorité de Pétain. Lorsque de Gaulle rallia l'Angleterre et lança le 18 juin son appel à continuer le combat, il rompait avec un gouvernement, le gouvernement Pétain, qui avait été régulièrement investi et qui était, à ce moment-là, le gouvernement de la République. Le vote des pleins pouvoirs, qui eut lieu trois semaines plus tard, et la naissance de l'« État français » qui s'ensuivit changèrent la situation d'une manière qu'il aurait été bien en peine de prévoir au moment où il se rebellait. Le gaullisme eut son ressort principal dans le refus de l'armistice, et non de la Révolution nationale.

Les élites et l'administration de la République ne furent pas les seules à faire bon accueil au nouveau régime. Dans la plus grande partie de la population, les circonstances de l'été quarante activèrent des tendances à l'acceptation d'une autorité forte. Le désarroi produit par la défaite, une désaffection relativement répandue envers la démocratie parlementaire, enfin et surtout le soulagement de voir les

---

4. Cf. Jean-Baptiste Duroselle, *L'Abîme, 1939-1945*, Paris, Imprimerie nationale, 1982, p. 449; Marc Olivier Baruch, *Servir l'État français. L'administration en France de 1940 à 1944*, Paris, Fayard, 1997.

combats cesser inclinèrent à accueillir favorablement une équipe qui affirmait sa volonté de reprendre les choses en main. Pendant de longs mois, la résistance allait tâtonner dans le noir.

Pétain fut le grand bénéficiaire de ce mouvement d'opinion, comme le montrèrent les voyages triomphaux qu'il effectua à travers la zone libre à partir de l'automne 1940. A se fier aux indications données par les archives du contrôle postal, les ministres et le gouvernement en général ne jouirent jamais que d'une popularité très limitée. Quant à la Révolution nationale, elle ne provoqua ni enthousiasme ni même intérêt soutenu. Les Français en jugèrent avant tout sur le critère du ravitaillement, qui était, avec les prisonniers de guerre, leur préoccupation majeure. Darlan et, surtout, Laval prirent sur eux le poids d'un mécontentement que Pétain évoqua publiquement dès le printemps de 1941, mais dont lui-même se trouva exempté pendant assez longtemps encore [5].

Pourtant, au lendemain de Montoire, il avait revendiqué comme sienne (« C'est moi seul que l'Histoire jugera ») une politique de collaboration qui avait rapidement rencontré une large hostilité. Passé la réaction d'anglophobie provoquée par le massacre de Mers el-Kébir, la majorité des Français souhaita clairement la victoire de l'Angleterre, refusant une collaboration dont les contreparties étaient rien moins qu'évidentes, alors qu'elle faisait courir le risque d'une désastreuse confrontation avec l'ancienne alliée.

Comme en Allemagne nazie, la population française opérait une remarquable dissociation entre le chef et ses acolytes, redonnant vie au mythe ancestral du bon roi mal

5. Cf. Denis Peschanski, « Gouvernants et gouvernés dans la France de Vichy. Juillet 1940-avril 1942 », dans *Vichy, 1940-1944, Archives de guerre d'Angelo Tasca*, Paris-Milan, CNRS/Feltrinelli, 1986, p. 41 *sq.*; *id.*, « Vichy au singulier, Vichy au pluriel. Une tentative avortée d'encadrement de la société (1941-1942) », *Annales ESC*, mai-juin 1988, p. 639-661; Pierre Laborie, *L'Opinion française sous Vichy*, Paris, Seuil, 1990.

entouré[6]. Pétain, il est vrai, favorisa cette confusion à la fois par ses actes – dans le renvoi de Laval, en décembre 1940, beaucoup voulurent voir, à tort, une répudiation de Montoire – et par la figure qu'il projetait de lui-même dans ses discours et ses interventions publiques.

Ainsi, il n'usait que rarement du registre du commandement, de l'intimidation ou de la menace. Une intéressante exception se trouve dans le message du 12 août 1941, où, dénonçant le « véritable malaise » qui atteignait le peuple français, il annonçait des mesures qui marquaient un net durcissement d'attitude. Évoquant son « devoir de défendre » la France, il déclarait : « En 1917, j'ai mis fin aux mutineries ; en 1940, j'ai mis un terme à la déroute. Aujourd'hui, c'est de vous-mêmes que je veux vous sauver[7]. » Avec la désintégration du consentement, la veine répressive du régime venait au premier plan. La Milice était ici en germe.

D'ordinaire, Pétain utilisait un registre autre, celui de la persuasion, de l'exhortation et du prêche, endossant un rôle saturé de références christiques auxquelles ne pouvait qu'être sensible une population imprégnée de culture chrétienne. « Mes amis », « mes chers amis », et même « mes enfants[8] » : voilà le père, le bon pasteur. Il y avait d'abord eu l'homme providentiel, le sauveur en gloire, mais un sauveur qui se sacrifiait. Pétain avait « fait don de sa personne » à la France à l'heure du pire désastre qu'elle ait connu. Plus tard, le père prendrait les accents d'un grand-père, le sauveur deviendrait martyr. Six mois après le discours du « vent mauvais », le 1er janvier 1942, Pétain montrait ses chaînes pour réclamer l'aide de ses compatriotes : « Dans l'exil partiel auquel je suis astreint, dans la demi-liberté qui m'est laissée, j'essaie de faire tout mon devoir. Chaque jour, je tente d'arracher ce pays à l'as-

---

6. Cf. Ian Kershaw, *The « Hitler Myth ». Image and Reality in the Third Reich*, Oxford, Clarendon Press, 1987.
7. *Discours aux Français, op. cit.*, p. 172.
8. Par exemple, *ibid.*, p. 78 (appel du 13 août 1940), p. 85 (appel du 9 octobre 1940) ; p. 103 (message du 24 décembre 1940).

phyxie qui le menace, aux troubles qui le guettent. Aidez-moi[9]. »

Pétain offrait aux Français un foyer de perceptions et de projections variées. Les uns, une forte minorité, adhéraient au programme de Révolution nationale qu'il avait énoncé. L'évolution des événements allait les amener à se replier dans la passivité ou à s'engager dans la Milice. Les autres, beaucoup plus nombreux, considéraient Pétain avec l'attachement, ou du moins le respect, que leur semblaient mériter son passé glorieux et son âge avancé, sa figure de sauveur-martyr, le symbole qu'il offrait de la continuité nationale. Avec le temps, l'admiration et la dévotion tournèrent en compassion et en pitié, plus souvent qu'en haine.

Pétain ne se confondait pas avec Vichy aux yeux de nombreux Français. A travers leur attitude à son égard, ils se liaient pourtant au régime dont il était la tête. Sans doute faut-il voir dans cette implication, issue de motivations et d'attentes diverses, lentement érodée sans disparaître complètement, un facteur qui explique les troubles ultérieurs de la mémoire. En septembre 1944, une majorité de Français (58 %) estimait qu'il fallait acquitter Pétain. En été 1945, après la découverte des camps nazis, ils n'étaient plus que 17 %. Dans les années 1970 et 1980, leur pourcentage était remonté à plus de 30 % (35 % en 1976, 31 % en 1983)[10]. Pétain ne se confondait pas avec un Vichy condamné en bloc.

La divergence est ici considérable avec le jugement des historiens, pour lesquels il ne fait pas de doute que Pétain dirigea le régime jusqu'à l'automne de 1942 et qu'il en eut la responsabilité ultime jusqu'à la fin. A l'époque même, il était patent que le gouvernement de Vichy visait à être autre chose qu'une dictature à la romaine pour temps d'exception. Par-delà l'épuration administrative et l'étouffement de la vie politique, les mesures adoptées à jet continu dès

9. *Ibid.*, p. 216.
10. Henry Rousso, *Le Syndrome de Vichy, 1944-198...*, Paris, Seuil, 1987, p. 304.

les premiers mois annonçaient une volonté de réforme globale.

Le Statut des juifs d'octobre 1940, pour ne parler que de lui, pouvait difficilement passer pour une loi d'occasion. Il semble d'ailleurs avoir été accueilli avec satisfaction par une partie de la population, avec indifférence par la majorité, en tout cas sans opposition perceptible, contrairement à ce qui allait se passer en été 1942 lorsque commencèrent les rafles et la déportation massive de juifs. Alors, la compassion pour les victimes se mêla à une haine de l'occupant désormais profondément chevillée pour susciter de larges réactions [11].

Pétain lui-même, enfin, ne cessait de répandre messages et proclamations pour faire connaître ses ambitions et ses objectifs, jouant un rôle central dans l'articulation et la formulation du projet vichyssois au point qu'on ne voit comment, sur ce plan, dissocier Vichy de sa personne.

La « recomposition de l'âme nationale ».

Rassembler les énergies et rénover la nation : de cette rénovation, Pétain fixa les lignes, celles d'une utopie radicale. Peu importent, ici, la manière et la mesure dans lesquelles ce projet fut réalisé. La diversité des tendances au sein du régime tout comme les contraintes nées de la poursuite de la guerre et de l'occupation amenèrent à des corrections, des déviations, des amplifications.

Au fondement du nouvel ordre se trouvaient les fameuses communautés naturelles : la famille, la commune, la profession, la région. Revitalisées, elles referaient une armature au pays. La famille, « cellule essentielle », « assise même de l'édifice social », devait retrouver sa place par le retour

---

11. Cf. Robert O. Paxton et Michael Marrus, *Vichy et les juifs*, Paris, Calmann-Lévy, 1981 ; Serge Klarsfeld, *Vichy-Auschwitz*, Paris, Fayard, 1983-1895, 2 vol.

de la femme au foyer et la reprise de la natalité, et aussi par une jeunesse mieux formée et plus disciplinée grâce au concours de l'école. La profession, elle, devait être organisée, la coopération des différentes catégories de producteurs étant gage de concorde sociale. Parmi les producteurs, une place toute particulière était réservée, à côté des artisans, à la paysannerie, destinée à redevenir la colonne vertébrale du pays.

Ainsi serait combattu et abattu le principal ennemi, l'individualisme dissolvant et parasite. Ainsi serait retrouvée la réalité « concrète » des corps intermédiaires, seuls cadres de la liberté des personnes. L'État couronnerait l'étagement des communautés naturelles, sans les écraser. Un État fort était nécessaire, mais Pétain repoussait l'étatisme, y compris dans son débridement totalitaire. « Le droit des familles, affirmait-il, est [...] antérieur et supérieur à celui de l'État comme à celui des individus [12]. »

L'État fort devait être un État « ramené à ses attributions véritables [13] » et fondé sur les principes d'autorité et de hiérarchie, selon un modèle tout militaire. Un tel État avait besoin d'élites qu'il faudrait susciter et former sans considération de l'origine sociale. Au sommet, un homme gouvernerait en s'aidant des conseils d'un petit nombre et en cherchant l'assentiment du grand nombre. Nulle place, dans ce système, pour des partis, encore moins pour un parti unique. On sait que Pétain en refusa l'idée, optant pour une organisation unique des anciens combattants qui devait assurer le lien entre le gouvernement et l'opinion.

L'objectif de toute l'entreprise était de rénover la nation. Pétain insistait à cet égard sur le rôle de l'école, comme sur celui des organisations de jeunesse, qui devaient de concert inculquer aux jeunes Français l'esprit d'équipe, la solidarité, le sens du service à la communauté et de l'obéissance

---

12. Article paru dans *La Revue des deux mondes* du 15 septembre 1940, reproduit dans Jean Thouvenin, *D'ordre du Maréchal Pétain (La France nouvelle, II)*, Paris, Sequana, 1940, p. 90.
13. *Ibid.*, p. 89.

aux autorités. A la place d'une France minée et divisée par la lutte des partis et des groupes d'intérêts, et plus profondément par l'individualisme et le matérialisme, devait surgir une nouvelle France, aux forces rassemblées par un « esprit nouveau », par « un esprit de communion sociale et nationale[14] ».

Pétain définissait son projet comme le « remembrement organique de la société française[15] ». Il s'agissait de ressouder les membres disloqués du corps national, de réinclure dans la communauté nationale les éléments égarés par de « mauvais bergers ». L'inclusion s'accompagnerait – mais Pétain n'évoquait pas ce thème publiquement – de l'exclusion des éléments trop fraîchement arrivés dans le pays et jugés inassimilables, comme les juifs. Le rassemblement national se ferait par la persuasion, sans renoncer à la force : on ferait, au besoin, le bien du peuple contre sa volonté. Comme il en va de tout projet fondé sur l'obsession de l'unité, le projet de rassemblement de Vichy contenait dès le départ exclusion et répression, des tendances qui s'affirmeraient à mesure que se déferait l'unité du peuple et de ses dirigeants.

Ce projet, on le qualifie souvent de contre-révolutionnaire, Vichy passant même pour le triomphe de Maurras[16]. Le recoupement des valeurs et des objectifs ne doit pas être pris pour une identité. Pétain ne songeait pas à restaurer la monarchie. Il n'était pas non plus occupé du souci de rayer la Révolution française de l'histoire pour faire revivre ce qu'elle avait éliminé.

Il est clair que sa philosophie de l'homme et de la société – l'individu subordonné à la communauté et nécessitant une autorité tutélaire – dérive de la contre-révolution. Mais

---

14. Philippe Pétain, « Individualisme et nation », *Revue universelle*, 1er janvier 1941, reproduit dans *Paroles aux Français*, Lyon, Lardanchet, 1941, p. 184.

15. *Discours aux Français, op. cit.*, p. 153 (discours du 8 juillet 1941).

16. Cf. Olivier Wormser, *Les Origines doctrinales de la « Révolution nationale »*, Paris, Plon, 1971.

cette dérivation contre-révolutionnaire est celle qu'avait déjà opérée le nationalisme de la fin du XIXe siècle, en faisant sa paix avec une Révolution désormais intégrée dans le passé national. Pétain acceptait, lui aussi, la Révolution, en la relisant selon ses valeurs [17]. Gardant le 14 juillet et le drapeau tricolore, il remplaçait le triptyque républicain par un autre (Travail-Famille-Patrie), sans le condamner absolument. La liberté, l'égalité, la fraternité étaient des valeurs à limiter et à compléter, affirmait-il, même si ce qu'il disait et faisait revenait à en nier l'essentiel [18].

Pour le nationalisme de la fin du XIXe siècle, la monarchie ne pouvait plus être, et la République était décidément inégale à la tâche. En lieu et place avait été inventée la « France », personne incréée, intemporelle, éternelle, substance qui avait trouvé une expression imparfaite dans des régimes divers. Pétain était le banal héritier de ce courant de pensée. Au centre de son projet ne se trouvait pas un problème de régime, mais le problème de la « France ». L'« État français » visait la protection et la rénovation de la substance française, manifestant la volonté de rompre avec tout ce qui n'était pas elle, ou prétendait la dépasser.

Mais la « France » ne revivrait pas grâce à la seule réforme des institutions et en étant dotée d'un nouvel État. Il est frappant de constater la discrétion de Pétain sur son projet constitutionnel, dont il se borna à énoncer les principes. Une discrétion qui n'était pas que circonstancielle, la promulgation de la Constitution devant attendre la conclusion de la paix. En réalité, l'organisation de l'État lui importait moins que la réforme de la société et de la nation, les seules réalités profondes. Son ambition, déclara-t-il,

---

17. Pétain faisait ainsi référence de façon approbatrice à la Convention qui, comme Henri IV et Richelieu, avait respecté « la loi sacrée de l'unité de la patrie » en écrasant « sans faiblesse les menées qui tendaient à diviser la patrie contre elle-même » *(Discours aux Français, op. cit.*, p. 120, discours du 7 avril 1941).

18. Cf. l'article cité paru dans *La Revue des deux mondes* du 15 septembre 1940, p. 91-92.

était de « recomposer un corps social » et de « recomposer l'âme nationale[19] ».

Cette tâche immense reposait sur la conviction qu'il existait une « France éternelle », un socle intemporel qui pouvait être retrouvé et où résidait le salut. Pour y accéder, il existait une occasion unique : la défaite. Et un moyen privilégié : le retour à la terre. En 1938, Pétain déclarait que « chez nous, la prospérité comme la victoire endort », alors que « la défaite réveille toujours les Français[20] ». Il érigeait en philosophie de l'histoire et en guide politique l'expérience de sa génération entre 1870 et 1940. La défaite ne lui ferait pas peur, il était prêt à l'accepter pour ses vertus.

Il reprenait, ce faisant, le sillon ouvert par Ernest Renan qui écrivait après 1870 : la France va-t-elle « se remettre sur la pente d'affaiblissement national et de matérialisme politique où elle était engagée » ou bien « répondre à l'aiguillon qui l'a piquée au vif et, comme l'Allemagne de 1807, prendre dans sa défaite le point de départ d'une ère de rénovation » ? La comparaison avec la Prusse de 1807 serait un topos de la conversation vichyssoise, avec la même idée que la guerre pourrait être « plus utile au vaincu qu'au vainqueur[21] ».

La défaite comme occasion de recueillement, de rassemblement des énergies, de ressourcement au plus profond de l'être national. C'est de ce mythologème que Vichy était d'abord la mémoire, une conception qui n'avait pu naître qu'après la double expérience napoléonienne des limites de la puissance nationale. Une conception très française dont on peut voir une expression exemplaire dans le mythe de Vercingétorix[22], tout à l'opposé du terreau dans lequel

---

19. *Discours aux Français, op. cit.*, p. 150-151 (discours du 8 juillet 1941).

20. *Paroles aux Français, op. cit.*, p. 14 et 16 (discours de 1938 au congrès de l'Union nationale des anciens combattants).

21. Ernest Renan, *La Réforme intellectuelle et morale de la France*, dans *Œuvres complètes*, Paris, Calmann-Lévy, 1947, t. I, p. 369 et 401.

22. Cf. André Simon, *Vercingétorix et l'idéologie française*, Paris, Imago, 1989.

s'enracinaient les projets de l'Italie fasciste et de l'Allemagne nazie. Un peuple qui célèbre en héros des vaincus – Vercingétorix, Jeanne d'Arc – peut-il s'enflammer pour un « Reich de mille ans » ?

Pour retrouver la « France éternelle », une voie d'accès s'imposait, qui offrait en même temps une garantie de permanence : le retour à la terre – la terre qui ne ment pas, qui « demeure votre recours », qui « est la patrie elle-même [23] ». La restauration de la substance française demandait de « réenraciner, autant que faire se pourra, l'homme français dans la terre de France », en empêchant que « les meilleurs éléments de chaque classe » continuent d'être « déracinés » et condamnés au « nomadisme administratif [24] ».

La terre constituait dans la vision pétainiste une catégorie centrale, qui était bien davantage que l'expression d'une nostalgie passéiste. Évoquant l'avenir de la France, redevenant « ce qu'elle n'aurait jamais dû cesser d'être, une nation essentiellement agricole », Pétain ajoutait : « Comme le géant de la fable, elle retrouvera toutes ses forces en reprenant contact avec la terre [25]. » La terre avait une valeur proprement magique qui garantissait le ressourcement de l'identité et des forces de la nation.

L'histoire elle-même, enfin, témoignait de l'existence d'une « France éternelle » et apportait son lot de réconfort. Que montrait-elle, sinon une succession de malheurs et de grandeurs et, à chaque fois, la grandeur sortant du malheur ? Le moralisme sentencieux de Pétain, avec ses formules au présent intemporel, son goût pour les métaphores naturelles, rendent bien la croyance qu'il avait en l'existence de « certitudes éternelles ».

« Il arrive qu'un paysan de chez nous voit son champ dévasté par la grêle. Il ne désespère pas de la moisson prochaine. Il creuse avec la même foi le même sillon pour le

---

23. *Discours aux Français*, *op. cit.*, p. 66 (appel du 25 juin 1940).
24. Article paru dans *La Revue des deux mondes*, cité, p. 10.
25. Thouvenin, *op. cit.*, p. 56 (déclaration de Pétain à des journalistes américains le 24 août 1940).

grain futur[26]. » C'est de la défaite qu'il était ici question, une défaite réduite à une catastrophe naturelle que vont surmonter l'obstination, l'opiniâtreté, le courage de « supporter l'inévitable, fermement et patiemment[27] ». La souffrance conduisait à une rédemption doublement assurée : la France était éternelle à travers le cycle même de ses grandeurs et de ses défaites.

Le projet de Vichy était un projet radical, au sens propre du mot, une recherche de racines ayant force d'éternité. Dira-t-on que c'était un projet flou ? Les lignes ne sont guère précises dans le détail, mais la vision centrale est clairement dessinée. Si flou il y a, c'est celui que produit le tremblement des rêves de retour à un âge d'or.

Tout dans la vision pétainiste exprimait une formidable aspiration à sortir du temps : utopie réactionnaire d'une nation mise au défi par un changement socio-économique qui la bouleversait et par des peuples dynamiques qui l'agressaient. Vichy était, tout au fond, un régime qui ne voulait plus faire face à l'histoire, qui ne voulait plus d'une histoire qui fût création continue. La « France » était destinée aux malheurs et à la grandeur : que pesaient Hitler et le nazisme au regard de cette « certitude éternelle » ? La politique de Vichy n'était que volonté de durer d'un pays replié dans son pré carré.

La mémoire de cette « France » immémoriale que Vichy voulait actualiser et transformer en conscience vivante était pourtant bien datée : elle avait l'âge de Pétain. C'était la mémoire, exhaussée en mythe, d'un homme et d'une génération : la mémoire d'un monde social en voie de disparition (l'artisanat, la paysannerie), de valeurs morales et politiques contestées (service, sacrifice), d'une expérience historique exaltée en schéma intemporel (le cycle 1870-1918-1940). C'était aussi, et surtout, la mémoire du stock de représentations légué par le nationalisme fin-de-siècle,

---

26. *Discours aux Français, op. cit.*, p. 62 (appel du 23 juin 1940).
27. *Ibid.*, p. 78 (allocution du 13 août 1940).

l'imaginaire d'une communauté nationale transfigurée en réalité éternelle.

C'est par cette mémoire réactionnaire que Vichy révèle paradoxalement sa modernité. D'ex-républicains cherchaient à restaurer, non pas un régime, mais une substance, qui était au-delà, ou en deçà, de la monarchie et de la République. Benjamin Constant l'avait déjà dit en 1814 : l'autorité qui voudrait rétablir l'Ancien Régime, « cette autorité dirait en vain qu'elle se borne à rappeler les institutions antiques. Ces antiques institutions ne seraient que d'absurdes et funestes nouveautés[28] ». Le jugement s'applique d'autant plus à Vichy qu'il ambitionnait, en premier lieu, de recomposer un corps social et une âme nationale.

Vichy ne poussait pas la modernité, toutefois, jusqu'à penser son projet en termes totalitaires, comme le faisaient les régimes fascistes. La « recomposition de l'âme nationale » impliquait le recours à un certain volontarisme social et pédagogique. Il n'est que de voir l'importance accordée par Pétain à l'école et aux valeurs qu'elle était censée inculquer aux petits Français. En témoignait également l'encouragement donné au folklore et aux traditions populaires[29]. L'exaltation et la renaissance de coutumes et de modes d'expression anciens devaient revivifier dans la population l'expérience communautaire d'antan. Mais, fondamentalement, Vichy faisait l'acte de foi que l'« ancien » revivrait s'il était permis aux institutions traditionnelles d'exercer à nouveau leur pleine influence sur le corps social.

Les Français perçurent-ils l'utopie de ce projet ? Ont-ils même aperçu qu'il y avait un projet global et cohérent ? A vrai dire, il était facile d'y entendre l'écho de croyances familières ou d'en faire une lecture banale appropriée aux circonstances. La célébration de la terre à une époque de

---

28. Benjamin Constant, *De l'esprit de conquête et de l'usurpation*, dans *De la liberté chez les modernes*, éd. par Marcel Gauchet, Paris, Pluriel, 1980, p. 252.

29. Cf. Christian Faure, *Le Projet culturel de Vichy. Folklore et Révolution nationale, 1940-1944*, Presses universitaires de Lyon, 1989.

privations, l'éloge de la famille en temps de séparation, l'appel à l'autorité en pleine guerre : l'horizon radical du projet pétainiste pouvait s'en trouver oblitéré, et ce projet réduit à une panacée pour période d'épreuves, à un acte de foi en la survie du pays, à une protestation de l'identité nationale dans ce qu'elle avait de plus replié, mais aussi peut-être de plus réconfortant. La continuation de la guerre qui empêcha Pétain de réaliser son programme lui fournit une popularité, sur fond de malentendus et d'ambivalence, qu'il lui aurait été difficile d'obtenir en temps de paix.

Une mémoire vive.

Le régime de Vichy n'a pas rénové la France comme il l'ambitionnait. Il ne lui a pas non plus rendu son indépendance et sa grandeur. Au contraire, après l'avoir divisée, il l'a unie contre lui par sa politique de répression et de collaboration qui servait les intérêts de l'occupant. Au lieu de « recomposer l'âme nationale » en la chargeant de la mémoire d'une « France » inventée, il a laissé la mémoire vive d'une France bien réelle qui continue de gêner et d'indigner. Lors du procès de Pétain, le procureur Mornet parla de « quatre ans à rayer de notre histoire ». L'idée était singulière, et frappante par le violent désir d'oubli qui s'y exprimait. Mais un passé qu'on veut oublier sait toujours se rappeler à votre mauvais souvenir.

L'histoire de la mémoire de Vichy, du moins de sa mémoire publique, l'illustre bien, comme l'a montré Henry Rousso dans un ouvrage novateur[30]. Il n'est pas nécessaire de reprendre en détail sa démonstration sur les phases de

---

30. Rousso, *op. cit.* (nouvelle édition revue et mise à jour, Seuil, 1990). Pour la mémoire de la guerre telle que la reflète le roman, cf. notamment les contributions de Michael Kelly et Colin Nettelbeck dans Gerhard Hirschfeld et Patrick Marsch (éd.), *Collaboration in France. Politics and Culture during the Nazi Occupation, 1940-1944*, Oxford-New York-Munich, Berg, 1989.

refoulement et d'activation ou sur les vecteurs de transmission du « syndrome ». Il suffira de marquer la courbe générale d'évolution, en insistant sur le tournant des années 1970, avant de s'interroger sur le déplacement des perspectives, et sur ce que le travail de la mémoire a oublié ou voilé.

L'après-guerre consacra, comme il est bien connu, le discrédit de Vichy et, du même mouvement, de toutes les droites, sommairement identifiées au régime. Le procès de ses dirigeants, l'exécution de Laval, l'emprisonnement de Pétain montrèrent dans quelle direction était orientée la mémoire publique du passé récent. Le procès comportait deux chefs d'accusation : celui de complot contre la République, dont l'aboutissement aurait été le vote des pleins pouvoirs le 10 juillet 1940 ; celui d'intelligence avec l'ennemi, la politique de collaboration ayant été menée en temps de guerre puisque l'armistice ne faisait que suspendre les hostilités.

Une histoire complexe était réduite à des schémas primaires – une conjuration souterraine, la trahison nationale – dont le seul avantage était de circonscrire le cercle des responsables. Tout le monde trouvait son compte dans une interprétation qui enfermait Vichy, pour le définir en entier, dans l'armistice et le 10 juillet. La gauche soulignait plus volontiers le second thème, avec ses prolongements de Révolution nationale. De Gaulle, lui, se concentrait sur le premier. Régime « nul et non avenu », Vichy avait été impuissant à égarer un peuple français entré tout entier en résistance.

Les années de guerre s'éloignant, les Français tournèrent ailleurs leurs préoccupations. Dans la vie politique, de nouveaux clivages venaient brouiller les anciens, ouvrant la voie aux amnisties de 1951-1953. L'anticommunisme de la guerre froide incitait à réembaucher des notables que Vichy n'avait pas effarouchés. De Gaulle lui-même ne se montra pas en reste dans cette récupération [31]. Quant aux pétainistes, ils se coalisaient après la mort de leur idole pour défendre

31. Cf. notamment l'affaire Rémy dans Rousso, *op. cit.*, p. 43 *sq.*

sa mémoire, réviser son procès, obtenir le transfert de ses cendres à Verdun. Le héros de la Grande Guerre devait racheter le chef d'État marqué d'indignité.

Dans la première moitié des années 1950, les résistants n'étaient plus seuls sur la scène politique. Ils n'étaient plus à l'honneur comme au sortir du combat. Mais la Résistance, elle, demeurait une référence centrale qui ne pouvait être jetée aux orties. Le retour au pouvoir de De Gaulle lui donna une seconde vie. Le discours gaulliste allait projeter avec autorité l'image d'une France identifiée à la « France libre », une France dont s'étaient exclus eux-mêmes une poignée de traîtres, avant de recevoir un châtiment mérité à la Libération. France, Résistance, de Gaulle : ce trinôme remplaçait par un passé glorieux et mythique un passé historique complexe, mouvant, divisé.

Le mythe, à vrai dire, jetait ses derniers feux. Le départ de De Gaulle en 1969 et sa mort l'année suivante déterminèrent, directement et indirectement, un changement majeur dans la mémoire publique de Vichy. Avec sa disparition, c'était, d'une certaine façon, Vichy qui mourait enfin. Non pas seulement l'interprétation que le gaullisme avait donnée de Vichy, mais encore le monde des valeurs auquel il avait puisé tout comme Vichy. De Gaulle avait été imprégné par le même nationalisme fin-de-siècle. Lui aussi croyait en une « France éternelle », une « France » dont l'histoire était une suite de malheurs et de grandeurs, mais qui n'était vraiment elle-même que dans la grandeur [32].

Nourri des mêmes valeurs, il avait tiré de la situation de l'été 1940 une conclusion opposée à celle de Pétain. La grandeur et l'honneur de la « France » exigeaient que la priorité fût donnée à la poursuite du combat sur une rénova-

---

32. Rappelons la première page de ses *Mémoires* : « Toute ma vie, je me suis fait une certaine idée de la France [...] J'ai, d'instinct, l'impression que la Providence l'a créée pour des succès achevés ou des malheurs exemplaires. » Mais « la France ne peut être la France sans la grandeur » (*Mémoires de guerre. L'Appel, 1940-1942*, Paris, Plon, 1954, p. 1).

tion nationale qu'il jugeait non moins indispensable, mais dont l'heure viendrait après la victoire. De Gaulle ne partageait pas le goût de Pétain pour la valeur rédemptrice de la souffrance. Ni sa mystique terrienne, avec la méconnaissance de la technique qui l'accompagnait. Ni son autoritarisme dogmatique : la République, à condition qu'elle soit forte, lui était acceptable. Pour le reste, c'était le même substantialisme de la nation, la même importance accordée à la mémoire créatrice d'avenir. En proposant son interprétation de la guerre et de Vichy, de Gaulle voulait rassembler et souder la nation autour d'une mémoire unitaire et unificatrice.

Après 1970, le miroir s'est brisé, comme l'a bien dit Henry Rousso. Réaction à la chape idéologique du gaullisme, séquelle de la contestation soixante-huitarde, mais aussi relève générationnelle : des gens nés sous l'occupation, ou immédiatement après, voulurent en savoir davantage sur le monde de leurs parents. Du coup, le passé remonte, hétérogène et problématique. Chacun tend son fragment de miroir, ajoutant un reflet à une mémoire devenue kaléidoscopique. Les anciens vaincus eux-mêmes donnent le leur, rançon d'une prise de parole libératrice.

La mémoire gaulliste de Vichy avait été une mémoire d'État. Elle plaçait en son centre un événement qui n'était d'ailleurs pas vichyssois à strictement parler, l'armistice. Et de cet armistice, elle tirait une condamnation du régime en termes de déshonneur et de trahison. La Révolution nationale s'en trouvait poussée sur les côtés. De Gaulle disparu, la mémoire publique de Vichy s'élargit à la politique intérieure du régime et à l'attitude des Français sous ce régime.

Le film *Le Chagrin et la Pitié* symbolise le changement qui s'amorçait. Réalisé en 1969 et projeté en salle en 1971, après avoir été interdit d'antenne (il ne passa à la télévision qu'en 1981), ce documentaire présentait de l'occupation une vision décapante. A un peuple résistant succédait l'image de Français nombreux à demeurer passifs, sinon à se compromettre avec l'occupant, une France sans grandeur, préoccupée de sa survie.

Le reste de la décennie vit monter au jour en rangs serrés des versions longtemps rentrées du passé [33]. Des enfants de collaborationnistes, comme Marie Chaix, racontaient leur expérience. Des romanciers se penchaient sur l'époque et en renvoyaient une image éclatée. Une sorte de retour de la part maudite du passé, une fascination, pas toujours innocente, à l'égard des intellectuels de la collaboration (Drieu, Brasillach) concouraient à lézarder le légendaire gaulliste. Le temps de l'occupation devenait l'objet de lectures multiples, attentives à la diversité des situations individuelles, et, n'évitant pas toujours l'excès inverse, la stylisation de destins de paumés (ainsi dans *Lacombe Lucien* de Louis Malle).

Parallèlement s'affirmait le réveil d'une mémoire juive, centrée sur le rôle joué par Vichy dans la persécution et la déportation des juifs de France [34]. Les honneurs rendus au lendemain de la guerre à la seule déportation politique, la confusion opérée entre camps de concentration et camps d'extermination, le désintérêt massif de l'opinion et, subsidiairement, le silence accablé de beaucoup de survivants avaient fait descendre un voile qui mit longtemps à se déchirer. Les historiens français firent preuve, pendant longtemps, d'une grande retenue.

L'interview de Darquier de Pellepoix, en 1978, puis l'affaire Faurisson, l'année suivante, portèrent la négation de l'extermination sur la place publique, contribuant, par contrecoup, à mobiliser l'opinion (la diffusion du film *Holocauste* y eut sa part) et à faire bouger les pouvoirs publics. L'arrivée des socialistes au pouvoir en 1981 et la résurgence de l'extrême droite derrière Le Pen accélérèrent le mouvement, qui trouva un premier temps fort dans l'arrestation et le procès de Klaus Barbie. Puis vint l'ouverture

---

33. Cf. le bilan qu'en a fait Pascal Ory en 1981, « Comme de l'an quarante. Dix années de "retro satanas" », *Le Débat*, n° 16, novembre 1981, p. 109-117.
34. Cf. Annette Wieviorka, *Déportation et Génocide*, Paris, Plon, 1992.

d'instructions judiciaires contre des Français, de hauts fonctionnaires de Vichy, en raison de leur participation à la persécution antisémite (Leguay, Papon, Bousquet). Ces inculpations signalaient un changement d'attitude de la part des pouvoirs publics. Jusqu'alors, la ligne avait été soigneusement tirée entre Français et Allemands. Les dirigeants de Vichy condamnés, les fonctionnaires qui avaient exécuté leurs directives avaient été couverts par le fameux devoir d'obéissance. C'était vouloir oublier que la Seconde Guerre mondiale n'avait pas été qu'une guerre classique, qu'elle fut aussi une guerre internationale menée par l'occupant et par certains occupés contre des ennemis communs. La persécution des juifs, centrale dans la remémoration actuelle de Vichy, fonctionne comme un redoutable révélateur du passé.

Vichy, ce ne peut plus être seulement Pétain et Laval, ou les collabos parisiens. C'est aussi, désormais, une administration qui fit « normalement » son devoir en élaborant, en commentant, en appliquant le Statut des juifs. C'est aussi une population dont l'attitude fut tissée d'ambivalences, d'accord partiel, actif ou passif, avec certains aspects du régime. Peu de Français ont souhaité ou approuvé la déportation des juifs. Ils furent nombreux à acclamer Pétain qui discrimina les juifs et en livra une partie à l'occupant.

Ce regard critique peut faire verser à l'autre extrême. Comme il en était allé en Italie à propos du fascisme, Vichy, longtemps considéré comme une parenthèse dans l'histoire nationale, s'est trouvé retourné en expression la plus authentique de cette histoire nationale [35]. Et le fascisme, longtemps tenu pour étranger à la France et à ses traditions démocratiques, présenté comme la plus française des inventions [36].

Vichy est aujourd'hui plus actuel qu'il ne l'a jamais été depuis la Libération. La raison principale en est à chercher

35. Bernard-Henri Lévy, *L'Idéologie française*, Paris, Grasset, 1981.
36. Zeev Sternhell, *La Droite révolutionnaire (1885-1914). Les origines françaises du fascisme*, Paris, Seuil, 1978 ; *Ni Droite ni Gauche. L'idéologie fasciste en France*, Paris, Seuil, 1983.

dans l'existence du Front national dont les succès ont contribué, en retour, à faire percevoir et définir l'« État français » comme le régime de la xénophobie et de l'exclusion. La situation a ceci de paradoxal que Le Pen est privé, quant à lui, de toute référence publique à la mémoire de ce régime. Car il ne peut se réclamer de Vichy ou de Pétain, sauf à accepter le repli sur un petit cercle de nostalgiques qui ont déjà trouvé le chemin de son parti. Il est donc conduit à mener une politique de l'oubli, ou bien, s'il ne peut se dérober, à jouer sur les mots et à pratiquer la minimisation. Dans les deux cas, ses adversaires sont portés à convoquer le passé pour illuminer le présent.

Depuis la Libération, la mémoire de Vichy est demeurée une mémoire noire. Mais les perspectives ont changé. Aujourd'hui, Vichy est remémoré et dénoncé pour sa politique de répression et de persécution à l'encontre d'individus ou de minorités bien davantage que pour la signature de l'armistice. La collaboration avec le vainqueur allemand frappe moins que la coopération avec le vainqueur nazi et la contribution apportée à sa guerre idéologique. On est passé d'un régime coupable d'avoir lésé une personne collective, la « France », à un régime coupable d'avoir lésé les droits de l'homme.

La perspective a changé, mais la nouvelle et l'ancienne perspective gardent deux points en commun. Elles se focalisent toutes deux, d'abord, sur des aspects de Vichy (l'armistice, la répression, la persécution) et gomment l'utopie radicale qui était au fond du projet pétainiste. La perspective gaulliste en dépréciait l'importance pour mettre en avant son propre projet de mémoire : celui d'une France redressée à travers la lutte et repartant vers la grandeur. La perspective actuelle, solidaire du discrédit des grandes idéologies et de la diffusion d'un certain relativisme, l'ignore parce que le projet de Vichy n'a plus guère de sens sur l'horizon mental d'une société urbanisée et individualisée (cela vaut pour le Front national également, sauf peut-être dans sa frange de survivants pétainistes). Comment se souvenir de la mémoire que portait le projet de Vichy quand a disparu le soubassement social qui l'inspirait ? Il ne reste que l'image datée et quelque peu exotique d'un régime ruraliste, une image qui provoque sourires ou sarcasmes.

Les deux perspectives ont en commun, ensuite, de présenter Vichy comme un régime sans racines ni origines, un régime dont les malfaisances sont énumérées et dénoncées, mais qui semble tombé du ciel. Il est bon, pourtant, de rappeler que ce régime autoritaire est issu de la République, qu'il sortit de la crise des valeurs démocratiques des années trente au moins autant que du choc de la défaite.

L'évolution de la société française a périmé le projet de Vichy et l'a fait oublier. L'effritement du patriotisme et la construction européenne ont effacé la pertinence de l'armistice comme chef d'accusation principal. Il est douteux qu'il en aille de même pour les aspects qui retiennent aujourd'hui l'attention. La mémoire de Vichy promet donc de vivre autant que vivront la démocratie et les droits de l'homme.

Index

Abetz, Otto, 225, 227-229, 234, 236, 272-273.
Aly, Götz, 166-168.
Arendt, Hannah, 157, 168.

Barbie, Klaus, 308.
Barthélemy, Joseph, 291.
Barthou, Louis, 228.
Belin, René, 291.
Benoist-Méchin, Jacques, 228, 291.
Bergery, Gaston, 211, 213, 237, 238.
Berstein, Serge, 208.
Berth, Édouard, 265.
Bichelonne, Jean, 291.
Bismarck, Otto von, 89, 129, 132.
Blanqui, Auguste, 185.
Bloch, Pierre, 195.
Blomberg, Werner von, 104.
Blum, Léon, 199, 204-205.
Bonaparte, Louis, 290.
Bousquet, René, 309.
Brasillach, Robert, 254, 308.
Broszat, Martin, 104, 111, 160, 161, 168.
Browning, Christopher, 174.
Bucard, Marcel, 254. 291.

Cachin, Marcel, 203.
Céline (Louis-Ferdinand Destouches, dit), 254.
Chaix, Marie, 308.
Chevènement, Jean-Pierre, 213.
Constant, Benjamin, 303.

Daladier, Édouard, 222, 230, 232.
Darlan, François (amiral), 291, 293.
Darnand, Joseph, 260, 291.
Darquier de Pellepoix, Louis, 308.
Darré, Richard Walther, 23.
De Felice, Renzo, 33.
De Man, Henri, 211, 253, 255, 279.
Déat, Marcel, 211-213, 237, 253, 255, 260, 291.
Dorgères (Henri d'Alluin, dit), 254.
Doriot, Jacques, 231-237, 254, 257, 259, 260, 291.
Drieu La Rochelle, Pierre, 238-243, 254, 263, 265, 308.
Duclos, Jacques, 203.
Dumont, René, 195.
Durkheim, Émile, 175.

Eichmann, Adolf, 166.
Engels, Friedrich, 80.
Esprit (groupe), 50.

Fabrègues, Jean de, 211.
Faurisson, Robert, 308.
Fayard, Jean, 234.
Flandin, Pierre-Étienne, 291.
Fraenkel, Ernst, 106.
Franco, général, 14, 259, 277.

Gaulle, Charles de, 268, 288, 292, 305-307.
Gentile, Giovanni, 26.
Gerlach, Christian, 169.
Gitton, Marcel, 201-203, 206.
Goebbels, Joseph, 23, 55, 59, 60, 61, 92, 98, 111, 219, 274.
Goldhagen, Daniel, 174-176.
Göring, Hermann, 107, 108.
Greiser, Arthur, 105.
Guesde, Jules, 199, 205.

Heim, Suzanne, 166-168.
Henriot, Philippe, 291.
Hess, Rudolf, 39, 102, 107.
Heydrich, Reinhard, 170.
Himmler, Heinrich, 23, 30, 63, 105-107, 111, 115, 137, 139, 140, 149, 151, 152, 159, 273.
Hindenburg, Paul (maréchal), 16, 17, 98, 114, 292.
Hitler, Adolf, 8, 17, 19, 26, 29, 37, 38 *sq.*, 49 *sq.*, 73 *sq.*, 87, 93, 94, 97 *sq.*, 121, 127-130, 135-136, 140, 145, 148, 149, 154, 159 *sq.*, 180, 219, 220, 227-229, 232, 233, 259, 262, 268-274, 276-277, 281, 302.
Hobbes, Thomas, 101.
Hoffmann, Stanley, 286.
Irvine, William, 252, 255 *sq.*

Jäckel, Eberhard, 160.
Jaurès, Jean, 197, 199, 204, 205, 207.
Jeanne d'Arc, 287, 301.
Jouhandeau, Marcel, 263.
Jouvenel, Bertrand de, 211, 227-237, 238, 244.

Kershaw, Ian, 33, 37, 75, 115.
Knox, MacGregor, 67.
Kocka, Jürgen, 11.

La Rocque, François de, 192, 255-259, 261.
Laval, Pierre, 229, 286 *sq.*
Le Pen, Jean-Marie, 261, 308-310.
Legay, Jean, 309.
Lénine, Vladimir Illitch, 80, 136, 185, 186, 203.
Léopold III (roi).
Linz, Juan, 13.
Luchaire, Jean, 237.

Malle, Louis, 308.
Marion, Paul, 291.
Marx, Karl, 80, 180, 199, 205, 209.
Maulnier, Thierry, 211, 212, 243-246, 255.
Maurras, Charles, 212, 243, 257, 287-288, 298.
Michel, Louise, 205.
Moch, Jules, 196.
Moeller Van den Bruck, Arthur, 244.
Mommsen, Hans, 109, 160, 161.
Morand, Paul, 263.

Mornet, procureur général, 304.
Mosley, Oswald, 265.
Mounier, Emmanuel, 223-227, 255.
Müller, Klaus-Jürgen, 262.
Münzenberg, Willi, 189.
Mussolini, Benito, 8, 13, 19, 20, 26, 28, 38 *sq.*, 49 *sq.*, 87, 233, 253, 259, 269.
Mysyrowicz, Ladislas, 246.

Neumann, Franz, 100, 106.
Neurath, Konstantin von, 104.
Nietzsche, Friedrich, 243.

Orwell, George, 117.

Papon, Maurice, 309.
Passerini, Luisa, 34.
Pavlov, Ivan, 191.
Paxton, Robert, 250, 254.
Pétain, Philippe, 226, 259, 260, 267, 274-281, 283 *sq.*
Pivert, Marceau, 195, 197-198.

Quisling, Vidkun, 274, 276.

Rabaté, 202.
Rauschning, Hermann, 53, 243.
Rebatet, Lucien, 254, 263.
Rémond, René, 247, 252-253.
Renan, Ernest, 300.
Renaud, Jean, 254.
Renaudel, Pierre, 205.
Renoir, Jean, 202-203.
Ribbentrop, Joachim von, 108, 219, 225, 272.
Rivet, Paul, 204.
Romains, Jules, 219-223.
Rosenberg, Alfred, 105, 219.
Rousso, Henry, 304-307.

Salazar, Antonio Oliveira, 259, 277.
Salengro, Roger, 199.
Sauckel, Fritz, 105, 106.
Schacht, Hjalmar, 104.
Schirach, Baldur von, 62.
Schmitt, Carl, 101.
Schoenbaum, David, 32.
Sorel, Georges, 253, 265.
Soucy, Robert, 252, 255 *sq.*
Speer, Albert, 105, 106, 108, 115.
Staline, Joseph, 73 *sq.*, 203.
Sternhell, Zeev, 211 *sq.*, 247, 252 *sq.*
Strasser, Gregor, 23.

Tardieu, André, 263.
Tchakhotine, Serge (pseud. Dr. Flamme), 191, 196-198, 205.
Thorez, Maurice, 203, 205.
Tiso (Mgr), 277.
Turati, Augusto, 39.

Vaillant, Édouard, 205.
Vaillant-Couturier, Paul, 206.
Valois, Georges, 254.
Vercingétorix, 300, 301.
Victor-Emmanuel (roi d'Italie), 16, 20.

Weber, Max, 42, 114, 249.
Winock, Michel, 240.

Références

Les essais publiés dans ce recueil sont, à l'exception de celui sur « Le fascisme français » qui a été présenté à la New School of Social Research à New York en septembre 1997, des versions révisées et mises à jour de textes qui ont paru à l'origine sous les titres et dans les périodiques suivants :

1. « Politique et société : les structures du pouvoir dans l'Italie fasciste et l'Allemagne nazie », *Annales ESC*, n° 3, mai-juin 1988, p. 615-637.

2. « Le fascisme : la révolution sans révolutionnaires », *Le Débat*, n° 38, janv.-mars 1986, p. 164-176.

3. « Hitler-Staline : la comparaison est-elle justifiée ? », *L'Histoire*, n° 205, décembre 1996, p. 48-55.

4. « Qui était nazi ? », dans *L'Histoire*, *L'Allemagne de Hitler, 1933-1945*, Seuil, « Points Histoire », 1991, p. 85-95.

5. « Charisme et radicalisme », dans Henry Rousso (éd.), *Stalinisme et Nazisme. Histoire et mémoire comparées*, Bruxelles, Complexe, 1999, p. 79-98.

6. « Régime nazi et société allemande », dans Henry Rousso (éd.), *Stalinisme et Nazisme. Histoire et mémoire comparées*, Bruxelles, Complexe, 1999, p. 185-198.

7. « Hitler, la race et la nation », *L'Histoire*, n° 201, juill.-août 1996, p. 82-85.

8. « La violence congénitale du nazisme », dans Henry Rousso (éd.), *Stalinisme et Nazisme. Histoire et mémoire comparées*, Bruxelles, Complexe, 1999, p. 129-144.

9. « Vers la solution finale », *Les Collections de l'Histoire*, n° 3, octobre 1998, p. 22-25.

10. « Les Allemands un peuple de bourreaux ? », *Les Collections de l'Histoire*, n° 3, octobre 1998, p. 44-48.

11. « Poings levés et bras tendus. La contagion des symboles au temps du Front populaire », *Vingtième Siècle. Revue d'histoire*, n° 11, juill.-septembre 1986, p. 5-20.

12. « La France dans le champ magnétique des fascismes », *Le Débat*, n° 32, novembre 1984, p. 52-72.

14. « Vichy et les expériences étrangères : esquisse de comparaison », in Jean-Pierre Azéma et François Bédarida (éd.), *Vichy et les Français*, © Librairie Arthème Fayard, 1992, p. 649-661.

15. « Vichy et la République », dans Pierre Nora (éd.), *Les Lieux de Mémoire*. III. *Les France*, vol. 1, *Conflits et Partages*, © Gallimard, 1993, p. 321-345.

Table

Présentation 6

Comparaisons

1. Les régimes fasciste et nazi 11
2. L'imaginaire politique du fascisme 49
3. Hitler et Staline 73

La crise nazie

4. Qui était nazi ? 87
5. Charisme et radicalisme 97
6. Les prismes de l'acceptation 117
7. Hitler, la race et la nation 131
8. Une violence congénitale 143
9. Vers Auschwitz 159
10. Les Allemands et le génocide 173

La France à l'épreuve

11. Poings levés et bras tendus 183
12. Le champ magnétique des fascismes 211
13. Le fascisme français 247
14. La France de Vichy dans l'Europe nazie 267
15. Vichy, de l'histoire à la mémoire 283

Index 313

Références 317

RÉALISATION : PAO ÉDITIONS DU SEUIL
IMPRESSION : BUSSIÈRE CAMEDAN IMPRIMERIES, SAINT-AMAND (CHER)
DÉPÔT LÉGAL : OCTOBRE 2000. N° 41482 (003926/1)